KB275112

와인즈버그 사람들

와인즈버그 사람들

셔우드 앤더슨

김욱동 옮김

은행나무세계문학 에세 • 28

은행나무

자기 주변의 삶에 대한 예리한 관찰력으로
다양한 인생의 겉모습 뒤를
들여다보고 싶은 갈망을 내게 처음으로 일깨워주신
어머니 에마 스미스 헨더슨을 기억하며
이 책을 바친다.

오하이오주
와인즈버그읍 지도
로어메인스트리트
철도 선로
메인스트리트
뉴코아이스트리트
범례
1. 와인즈버그이글 사무실
2. 헌의 식료품점
3. 시닝의 철물점
4. 비프 카터의 간이식당
5. 기차역
6. 뉴윌러드 하우스
7. 페어그라운드
8. 워터웍스 연못

차례

일러두기

1 이 책은 가장 정평이 나 있는 두 텍스트를 저본으로 삼아 대조하면서 번역했다.

    Winesburg, Ohio: Library of America Text(2012)

    Winesburg, Ohio: A Norton Critical Edition, 2nd revised edition(2023)

2 원제 '와인즈버그, 오하이오'는 '오하이오주 와인즈버그'로 옮겨야 맞지만 이 책에서는 독자들의
    이해를 위해 '와인즈버그 사람들'로 고쳤다.

3 본문의 하단의 각주는 모두 옮긴이의 것이다.

괴기한 사람들의 책

흰 콧수염을 가진 노인인 작가는 잠자리에 드는 데 조금 어려움을 겪었다. 그가 사는 집은 창문이 높았고, 그는 아침에 눈을 뜨면 나무들이 보고 싶었다. 그래서 목수가 와서 침대의 높이가 창문 높이와 같도록 만들어주었다.

침대를 고치는 일은 꽤나 야단스러웠다. 남북전쟁 참전 용사인 목수는 작가의 방에 들어와 침대를 높이기 위한 계획에 대해 말했다. 작가는 방 여기저기에 시가를 두었고 목수는 그 시가를 피웠다.

한동안 두 사내는 침대를 높이는 것을 두고 이야기를 나누다가 다른 이야기를 했다. 참전 용사는 전쟁을 화제로 삼았다. 사실 그것은 작가가 유도한 화제였다. 목수는 한때 앤더슨빌 감옥*의 포로였고 거기서 형제 하나를 잃었다. 형제는 굶어 죽었고, 목수는 그 이야기를 할 때면 늘 눈물을 흘렸다. 목수 또한 늙은 작가와 마찬가지로 흰 콧수염을 기르고 있었고, 눈물을 흘리면 입술을 오므리는 바람에 콧수염이 위아래로 들썩거렸다. 시가를 입에 물고 훌쩍거리며 우는 노인의 모습은 우스꽝스러웠다. 침대를 높이려던 작가의 처음 계획은 잊은 채 나중에 목수가 자기 마음대로 일을 해주고 간 바람에 예순이 넘은 작가는 밤에 잠을 잘 때마다 의자를 놓고 침대로 올라가야 했다.

작가는 침대에서 옆으로 구르고는 꼼짝도 하지 않고 가만히 누워 있었다. 벌써 몇 해째 심장 문제로 이런저런 생각에 시달려 온 터였다. 골초인 그의 심장은 빠르고 불규칙하게 뛰었다. 언젠가 예기치 않게 갑자기 죽을 수도 있겠다는 생각이 들었고, 잠자리에 들 때마다 늘 그런 생각을 했다. 그렇다고 그는 크게 걱정하지는 않았다. 사실 그 생각의 효과는 꽤 특별한 것이어서 쉽게 설명할 수 없었다. 그렇게 침대에 누워 있으면 그 어느 때보다 더 살아 있다는 느낌이 들었다. 쥐 죽은 듯 가만히 누워 있는 작

---

* 미국 남북전쟁(1861~1865) 당시 조지아주 메이컨군(郡) 앤더슨빌 근교에 위치했던 남군 측 포로병 수용소. 이곳에 수용되어 있던 북군 포로 약 4만 5000명 중 3분의 1가량이 질병 등의 원인으로 사망했다. 수용소 소장 헨리 워즈는 전쟁 범죄로 사형되었다.

가의 몸은 늙고 이제 더는 별 쓸모가 없었지만, 그의 내면의 어떤 것은 아주 젊었다. 작가는 마치 임신한 여성 같았다. 뱃속에 들어 있는 것이 아이가 아니라 청년이라는 점이 다를 뿐이었다. 아니, 청년이 아니라 여성, 젊은 데다 기사(騎士)처럼 미늘 갑옷을 입고 있는 여성**이었다. 높은 침대에 누워 심장의 불규칙한 박동을 듣고 있는 늙은 작가의 내면에 들어 있는 것이 무엇인지 말해보려는 것은 그야말로 터무니없는 짓이다. 문제는 작가나 작가 안의 젊은 그 무언가가 무슨 생각을 하고 있는지 알아내는 것이다.

이 세상 모든 사람들처럼, 노작가는 오래 살아오면서 머릿속에 아주 많은 생각을 품게 되었다. 그는 젊었을 적에는 아주 잘생겨서 여러 여자들한테서 사랑을 받았다. 그리고 물론 사람들, 많은 사람들을 알았었다. 당신과 내가 사람들을 아는 방식과는 다른, 특별히 은밀한 방식으로 사람들을 알았던 것이다. 어쨌든 적어도 작가는 그렇게 생각했고, 그렇게 생각하자 기분이 좋았다. 노인의 생각을 두고 뭐 하러 굳이 시비를 건단 말인가?

침대에서 작가는 꿈 아닌 꿈을 꾸었다. 조금 졸리지만 여전히

** 앤더슨은 잔 다르크(1412~1431)를 염두에 둔 듯하다. '아르크의 성녀 요안나' 또는 '오를레앙의 처녀'로 일컬어지는 그녀는 백년전쟁에서 활약한 프랑스의 애국 여성이다.

의식은 있는 상태에서 사람들의 모습이 그의 눈앞에 나타나기 시작했다. 작가는 뭐라고 형용할 수 없는, 자기 내면의 젊은 그것이 그의 눈앞에서 긴 행렬을 이끌고 지나가는 모습을 상상했다.

이 모든 일에서 흥미로운 점은 작가의 눈앞에 지나가는 사람들의 모습이다. 그들은 하나같이 괴기한 사람들이었다. 작가가 이제껏 알았던 모든 남녀가 괴기한 사람들이 되었다.

이 괴기한 사람들이 모두 끔찍해 보이는 것은 아니었다. 어떤 사람들은 재미있어 보였고 또 어떤 사람들은 거의 아름다워 보였다. 다만 모습이 일그러진 한 여자의 괴기한 모습이 노인의 마음을 아프게 했다. 그 여자가 지나갈 때 작가는 낑낑거리는 강아지처럼 신음 소리를 냈다. 만약 여러분이 방 안에 들어와 이 모습을 보았더라면 아마 노인이 악몽을 꾸고 있거나 어쩌면 소화 불량에 걸렸다고 생각했을 것이다.

한 시간쯤 괴기한 사람들의 행렬이 노인의 눈앞을 지나간 뒤, 고통스러운 일이었지만 그래도 노인은 침대에서 내려와 글을 쓰기 시작했다. 괴기한 사람들 중 어느 하나가 그의 마음에 깊은 인상을 남겨 그것을 묘사하고 싶었던 것이다.

작가는 한 시간 동안 책상에서 작업했다. 그리고 마침내《괴기한 사람들의 책》이라는 책을 한 권 썼다. 출판된 적은 없지만 나는 언젠가 한 번 그 원고를 보았고, 그 책은 내 마음속에 지울 수 없는 인상을 남겼다. 책의 핵심 사상은 딱 하나였는데, 아주 이상해서 늘 내 뇌리에 남아 있었다. 그 원고를 기억함으로써 나는 예전에는 도저히 이해할 수 없었던 많은 사람들과 사건들을 이해할 수 있게 되었다. 그 사상은 복잡했지만, 단순하게 진술한다면 다음과 같을 것이다.

세계가 요람기에 있던 태초에 엄청나게 많은 생각이 있었지만 진실 같은 것은 없었다.* 인간 자신이 진실을 만들어냈고, 각각의 진실은 엄청나게 많은 막연한 생각들을 합성하여 만들어낸 것이었다. 세상 어디에나 진실들은 널려 있었고, 그 진실들은 하나같이 아름다웠다.

노작가는 자신의 책에 수백 가지에 이르는 그런 진실들을 나열해놓았다. 나는 그런 진실을 전부 이야기하려 하지는 않을 것이다. 동정(童貞)의 진실과 열정의 진실이 있었고, 부와 가난의 진실, 검약과 낭비의 진실도 있었으며, 부주의와 방종의 진실도 있었다. 그 진실들은 수백수천에 이르렀고 하나같이 아름다웠다.

그러고 나서 사람들이 나타났다. 각각의 사람은 나타나면서 진실 중 하나를 낚아챘고, 아주 힘센 몇 사람은 여남은 개를 낚

---

* "태초에 '말씀'이 계셨다. 그 '말씀'은 하나님과 함께 계셨다. 그 '말씀'은 곧 하나님이셨다." 요한복음 1장 1절.

아챘다.

사람들을 괴기하게 만든 것은 바로 그 진실들이었다. 노작가는 그 문제에 대해 굉장히 정교한 이론을 세웠다. 한 사람이 여러 진실 중 하나를 독차지하여 그것을 자신의 진실이라고 부르고 그 진실에 따라 살아가려 한 순간 그는 괴기한 사람이 되고 그가 받아들인 진실은 거짓이 되었다는 것이다.

평생 글을 쓰며 언어로 충만한 삶을 살아온 노인이 이 문제에 대해 어떻게 수백 쪽의 글을 쓸지 여러분은 직접 볼 수 있을 것이다. 이 주제가 작가의 마음속에서 너무 중요해져서, 그 자신이 괴기한 인간이 될 위험에 놓일지도 모른다. 하지만 노작가가 그렇게 되지 않은 것은, 그가 책을 끝내 출판하지 않은 것과 같은 이유 때문이라는 생각이 든다. 노인을 구해준 것은 바로 그의 마음속에 있는 그 젊은 무언가였다.

노작가의 침대를 수리해준 늙은 목수로 말하자면, 내가 그를 언급한 것은 그가 소위 아주 평범한 많은 사람들처럼 작가의 책에 등장하는 모든 괴기한 존재들 중 유일하게 이해할 수 있는 데다 사랑스러운 구석이 있기 때문이다.

손

와인즈버그* 근처의 골짜기 끄트머리 가까이 서 있는 자그마한 목조 가옥의 반쯤 썩은 베란다에 땅딸막한 노인 한 사람이 초조하게 이리저리 서성거리고 있었다. 클로버 씨앗을 심었지만 노란 겨자만 무성하게 자란 긴 들판 너머로 마차 한 대가 밭에서 딸기 따던 일꾼들을 가득 태우고 한길로 돌아오는 모습이 보였다. 딸기를 따던 사람들은 청년들과 처녀들로, 왁자지껄 웃으며 소리를 질러댔다. 푸른색 셔츠를 입은 한 청년이 마차에서 뛰어내려 처녀 중 한 사람을 끌어 내리려 했지만 처녀는 싫다고 새된

---

* 오하이오주에 위치한 상상의 소도시. 셔우드 앤더슨은 오하이오주 북서부의 도시 클라이드를 모델로 이 상상의 공간을 창안했다. 오하이오주 동북부 홈스군에 인구 350여 명의 와인즈버그라는 실제 마을이 있지만, 작품 속의 장소와는 다른 곳이다.

소리를 지르며 거절했다. 길에 선 청년이 발로 흙을 걷어차자 서쪽으로 기우는 태양의 얼굴에 먼지구름이 뿌옇게 일었다. 긴 들판 너머로 가녀린 소녀의 목소리가 들려왔다. "아, 윙 비들바움, 머리 좀 빗어요, 눈에 머리카락 들어가잖아요." 목소리의 주인공은 사내에게 명령하듯 말했다. 그러자 대머리 사내는 마치 헝클어진 머리칼을 매만지듯, 안절부절못하는 조그마한 두 손으로 모자를 쓰지 않은 흰 앞이마를 만지작거렸다.

늘 한 무리의 유령 같은 의심에 휩싸여 겁에 질려 있는 윙 비들바움은 자신이 지난 20년 동안 살아온 이 읍내에 속해 있다고 전혀 생각하지 않았다. 와인즈버그의 모든 주민 중에서 오직 한 사람만이 그와 가까이 지냈다. 비들바움은 뉴월러드 하우스의 소유주인 톰 윌러드의 아들 조지 윌러드와 우정 비슷한 관계를 맺고 있었다. 조지 윌러드는 〈와인즈버그이글〉의 신문기자로, 가끔 저녁때 한길을 따라 윙 비들바움의 집까지 걸어갔다. 지금 베란다를 이리저리 서성이며 두 손을 불안하게 움직이고 있는 노인은 조지 윌러드가 찾아와 자신과 저녁 시간을 함께 보내주기를 바라고 있었다. 딸기 따는 일꾼들을 실은 마차가 지나가고 나서야 노인은 높이 자란 겨자 풀밭을 헤치고 들판을 건너 가로대 울타리에 올라가 읍내로 뻗은 길을 애타게 응시했다. 잠시 그렇게 서서 두 손을 비비며 길을 위아래로 훑어보고 있다가 두려움이 엄습해오자 그는 자기 집으로 뛰어 들어가 다시 베란다에서 서성거렸다.

조지 윌러드와 함께 있을 때면 지난 20년 동안 이 읍내의 수수께끼였던 윙 비들바움은 소심성이 조금 없어졌고, 의심의 바다 밑에 가라앉아 있던 음울한 성격도 수면 위로 떠올라 세상을 바라볼 수 있었다. 젊은 기자가 곁에 있으면 그는 용기를 내어 한낮에 메인스트리트로 걸어 나가거나, 흥분하여 말을 하며 자기 집의 삐걱거리는 앞쪽 베란다를 이리저리 걸어 다닐 수도 있었다. 나지막하고 떨리던 그의 목소리는 날카롭게 쇳소리를 내며 커졌다. 그의 구부정한 몸은 곧추 펴졌다. 어부가 냇물에 다시 풀어준 물고기처럼 몸을 꿈틀거리며, 비들바움은 침묵을 깨고 말하기 시작했다. 오랜 침묵의 세월 동안 마음속에 축적된 이런저런 생각을 말로 표현하려 안간힘을 썼다.

윙 비들바움은 손으로 많은 말을 했다. 가느다랗고 표현력이 풍부한 손가락들은 끊임없이 움직이고 또 끊임없이 호주머니나 등 뒤에 숨어 있으려 하다가 앞으로 나와서는 그의 얼굴 표정을 만들어내는 기계의 피스톤간(piston杆)이 되었다.

윙 비들바움의 이야기는 곧 손의 이야기다. 그에게 '윙'이라는 이름이 붙은 것도 갇힌 새가 날개를 퍼덕거리는 것처럼 손이 잠시도 가만히 있지 못하기 때문이었다. 읍내의 어느 무명 시인이 생각해낸 이름이었다. 그 손은 주인을 공포에 질리게 했다. 그래서 그는 손을 숨기고 싶어 했고, 밭에서 함께 일하거나 한 무리의 졸린 짐승을 몰고 시골길을 지나가는 다른 남자들의 표정 없는 조용한 손을 경이로운 시선으로 바라보았다.

조지 윌러드와 말을 나눌 때면 윙 비들바움은 주먹을 꼭 움켜쥐고 집 안의 탁자나 벽을 쾅쾅 쳤다. 그렇게 하고 나면 마음이 훨씬 편해졌다. 둘이서 들판을 걷다가 말을 하고 싶어지면 그는 나뭇등걸이나 울타리 상판을 찾아 두 손으로 분주하게 두드려대면서 다시 편해진 마음으로 말을 이어나갔다.

윙 비들바움의 손에 관한 이야기는 그 자체로 책 한 권을 쓸 만했다. 설득력 있게 전달만 한다면, 그 이야기는 이름 없는 사람들의 여러 이상하고도 아름다운 특성들을 건드릴 것이다. 그 일은 시인의 몫이다. 와인즈버그에서 그 손은 오직 활동 때문에 주목을 끌었을 뿐이었다. 그 손으로 윙 비들바움은 하루에 최대 130킬로그램의 딸기를 땄다. 그 손 때문에 윙 비들바움은 다른 사람들과 구별되어 유명해졌다. 그렇지 않아도 괴기하고 알쏭달쏭한데, 더더욱 괴기한 인물이 되었다. 와인즈버그는 은행가 화이트의 신축 석조 주택과 클리블랜드*에서 열리는 가을 경마

---

*　오하이오주 북동부에 위치한 도시로, 이리호에 인접해 있다.

대회의 '2시 15분' 트롯 경주**에서 우승을 차지한 웨슬리 모이어의 적갈색 종마 토니 팁을 자랑스러워하듯 윙 비들바움의 손을 자랑스럽게 생각했다.

조지 윌러드로 말하자면, 그는 윙의 손에 대해 묻고 싶은 적이 한두 번이 아니었다. 도저히 참을 수 없는 호기심에 사로잡힐 때도 가끔 있었다. 그 이상한 손놀림과 손을 계속 숨기려는 데에는 필시 뭔가 곡절이 있겠거니 느끼면서도 불쑥불쑥 마음속에 떠오르는 질문을 입 밖에 내지 않은 것은 오직 갈수록 커져가는 윙 비들바움에 대한 존중심 때문이었다.

언젠가 한번 조지 윌러드는 바야흐로 비들바움에게 그 손에 대해 물어볼 뻔한 적이 있었다. 어느 여름날 오후 두 사람은 들판을 거닐다가 발걸음을 멈추고 풀로 뒤덮인 강둑에 앉았다. 그날 오후 내내 윙 비들바움은 마치 영감에 사로잡힌 사람처럼 말을 해댔다. 비들바움은 울타리 옆에 멈춰 서서는 거대한 딱따구리처럼 울타리 상판을 두들기면서 조지 윌러드가 주변 사람들 말에 너무 쉽게 좌우되는 경향이 있다며 큰 소리로 나무랐다. "자넨 스스로를 파멸시키고 있는 거야." 비들바움이 소리를 질

렸다. "자넨 혼자 있고 싶어 하고 꿈을 꾸는 성향이 있으면서도 정작 그 꿈을 두려워하지. 자넨 이곳 읍내 사람들처럼 되고 싶어 해. 그 사람들이 하는 말을 듣고 흉내를 내려 한다고."

풀이 무성한 강둑에서 윙 비들바움은 다시 한번 자신의 주장의 요점을 이해시키려 애썼다. 그의 목소리는 부드러워져 회상에 잠기는 듯한 어조가 되었고, 그는 흡족한 한숨을 내쉬면서 꿈속을 헤매는 사람처럼 두서없는 이야기를 길게 늘어놓기 시작했다.

그 꿈으로부터 윙 비들바움은 그림 한 폭을 그려 조지 윌러드에게 보여주었다. 그림 속의 인간들은 일종의 목가적인 황금시대*에 다시 살고 있었다. 팔다리의 균형이 잘 잡힌 젊은이들이 걸어서 또는 말을 타고서 탁 트인 초록 들판을 가로질러 왔다. 작은 정원의 나무 아래 앉아 이야기를 들려주는 한 노인의 발치에 젊은이들은 무리 지어 모여들었다.

윙 비들바움은 완전히 도취 상태에 빠졌다. 그는 처음으로 자신의 손에 대한 생각을 잊어버렸다. 두 손은 살며시 뻗어 나와 조지 윌러드의 어깨에 내려앉았다. 이렇게 말하는 목소리에는

---

* 기원전 7세기경 활동한 고대 그리스의 서사 시인 헤시오도스는 《일과 나날》에서 사람들이 자연과 조화를 이루고 살던 시대를 '황금시대'로 묘사했다.

뭔가 새로움과 대담함이 실려 있었다. "지금껏 배운 건 다 잊으려 애써야 하네." 노인이 말했다. "꿈을 꾸기 시작해야 한다고. 이 순간부터 사람들의 시끌벅적한 소리엔 귀를 닫아버려야 해."

윙 비들바움은 이야기를 잠시 멈추고 한참 동안 진지한 표정으로 조지 윌러드를 바라보았다. 그의 두 눈이 이글거렸다. 비들바움은 또다시 손을 들어 청년을 어루만지려 했지만, 그 순간 그의 얼굴에 공포에 질린 표정이 스쳤다.

윙 비들바움은 몸을 발작적으로 움직이며 벌떡 일어나 두 손을 바지 주머니 깊이 찔러 넣었다. 그의 눈에 눈물이 고였다. "이제 그만 집에 가봐야겠네. 더는 자네랑 이야기를 나눌 수가 없어." 그가 불안한 표정으로 말했다.

노인은 뒤도 돌아보지 않고 황급히 언덕 아래로 내려가 풀밭을 건너갔고, 조지 윌러드는 어안이 벙벙하고 겁을 먹은 채 풀이 무성한 언덕에 남아 있었다. 청년은 두려움에 몸을 한 번 움찟 떨고는 강둑에서 일어나 읍내를 향해 걸어갔다. '그분한테 손 이야기는 물어보지 말아야겠어.' 노인의 눈에서 본 공포가 떠오르자 마음이 흔들린 청년은 생각했다. '뭔가 문제가 있긴 하지만 굳이 알고 싶진 않아. 그분의 손은 나와 읍내 사람들에 대한 그분의 두려움과 뭔가 관련이 있어.'

조지 윌러드의 생각이 옳았다. 여기서 잠깐 그의 손 이야기를 살펴보기로 하자. 어쩌면 우리가 그 손의 사연을 말하는 것이 시인을 부추겨, 그로 하여금 그 사연에 관해 숨겨진 놀라운 이야기를 들려주게 할지도 모른다. 손은 다만 그 사연을 약속하는 펄럭이는 작은 깃발에 지나지 않았을 뿐이다.

젊은 시절 윙 비들바움은 펜실베이니아주의 한 작은 소도시에서 학교 선생으로 일했다. 그는 당시에는 윙 비들바움이 아니라 아돌프 마이어스라는 훨씬 부르기 어려운 이름으로 통했다. 아돌프 마이어스로 불리던 시절 그는 남학생들에게 사랑을 많이 받았다.

아돌프 마이어스에게 젊은이들을 가르치는 교사는 천직이었다. 그는 잘 이해받지 못하는, 보기 드문 사람 축에 들었는데, 학생들을 너무 부드럽게 다룬 나머지 매력적이기는 하지만 연약한 성격의 소유자로 통했기 때문이다. 그런 사람들이 자신의 책임하에 있는 학생들을 사랑하는 마음은 연인을 사랑하는 고운 여자들의 마음씨와 크게 다르지 않았다.

하지만 이런 말들은 거칠게 표현한 것에 지나지 않는다. 이 점에서 시인의 손길이 필요하다. 아돌프 마이어스는 학교 남학생들과 함께 저녁에 산책을 하거나, 땅거미가 질 때까지 학교 계단에 앉아 마치 꿈속에 잠긴 듯 이야기를 나누었다. 그는 두 손으로 여기저기, 사내아이들의 어깨를 어루만지고 헝클어진 머리를 쓰다듬었다. 그가 말하는 동안 그의 목소리는 부드럽고 음악적으로 변했다. 그 목소리에는 어루만지는 듯한 느낌도 있었다. 어떤 면에서 그의 목소리와 손은, 어깨를 쓰다듬고 머리카락을 매만지는 행위는, 교사 나름대로 어린 학생들에게 꿈을 전달해주려는 노력의 일부였다. 그는 손가락에 실린 애무로 자신을 표현했다. 아돌프는 생명을 창조하는 기운이 모이는 대신 흐트러지는 그런 사람들 중 하나였다. 그의 어루만지는 손길을 받으면 소년들의 마음에서 의심과 불신이 자취를 감추었고, 소년들은 꿈을 꾸기 시작했다.

그러다 비극이 닥쳐왔다. 반편이 학생 한 명이 젊은 교사에게 반해버린 것이다. 소년은 밤이면 침대에 누워 입 밖에 낼 수 없는 일들을 상상했고, 아침이면 자신이 상상한 것들을 사실인 것처럼 말하고 다녔다. 헤벌어진 학생의 입술에서 기이하고 끔찍한 비난의 말이 쏟아져 나왔다. 펜실베이니아주의 소도시 전역이 전율했다. 아돌프 마이어스와 관련하여 주민들이 마음속에 품고 있던 은밀한 의혹이 갑자기 확고한 믿음으로 바뀌었다.

비극은 오래 머물지 않았다. 부들부들 떨고 있던 소년들이 침대에서 끌려 나와 심문을 받았다. "선생님이 두 팔로 저를 안았어요." 한 학생이 말했다. "선생님은 늘 손가락으로 제 머리카락을 어루만졌어요." 또 다른 학생은 이렇게 말했다.

어느 날 오후 술집을 운영하는 읍내 주민 헨리 브래드퍼드가 학교에 찾아왔다. 그는 아돌프 마이어스를 학교 운동장으로 불러내어 주먹으로 때리기 시작했다. 공포에 질린 교사의 얼굴을 단단히 움켜쥔 주먹으로 마구 내리치다 보니 브래드퍼드의 분노는 점점 더 끔찍해졌다. 아이들은 두려움에 비명을 지르며 놀란 벌레처럼 이리저리 뛰어다녔다. "내 아들에게 손을 대다니 혼쭐을 내주마, 이 짐승 같은 놈!" 술집 주인이 으르렁거리며 소리쳤다. 교사를 때리다 지치자 그는 발길질을 하여 교사를 운동장 주위로 굴리기 시작했다.

그날 밤 아돌프 마이어스는 펜실베이니아주의 소도시에서 쫓겨났다. 주민 여남은 명이 랜턴을 들고 아돌프가 혼자 사는 집 문 앞에 와서는 옷을 입고 나오라고 명령했다. 비 내리는 밤이었고, 일행 중 한 사람은 손에 밧줄을 쥐고 있었다. 그들은 원래 아돌프를 목매달아 죽일 작정이었지만 그의 모습이 너무 왜소하고 창백하고 불쌍해 보여 그냥 도망치도록 내버려두었다. 아돌프가 어둠 속으로 도망치자 그제야 주민들은 자신들의 나약함을 자책하며, 욕설을 퍼부어대고 그를 향해 막대기며 큼직한 진흙 덩이를 집어던지면서 그의 뒤를 쫓았다. 아돌프는 비명을 지르며 점점 더 빠른 발걸음으로 어둠 속으로 사라져갔다.

지난 스무 해 동안 아돌프 마이어스는 와인즈버그에서 홀로 살았다. 그는 마흔 살밖에 되지 않았지만 예순다섯 살처럼 보였다. 비들바움이라는 이름은 오하이오주 동부의 어느 소도시를 황급히 지나치다가 화물역에 놓인 물품 상자에서 보고 따온 것이었다. 와인즈버그에는 치아가 시꺼먼 그의 늙은 숙모가 닭을 치며 살고 있었다. 그는 숙모가 죽을 때까지 함께 지냈다. 아돌프는 펜실베이니아주에서 그런 일을 겪은 뒤 1년 동안 앓아누웠고, 자리를 털고 일어난 뒤로는 밭에서 일용직 일꾼으로 일하며 소심한 모습으로 돌아다니고 자신의 손을 숨기려 들었다. 그는 자신이 겪은 일을 이해하지 못했지만, 손 때문일 거라고 느꼈다. 학생들의 아버지들은 여러 번 그의 손을 두고 이야기를 했던 것이다. "손을 잘 간수하란 말이다." 화가 난 술집 주인은 학교 운동장에서 펄쩍펄쩍 뛰며 큰 소리로 말했었다.

태양이 자취를 감추고 들판 너머 도로가 잿빛 땅거미 속으로 사라질 때까지 윙 비들바움은 골짜기 근처 자기 집 베란다를 쉴 새 없이 서성거렸다. 집 안으로 들어간 그는 빵을 잘라 그 위에 꿀을 발랐다. 저녁 기차가 그날 수확한 딸기를 가득 실은 화물차들을 끌고 덜컹거리며 굴러가는 소리가 그치고 여름밤의 정적이 다시 찾아들면 비들바움은 다시 베란다에 나가 서성거렸다. 어둠 속에서 그의 손은 보이지 않았고, 두 손은 잠자코 있었다. 비들바움은 사람에 대한 자신의 사랑을 표현하는 매개체인 청년이 나타나기를 여전히 갈망했지만, 그 갈망은 다시 외로움과 기다림의 일부가 되었다. 램프 불을 켠 윙 비들바움은 소박한 식사의 흔적이 남은 접시 몇 개를 씻고서 베란다로 이어지는 방충망 문 옆에 접이침대를 펼친 후, 잠을 자려고 옷을 벗을 준비를 했다. 탁자 옆 깨끗이 청소한 바닥에 흰 빵 부스러기 몇 개가 떨어져 있었다. 등받이 없는 낮은 의자에 램프를 올려둔 비들바움은 빵 부스러기를 주워 모으더니 믿기 어려울 만큼 빠른 속도로 하나씩 입으로 가져갔다. 테이블 밑 짙은 얼룩처럼 번진 불빛 속에 무릎을 꿇은 모습은 마치 교회에서 예배를 드리는 성직자처럼 보였다. 불빛 안팎으로 나타났다 사라지는 신경질적이고 표현력 풍부한 손가락들은 수십 년 동안 묵주를 재빠르게 굴려온 가톨릭 신자의 손가락처럼도 보였다.

종이 알약

그는 흰 턱수염에 큰 코와 우람한 손을 가진 노인이었다. 우리가 그를 알기 오래전부터 그는 의사였고, 늙어빠진 흰 말을 타고 와인즈버그 거리를 돌며 집집마다 왕진을 다녔다. 뒷날 그는 재력 있는 한 아가씨와 결혼했다. 아가씨의 아버지가 죽으면서 그녀에게 넓고 비옥한 농장을 물려주었던 것이다. 아가씨는 말수가 적고 키가 컸으며 얼굴은 거무스름한 편이었고, 많은 사람의 눈에 매우 아름다워 보였다. 와인즈버그 주민들은 모두 어쩌다 그 아가씨가 의사와 결혼했을까 궁금해했다. 결혼한 지 1년도 채 되지 않아 그녀는 죽었다.

의사의 손마디는 이상할 정도로 큼직했다. 손을 꼭 모아 쥐고 있으면 마치 호두만큼 큼직한 색칠하지 않은 나무 공 다발을 쇠

막대기들로 고정해놓은 것처럼 보였다. 의사는 옥수수 속대로 만든 파이프를 피웠고, 아내가 죽은 뒤로는 하루 종일 텅 빈 진료실의 거미줄로 뒤덮인 창가에 바짝 붙어 앉아 있었다. 그는 절대로 창문을 열지 않았다. 8월의 어느 무더운 날 한번 열어보려고 했으나, 꼼짝달싹도 하지 않자 그 뒤로는 아예 창문을 잊고 지냈다.

와인즈버그는 노인을 잊었지만, 리피 의사의 내면에는 아주 섬세한 무언가의 씨앗들이 자라고 있었다. 헤프너블록에 자리한 패리스 직물 상점 위층의 퀴퀴한 먼지 냄새 나는 진료실에서 노인은 혼자 끊임없이 무엇인가를 지었다가 부수는 일을 하고 있었다. 그는 작은 진실의 피라미드들을 지었고 다 짓고 나면 또 다른 피라미드들을 세울 진실을 확보하려고 다시 무너뜨렸다.

리피 의사는 지난 10년 동안 단벌 신사로 지낸 키 큰 남자였다. 양복의 양쪽 소매는 해지고 무릎과 팔꿈치에는 작은 구멍들이 나 있었다. 진료실에서는 큼직한 호주머니가 달린 리넨 겉옷을 입었는데, 그는 그 호주머니 속에 쉴 새 없이 종잇조각을 쑤셔 넣었다. 몇 주일이 지나면 종잇조각들은 딱딱하고 동그란 공들로 뭉쳤고, 호주머니가 가득 차면 그는 그 공들을 마룻바닥에 쏟아냈다. 지난 10년 동안 그에게는 묘목장의 주인인 존 스패니어드라는 또 다른 노인 말고는 친구가 단 한 사람도 없었다. 가끔 장난기가 발동하면 늙은 리피 의사는 호주머니에서 종이 공을 한 움큼 꺼내 묘목장 주인에게 던졌다. "놀래려고 던지는 거야, 이 실없는 소리나 하는 감상주의 노인네야." 의사는 너털웃음에 몸을 떨며 외쳤다.

리피 의사와 뒷날 그의 아내가 되어 그에게 유산을 물려준 키크고 얼굴이 거무스름한 아가씨의 연애 이야기는 아주 희한한 이야기다. 와인즈버그 과수원에서 자라는 뒤틀린 작은 사과들처럼 맛있는 이야기. 가을에 과수원을 걸으면 발밑의 땅바닥은 서리로 딱딱하다. 사과는 수확하는 사람들이 나무에서 모두 따가고 없다. 그렇게 수확한 사과들은 나무 상자에 담아 대도시로 보내고, 책과 잡지와 가구와 사람들로 가득 찬 아파트에서 먹는다. 나무에는 수확하는 사람들이 따지 않은 옹이 진 사과 몇 개만 매달려 있을 뿐이다. 옹이 진 사과들은 리피 의사의 손마디처럼 생겼다. 그 사과들은 한 입 깨물어 먹으면 맛이 아주 좋다. 옆쪽의 작고 동그란 부분에 단맛이 모두 모여 있기 때문이다. 누군가가 서리로 얼어붙은 땅을 밟고 이 나무에서 저 나무로 뛰어다니며 옹이 지고 뒤틀린 사과들을 따서 주머니를 가득 채운다. 뒤틀린 사과의 달콤한 맛을 아는 사람은 몇 되지 않는다.

아가씨와 리피 의사는 어느 여름 오후 연애를 시작했다. 그때 의사는 마흔다섯 살이었고, 딱딱한 공이 되었다가 버려지는 종잇조각들로 호주머니를 채우는 일을 이미 시작한 뒤였다. 그 버릇이 생긴 것은 그가 늙은 흰 말이 끄는 마차에 앉아 천천히 시골길을 달리면서였다. 그 종이들에는 생각들, 생각의 끝자락들, 생각의 시작들이 적혀 있었다.

리피 의사는 마음속에서 그 생각들을 하나하나 만들어냈다. 무수히 많은 생각들로 그는 마음속에 거창하게 떠오른 진실 하나를 만들었다. 그 진실은 구름처럼 세상을 뒤덮어 어둡게 만들었다. 진실은 무시무시해졌다가 희미하게 사라졌고, 그러고 나면 사소한 생각들이 다시 시작되었다.

키 크고 얼굴이 거무스름한 아가씨는 임신을 하고 겁에 질려서 리피 의사를 찾아왔다. 그녀가 그런 상태가 된 것 역시 일련의 희한한 상황 때문이었다.

아가씨의 부모가 사망하고 그녀가 비옥한 땅을 물려받자 구애하는 사내들이 줄을 지어 그녀 뒤를 쫓아다니기 시작했다. 그래서 그녀는 2년 동안 거의 매일 저녁 구애하는 사내들을 만났다. 사내들은 오직 두 사람을 제외하고는 모두 똑같았다. 하나같이 그녀에게 정열에 대해 말했고, 목소리와 그녀를 바라보는 눈길에는 긴장한 열의가 감돌았다. 남달랐던 두 사람은 서로와도 사뭇 결이 달랐다. 한 사내는 와인즈버그 보석상의 아들로, 날씬하고 손이 흰 청년이었고, 계속 처녀성에 대해 이야기했다. 그녀와 함께 있을 때면 그 주제에서 벗어나는 법이 없었다. 검은 머리카락에 큰 귀를 가진 또 다른 사내는 아무 말도 하지 않고 늘 어떻게든 그녀를 어두운 곳으로 끌고 가 키스를 퍼붓기 시작했다.

키 크고 얼굴이 거무스름한 아가씨는 한동안 보석상의 아들과 결혼해야겠다고 생각했다. 그녀는 몇 시간 동안 잠자코 앉아서 그가 하는 말에 귀를 기울이고 있었는데, 갑자기 무언가 두려워지기 시작했다. 처녀성에 대한 그의 말 속에 다른 누구보다 더 큰 욕정이 숨어 있다는 생각이 들기 시작했던 것이다. 그녀는 이따금 그가 말할 때면 두 손으로 자신의 몸을 붙잡고 있는 것 같다고 느꼈다. 그가 흰 손으로 자신의 몸을 잡고 천천히 돌리면서 물끄러미 바라보고 있다고 상상했다. 밤이면 그가 자신의 몸을 이로 깨물어 그의 턱에서 피가 뚝뚝 떨어지는 꿈을 꿨다. 이런 꿈을 세 번 꾸고 나서 그녀는 임신했다. 아무런 말도 하지 않았지만 격정의 순간에 실제로 그녀의 어깨를 깨무는 바람에 며칠 동안 그 이빨 자국이 남아 있었던 그 사내의 아이를 말이다.

리피 의사와 상담하고 난 후, 키 크고 얼굴이 거무스름한 아가씨는 다시는 의사 곁을 떠나고 싶지 않은 기분이 들었다. 어느 날 아침 아가씨는 의사의 진료실에 찾아갔고, 그녀가 아무 말도 하지 않았는데도 의사는 그녀에게 무슨 일이 있었는지 모두 알고 있는 것 같았다.

의사의 진료실에는 와인즈버그에서 서점을 경영하는 사내의 아내가 있었다. 구식 시골 의사들이 모두 그러듯 리피 의사도 이를 뽑았고, 진료실에서 기다리던 여자는 자기 이에 손수건을 대고 신음했다. 남편이 그녀와 함께 있었는데, 이를 뽑을 때 두 사람은 함께 비명을 질렀고 여자의 흰 드레스에 피가 뚝뚝 떨어졌다. 키 크고 얼굴이 거무스름한 아가씨는 이 광경에 전혀 관심이 없었다. 여자와 남자가 진료실에서 나가고 나자 의사는 미소를 지었다. "나랑 같이 시골길로 드라이브 갑시다." 그가 말했다.

몇 주 동안 키 크고 얼굴이 거무스름한 아가씨와 의사는 거의 날마다 함께 있었다. 그녀를 의사의 진료실에 찾아오게 한 몸 상태는 질병으로 발전했다. 그러나 그녀는 뒤틀린 사과의 달콤함을 맛본 사람처럼 되어 두 번 다시 대도시의 아파트에서 먹는 동그랗고 완벽한 사과에 마음을 붙일 수가 없었다. 의사를 알게 된 뒤 처음 맞은 가을에 아가씨는 리피 의사와 결혼했고, 이듬해 봄에 세상을 떠났다. 겨울 내내 의사는 종잇조각에 두서없이 끄적거린 단상들을 그녀에게 읽어주었다. 쪽지들을 다 읽고 나면 그는 큰 소리로 웃으며 호주머니에 쑤셔 넣었고, 그것들은 동그랗고 딱딱한 공이 되었다.

어머니

조지 윌러드의 어머니 엘리자베스 윌러드는 키가 크고 야윈 여성으로, 얼굴에는 천연두 자국이 있었다. 마흔다섯 살밖에 되지 않았는데도 알 수 없는 질병 때문에 몸에는 활력이 없었다. 그녀는 어질러진 낡은 호텔을 기운 없이 돌아다니며 빛바랜 벽지와 해어진 카펫을 쳐다보았고, 기운이 나면 뚱뚱한 여행객들이 잠을 자며 더럽혀놓은 침대를 정리하며 객실 여종업원이 하는 일을 했다. 남편인 톰 윌러드는 네모반듯한 어깨와 민첩한 군인의 발걸음, 끝이 날카롭게 올라가도록 잘 길들인 검은 콧수염을 가진 늘씬하고 우아한 사내로, 아내를 마음속에서 지우려고 애를 썼다. 복도를 따라 천천히 움직이는 키 큰 유령 같은 아내의 존재를 그는 자신에 대한 치욕으로 느꼈다. 아내를 생각하면

화가 났고 욕설이 절로 나왔다. 호텔은 수익이 나지 않아 늘 파산 일보 직전이었고, 그는 그곳에서 벗어나고 싶었다. 낡은 집과 그 안에서 자신과 함께 살아가는 여자를 그는 패배하고 영락(零落)한 것으로 생각했다. 그가 그토록 희망에 차서 삶을 시작했던 호텔은, 이제 호텔이라면 마땅히 갖춰야 할 모습의 환영에 지나지 않았다. 그는 말쑥하게 차려입고 사무적인 태도로 와인즈버그 거리를 걸어 다니다가도, 가끔 발길을 멈추고는 호텔과 여자의 유령이 길거리까지 쫓아온 것은 아닌지 겁을 내며 재빨리 주위를 돌아보았다. "빌어먹을 놈의 인생, 제기랄!" 그는 이렇다 할 이유 없이 욕설을 내뱉었다.

톰 윌러드는 소도시 정치에 정열적이었고, 공화당 세력이 강한 지역에서 수년간 선도적인 민주당 지지자 역할을 해왔다. '언젠가는 정치 기류가 내게 유리하게 돌아설 테고, 그렇게 되면 의미 없이 봉사했던 세월에 대한 큰 보상을 받게 되겠지.' 그는 이렇게 생각했다. 그는 의회에 진출하고 심지어는 주지사가 되는 꿈을 꾸었다. 한번은 젊은 당원이 정치 집회에서 일어나 자신이 당에 충실하게 봉사했다고 자랑을 늘어놓자 톰 윌러드는 잔뜩 화가 나서 얼굴이 백지장처럼 하얗게 변했다. "입 닥쳐, 이 친구야." 그가 주위를 무섭게 노려보며 소리를 질렀다. "봉사에 대해 자네가 뭘 안다고? 고작 애송이 주제에? 내가 여기서 한 일을 보란 말이다. 난 와인즈버그에서 민주당원인 게 범죄 취급받던 시절부터 여기서 민주당원이었어. 옛날엔 정말로 총을 들고 우리를 사냥하러 다녔다고."

엘리자베스와 그녀의 외아들 조지 사이에는 오래전에 사라진 소녀 시절의 꿈에 근거한, 뭐라고 말로 표현할 수 없는 심오한 공감의 유대가 있었다. 엘리자베스는 아들 앞에서는 소심하고 말도 없었지만, 가끔 아들이 신문기자로 분주하게 읍내를 돌아다니며 취재를 할 때면 아들 방에 들어가 문을 닫고는 창가에 놓인 식탁으로 만든 작은 책상 옆에 무릎을 꿇고 앉았다. 방 안 책상 옆에서 그녀는 하늘을 향해 반쯤은 기도요 반쯤은 요구인 의식(儀式)을 거행했다. 그녀는 아들의 소년티 나는 모습에서, 한때 그녀의 일부였으나 지금은 반쯤 잊힌 그 무언가가 재창조되는 모습이 간절히 보고 싶었다. 기도는 이런 내용이었다. "비록 제가 죽더라도 어떤 식으로든지 당신이 패배에 관여하지 못하도록 지켜내겠습니다." 그녀는 기도하며 울었다. 결의가 너무 강렬해서 온몸이 떨릴 정도였다. 두 눈에서 빛이 났고 그녀는 주먹을 불끈 쥐었다. "제가 죽고 나서 아들이 저처럼 무의미하고 생기 없는 존재가 되는 걸 본다면, 저는 다시 돌아올 겁니다." 그녀는 선언하듯 말했다. "지금 저는 하나님께 그런 특권을 달라고 청합니다. 아니, 요구합니다. 그에 대한 대가를 치르겠습니다. 하나님께서 주먹으로 저를 치셔도 좋습니다. 제 아들이 저희 두 사람을 위해 무언가를 표현할 수 있도록 허락해주신다면, 저는 어떤 매라도 달게 맞겠습니다." 불안해하며 잠시 말을 멈춘 여자는 아들의 방을 물끄러미 둘러보았다. "그리고 그 아이가 똑똑해지지도 성공하지도 않게 해주십시오." 그녀가 애매하게 덧붙였다.

조지 윌러드와 그의 어머니의 교감은 겉으로 보기에는 의미없는 형식적인 것이었다. 그녀가 아파서 자기 방 창가에 앉아 있을 때면 조지는 가끔 저녁때 그녀를 찾아갔다. 두 사람은 조그마한 목조 건물 지붕 너머로 메인스트리트가 내려다보이는 창가에 앉았다. 고개를 돌리면 또 다른 창을 통해 메인스트리트 상점들 뒤쪽으로 이어지는 골목길을 따라 애브너 그로프의 제과점 뒷문까지 보였다. 두 사람이 그렇게 앉아 있을 때면 이따금 마을의 삶이 그림처럼 그들 눈앞에 펼쳐지곤 했다. 손에 막대기나 빈 우유병을 든 애브너 그로프가 가게 뒷문으로 나타났다. 제과점 주인은 한참 동안 약사인 실베스터 웨스트가 키우는 잿빛 고양이와 실랑이를 벌였다. 청년과 그의 어머니의 눈에 고양이가 제과점 문으로 슬며시 들어갔다가 금방 나오고, 그 뒤로 욕설을 퍼부으며 팔을 휘두르는 제과점 주인이 따라 나오는 모습이 보였다. 제과점 주인의 눈은 조그맣고 붉게 충혈되어 있었으며, 그의 검은 머리칼과 수염은 밀가루 범벅이었다. 제과점 주인은 가끔 고양이가 자취를 감추고 난 뒤에도 제 분을 이기지 못해 막대기와 깨진 유리 조각, 심지어 빵 굽는 연장들까지도 마구 던져댔다. 한번은 그러다가 시닝의 철물점 뒤쪽 유리창을 깨뜨린 적도 있었다. 잿빛 고양이는 골목길에, 찢어진 종잇조각과 깨진 유리병들로 가득 차 검은 파리 떼가 들끓는 나무통들 뒤에 쪼그리고 앉아 있었다. 한번은 혼자 있을 때 제과점 주인이 아무 쓸데 없는 분노를 끝없이 폭발시키는 모습을 보고 엘리자베스 윌러드는 길고 흰 손에 머리를 파묻고 흐느껴 울었다. 그 뒤로 그녀는 이제 더는 골목길을 쳐다보지 않았고, 턱수염이 난 사내와 고양이의 싸움을 잊으려 애썼다. 그 싸움은 끔찍스러울 만큼 생생하게 그녀 자신의 삶을 재현하는 것처럼 보였다.

아들이 어머니와 함께 방 안에 앉아 있는 저녁이면 침묵 때문에 둘 다 어색한 기분이 되었다. 어둠이 내리고 저녁 기차가 역에 들어왔다. 저 아래 길거리에서는 사람들이 판자를 간 인도 위에서 발을 구르며 지나다녔다. 저녁 기차가 떠나고 난 역전 광장에 무거운 침묵이 흘렀다. 아마 속달 배달 기사인 스키너 리슨이 역 승강장 길이만 한 트럭을 이동했을 것이다. 메인스트리트 쪽에서는 한 사내가 크게 웃는 소리가 들려왔다. 속달 배달 사무실 문에서 쾅 소리가 났다. 조지 윌러드는 자리에서 일어나 방을 가로질러 가며 문손잡이를 더듬어 찾았다. 가끔 의자에 부딪히는 바람에 의자가 마룻바닥을 긁는 소리를 내는 때도 있었다. 창가에는 병든 여인이 꼼짝도 하지 않고 나른하게 앉아 있었다. 핏기 없는 길고 흰 손이 의자 팔걸이 끝을 넘어 축 처져 있는 모습이 보였다. "너도 이제 밖에 나가 사내들하고 어울려 노는 게 좋겠구나. 너무 방 안에만 있잖니." 그녀는 자신의 곁을 떠나는 아들의 민망한 마음을 덜어주려고 애쓰며 말했다. "산책을 좀 해야겠어요." 쑥스럽고 혼란스러워진 조지 윌러드가 대답했다.

뉴윌러드 하우스를 임시 거처로 삼는 투숙객들이 점점 줄어들고 밝기를 낮춘 석유램프 불빛만이 복도를 어둡게 비추고 있던 7월의 어느 저녁, 엘리자베스 윌러드는 모험을 감행했다. 그녀는 며칠 동안 병석에 누워 있었고 아들은 그녀를 찾아오지 않았다. 그래서 갑자기 겁이 덜컥 났다. 아직 몸에 남아 있는 희미한 생명의 불꽃이 불안감으로 타올랐다. 그녀는 침대에서 기어나와 옷을 입고는 종종걸음으로 복도를 지나 아들 방으로 가며 과장된 두려움으로 몸을 떨었다. 그녀는 손을 짚어 몸을 가누고, 종이로 도배한 복도 벽을 따라 미끄러지듯 걸으면서 힘겹게 숨을 쉬었다. 공기가 이 사이로 스치면서 휘파람 소리를 냈다. 서둘러 앞으로 나아가면서 그녀는 스스로가 얼마나 바보 같은지 생각했다. "그 애는 사내 녀석들 관심사에 정신이 팔려 있을 거야. 어쩌면 밤에 여자애들과 쏘다니기 시작했을지도 모르지.” 그녀는 혼잣말로 중얼거렸다.

엘리자베스 윌러드는 한때 아버지의 소유였으며 지금도 여전히 지방법원에 그녀 명의로 소유권이 등록되어 있는 호텔에서 손님들 눈에 띄는 것을 두려워했다. 호텔은 너무 초라해서 투숙객이 계속 줄어들고 있었고, 그녀는 자기 자신 또한 초라하다고 생각했다. 그녀의 방은 후미진 모퉁이에 있었고, 일할 수 있는 기운이 나면 그녀는 자발적으로 침대 사이를 오가며 일을 했다. 그녀는 투숙객들이 호텔 밖에 나가 와인즈버그의 상인들 사이에서 거래를 찾는 동안 자기가 할 수 있는 일을 하길 좋아했다.

어머니는 아들 방 문 앞의 바닥에 무릎을 꿇고 앉아 안에서 무슨 소리가 나는지 귀를 기울였다. 아들이 방 안에서 움직이면서 나지막하게 말하는 소리가 들리자 그녀의 입가에 미소가 번졌다. 조지 윌러드는 소리 내어 혼잣말을 하는 습관이 있었고, 아들이 그러는 소리를 들으면 그의 어머니는 언제나 이상하게 기분이 좋았다. 아들의 그런 습관이 어딘지 둘 사이의 비밀스러운 유대를 끈끈하게 해주는 듯한 느낌이 들었다. 그 문제에 대해 그녀는 수천 번을 혼자 이렇게 중얼거렸다. “그 애는 지금 무언가를 모색하고 있어. 자기 자신을 찾으려는 거지.” 그녀가 생각했다. ‘그 애는 멍청한 얼간이가 아니야. 말도 잘하는 데다 얼마나 영특한데. 그 애 내면에는 비밀스러운 무언가가 자라려 애쓰고 있어. 내가 내 내면에서 죽도록 방치했던 바로 그것 말이야.'

어두컴컴한 복도의 문 앞에서 일어난 병든 여자는 다시 자기 방을 향해 가기 시작했다. 문이 열리고 아들이 밖으로 나와 마주칠까 봐 겁이 났다. 안전한 거리만큼 멀어져 모퉁이를 돌아서 두 번째 복도로 들어설 즈음, 여자는 발걸음을 멈추고 두 손으로 몸을 지탱하고는 갑자기 발작처럼 엄습해온 무기력을 떨쳐내야 한다고 생각하면서 기다렸다. 방 안에 아들이 있다는 사실에 그녀는 행복했다. 침대에서 긴 시간을 혼자 보내는 동안, 그녀에게 찾아왔던 이런저런 사소한 불안들은 거인처럼 엄청나게 커졌었다. 그런데 이제 그 거인들은 모두 사라졌다. "내 방에 돌아가면 잠을 잘 거야." 그녀는 다행스럽게 중얼거렸다.

그러나 엘리자베스 윌러드는 침대로 돌아가 잠을 이룰 수 없었다. 어둠 속에서 몸을 떨며 서 있는데 아들 방의 문이 열리더니 청년의 아버지 톰 윌러드가 걸어 나왔기 때문이다. 그는 열린 문으로 흘러나온 불빛 속에서 문손잡이를 잡고 서서 이야기를 했다. 여자는 그가 한 말에 분노를 금치 못했다.

톰 윌러드는 아들에게 거는 야심이 컸다. 평생 한 일 중 무엇 하나 성공한 적이 없었지만 그는 늘 자신이 성공한 남자라고 생각했다. 뉴윌러드 하우스가 보이지 않고 아내와 마주칠 염려가 없을 때면 그는 우쭐대며 걸었고, 자신이 읍내 유지(有志) 중 한 사람이라도 된 양 행세를 했다. 톰 윌러드는 아들이 성공하기를 바랐다. 아들에게 〈와인즈버그이글〉 신문사의 자리를 마련해준 것도 그였다. 지금 그는 진지한 목소리로 아들에게 행동거지에 대해 충고하는 중이었다. "조지, 내 말 잘 들어라. 너는 꿈에서 깨어나야 해." 그가 날카롭게 말했다. "윌 헨더슨이 그 문제로 세 번이나 나한테 이야기를 하더구나. 그 사람 말로는 넌 몇 시간을 누가 불러도 듣지도 못하고 수줍은 계집애처럼 군다던데. 도대체 왜 그러는 거냐?" 톰 윌러드는 상냥하게 웃었다. "뭐, 극복할 수 있겠지. 윌한테도 그렇게 말했거든. 넌 바보도 아니고 계집애도 아니야. 넌 톰 윌러드의 아들이니, 꿈에서 깰 거야. 난 걱정하지 않아. 네 말을 들으니 말끔하게 정리가 되는구나. 신문기자 노릇을 하다 보니 작가가 되겠다는 생각이 슬그머니 들었다 해도 뭐 괜찮아. 다만 그 일을 한다고 해도 꿈에서는 깨어나야 할 거야, 그렇지?"

톰 윌러드는 민첩하게 복도를 지나고 계단을 내려가 사무실로 갔다. 어둠 속에 있던 여자의 귀에 그가 껄껄 웃으며, 사무실 문간 의자에 앉아 졸면서 지루한 저녁 시간을 보내려 애쓰고 있던 한 투숙객과 이야기를 나누는 소리가 들렸다. 그녀는 아들의 방 문 앞으로 돌아갔다. 그녀 몸에서 쇠약함이 기적처럼 사라졌고, 그녀는 대담하게 발을 내디뎠다. 온갖 생각이 두서없이 그녀의 뇌리를 스쳐 갔다. 방바닥을 긁는 의자 소리와 펜이 종이를 스치는 소리가 들리자 그녀는 다시 돌아서서 복도를 지나 자기 방으로 갔다.

와인즈버그 호텔 주인의 실패한 아내의 마음속에 단호한 결심이 섰다. 그 결심은 오랜 세월 조용하고도 이렇다 할 효과 없이 해온 생각의 결과였다. 그녀는 혼잣말로 중얼거렸다. "이제 내가 행동할 거야. 내 아들을 위협하는 뭔가가 있으니, 내가 그걸 막아낼 거야." 톰 윌러드와 아들 사이의 대화가 마치 서로를 이해하는 것처럼 꽤나 조용하고 자연스러웠다는 사실에 그녀는 미칠 것만 같았다. 남편을 증오해온 지 벌써 몇 해가 흘렀지만, 이전까지 그녀의 증오는 늘 개인에 별로 관계없는 것이었다. 남편은 그녀가 증오하는 다른 무언가의 일부에 지나지 않았다. 그러나 지금 문간에서 한 몇 마디 말에 의해 그는 그 다른 무언가 그 자체가 되었다. 그녀는 어두컴컴한 자기 방에서 주먹을 불끈 쥐고 주위를 무섭게 노려보았다. 그러고는 벽의 못에 걸린 천 가방으로 가서 길쭉한 재봉 가위를 꺼내 비수처럼 손에 쥐었다. "그이를 찔러 죽여버릴 거야." 그녀가 큰 소리로 말했다. "악마의 대변자가 되길 자처했으니 죽여버릴 거야. 그 사람을 죽이면 내 안의 무언가가 뚝 끊어지면서 나도 죽게 되겠지. 그러면 우리 모두 홀가분하게 풀려나게 될 거야.”

톰 윌러드와 결혼하기 전 소녀 시절, 엘리자베스는 와인즈버그에서 조금 평판이 좋지 않았다. 몇 해 동안이나 그녀는 이른바 ‘무대 생활에 들떠서’ 요란하게 옷을 차려입고 아버지의 호텔을 찾은 남자 투숙객들과 보란 듯이 길거리를 활보하며, 그들이 떠나온 대도시의 생활에 대해 말해달라고 졸라댔다. 한번은 남장을 한 채로 자전거를 타고 메인스트리트를 달리는 바람에 온 읍내 주민들이 경악한 적도 있었다.

그 시절의 키 큰 검은 머리 소녀는 마음속이 여간 혼란스럽지 않았다. 그녀 내면의 엄청난 조바심은 두 가지 방식으로 나타났다. 첫째, 변화에 대한 불안한 갈망이 있었다. 즉 삶에 뭔가 거창하고 결정적인 일이 일어나기를 갈구했다. 무대에 마음이 끌린 것도 이런 감정 때문이었다. 그녀는 극단에 들어가 전 세계를 순회하며 언제나 새로운 사람들을 만나고 자기 안에서 무언가를 꺼내 모든 사람에게 주는 꿈을 꾸었다. 가끔은 밤에 이런 생각을 하다가 미쳐버릴 것 같은 때도 있었다. 그러나 와인즈버그에 머무르며 아버지 호텔에 투숙하는 극단 단원들과 이 문제에 대해 상의하려 해봐도 아무런 성과도 얻을 수 없었다. 그 사람들은 그녀의 말뜻을 알아듣지 못하는 눈치였고, 그녀가 자신의 열정을 조금이라도 표현하는 데 성공했다 해도 그저 웃어넘길 뿐이었다. 그 사람들은 말했다. "그런 게 아니야. 이 일만큼이나 지루하고 재미없는 일은 없어. 얻는 게 아무것도 없거든."

그녀는 남자 여행객들과 함께 걸어 다녔고, 나중에는 톰 윌러드와 같이 걸어 다니게 되었는데, 그것은 아주 다른 경험이었다. 여행객들은 언제나 그녀를 이해하고 그녀에게 공감해주었다. 읍내의 인도에서나 가로수 아래 어두운 그늘에서나 그들은 그녀의 손을 잡았고, 그녀는 자기 안의 표현되지 못한 무언가가 밖으로 나와 그들 내면의 표현되지 못한 어떤 것의 일부가 되었다고 생각했다.

그리고 엘리자베스가 느끼는 조바심이 나타나는 두 번째 방식이 있었다. 그 방식이 찾아오면 그녀는 한동안 해방감을 느끼고 행복해졌다. 그녀는 함께 걸었던 남자들을 탓하지 않았고, 나중에 톰 윌러드를 탓하지도 않았다. 언제나 똑같았는데, 키스로 시작해서 이상하게 격한 감정이 지나고 나면 평화로운 마음이 찾아왔고, 마지막에는 흐느끼면서 참회로 끝이 났다. 흐느껴 울 때면 그녀는 사내의 얼굴에 한 손을 갖다 댄 채 늘 똑같은 생각을 했다. 아무리 덩치가 크고 턱수염이 난 남자라도 갑자기 어린 소년이 되어버린 것처럼 느껴졌다. 그녀는 어째서 상대가 같이 흐느껴 울지 않는지 이해가 가지 않았다.

자기 방 안에서 엘리자베스 윌러드는 낡은 윌러드 하우스의 한구석에 처박혀 있던 램프에 불을 붙여 문 옆 화장대 위에 놓았다. 문득 어떤 생각이 들자 그녀는 옷장으로 가 작은 네모 상자를 꺼내어 탁자 위에 올려놓았다. 상자 안에는 화장 도구들이 들어 있었다. 어쩌다 와인즈버그에 발이 묶였던 어느 극단이 다른 소지품과 함께 두고 간 물건이었다. 엘리자베스 윌러드는 예뻐 보이기로 다짐했다. 그녀의 머리카락은 여전히 검었고, 그녀는 그 숱 많은 머리칼을 땋아서 머리 위로 감아올린 채였다. 저 아래 사무실에서 앞으로 일어나게 될 장면이 마음속에서 점점 구체화되었다. 유령처럼 기진맥진한 모습이 아니라 전혀 예상 밖의 소스라치게 놀랄 만한 어떤 존재로 톰 윌러드를 대적해야 했다. 그녀는 훤칠하게 큰 키와 석양처럼 붉게 물든 뺨, 머리칼이 풍성하게 어깨로 흘러내린 모습으로 성큼성큼 계단을 내려가 할 일 없이 호텔 사무실에 앉아 있는 사내들 앞에 서리라. 그 형체는 아무 말도 없을 것이고, 재빠르고 끔찍하리라. 새끼가 위협받은 암컷 호랑이처럼, 그녀는 한 손에 길고 날카로운 가위를 든 채 어둠 속에서 살금살금 나타나리라.

엘리자베스 윌러드는 목구멍으로 나지막하게 흐느끼며 화장대 위에 놓인 램프 불을 불어 끄고는 힘없이 벌벌 떨면서 어둠 속에 서 있었다. 기적과도 같았던 힘이 몸속에서 빠져나가자 그녀는 그 오랜 세월 양철 지붕들 너머로 와인즈버그의 메인스트리트를 쳐다보며 앉아 있곤 하던 의자 등을 꼭 붙잡은 채로 반쯤 비틀거리며 바닥을 가로질렀다. 복도에서 발소리가 들리더니 조지 윌러드가 문으로 들어왔다. 그는 어머니 옆의 의자에 앉아 말하기 시작했다. "저 이곳을 떠나야겠어요. 어디로 가야 할지, 뭘 해야 할지 잘 모르겠지만, 떠나야겠어요."

어머니는 의자에 앉아 몸을 떨며 기다렸다. 불쑥 어떤 충동이 들었다. 그녀가 말했다. "이제 꿈에서 깨어나는 게 좋겠다고, 그런 생각을 하는 거니? 대도시로 가서 돈을 벌겠다고, 응? 사업가가 돼서 날렵하고 영민하고 활기차게 사는 게 더 좋을 거라고 생각하는 거야?" 그녀는 몸을 떨며 대답을 기다렸다.

아들은 고개를 내저었다. "어머니를 이해시켜드릴 순 없겠죠. 하지만 아, 정말 그럴 수만 있다면 얼마나 좋을까요." 그가 진지한 목소리로 말했다. "아버지께는 이 이야기를 말씀조차 드릴 수 없었어요. 아예 시도도 하지 않았거든요. 해봤자 아무 소용 없을 테니까요. 어떻게 해야 할지 잘 모르겠어요. 그냥 멀리 떠나가서 사람들을 만나고 생각하고 싶어요."

아들과 어머니가 함께 앉아 있는 방 안에 정적이 감돌았다. 여느 다른 저녁과 마찬가지로 두 사람은 민망해졌다. 한참 뒤 청년은 다시 말을 꺼냈다. "아마 1, 2년은 걸리겠지만, 이 일을 그동안 줄곧 생각해왔어요." 그는 일어나서 문가로 걸어가며 말했다.

“아버지가 하신 말씀을 듣고 떠나야겠다는 확신이 들었어요.”
청년은 더듬거리며 문손잡이를 찾았다. 방 안의 정적이 어머니
가 감당하지 못할 정도가 되었다. 아들의 입에서 나온 말 때문에
그녀는 환호성을 지르고 싶었지만, 기쁜 마음을 표현할 길이 없
었다. “엄마 생각에도 네가 집을 떠나 사내애들과 어울리는 건
좋을 것 같구나. 넌 너무 집 안에만 갇혀 있었어.” 그녀가 말했
다. “잠깐 산책이나 다녀올까 생각했어요.” 아들은 어색하게 방
밖으로 나와 문을 닫으며 대답했다.

철학자

파시벌 의사는 몸집이 큰 사내로, 축 늘어진 입은 노란 콧수염으로 가려져 있었다. 그는 언제나 더러운 흰색 조끼를 입고 있었는데, 그 호주머니에서는 스토지*라고 부르는 검은 시가가 여럿 튀어나와 있었다. 그의 이는 시커멓고 치열이 고르지 못했으며, 눈은 어딘지 모르게 이상해 보였다. 왼쪽 눈꺼풀은 경련을 일으키듯 아래로 툭 떨어졌다가 위로 휙 올라갔다. 마치 그의 눈꺼풀이 창문 블라인드와 같아서, 누군가가 의사의 머릿속에서 블라인드 줄을 가지고 장난을 치는 것 같았다.

파시벌 의사는 조지 윌러드를 좋아했다. 조지가 〈와인즈버그

---

* 길쭉하게 생긴 값싼 엽궐련.

이글〉에서 1년 동안 일할 때 시작된 호감이었는데, 그 친분은 전적으로 의사 쪽에서 시작한 것이었다.

늦은 오후, 신문사의 소유주이자 편집장인 윌 헨더슨이 톰 윌리의 술집에 찾아왔다. 뒷골목으로 와서 술집 뒷문으로 슬쩍 들어온 윌은 슬로진과 소다수를 섞은 술을 마시기 시작했다. 관능주의자인 윌 헨더슨은 마흔다섯 살이었다. 그는 진(gin)이 젊음을 되살려준다고 생각했다. 대부분의 관능주의자들이 그러하듯 윌 역시 여자 이야기를 좋아했고, 그는 한 시간 동안 눌러앉아 톰 윌리와 잡담을 나누었다. 술집 주인은 키가 작고 어깨가 딱 벌어진 사내로, 특히 눈에 띄는 것은 그의 손이었다. 톰 윌리의 손가락과 손등에는 남자들과 여자들의 볼을 종종 붉게 물들이는 불꽃처럼 발갛게 타오르는 모반이 있었다. 그는 바 옆에 서서 윌 헨더슨과 이야기를 나누며 두 손을 비벼댔다. 그의 흥분이 점차 고조될수록 손가락의 붉은빛이 더욱 깊어졌다. 마치 손을 핏물 속에 담갔다가 뺀 뒤에 핏물이 말라 희미해진 것 같았다.

윌 헨더슨이 바 옆에 서서 톰의 붉은 손을 바라보며 여자들 이야기를 늘어놓고 있는 동안 그의 조수인 조지 윌러드는 〈와인즈버그그이글〉의 사무실에 앉아 파시벌 의사의 이야기에 귀를 기울이고 있었다.

파시벌 의사는 윌 헨더슨이 사무실에서 사라지자마자 곧바로 나타났다. 사무실 창문으로 지켜보고 있다가 편집장이 뒷골목으로 걸어 나가는 걸 본 것이 아닐까 싶을 정도였다. 그는 앞문으로 들어와 의자를 찾아 앉더니, 시가에 불을 붙이고 다리를 꼬고는 이야기를 늘어놓기 시작했다. 그 자신도 딱 무어라고 규정할 수 없는 어떤 행동거지를 익히라고 청년을 열심히 설득하는 것처럼 보였다.

"눈을 똑바로 뜨고 보면, 내가 의사 행세를 하고 다니긴 해도 환자가 거의 없다는 사실을 알 수 있을 거야." 그가 말을 꺼냈다. "거기엔 그럴 만한 이유가 있지. 그건 우연한 일도 아니고, 또 이곳 다른 의사들보다 내가 의학 지식이 적어서도 아니야. 난 환자를 원치 않아. 그 이유는 겉으론 드러나지 않지. 사실 내 성격 탓이야. 네가 조금만 생각해보면 알 테지만, 내 성격에는 희한한 구석이 많거든. 왜 이런 이야기를 너한테 하고 싶은지 그건 나도 모르겠구나. 가만히 입 다물고 있으면 네 눈에 더 믿을 만한 사람으로 보일 수도 있을 텐데 말이지. 네가 나를 우러러보게 만들고 싶은 욕망이 있는 건 사실이야. 왜 그런지는 나도 모르겠어. 그래서 내가 이렇게 이야기를 하는 거야. 아주 재미있지 않니, 응?"

가끔 의사는 자기 자신에 대한 이야기를 길게 늘어놓았다. 청년에게 그 이야기들은 아주 실감이 날뿐더러 온갖 의미로 가득 차 있었다. 청년은 그 뚱뚱하고 불결해 보이는 사내를 우러러보게 되었고, 윌 헨더슨이 자리를 비우는 오후가 되면 큰 기대를 가지고 의사가 오기만을 기다렸다.

파시벌 의사가 와인즈버그에 온 지는 다섯 해쯤 되었다. 그는 시카고 출신으로, 처음에 이곳에 왔을 때 술에 취해서 짐꾼 앨버트 롱워스와 싸움을 벌였다. 트렁크 때문에 시작된 싸움은 결국 의사가 읍내 유치장에 연행되는 것으로 끝났다. 유치장에서 풀려난 뒤 의사는 메인스트리트 끝자락에 있는 구두 수선점 위층의 방을 하나 빌려 의사라는 간판을 내걸었다. 환자도 거의 없는데다 그나마도 진료비를 지불할 능력이 없는 가난한 사람들이었지만, 의사는 필요한 데 쓸 돈은 충분히 있는 것 같았다. 그는 말도 못 하게 지저분한 진료실에서 잠을 잤고, 기차역 맞은편 조그마한 목조건물에 있는 비프 카터의 간이식당에서 식사를 했다. 여름이면 간이식당에는 파리 떼가 극성이었고, 비프 카터의 앞치마는 식당 마룻바닥보다도 더러웠다. 그러나 파시벌 의사는 전혀 개의치 않았다. 그는 간이식당에 걸어 들어가 카운터 위에 20센트*를 내려놓았다. "그 돈에 맞춰서 아무거나 마음대로 먹여주게." 그는 껄껄 웃으며 말했다. "달리 팔리지 않을 음식을

---

* 이 작품의 시대적 배경은 1890년대이므로, 오늘날의 화폐가치로 환산하면 줄잡아 8~9달러에 해당한다.

다 써버리게나. 나는 아무 상관 없으니까. 나는 저명인사가 아닌가. 그러니 무얼 먹든 무슨 상관이겠는가.”

파시벌 의사가 조지 윌러드에게 해준 이야기들은 뜬금없이 시작해서 뜬금없이 끝났다. 가끔 청년은 하나같이 꾸며낸 이야기들일 거라고, 거짓말투성이임이 틀림없다고 생각했다. 그러다가도 그는 그 이야기들 속에 진실의 정수가 담겨 있다고 확신했다.

“나도 지금 너처럼 신문기자였단다.” 파시벌 의사가 이야기를 시작했다. “아이오와의 소도시에서였지—아니, 일리노이였던가? 기억이 잘 안 나는데 어쨌든 그건 중요하지 않아. 어쩌면 나는 지금 내 정체를 감추려고 애매하게 말하고 있는 건지도 모르지. 아무 일도 안 하는데도 내게 필요한 만큼 돈이 있다는 게 이상하다고 생각해본 적 없니? 여기 오기 전에 거액의 돈을 훔쳤거나 살인 사건에 연루됐을지도 모르잖아. 한번 생각해볼 만하지 않니, 응? 네가 정말로 똑똑한 신문기자라면 나에 대해 알아보려 하겠지. 시카고에서 살해당한 크로닌 의사*라는 사람이 있

* 패트릭 헨리 크로닌(1846~1889). 아일랜드 태생의 외과의로, 19세기 후엽에서 20세기 초엽에 설립된 미국의 아일랜드 공화당 비밀 조직 ‘클래너게일’의 회원이었다. 영국의 스파이라는 혐의로 암살당하였으며 시체는 시카고의 하수구에서 발견되었다.

었어. 그 이야기 들어본 적 없니? 어떤 사람들이 그를 살해해서 트렁크에 집어넣었어. 그리고 이른 아침 트렁크를 끌고 도시를 가로질러 갔지. 그 트렁크는 급행 승합마차 뒤 화물칸에 놓였고, 그들은 아무렇지도 않게 자리에 앉아 있었어. 그렇게 모두가 잠든 조용한 거리를 지나갔단다. 해가 막 호수 위로 떠오르고 있었지. 웃기지 않아, 응? 그 사람들이 마차를 타고 가면서 지금 나처럼 태평하게 파이프를 피우고 수다를 떠는 모습을 상상해봐. 어쩌면 내가 그 사람들 중 하나였을지도 모르지. 만약 그렇다면 참으로 희한한 반전일 텐데, 안 그러냐, 응?" 파시벌 의사는 또다시 이야기를 시작했다. "뭐, 어쨌든 나도 지금 너처럼 신문기자였어서 여기저기 뛰어다니며 신문에 실을 소소한 사건들을 취재하고 있었지. 우리 어머니는 가난했어. 그래서 남의 빨랫감을 받아와 빠는 일을 하셨지. 어머니의 꿈은 나를 장로교 목사로 만드는 것이었고, 나는 그걸 목표 삼아 공부했단다.

우리 아버지는 오랫동안 정신착란을 앓으셨어. 오하이오주 데이턴**에 있는 정신병원에 계셨지. 이런, 나도 모르게 말해버렸군! 이 모든 일은 오하이오, 바로 이곳 오하이오주에서 일어

**   오하이오주 중서부에 위치한 도시. 오하이오주에서 문화적으로 가장 발달한 도시 중 하나로, 라이트 형제를 비롯하여 미국의 수많은 발명가들의 고향이다.

났단다. 혹시 나에 대해 조사해보고 싶은 생각이 들거든 여기 힌 트가 하나 있네.

난 지금 너한테 우리 형 이야기를 하려고 해. 그게 이 모든 이 야기를 하는 목적이야. 바로 그게 내가 밝히려는 이야기거든. 우 리 형은 선로 도장공이었고, 빅포 철도 회사*에서 일했어. 그 철 도가 이곳 오하이오를 관통한다는 건 너도 알겠지. 형은 다른 도 장공들과 함께 유개화차에서 잠을 잤고, 이 도시 저 도시를 돌아 다니면서 철도 회사 설비들에 페인트칠을 했어. 스위치며 건널 목 차단기며 다리며 역사들 말이야.

빅포 철도 회사는 역사를 역겨운 오렌지색으로 칠했어. 그 색 깔이 어찌나 싫었던지! 우리 형은 언제나 그 색깔을 뒤집어쓰고 있었어. 월급날이면 술에 잔뜩 취해서 옷은 페인트 범벅을 한 채 로 돈을 들고 집에 왔지. 그 돈은 어머니께 드리지 않고 부엌 식 탁 위에 쌓아놓았어.

형은 그 고약한 오렌지색 페인트로 범벅이 된 옷을 입고 집 안을 돌아다녔어. 그 모습이 아직도 눈에 선해. 작은 체구에 붉 게 충혈된 슬픈 눈을 한 어머니는 집 뒤쪽의 작은 헛간에서 집

---

* 1861년 대륙횡단철도 부설을 위해 센트럴퍼시픽 철도 회사(C.P.R.R.)가 설립되 어 마크 홉킨스, 콜리스 헌팅턴, 릴런드 스탠퍼드, 찰스 크로커 등이 경영을 맡 았다. 그 네 명을 흔히 '빅포(Big Four)'라고 불렀다.

안으로 들어오시곤 했지. 어머니는 그 헛간에서 남의 더러운 옷들을 빨래 통에 넣고 북북 비벼 빨며 시간을 보내셨거든. 집 안에 들어오면 식탁 옆에 서서 비누 거품이 잔뜩 묻은 앞치마로 눈을 비비곤 하셨어.

'손대지 마요! 내 돈에 감히 손대기만 해봐.' 형은 무섭게 으르렁거리고 나서 5달러나 10달러를 집어 들고는 술집으로 뚜벅뚜벅 걸어갔어. 갖고 간 돈을 다 쓰고 나면 돈을 더 가지러 돌아왔지. 어머니껜 한 푼도 드리는 법이 없었어. 형이 집에 머물면서 찔끔찔끔 다 써버렸거든. 그러고는 다시 철도 회사 도장공으로 동료들과 함께 일하러 갔지. 형이 떠나고 나면 집에 식료품 같은 물건들이 도착하기 시작했어. 어떤 때는 어머니 옷이나 내 신발도 왔고.

그런데 참 이상도 하지, 응? 우리 어머니는 나보다 형을 훨씬 더 사랑하셨어. 형은 우리 두 사람한테 친절한 말 한마디 하는 법이 없었고, 식탁 위에 사흘씩 놓여 있곤 하던 돈에 손만 대보라고 늘 펄쩍펄쩍 뛰면서 우리를 윽박질렀는데도 말이야.

우리는 그런대로 잘 지냈어. 난 목사가 되려고 공부를 하고 기도를 했지. 기도라면 나는 완전히 엉터리였어. 내가 기도하는 걸 네가 들어봤어야 하는데. 아버지가 돌아가셨을 때 나는 밤을 새워 기도를 했어. 형이 읍내에서 술을 마시고 우리한테 줄 물건을 사러 돌아다닐 때 가끔 밤새도록 기도를 했던 것처럼. 난 저녁 식사를 마치고 나면 돈이 놓인 식탁 옆에 무릎을 꿇고 앉아 몇 시간씩 기도를 드렸지. 아무도 보지 않을 때 달러 지폐 한두 장을 슬쩍해 호주머니에 집어넣기도 했고. 지금 그 일을 생각하면 웃음이 나오지만, 그땐 끔찍했어. 내내 마음이 찝찝했거든. 난 신문기자 일을 해서 일주일에 6달러를 벌었는데, 늘 곧바로 어머니께 갖다드렸지. 형의 돈 더미에서 슬쩍한 몇 달러는 나를 위한 사소한 물건들, 사탕이랑 담배랑 뭐 그런 것들 사는 데 썼고.

아버지가 데이턴 정신병원에서 돌아가셨을 때 나는 그곳에 찾아갔어. 신문사 사장님한테 돈을 좀 빌려서 밤차로 갔지. 비가 주룩주룩 내렸어. 정신병원에선 내가 왕이라도 되는 것처럼 극진하게 대접해주더군.

정신병원에서 일하는 사람들이 내가 신문기자라는 사실을 알아냈던 거야. 겁이 났던 거지. 아버지가 아프실 때 뭔가 소홀했던 점, 부주의했던 점이 있었거든. 그래서 그 사람들은 내가 그걸 신문에 기사로 내고 난리를 피울 거라고 생각했나 봐. 난 그럴 생각은 추호도 없었는데 말이지.

어쨌든 나는 아버지의 시신이 있는 방에 들어가 아버지의 시신을 위해 신의 축복을 빌었어. 어쩌다 내 머리에 그런 생각이 떠올랐는지 모르겠어. 하지만 우리 형, 도장공 말이야, 형은 아마 웃지 않았을까. 거기 아버지 시신 앞에 서서 나는 두 손을 쭉 뻗었어. 정신병원 원장과 측근들이 들어와서는 당황한 얼굴로 둘러서더군. 아주 웃기는 장면이었어. 나는 두 손을 쭉 펴고 이렇게 기도했어. '이 시체 위에 평화가 깃들기를.' 내가 그렇게 말했다니까."

파시벌 의사는 자리에서 벌떡 일어나 하던 이야기를 갑자기 멈추더니, 조지 윌러드가 앉아 귀를 기울이고 있던 〈와인즈버그이글〉 사무실을 서성거리기 시작했다. 그의 거동은 어색했고, 사무실이 좁아서 계속 집기에 부딪혔다. 그가 말했다. "이런 소리를 하고 있다니 정말 바보 같군. 친구가 돼달라고 억지로 졸라대기 위해 여기 온 건 아니었는데. 난 다른 일로 찾아온 거야. 네가 옛날 나처럼 신문기자라 관심이 가더군. 어쩌면 나처럼 바보가 될지도 모르니까. 난 이 점을 경고하고 또 경고하고 싶어. 그래서 자꾸 너한테 찾아오는 거야."

파시벌 의사는 조지 윌러드의 사람들에 대한 태도에 대해 이야기하기 시작했다. 청년이 보기에 이 남자의 목적은 오직 하나, 모든 사람을 경멸스럽게 보이도록 만들려는 것 같았다. "나는 네 마음을 증오와 경멸로 가득 채워서, 네가 우월한 인간이 되게 해주고 싶어." 그가 선언하듯 말했다. "우리 형을 봐. 대단한 사람 아니었니, 응? 우리 형은 모든 사람을 경멸했어. 형이 어머니와 나를 얼마나 경멸스러운 눈으로 바라봤는지 넌 아마 상상도 하지 못할 거야. 그런데 형이 우리보다 우월하지 않았니? 형이 그랬다는 건 너도 알 거야. 너는 우리 형을 한 번도 본 적이 없지만, 내가 그 느낌을 알 수 있게 해줬으니까. 어떤 느낌인지 내가 조금 보여줬잖아. 형은 죽었어. 한번은 술에 취해 철로에 누워 있었는데, 형이 다른 도장공들과 함께 기숙하던 그 유개화차가 형을 치고 지나갔거든."

* * *

8월의 어느 날, 파시벌 의사는 와인즈버그에서 한 가지 모험을 했다. 조지 윌러드는 한 달째 매일 아침 의사의 진료실에 찾아가서 한 시간씩 함께 시간을 보내고 있었다. 그 만남은 의사가 청년에게 자기가 집필 중인 책을 직접 읽어주고 싶다고 하여 이루어진 것이었다. 파시벌 의사는 그 책을 쓰려고 와인즈버그로 왔다고 했다.

그런데 8월의 어느 아침, 청년이 도착하기 전에 의사의 진료실에서 어떤 사건이 일어났다. 먼저 메인스트리트에서 사고가 났다. 마차를 끌던 말들이 기차에 놀라 도망쳐버렸고, 한 농부의 어린 딸이 마차에서 튕겨 나와 사망했던 것이다.

메인스트리트에서 주민들이 모두 흥분하면서 의사를 찾는 소리가 크게 들렸다. 읍내에서 활발히 활동하는 의사 세 사람이 곧바로 도착했지만, 아이는 이미 죽은 뒤였다. 군중 중 누군가가 파시벌 의사의 진료실로 달려갔었지만 그는 죽은 아이한테 가지 않겠다고 단호하게 말했다. 그의 거절은 아무 의미 없이 잔인했으나, 이는 그냥 간과되었다. 그를 부르러 계단을 올라왔던 사내는 실제로 거절을 듣기도 전에 황급히 다시 뛰어 내려가버렸던 것이다.

이 모든 사실을 파시벌 의사는 모르고 있었고, 조지 윌러드가 진료실에 도착했을 때 의사는 겁에 질려 몸을 벌벌 떨고 있었다. 그는 흥분해서 내뱉었다. "내가 한 짓은 읍내 주민들을 격분시킬 거야. 내가 인간 본성을 모르는 줄 아니? 무슨 일이 일어날지 모르겠어? 내가 진료를 거절했다는 소문이 소곤소곤 퍼져나가겠지. 얼마 후면 사람들은 무리를 지어 그 이야기를 할 거야. 그리고 여기를 찾아오겠지. 우린 말다툼을 하게 될 테고, 곧 교수형 이야기가 나올 거야. 그러고 나서 사람들은 손에 밧줄을 들고 다시 찾아올 테고."

파시벌 의사는 겁에 질려 벌벌 떨었다. 그는 또박또박 힘주어 말했다. "예감이 좋지 않아. 내가 지금 말하는 일이 오늘 아침에는 일어나지 않을지도 몰라. 오늘 밤까지 미뤄질 수도 있겠지만,

어쨌든 나는 목매달려 죽게 될 거야. 주민 모두가 흥분하겠지. 나는 메인스트리트의 가로등에 매달리게 될 거야.”

지저분한 진료실 문 쪽으로 가면서 파시벌 의사는 겁에 질린 표정으로 길거리로 이어지는 계단을 내려다보았다. 돌아온 그의 눈빛에 서려 있던 공포는 의혹으로 바뀌기 시작했다. 까치발을 하고 방을 가로질러 간 파시벌 의사는 조지 윌러드의 어깨를 툭툭 쳤다. “지금이 아니라도 언젠가는 그렇게 되겠지.” 그는 고개를 설레설레 흔들며 나지막하게 말했다. “결국 나는 처형될 거야. 헛되이 십자가에 매달리게 될 거라고.”

파시벌 의사는 조지 윌러드에게 애원하기 시작했다. “내 말을 잘 들어야 해.” 그가 간곡하게 말했다. “만약 무슨 일이 일어나면, 내가 쓰지 못한 그 책을 네가 쓸 수 있을지도 몰라. 아이디어는 아주 단순해. 너무 단순해서 주의를 기울이지 않으면 잊어버릴지도 몰라. 바로 이거야—이 세상 사람들은 모두 예수 그리스도고, 그들은 모두 십자가에 매달린다. 그게 내가 하고 싶은 말이야. 절대 잊지 마. 무슨 일이 있어도 절대로 이 사실을 잊어선 안 돼.”

아무도 모른다

조지 윌러드는 조심스럽게 주위를 둘러보며 〈와인즈버그이글〉 사무실의 책상에서 일어나 서둘러 뒷문으로 빠져나갔다. 밤 날씨는 따뜻하고 구름이 끼어 흐렸으며, 아직 8시가 되지 않았는데도 신문사 사무실 뒷골목은 칠흑처럼 캄캄했다. 어둠 속 어딘가에서 말뚝에 매인 말들이 단단하게 다져진 땅바닥에 발을 구르고 있었다. 고양이 한 마리가 조지 윌러드의 발치에서 뛰어올라 어둠 속으로 달아나버렸다. 젊은이는 불안했다. 하루 종일 그는 마치 한 대 얻어맞고 멍멍해진 사람처럼 일을 했다. 뒷골목에서 그는 겁에 질린 듯 몸을 부르르 떨었다.

어둠 속에서 조지 윌러드는 뒷골목을 따라 조심스럽고 신중하게 걸었다. 와인즈버그 상점들의 뒷문이 열려 있어, 가게 램프 불빛 아래 앉아 있는 사람들의 모습이 보였다. 마이어바움 잡화점에서 술집 주인의 아내 윌리 부인이 장바구니를 팔에 건 채 카운터 옆에 서 있었다. 점원 시드 그린이 그녀를 응대하고 있었다. 시드는 카운터 위로 몸을 굽히고 열심히 뭐라고 말하고 있었다.

조지 윌러드는 몸을 웅크렸다가, 문에서 흘러나오는 빛의 통로를 뛰어서 통과했다. 그는 어둠 속에서 앞으로 달려나가기 시작했다. 에드 그리피스의 술집 뒤에 읍내 주정뱅이 제리 버드 영감이 땅바닥에 드러누워 잠을 자고 있었다. 달리던 젊은이는 주정뱅이의 쭉 뻗은 두 다리에 발부리가 걸려 비틀거렸다. 그는 간헐적으로 웃음을 터뜨렸다.

조지 윌러드는 모험을 떠난 참이었다. 하루 종일 그는 모험을 감행할지를 두고 결정하려 애썼고, 이제 실행에 옮기고 있는 중이었다. 〈와인즈버그이글〉 사무실에 6시까지 앉아 있으면서 그 생각을 했다.

그는 아무런 결정도 내리지 않았다. 그저 자리에서 벌떡 일어나 인쇄실에서 교정쇄를 읽고 있던 윌 헨더슨을 황급히 지나쳐 뒷골목을 따라 달리기 시작했을 뿐이다.

조지 윌러드는 한 거리를 지나 다른 거리로 계속 나아가면서 행인들을 피했다. 그는 도로를 가로질러 갔다가 다시 가로질러 왔다. 가로등을 지날 때면 얼굴 위로 모자를 푹 눌러썼다. 그는 감히 생각할 엄두를 내지 못했다. 마음속에는 두려움이 있었지만, 그것은 새로운 종류의 두려움이었다. 그가 막 시작한 모험이 망쳐지지 않을까, 자기가 용기를 잃고 돌아서게 되지 않을까 하는 두려움이었다.

조지 윌러드가 찾아갔을 때 루이즈 트러니언은 그녀의 아버지 집 부엌에 있었다. 그녀는 석유램프 불빛에 접시를 닦고 있었다. 집 뒤쪽에 있는 헛간 같은 작은 부엌의 방충망 문 너머에서 있었다. 조지 윌러드는 울타리 옆에 서서 떨리는 몸을 억제하려 애썼다. 그와 모험 사이를 갈라놓고 있는 건 비좁은 감자 텃밭 하나뿐이었다. 5분이 지나서야 비로소 조지 윌러드는 그녀를 소리쳐 부를 만한 자신감을 얻었다. "루이즈! 오, 루이즈!" 그가 소리쳤다. 그 외침은 그의 목구멍에 걸렸다. 그의 목소리는 목쉰 속삭임이 되어버렸다.

루이즈 트러니언은 손에 행주를 든 채로 나와서는 감자 텃밭을 건너왔다. "내가 너랑 사귀고 싶어 하는지 어떻게 안다는 거야." 그녀가 퉁명스럽게 말했다. "어째서 그렇게 확신하는 거지?"

조지 윌러드는 아무 대답도 하지 않았다. 두 사람은 침묵 속에서 울타리를 사이에 두고 어둠 속에 서 있었다. 루이즈가 말했다. "네가 먼저 가 있어. 아빠가 안에 계셔. 내가 따라갈게. 윌리엄네 곡물 헛간 옆에서 기다려."

젊은 신문기자는 루이즈 트러니언에게 편지 한 통을 받았었다. 편지는 그날 아침 〈와인즈버그이글〉 사무실로 배달되었다. 내용은 간략했다. "네가 원한다면 나는 네 거야." 생각해보니 어둠 속 울타리 옆에서 루이즈가 그들 사이에 아무런 일도 없었던 것처럼 행동한 게 짜증이 났다. "그 여자 배짱이 있는데! 암, 진짜 배짱이 있어!" 그는 길거리를 따라 걸으며, 옥수수가 자라고 있는 공터들을 지나치며 중얼거렸다. 옥수수는 어깨높이까지 자라 있었고, 인도 바로 옆까지 심겨 있었다.

자기 집 현관문으로 나왔을 때 루이즈 트러니언은 접시를 닦을 때 입었던 깅엄* 원피스를 여전히 입고 있었다. 머리에는 모자를 쓰고 있지 않았다. 청년의 눈에 그녀가 문손잡이를 잡은 채 집 안에 있는 누군가와 이야기를 나누는 모습이 보였다. 그녀의 아버지 제이크 트러니언 영감일 게 틀림없었다. 제이크 영감은 귀가 반쯤 먹어서, 루이즈는 크게 소리를 질러 말해야 했다. 문이 닫히자 작은 골목길은 온통 어둠이 깔리고 쥐 죽은 듯 조용해졌다. 조지 윌러드는 아까보다 더 격렬하게 몸을 떨었다.

월리엄네 곡물 헛간 옆 어둠 속에서 조지와 루이즈는 감히 입

*   굵은 실로 바둑판무늬를 넣어서 짠 면직물.

을 열 용기를 내지 못한 채 서 있었다. 그녀는 특별히 예쁘지도 않았고, 코 옆에는 검은 얼룩이 묻어 있었다. 부엌 냄비를 닦다가 손가락으로 코를 만졌을 거라고 조지는 생각했다.

젊은이는 불안하게 웃기 시작했다. "날씨가 따뜻하네." 그가 말했다. 그는 손으로 그녀를 만지고 싶었다. '나는 그리 대담하지 못해.' 그가 생각했다. 더러운 깅엄 원피스 자락에 손만 대도 기분이 아주 좋아질 것 같았다. 그녀는 알쏭달쏭한 말을 내뱉기 시작했다. "너는 나보다 네가 잘났다고 생각하는 거지. 대답할 필요 없어. 다 알고 있으니까." 그녀가 그에게 좀 더 가까이 다가오며 말했다.

조지 윌러드의 입에서 말이 봇물처럼 터져 나왔다. 길거리에서 마주쳤을 때 이 소녀의 눈에 숨어 있던 표정이 기억났고, 그녀가 써 보낸 쪽지를 생각했다. 이제 그에게서 의구심은 사라졌다. 그녀와 관련해 읍내에 떠돌던 소문이 그에게 자신감을 불어넣어주었다. 그는 대담하고 공격적인, 완전한 사내로 변했다. 그의 마음에 그녀에 대한 연민은 없었다. "자, 어서, 괜찮을 거야. 아무도 모를 거라고. 어떻게 알겠어?" 그가 재촉했다.

두 사람은 벽돌로 된 비좁은 인도를 따라 걷기 시작했다. 인도의 갈라진 틈으로 키 큰 잡초들이 자라나고 있었다. 벽돌 몇 개가 빠져 있어 인도는 울퉁불퉁했다. 그는 인도처럼 거친 그녀의 손을 잡으며 그 손이 기분 좋게 작다고 생각했다. "멀리는 못 가." 그녀가 조용하고 침착한 목소리로 말했다.

두 사람은 조그마한 개울 위를 가로지르는 다리를 건너 옥수수가 자라고 있는 또 다른 공터를 지나갔다. 그곳에서 길이 끝났다. 도로 옆 오솔길에서 두 사람은 어쩔 수 없이 한 줄로 걸어야 했다. 도로 옆으로 윌 오버턴네 딸기밭이 펼쳐져 있었고, 판자가 한 무더기 놓여 있었다. "윌이 여기 딸기 상자를 보관할 창고를 지을 예정이야." 조지가 말했고, 두 사람은 판자 더미 위에 앉았다.

＊　＊　＊

조지 윌러드가 메인스트리트로 돌아왔을 때는 10시가 넘은 뒤였고, 비가 막 내리기 시작한 참이었다. 그는 메인스트리트 아래쪽에서 위쪽까지 세 번이나 왔다 갔다 걸었다. 실베스터 웨스트의 약국이 아직도 열려 있어서 그는 들어가 시가를 한 대 샀다. 점원 쇼티 크랜들이 문밖까지 나와줘서 기분이 좋았다. 5분 동안 두 사람은 상점 차양 밑에 서서 비를 피하며 이야기를 나누었다. 조지 윌러드는 퍽 만족스러웠다. 무엇보다도 그는 그게 누구든, 사내와 이야기를 하고 싶었다. 모퉁이를 돌아 뉴윌러드 하우스로 향하며 그는 나지막하게 휘파람을 불었다.

위니의 직물 상점 옆, 서커스 광고로 도배된 높은 울타리 옆 인도에서 조지 윌러드는 휘파람을 뚝 그치고는 어둠 속에 꼼짝도 하지 않고 서 있었다. 마치 어떤 목소리가 자기 이름을 부르는 것을 들으려는 듯이 귀를 쫑긋 세운 채 말이다. 그러고 나서 그는 다시 불안하게 웃었다. "그 여자는 내가 한 일에 아무런 증거도 없어. 그 일을 아는 사람은 아무도 없다고." 그는 고집스럽게 중얼거리며 계속해서 길을 따라 걸어갔다.

경건함 1부

벤틀리네 농장에서는 늘 노인 서너 명이 집 앞 베란다에 앉아 있거나 농장 정원 주변을 어슬렁거리며 돌아다니고 있었다. 노인 중 세 명은 여자들로, 제시의 누이들이었다. 그들은 목소리가 나지막하고 핏기 없이 창백한 여자들이었다. 가느다란 흰 머리칼의 조용한 할아버지 한 사람도 있었는데, 이는 제시의 삼촌이었다.

농장 주택은 통나무 골조 위에 널빤지로 외벽을 두른 목조건물이었다. 사실 그것은 집 한 채가 아니라 여러 개의 집을 다소 아무렇게나 연결해놓은 것이었다. 집 안으로 들어가보면 놀랄 일이 한두 가지가 아니었다. 거실에서 계단을 올라가면 식당이 나왔고, 한 방에서 다른 방으로 갈 때는 언제나 계단을 올라가거나 내려가야 했다. 식사 시간이 되면 이 집은 마치 벌집과 같았다. 사방이 쥐 죽은 듯 고요하다가도 문들이 열리기 시작하면서 계단에서 달가닥거리는 발소리가 났고, 나지막하게 속삭이는 목소리들이 들렸으며, 여남은 되는 어두컴컴한 구석구석에서 사람들이 나타났다.

벤틀리 농장 주택에는 앞에서 이미 언급한 노인들 외에도 여럿이 살고 있었다. 고용인이 네 명이나 있었는데, 캘리 비비 아주머니는 가정부였고, 일라이자 스토턴이라는 머리가 나쁜 소녀는 침대 정리를 하고 소젖을 짰으며, 마구간에서 일하는 소년이 하나 있었다. 그리고 제시 벤틀리는 이 모든 것을 관리하는 주인이었다.

미국 남북전쟁이 끝나고 20년이 지났을 무렵, 벤틀리 농장이 자리한 오하이오주 북부 지역은 개척 시대의 생활에서 막 벗어나기 시작한 참이었다. 당시 제시는 곡물을 수확하는 농기계를 막 소유했다. 그는 현대식 곡물 창고를 지었는가 하면 자신의 토지 대부분에 타일 배수관을 정교하게 설치해 배수가 되도록 했다. 그러나 이 사내를 이해하기 위해서는 좀 더 먼 과거로 거슬러 올라가야 한다.

벤틀리 가족은 제시의 시대가 오기 전 몇 세대에 걸쳐 오하이오주 북부에 살았다. 그들은 본디 뉴욕주 출신으로, 이 지역이 아직 새로운 개척지여서 헐값에 땅을 살 수 있을 때 토지를 구입했다. 오랫동안 그들은 다른 중서부* 사람들과 마찬가지로 몹시 가난했다. 그들이 정착한 땅은 숲이 빽빽하게 우거져 있는 데다 쓰러진 통나무와 덤불로 뒤덮여 있었다. 오랫동안 힘겹게 그것들을 제거하고 나서도 여전히 나뭇등걸을 처리해야 했다. 땅을 쟁기로 갈다 보면 땅 밑에 숨어 있던 나무뿌리에 걸렸고, 돌멩이들이 사방에 널려 있었으며, 지대가 낮은 곳에는 물이 고였고, 어린 옥수수들은 누렇게 병들고 시들어 죽어갔다.

제시 벤틀리의 아버지와 형들이 이 땅을 소유하게 되었을 때는 힘든 개간 작업이 어느 정도 끝난 뒤였지만 그들은 오랜 전통에 따라 짐승처럼 일했다. 그들은 당시 거의 모든 농사꾼들이 살았던 방식 그대로 살았다. 겨울철 거의 내내 그리고 봄철에 와인즈버그 읍내로 이어지는 도로들은 진흙 바다였다. 벤틀리 집안의 네 청년은 하루 종일 밭에서 열심히 일했고, 거칠고 기름진 음식을 배 터지게 먹었으며, 밤이면 기진맥진한 상태로 지푸라기 침상에서 짐승처럼 잠을 잤다. 그들의 삶에 거칠거나 야만

---

* 네브래스카주, 노스다코타주, 미네소타주, 미시간주, 미주리주, 사우스다코타주, 아이오와주, 오하이오주, 위스콘신주, 인디애나주, 일리노이주, 캔자스주로 이루어져 있다. 중공업과 농업이 발달했으며, 이 지역의 상당 부분이 미국의 주요 곡창지대 중 하나인 콘벨트를 이루는 한편 금융과 서비스업도 지역 경제의 중요한 부분을 차지한다.

적이지 않은 무언가가 들어오는 일은 거의 없었고, 그들 자신의 겉모습 또한 거칠고 야만적이었다. 토요일 오후가 되면 그들은 3인승 마차에 말들을 묶어 타고는 읍내로 갔다. 읍내에서 그들은 상점 안 난로 옆에 서서 다른 농부들이나 상점 주인들과 이야기를 나누었다. 그들은 작업복을 입고 있었고, 겨울이면 진흙이 덕지덕지 달라붙은 묵직한 겉옷을 입었다. 난로의 온기를 향해 쭉 펼친 손들은 붉고 갈라져 있었다. 말하는 게 힘들어서 그들은 대부분 입을 다물고 있었다. 고기, 밀가루, 설탕, 소금을 구입하고 나면 와인즈버그의 술집 중 하나에 들어가 맥주를 마셨다. 술기운이 오르면 새 땅을 개척하는 영웅적인 노동에 억눌려 있던 강렬한 욕정의 본성이 고개를 쳐들었다. 일종의 조야하고도 짐승 같은 시적(詩的) 열기에 사로잡혔던 것이다. 집으로 가는 길에 그들은 마차 좌석에서 일어나 별을 향해 고래고래 소리를 질러댔다. 어떤 때는 길고 지독하게 싸웠고, 또 어떤 때는 불쑥 노래를 부르기도 했다. 언제가 한번은 형제 중 나이가 많은 이넉** 벤틀리가 말채찍 손잡이로 아버지인 톰 벤틀리 영감을 치는 바람에 영감이 금방이라도 죽을 것 같았던 적도 있다. 며칠 동안 이

**　창세기 4장과 5장에 등장하는 카인의 장남이요 므두셀라의 아버지인 에녹에서 이름을 따왔다.

녁은 마구간 다락방 짚 더미 속에 숨어 지내면서, 혹시 순간적으로 폭발한 격정의 결과가 살인으로 판명되면 집에서 도망갈 만반의 준비를 했다. 그는 어머니가 날라다 주는 음식으로 연명하며 어머니로부터 부상당한 아버지의 상태에 대한 소식을 전해 들었다. 모든 일이 잘 마무리되자 그는 숨어 있던 곳에서 나와 아무 일도 없었다는 듯 다시 개간 작업을 했다.

*　*　*

　남북전쟁은 벤틀리 집안의 운명을 크게 바꾸어놓았고 막내아들인 제시가 출세하는 계기가 되었다. 이넉, 에드워드, 해리, 윌 벤틀리는 모두 징집되어, 기나긴 전쟁이 끝나기도 전에 모두 전사했다. 그들이 남부로 떠난 후 한동안 톰 영감이 농장을 경영해보려 했지만 성공하지 못했다. 전쟁터에 나간 네 아들 중 마지막 아들마저 전사하자 그는 제시에게 집에 돌아와야겠다고 편지를 보냈다.

　그리고 난 뒤, 1년 동안 시름시름 앓던 어머니가 갑자기 세상을 떠나자 아버지는 완전히 낙심해버렸다. 그는 농장을 팔고 읍내로 이사해야겠다고 말했다. 온종일 고개를 절레절레 흔들고 뭐라고 중얼거리면서 돌아다녔다. 밭일을 게을리해 옥수수밭에는 잡초가 무성하게 자랐다. 톰 영감은 일꾼들을 고용했지만 그들을 제대로 부릴 줄을 몰랐다. 아침에 일꾼들이 밭에 일하러 나가고 나면 영감은 정처 없이 숲속으로 들어가 통나무 위에 앉았다. 가끔은 밤에 집에 오는 걸 깜박 잊는 바람에 딸 중 한 명이 아버지를 찾아 나서야 할 때도 있었다.

농장으로 다시 돌아와 책임을 맡기 시작했을 때 제시 벤틀리는 몸이 여위고 예민해 보이는 스물두 살의 청년이었다. 그는 공부를 해서 장로교 목사가 되기 위해 열여덟 살에 집을 떠났다. 소년 시절 내내 그는 이 지방에서 흔히 '별종'이라고 부르는 부류였고, 형들과 잘 어울리지 못했다. 가족 중 유일하게 어머니만이 그를 이해했지만 이제 어머니는 이 세상에 없었다. 제시가 240만 제곱미터도 넘게 확장된 농장을 책임지려고 집에 돌아오자, 주변 농장과 근교 와인즈버그 사람들은 강인한 네 형제가 했던 일을 그 혼자서 떠맡으려 한다는 생각에 웃음을 지었다.

사람들이 그렇게 웃은 데에는 실제로 충분히 그럴 만한 이유가 있었다. 그 당시의 기준으로 보면 제시는 전혀 사내답게 보이지 않았기 때문이다. 그는 키가 작고 몸이 여위었으며 계집애 같은 몸매였는데, 거기다 젊은 목사들의 전통에 충실하게 길고 검은 코트를 입고 가늘고 검은 스트링타이를 매고 있었다. 이웃들은 고향을 떠났다가 몇 해 만에 돌아온 제시를 보고 재미있어했고,

대도시에서 결혼해 데려온 여자를 보자 더더욱 재미있어했다.

실제로 제시의 아내는 곧 나가떨어지고 말았다. 어쩌면 그것은 제시의 잘못이었을지 모른다. 남북전쟁 이후 어려운 시절의 오하이오주 북부의 농장이란 몸이 가냘픈 여자에게 어울리는 곳이 아니었고, 캐서린 벤틀리는 몸이 가냘픈 여자였다. 제시는 당시 주위 모든 사람에게 그랬듯 아내도 엄격하게 대했다. 캐서린 벤틀리는 주변 이웃 여자들이 하는 일들을 따라 하려고 애썼고, 제시는 그녀를 말리지 않고 내버려두었다. 그녀는 젖 짜는 일을 돕고 집안일을 일부 맡아서 했다. 일꾼들의 잠자리를 정리하고 그들에게 음식을 해주었다. 그녀는 1년 동안 동이 틀 무렵부터 늦은 밤까지 일을 했고, 아이를 하나 낳은 뒤 죽었다.

제시 벤틀리로 말하자면, 그는 비록 몸이 가냘픈 사내였지만 그의 내면에는 쉽게 말살할 수 없는 그 무언가가 살아 있었다. 그는 갈색 고수머리에 잿빛 눈을 가지고 있었는데, 그 눈은 어떤 때는 준엄하게 보이다가도 또 어떤 때는 흔들리며 불안해 보였다. 그는 몸매가 날씬했을뿐더러 키도 작았다. 입은 예민하면서도 아주 결연한 소년의 입과 같았다. 제시 벤틀리는 광신자였다. 그는 시대와 장소에 걸맞지 않게 태어나 고통받았고 또 다른 사람들을 고통스럽게 했다. 그는 삶에서 원하는 것을 한 번도 얻어본 적이 없었으며, 사실 자기가 원하는 것이 무엇인지도 잘 몰랐다. 벤틀리 농장으로 돌아온 지 얼마 안 되어 그는 그곳 사람들 모두가 자신을 조금 두려워하도록 만들었고, 어머니처럼 그와 친밀하게 지내야 했던 아내마저 그를 두려워하게 되었다. 그가 농장에 돌아오고 2주쯤이 되자 톰 벤틀리 영감은 농장 소유권을 완전히 아들에게 넘겨주고 뒷전으로 물러났다. 사실 모든 사람이 일선에서 물러났다. 젊고 미숙한데도 제시는 자신이 부리는 사람들의 영혼을 장악하는 요령을 알았다. 그의 말과 행동 하나하나가 너무나 진지했기 때문에 아무도 그를 이해하지 못했다. 그는 농장 사람 모두를 과거 어느 때보다도 더 열심히 일하게 만들었지만 일꾼들은 그 일에서 기쁨을 얻지 못했다. 일이 잘되면 제시에게만 좋은 일일 뿐, 그에게 의지하는 사람들에게 좋은 일인 법은 없었다. 그 시대에 이곳 미국에서 태어난 수천 명의 강인한 사내들과 마찬가지로, 제시도 오직 절반만 강인했다. 그는 다른 사람들의 주인 노릇은 할 수 있었지만 자기 자신의 주인 노릇은 할 수 없었던 것이다. 이전과는 다른 방식으로 농장을 경영하는 것은 그에게 쉬운 일이었다. 학교를 다니던 클리블랜드에서 농장으로 돌아왔을 때, 그는 그가 알던 모든 사람과의 교제를 끊고 계획을 세우기 시작했다. 밤낮으로 농장만 생각했고, 그렇게 해서 성공을 거두었다. 주변 농장의 다른 사람들은 너무 열심히 일하고 너무 지쳐서 생각을 할 수가 없었지만, 농장에 대해 생각하고 농장의 성공을 위해 끊임없이 계획을 세우는 일은 제시에게는 한 가닥 위로가 되었다. 그의 열정적인 천성에 있는 무언가를 부분적으로나마 충족해주었기 때문이다. 농장으로 돌아오자마자 그는 낡은 집에 붙여 별채를 지었고, 서향의 큼직한 방에는 헛간이 내려다보이는 창문들과 저 멀리 들판 너머까지 보이는 다른 창문들을 냈다. 그는 창가에 앉아 생각했다. 날이면 날마다 매시간 그는 창가에 앉아 땅을 바라보면서 인생에서의 자신의 새로운 위치를 고민했다. 타고난 열정의 불길이 활활 타오르면서 그의 눈빛도 격렬해졌다. 제시는 오하이오주의 어떤 농장에서도 생산한 적 없는 수확량을 달성하고 싶었고, 그러고 나서는 또 다른 것을 원했다. 내면의 막연한 갈증 때문에 그의 눈빛은 불안하게 흔들거렸고, 그래서 사람들 앞에 설 때 점점 더 말수가 줄어들었다. 평화를 얻을 수만 있다면 그는 어떤 대가라도 치렀을 테지만, 그의 마음속에는 평화란 그가 도저히 얻을 수 없는 것일지도 모른다는 두려움이 있었다.

제시 벤틀리는 온몸 구석구석이 살아 있었다. 그 작은 체구에 가계 대대로 오래도록 이어져 내려온 강인한 사내들의 기운이 모여 있었다. 어린 시절 농장의 소년일 때도, 나중에 학교에서 청년 시절을 보낼 때도 그는 언제나 비범하리만큼 생생하게 살아 있었다. 학교에서는 온몸과 온 마음을 바쳐 하나님과 성경을 공부하고 또 생각했다. 시간이 지나면서 사람들을 좀 더 잘 알게 되자 그는 자신이 동료들과는 다른 비범한 인간이라고 생각하기 시작했다. 그는 자신의 삶이 엄청나게 중요한 것이 되기를 끔찍하게 바랐고, 주변 동료들을 보고 그들이 얼마나 멍청한 얼간이처럼 살아가는지를 지켜보면서는 저런 진흙 덩어리가 되는 것은 도저히 견딜 수 없을 거라고 생각했다. 그는 자기 자신과 자신의 운명에 너무 몰두한 나머지 어린 아내가 임신해서 배가 부른 몸으로 튼튼한 여자가 할 일들을 하고 있다는 사실, 또 자기 뒷바라지를 하느라 죽어가고 있다는 사실을 까맣게 모르고 있었다. 그렇다고 해서 그가 아내에게 매정하게 대할 의도가 있었던 것은 아니다. 나이가 들고 고된 노동으로 온몸이 뒤틀린 아버지가 농장의 소유권을 그에게 모두 넘겨준 뒤 기꺼이 한쪽 구석으로 기어가 죽을 날만 기다렸을 때도 제시는 어깨 한 번 으쓱하는 것으로 노인을 자기 마음속에서 깨끗이 지워버렸다.

물려받은 땅이 내려다보이는 방 안 창가에 앉아 제시는 이런저런 자기 일들에 대해 생각하고 있었다. 마구간에서 말들이 육중하게 걸어 다니는 소리와 소들이 부단하게 움직이는 소리가 들려왔다. 저 멀리 들판에서 다른 소들이 푸른 언덕 위를 이리저리 돌아다니는 모습도 보였다. 사내들의 목소리, 그를 위해 일하는 일꾼들의 목소리가 창문을 통해 넘어왔다. 젖 짜는 헛간에서는 머리 나쁜 아가씨 일라이자 스토턴이 규칙적으로 쿵쿵 교유기를 돌리는 소리가 들려왔다. 제시의 생각은 자신처럼 땅과 가축을 소유했던 구약성경 시대의 사람들에게로 거슬러 올라갔다. 그는 하늘에서 내려오신 하나님이 그 사람들에게 임하여 그들에게 말씀을 하신 일을 떠올렸다. 그는 하나님께서 자신도 알아봐주시고 또 자신에게도 말씀을 해주시기를 바랐다. 그 사람들의 머리 위에 드리웠던 그 중요한 향기를 자신의 삶에서도 어떤 식으로든 성취할 수 있기를 바라는 천진난만한 열정이 그를 사로잡았다. 기도의 힘을 믿는 그는 이 문제를 소리 내어 하나님께 간구했고, 입 밖으로 내는 스스로의 말소리에 그의 열의는 더욱 굳건하고 강해졌다.

"저는 이 들판을 소유하게 된 새로운 유형의 인간입니다." 그가 선언하듯 말했다. "오 하나님, 저를 지켜보소서, 그리고 또한 제 이웃들과 앞서 이곳에 살았던 모든 사람을 지켜보소서! 오 하나님, 옛날의 그와 같은 또 다른 제시*를 제 안에 창조하시어 인간을 지배하게 하시고 통치자가 될 아들들의 아버지가 되

---

* 사무엘상에서 언급되는 다윗 왕의 아버지 이새를 영어식으로 표기하면 제시(Jesse)다. 유다 지파에 속했던 그는 농사를 짓고 양을 기르며 살았으며, 베들레헴의 명망 있는 주민이었다. 이새는 고대 이스라엘 왕국의 가장 유명한 왕의 아버지기에 유대교의 중요 인물로 꼽힌다.

게 하소서!" 소리 내어 말하던 제시는 흥분한 나머지 벌떡 일어나 방 안을 이러저리 서성거렸다. 상상 속에서 그는 옛 시대에 옛 사람들과 함께 살아가는 자신의 모습을 볼 수 있었다. 그 앞에 펼쳐져 있는 광활한 땅은 그의 상상 속에서 어마어마한 의미를 띠게 되었다. 자기 자신한테서 태어난 새로운 인류로 가득 찬 땅이 되었던 것이다. 그 옛날의 다른 시대와 마찬가지로 그가 사는 시대에도 선택받은 종(servant)을 통해 말씀하시는 하나님의 권능에 의해 왕국들이 건설되고 사람들의 삶에 새로운 활력이 불어넣어질 수 있을 것 같았다. 제시는 그런 종이 되기를 갈망했다. "내가 이 땅에 온 것은 하나님의 과업을 수행하기 위해서다." 그는 왜소한 몸을 반듯하게 편 채 큰 소리로 선포했다. 그의 선포를 하나님께서 허락하시는 듯한 성스러운 후광이 자기 머리 위에 걸렸다고 그는 생각했다.

* * *

후대의 남녀들은 아마 제시 벤틀리를 이해하는 데 조금 어려움을 겪을지도 모른다. 지난 50년 동안 이 지방 사람들의 삶에 엄청난 변화가 일어났기 때문이다. 실제로 혁명에 가까운 변화가 일어났다. 온갖 소요와 소동을 동반한 산업화의 도래, 외국에서 들어와 우리 속에 섞인 수백만의 새로운 이민자들, 기차의 왕래, 대도시들의 성장, 소도시들을 들락날락하며 농장 주택들을 지나치는 도시 간 포장도로의 건설, 그리고 지금 자동차의 도래가 미국 중서부 주민들의 삶과 사고방식에 그야말로 엄청난 변화를 불러왔던 것이다. 우리 시대의 분주함 속에서 보잘것없는 상상력으로 쓰였을지 모르지만 그래도 집집마다 책은 비치되어 있고, 잡지도 수백만 부씩 유통되고 있으며, 신문도 어디에서나 읽을 수 있다. 우리 시대에 마을 가게 난롯가에 서 있는 농부는 마음속에 다른 사람들의 말을 가득 품고 있다. 신문과 잡지들이 그의 마음속을 가득 채워주었기 때문이다. 어린애같이 천진난만한 면도 간직하고 있었던 과거의 무지막지한 무식은 대부분 영원히 자취를 감추어버렸다. 난롯가의 농부는 대도시 사람들의 형제나 다름없고, 농부가 하는 말에 귀 기울여 들어보면 우리 중 가장 훌륭한 도시 사람만큼이나 유창하게 또한 무의미하게 말하는 것을 들을 수 있을 것이다.

제시 벤틀리가 살던 시절, 남북전쟁이 끝난 뒤 몇 해 동안 중서부 전역의 시골 지역에서는 상황이 그렇지 못했다. 남자들은 지나치게 일을 많이 하여 너무 피곤해서 책을 읽을 수가 없었다. 그들에게는 종이에 인쇄된 글자에 대한 의욕이 전혀 없었다. 들판에서 일할 때면 막연하고 미처 완성되지 않은 생각들이 그들

82

을 사로잡았다. 그들은 신을 믿었고 자신들의 삶을 통제하는 신의 권능을 믿었다. 일요일이면 조그마한 개신교 교회들에 모여 하나님과 그의 과업에 대한 설교를 들었다. 교회는 그 시대에 사회적·지적 삶의 중심이었다. 하나님의 모습은 사람들의 마음속에 크게 자리 잡고 있었다.

그래서 천성적으로 상상력이 풍부한 아이로 태어난 데다 내면에 엄청난 지적 열의를 품고 있던 제시 벤틀리는 온 마음으로 하나님께 의지했다. 전쟁이 형들을 앗아 갔을 때 제시는 그 일에서도 하나님의 손길을 보았다. 아버지가 병들어 더 이상 농장 경영을 할 수 없게 되자 제시는 그것 또한 하나님의 이적으로 받아들였다. 도시에서 그 소식을 들었을 때 제시는 그 문제를 생각하며 한밤중에 길거리를 배회했고, 고향에 돌아와 농장 일을 궤도에 올려놓았을 때도 또다시 한밤중에 숲속을 지나 나지막한 언덕을 걸으며 하나님을 생각했다.

그렇게 걷는 동안 자신이 어떤 신성한 계획의 중요한 인물이라는 생각이 그의 마음속에서 점점 자라났다. 그는 탐욕스러워졌고, 농장이 겨우 240만 제곱미터밖에 되지 않는다는 사실에 점점 조바심이 났다. 어느 목초지 끝자락 울타리 모퉁이에 무릎을 꿇고 앉은 그는 정적을 향해 멀리 목소리를 보냈고 두 눈을 들어 자신을 내리비추는 별들을 바라보았다.

아버지가 사망하고 몇 달이 지난 뒤 캐서린이 언제라도 출산을 할 수 있던 어느 저녁, 제시는 집을 나서 오랫동안 산책을 했다. 벤틀리 농장은 와인크리크*가 흐르는 아주 작은 골짜기에 자리 잡고 있었고, 제시는 강둑길을 따라 자기 땅 끝까지 간 뒤 그 너머 이웃들의 땅을 통과해 계속 걸었다. 그가 걸어가는 동안 계곡은 넓어졌다가 다시 좁아졌다. 시야가 탁 트인 광활한 들판과 숲이 그 앞에 펼쳐졌다. 구름 뒤에서 달이 얼굴을 내밀었고, 그는 나지막한 언덕을 올라가 앉아 생각에 잠겼다.

하나님의 참된 종으로서 제시는 방금 걸어서 지나온 드넓은 들판이 모두 자기 소유가 됐어야 했다고 생각했다. 죽은 형들을 생각하면서, 그들이 좀 더 열심히 일해서 좀 더 넓은 땅을 획득했어야 했다고 원망했다. 눈앞에서 아주 작은 개울이 달빛을 받으며 자갈돌들 위로 흐르고 있었고, 제시는 그 자신처럼 가축과 땅을 소유했던 옛날 사람들을 생각하기 시작했다.

절반은 두려움, 절반은 탐욕인 환상적인 충동이 제시 벤틀리를 사로잡았다. 주님이 또 다른 제시에게 나타나, 그의 아들 다윗을 사울 왕과 이스라엘 사람들이 블레셋 사람들과 싸우고 있던 엘라 계곡으로 보내겠노라 말씀하신 오래된 성경 이야기가

* 오하이오주 클라이드에 위치한 래쿤크리크 또는 쿤크리크를 모델로 한 개천.

기억났다.** 제시의 마음속에서 와인크리크 골짜기에 토지를 소유하고 있는 모든 오하이오주 농부는 블레셋 사람들이며 하나님의 원수라는 확신이 들었다. "가드 출신의 블레셋 거인 병사 골리앗처럼 나를 쓰러뜨리고 내게서 재산을 빼앗아 갈 사람이 그들 중에서 나타날지도 몰라." 그가 혼잣말로 속삭였다. 상상 속에서 제시는 다윗이 나타나기 전 사울 왕의 마음을 무겁게 짓눌렀을 넌더리 나는 공포감을 느꼈다. 그는 자리를 박차고 일어나 밤을 가르며 달리기 시작했다. 달리면서 그는 하나님께 소리를 질렀다. 그의 목소리가 나지막한 언덕들 너머로 멀리멀리 퍼져나갔다. "만군의 여호와시여!" 그가 외쳤다. "오늘 밤 캐서린의 자궁에 제 아들을 내려주시옵소서. 당신의 은총이 제게 임하게 해주소서. 다윗이라 부를 아들을 제게 내려주시어, 그로 하여금 저를 도와 마침내 블레셋 사람들의 손아귀에서 마지막 땅까지 모두 빼앗고 그들을 당신의 도구로 바꾸시어 지상에서 당신의 낙원을 건설하는 데 쓰이게 하소서."

**   "주님께서 너를 나의 손에 넘겨주실 터이니, 내가 오늘 너를 쳐서 네 머리를 베고, 블레셋 사람의 주검을 모조리 공중의 새와 땅의 들짐승에게 밥으로 주어서, 온 세상이 이스라엘의 하나님을 알게 하겠다." 사무엘상 17장 46절.

경건함 2부

오하이오주 와인즈버그의 데이비드 하디는 벤틀리 농장의 소유주 제시 벤틀리의 손자였다. 그는 열두 살 때 오래된 벤틀리 농장으로 와서 살게 되었다. 데이비드의 어머니 루이즈 벤틀리는 제시가 벌판을 달리며 하나님께 아들을 달라고 외치던 그날 태어난 딸로, 농장에서 성장하여 뒷날 은행가가 된 와인즈버그의 청년 존 하디와 결혼했다. 루이즈와 그녀의 남편은 행복하게 살지 못했고, 사람들은 잘못이 루이즈에게 있다고 모두 입을 모았다. 루이즈는 날카로운 잿빛 눈과 검은 머리카락의 몸집이 작은 여자였다. 어렸을 적부터 성질을 부리는 경향이 있었고, 화를 내지 않을 때면 우울하고 말이 없었다. 와인즈버그에는 그녀가 술을 마신다는 소문이 돌았다. 신중하고 빈틈없는 은행가인 남편은 그녀를 행복하게 해주려고 애썼다. 돈을 벌기 시작하자 와인즈버그의 엘름스트리트에 자리한 큼직한 벽돌 주택을 아내에게 사주었고, 읍내 사내 중에서 처음으로 아내의 마차를 몰 남자 하인을 고용했다.

그러나 루이즈는 행복하게 만들 수가 없었다. 그녀는 반쯤 미친 사람처럼 분노를 터뜨리곤 했는데, 그럴 때 가끔은 한마디 말도 하지 않았고, 또 어떤 때는 시끄럽게 시비를 걸었다. 화가 나면 그녀는 욕설을 퍼붓고 고래고래 소리를 질렀다. 부엌에서 식칼을 가지고 와 남편의 목숨을 위협하기도 했다. 한번은 고의적으로 집에 불을 지른 적도 있었고, 자기 방에 며칠 동안 틀어박혀 아무도 만나지 않는 때도 있었다. 은둔자와 거의 다름없이 사는 탓에 그녀에 관해서는 별별 소문이 돌았다. 마약을 한다든지, 숨길 수 없을 정도로 너무 심하게 술에 취해 있어 사람들을 피해 숨어 지내는 것이라든지 하는 소문이 나돌았다. 여름날 오후면 루이즈는 이따금 집 밖으로 나와 마차를 탔다. 그리고 마차꾼을 돌려보내고는 자기가 직접 말고삐를 잡고 전속력으로 길거리를 달리곤 했다. 보행자가 방해라도 되면 마치 일부러 그를 치려고 작정한 듯이 그대로 직진했기 때문에 놀란 시민들이 힘껏 피하는 수밖에 없었다. 그녀는 모퉁이를 돌고 채찍으로 말들을 때려가며 거리를 몇 군데 지나서는 들판으로 마차를 몰았다. 주택들이 보이지 않는 시골길로 들어서면 말들의 속도를 늦춰 천천히 걷게 했고, 그러면 미친 듯 불안하던 그녀의 마음도 가라앉았다. 그녀는 생각에 잠겨 뭐라고 중얼거렸다. 가끔 눈가에 눈물이 고이기도 했다. 그러고 나서 읍내로 돌아오면 또다시 조용한 거리를 맹렬히 질주했다. 남편의 영향력과 남편이 주민들에게 받는 존경이 아니었다면 아마 읍내 경찰서장은 그녀를 여러 번 체포했을 것이다.

어린 데이비드 하디는 이 여자와 한집에서 자랐으므로 어린 시절에 이렇다 할 기쁨이 없었을 것임은 쉽게 짐작할 수 있으리라. 당시 그는 사람들에 대해 독자적인 의견을 가지기엔 나이가 너무 어렸지만, 그의 어머니라는 여자에 대해서는 아주 분명한 의견을 갖지 않기가 오히려 어려울 때가 있었다. 데이비드는 늘 말이 없고 단정한 소년이었고, 와인즈버그 주민들은 오랫동안 그가 반편이가 아닐지 생각했다. 어린 시절, 갈색 눈의 그는 사람과 사물을 오랫동안 의식적으로 쳐다보면서도 그것을 보지 않는 척하는 버릇이 있었다. 어머니에 대해 누군가가 혹독한 말을 하는 것을 듣거나 어머니가 아버지를 깎아내리는 것을 엿듣게 되면 소년은 겁에 질려 도망쳐 숨어버렸다. 가끔 숨을 곳을 찾지 못하면 혼란에 빠졌다. 고개를 돌려 나무를 바라보거나, 실내에 있을 때는 고개를 벽 쪽을 향해 돌려 눈을 꼭 감고는 아무 생각도 하지 않으려 애썼다. 그는 소리 내어 혼잣말을 하는 버릇이 생겼고, 어린 나이에도 조용한 슬픔의 기운에 사로잡힐 때가 자주 있었다.

벤틀리 할아버지를 만나러 농장에 갈 때면 데이비드는 몹시 기분이 좋고 행복했다. 두 번 다시 읍내로 돌아가지 않게 된다면 얼마나 좋을까 하고 생각할 때도 가끔 있었다. 그러던 어느 날, 농장에 오래 머물다가 집에 돌아왔을 때 그의 마음에 오래도록 영향을 끼친 사건이 일어났다.

데이비드는 고용된 일꾼 한 사람과 함께 읍내로 돌아왔었다. 그 사내는 자기 볼일이 바빠 하디 저택이 있는 거리 입구에 소년을 두고 가버렸다. 어스름이 깔리기 시작할 무렵의 가을 저녁이었고, 하늘은 구름으로 뒤덮여 있었다. 그때 데이비드에게 어떤 일이 일어났다. 어머니와 아버지가 사는 그 집에 들어가는 걸 견딜 수 없어 그는 충동적으로 집에서 멀리 도망치기로 결심했다. 다시 농장과 할아버지에게로 돌아갈 생각이었지만 길을 잃었고, 몇 시간 동안 겁에 질린 채 흐느껴 울며 시골길을 헤맸다. 비가 내리기 시작했고 하늘에서는 번개가 번쩍거렸다. 상상력이 자극되어 소년은 어둠 속에서 이상한 것들이 보이고 들리는 것 같았다. 이제껏 그 누구도 가본 적 없는 끔찍한 텅 빈 공간을 걷고 달리고 있다는 확신이 들었다. 주위에 깔린 어둠은 끝이 없어

보였다. 나무 사이로 불어대는 바람 소리가 무시무시했다. 그가 걷고 있는 길을 따라 마차를 끌고 있는 말들이 다가오자 소년은 겁에 질려 울타리를 뛰어넘었다. 들판을 달리고 달리다 보니 또 다른 도로가 나타났고, 소년은 무릎을 꿇고 손가락으로 부드러운 땅을 만져보았다. 어둠 속에서 결코 찾을 수 없을까 봐 두려웠던 할아버지의 모습만을 제외하고는 세상이 완전히 텅 비어 있는 게 틀림없다고 그는 생각했다. 읍내에 갔다가 집으로 돌아가던 한 농부가 소년의 울음소리를 듣고 그를 할아버지 집에 데려다주었을 때, 소년은 너무 지치고 흥분해서 자기한테 무슨 일이 일어나고 있는지도 알지 못했다.

데이비드의 아버지는 아들이 없어졌다는 사실을 우연히 알게 되었다. 길에서 벤틀리 농장의 일꾼을 만나 아들이 읍내로 돌아왔다는 말을 들은 것이다. 소년이 집에 돌아오지 않자 존 하디는 깜짝 놀라, 읍내 남자 몇 명을 모아 들판 수색에 나섰다. 데이비드가 납치됐다는 소문이 와인즈버그 길거리에 퍼졌다. 소년이 돌아왔을 때, 집에는 불이 다 꺼져 있었지만 그의 어머니가 나타나 그를 품에 꼭 껴안았다. 데이비드는 어머니가 갑자기 다른 여자가 되었다고 생각했다. 이렇게 기쁜 일이 일어나다니, 믿기지가 않았다. 루이즈 하디는 지친 소년을 손수 목욕시켜주고 요리를 해주었다. 아들이 일찍 잠자리에 들지 않도록, 소년이 잠옷을 다 입자 불을 끄고는 의자에 앉아 두 팔로 그를 꼭 안아주었다. 여자는 한 시간 동안 어둠 속에 앉아 아들을 안고 있었다. 그러는 동안 줄곧 나지막한 소리로 말을 했다. 데이비드는 무엇 때문에 어머니가 다른 사람으로 변했는지 이해할 수 없었다. 항상 습관처럼 불만이 가득하던 얼굴은 이제껏 소년이 본 중에서 가장 평온하고 사랑스러워 보였다. 아들이 흐느껴 울기 시작하자 어머니는 그를 점점 더 꼭 안아주었다. 어머니의 목소리는 계속 이어졌다. 남편에게 말할 때처럼 쌀쌀맞거나 새된 목소리가 아니었고, 마치 나무 위로 내리는 빗소리 같았다. 얼마 안 있어 아이를 찾지 못했다는 말을 전하려 사람들이 문 앞에 몰려오기 시작했지만, 그녀는 소년에게 숨어서 조용히 있으라고 이르고는 그들을 돌려보냈다. 소년은 어머니와 읍내 사람들이 자신과 무슨 놀이를 하는 것이 틀림없다고 생각해 기쁘게 웃음을 터뜨렸다. 어둠 속에서 길을 잃고 겁에 질려 헤매던 일은 전혀 중요하지 않은 일이었다는 생각이 들었다. 그 길고 캄캄한 도로 끝에서 갑자기 사랑스러운 어머니로 돌변한 이 존재를 확실히 발견만 한다면, 그런 끔찍한 경험은 1000번이라도 기꺼이 감내할 것이라고 생각했다.

* * *

소년기의 마지막 몇 해 동안 데이비드는 어머니를 거의 보지 못했고, 어머니는 그에게 그저 한때 함께 살았던 어떤 여자에 지나지 않게 되었다. 그래도 어머니의 모습을 마음속에서 지울 수는 없었는데, 나이가 들면서 오히려 점점 더 또렷해졌다. 열두 살 때 그는 벤틀리 농장에 가서 살게 되었다. 제시 영감이 읍내로 와서 자신이 소년을 맡아 키우겠다고 정당하게 요구했던 것이다. 영감은 흥분해 있었던 데다 자기 의지대로 하겠다고 굳게 마음을 굳힌 채였다. 제시 영감은 와인즈버그 저축은행 사무실에서 존 하디와 이야기를 나눴고, 두 남자는 엘름스트리트의 집으로 가서 루이즈와 상의했다. 두 남자는 루이즈가 소란을 피울 거라고 생각했지만 그것은 잘못된 판단이었다. 그녀는 아주 차분했다. 제시가 찾아온 용건을 설명하면서 소년을 집 밖에서 뛰놀게 하고 오래된 농장 주택의 조용한 분위기에서 키우는 데서 오는 여러 장점을 자세하게 늘어놓자 그녀는 고개를 끄덕여 동의했다. "제 존재로 오염되지 않은 분위기일 테죠." 루이즈가 날카롭게 말했다. 어깨를 들썩이는 것으로 보아 그녀는 금방이라도 화를 낼 것 같았다. "제게는 결코 어울리는 곳이 아니었지만 사내아이한텐 안성맞춤인 장소고요." 그녀가 말을 이었다. "아버지는 한 번도 제가 그 집에 있기를 바라신 적이 없었어요. 물론 그 집의 분위기가 제겐 전혀 도움이 되지 않았죠. 그 분위기는 제 피에는 독과 같았지만, 그 아이한테는 다를 거예요."

루이즈는 돌아서서 방에서 나갔고, 두 사람은 어색한 침묵 속에 앉아 있었다. 아주 자주 그랬듯이 나중에 그녀는 자기 방 안에 며칠을 틀어박혀 있었다. 소년의 옷가지를 챙기고 짐을 꾸려 데려갈 때도 방에서 나오지 않았다. 아들을 잃은 사건은 그녀 삶에서 뚜렷한 분기점이었고, 그 뒤로 그녀는 남편과도 전처럼 그렇게 다투지 않았다. 존 하디는 정말로 만사가 잘 풀렸다고 생각했다.

그렇게 해서 어린 데이비드는 제시와 함께 벤틀리 농장으로 가서 살게 되었다. 농장에는 늙은 농부의 두 누이가 여전히 살고 있었다. 그들은 제시를 두려워하여 그가 근처에 있을 때면 거의 말도 안 했다. 두 여자 중 젊은 시절 불꽃 같은 붉은 머리로 눈에 띄었던 쪽이 천성적으로 모성애가 깊어서 소년의 뒷바라지를 맡았다. 매일 밤 소년이 잠자리에 들 때면 그의 방에 들어가 그가 잠들 때까지 마룻바닥에 앉아 있었다. 소년이 꾸벅꾸벅 졸면 그녀는 대담해져서 나지막한 목소리로 이런저런 이야기를 들려주었고, 소년은 나중에 꿈을 꾸었나 보다라고 생각했다.

그 여자는 나지막하고 부드러운 목소리로 소년을 여러 애칭으로 불렀으므로 소년은 어머니가 자신을 찾아온 꿈을 꾸었고, 꿈속의 어머니는 늘 그가 가출한 이후의 모습 그대로였다. 소년 또한 대담해져서 한 손을 뻗어 마룻바닥에 앉아 있는 여자의 얼굴을 쓰다듬었고 그녀는 황홀하리만큼 행복해했다. 소년이 농장에 온 뒤로 모든 사람이 행복해졌다. 집 안 사람들을 모두 조용하고 소심하게 만들었으며 심지어 딸 루이즈가 있을 때도 전혀 누그러지지 않았던 제시 벤틀리의 완고한 기질은 소년이 오면서 완전히 사라져버렸다. 마치 하나님이 마음을 누그러뜨려 제시 벤틀리에게 아들을 보내준 것만 같았다.

와인크리크의 모든 계곡에서 오직 자신만이 참된 주의 종이라고 선언했고 하나님께서 인정의 증표로 캐서린의 자궁에 아들을 주시기를 바랐던 사내는 자신의 기도가 마침내 응답을 받았다고 믿었다. 그는 그 당시 겨우 쉰다섯 살밖에 되지 않았는데도 겉으로는 일흔 살처럼 보였고, 너무 많이 생각하고 계획을 세우는 바람에 기진맥진해 있었다. 사유지를 확장하려고 기울인 노력이 성공을 거두어서, 이제 계곡에 있는 농장 중에서는 그의 소유가 아닌 농장이 거의 없다시피 했다. 그러나 데이비드가 농장에 오기 전까지 제시는 쓰디쓴 좌절에 빠진 인간이었다.

제시 벤틀리 안에는 두 가지 세력이 작용하고 있었고, 평생 그의 마음은 이 세력들이 싸우는 전쟁터였다. 먼저 그의 내면에는 오래된 그것이 있었다. 그는 하나님이 선택한 인간이요 하나님의 백성들 가운데서 지도자가 되기를 원했다. 한밤중에 들판과 숲을 가로질러 걸어 다니는 버릇으로 그는 더욱 자연과 가까워졌고, 열정적인 신앙인에게는 자연의 힘을 향해 내달리는 힘이 있었다. 캐서린에게서 아들이 아니라 딸이 태어났을 때 찾아온 좌절감은 어떤 보이지 않는 손길이 내리친 일격과 같았고, 그 일격으로 그의 이기심이 조금은 누그러졌다. 제시는 여전히 하나님이 당장이라도 바람이나 구름 속에서 모습을 드러낼 거라고 믿었지만, 이제 더는 하나님의 인정을 요구하지는 않았다. 그 대신 인정을 주십사 하고 기도를 했다. 가끔은 철저한 회의에 빠진 나머지 하나님이 세상을 버렸다고 생각할 때도 있었다. 하늘에서 이상한 구름이 손짓을 하기만 해도 사람들이 땅과 집을 버리고 황야로 들어가 새로운 종족을 탄생시키곤 했던 좀 더 단순하고 달콤했던 시대에 태어나지 못한 운명을 개탄했다. 밤낮으로 일하여 농장의 수확을 늘리고 토지 소유권을 확장해나가는 동안 그는 성전의 건설이나 불신자들의 학살, 그리고 일반적으로 이 지상에서 하나님의 이름을 영광스럽게 하는 일에 자신의 부단한 에너지를 쏟을 수 없다는 사실을 안타깝게 생각했다.

그것이 제시가 갈망하던 일이었으며, 그는 또한 다른 일도 갈망했다. 그는 남북전쟁이 끝난 뒤의 미국에서 성인이 되었고, 그 시대의 다른 모든 사람과 마찬가지로 근대 산업주의가 태동하던 당시의 미국 전체를 뒤흔든 변화에 큰 영향을 받았다. 그는 일꾼을 적게 고용하고도 농장 일을 할 수 있도록 해주는 기계들을 구입하기 시작했고, 가끔은 자신이 나이가 젊었더라면 농장을 포기하고 아예 와인즈버그에 가서 기계를 생산하는 공장을 세웠을 거라고 생각할 때도 있었다. 제시는 신문과 잡지를 읽는 버릇을 들였다. 철사로 울타리를 만드는 기계를 발명했다. 그가 늘 마음속으로 품어왔던 과거 시대와 장소의 분위기가 다른 사람들의 마음속에서 새롭게 자라나고 있는 것과는 다르며 낯설고 이질적이라는 걸 그는 희미하게나마 깨닫고 있었다. 세계 역사상 가장 물질적인 시대, 애국심 없이도 전쟁을 벌일 수 있으며 인간이 하나님을 잊고 오직 윤리적 기준에만 관심을 기울이는 시대, 봉사하려는 의지가 권력에 대한 의지로 대체되고, 인류가 아름다움은 거의 잊은 채 재산을 획득하기 위해 맹목적으로 무섭게 달려가는 시대의 시작은, 제시 주위 사람들은 물론 하나님의 종 제시에게도 그 자신의 복음을 들려주고 있었다. 제시 내면의 탐욕은 토지 경작으로 벌 수 있는 것보다 훨씬 더 빠르게 돈을 벌기를 원했다. 와인즈버그에 있는 사위 존 하디를 찾아가 그런 논의를 한 적이 한두 번이 아니었다. "자네는 은행가니까 내가 갖지 못한 여러 기회를 갖게 될 걸세." 이렇게 말하는 그의 눈이 빛났다. "나는 항상 그런 생각을 한다네. 이 나라에서는 엄청난 일들이 일어날 거고, 내가 일찍이 꿈도 못 꿔본 많은 돈을 벌 수 있게 될 거야. 자네는 그 일에 뛰어들게나. 내가 조금만 젊었다면 자네가 가진 기회를 잡으련만." 제시 벤틀리는 은행 사무실에서 왔다 갔다 하면서 서성거렸고, 말을 하면 할수록 점점 더 흥분했다. 언젠가 한번 온몸이 마비될 위기를 겪은 적이 있었던 제시는 그 후로 왼쪽 반신이 조금 허약해졌다. 이야기를 하는 동안 왼쪽 눈꺼풀이 경련을 일으켰다. 얼마 뒤 마차를 몰고 집으로 돌아가던 중에 밤이 찾아와 별들이 나타났지만, 머리 위 하늘에서 살면서 언제라도 손을 내밀어 그의 어깨를 토닥거려주고 수행해야 할 어떤 영웅적 과업을 내려주실 것만 같던 그 친밀하고 개인적인 하나님을 예전처럼 느끼기는 어려웠다. 제시는 신문과 잡지에서 읽은 것들, 즉 교활한 사람들이 땅을 사고 팔면서 노력도 거의 하지 않은 채 엄청난 돈을 벌어들이는 것에 정신이 팔려 있었다. 그런 그에게 어린 데이비드가 농장에 와서 함께 살게 된 것은 옛 신앙에 새로운 활기를 불어넣어주는 계기가 되었다. 마침내 하나님께서 그를 총애하시는 것 같았다.

농장에 살게 된 소년으로 말하자면, 삶은 그에게 수천 가지 새롭고 즐거운 모습을 드러내기 시작했다. 주위 모든 사람의 친절한 태도에 그의 조용하던 성격도 밝아져, 사람들과 함께 있을 때면 늘 소심하고 반쯤 주저하던 태도가 사라졌다. 마구간에서, 벌 판에서, 또는 할아버지와 함께 마차를 타고 이 농장에서 저 농장 으로 돌아다니면서 하는 모험을 끝내고 난 뒤 밤에 잠자리에 들 때면 그는 집 안 사람들을 모두 안아주고 싶었다. 밤마다 찾아와 침대 곁 바닥에 앉아 있곤 하던 셜리 벤틀리가 곧바로 오지 않으 면 그는 계단 꼭대기로 가서 소리를 쳤고, 그러면 오랫동안 침묵 에 잠겨 있던 좁은 복도들에 어린 목소리가 쩌렁쩌렁하게 울려 퍼졌다. 아침에 일어나 침대에 가만히 누워 있으면 창문으로 들 어오는 소리에 마음이 기쁨으로 가득 찼다. 와인즈버그 집에서 살았던 일과 듣기만 해도 늘 몸이 떨렸던 어머니의 성난 목소리 를 생각하면 소름이 끼쳤다. 농장에서는 모든 소리가 즐거웠다. 새벽에 잠에서 깨면 집 뒤쪽 헛간 마당도 잠에서 깨어났다. 집 안에서도 사람들이 돌아다녔다. 바보 같은 소녀 일라이자 스토 턴은 농장 일꾼이 옆구리를 쿡 찌르면 큰 소리로 깔깔 웃어댔고, 저 멀리 들판에서 암소 한 마리가 큰 소리로 울면 마구간의 가축 들이 화답을 했으며, 한 농장 일꾼은 마구간 문가에서 말을 돌보 다가 말에게 매섭게 꾸짖었다. 데이비드는 침대에서 벌떡 일어 나 창가로 달려갔다. 주변에서 분주하게 돌아다니는 모든 사람 이 그의 마음을 들뜨게 했고, 읍내 집에 사는 어머니가 지금 무 얼 하고 있는지 궁금해졌다.

아침 일을 하려고 농장 일꾼들이 모두 모여 있는 헛간 앞 마당을 자기 방 창가에서 직접 볼 수는 없었지만, 일꾼들의 목소리와 말들이 힝힝거리고 우는 소리는 들을 수 있었다. 그중 한 사람이 웃음을 터뜨리면 데이비드도 따라 웃었다. 열린 창가에 몸을 기대어 밖을 내다보면 과수원에서 살찐 암퇘지 한 마리가 졸졸 뒤따르는 새끼 돼지들과 함께 이리저리 배회하고 있었다. 아침마다 그는 새끼 돼지의 수를 세어보았다. "넷, 다섯, 여섯, 일곱" 하고 천천히 수를 세면서 손가락에 침을 묻혀 창턱에 위아래로 곧게 줄을 그어 표시를 했다. 데이비드는 달려가서 바지와 셔츠를 입었다. 집 밖으로 뛰쳐나가고 싶은 욕망이 그를 사로잡았다. 아침마다 시끄럽게 쿵쿵거리며 층계를 뛰어 내려가자 가정부 캘리 아주머니가 집을 아예 무너뜨리려 한다며 큰 소리로 나무랐다. 등 뒤로 문들을 쾅쾅 세차게 닫으면서 달려 길고 낡은 집을 통과하고 나면 소년은 헛간 마당에 이르렀고, 그곳에서 경이로운 기대에 찬 기분으로 주위를 둘러보았다. 이런 곳에서는 밤새 엄청난 일들이 일어났을 것만 같았다. 농장 일꾼들은 그를 보고 웃음을 터뜨렸다. 제시가 농장을 물려받던 때부터 이곳에 있었고 데이비드가 오기 전까지 농담이라고는 입 밖에 낸 적이 없는 노인 헨리 스트레이더는 매일 아침 똑같은 농담을 했다. 데이비드는 그 농담이 너무 재미있어 늘 깔깔 웃으면서 손뼉을 쳤다. "자, 여기 와보렴." 노인이 큰 소리로 외쳤다. "제시 할아버지의 흰 암말이 다리에 신고 있던 검은 스타킹을 찢어버렸단다."

기나긴 여름 동안 날이면 날마다 제시 벤틀리는 마차를 타고 와인크리크 계곡을 오르내리며 이 농장에서 저 농장으로 다녔고, 그때마다 손자가 늘 그와 동행했다. 그들은 흰 말이 끄는 오래됐지만 편안한 사륜 쌍두마차를 타고 다녔다. 노인은 숱이 적고 흰 턱수염을 긁으며 그들이 방문하는 농장의 수확량을 높일 계획과 모든 사람이 세운 계획에서 하나님이 하시는 역할에 대해 혼잣말로 중얼거렸다. 가끔 데이비드를 보고 행복하게 미소를 지었는데, 그러고 나서는 한참 동안 소년의 존재를 잊은 듯했다. 하루하루가 지나면서 그의 마음은 점점 더 이 땅에 살기 위해 처음 도시에서 돌아왔을 당시 그의 머릿속을 가득 채웠던 꿈들로 돌아갔다. 어느 날 오후 제시는 그 꿈에 완전히 사로잡히는 바람에 데이비드를 소스라치게 놀라게 했다. 소년을 증인 삼아 그는 어떤 의식을 치렀고, 그러다가 사고가 일어나 하마터면 두 사람 사이에 자라고 있던 유대감이 완전히 무너질 뻔했다.

제시와 그의 손자는 집에서 몇 킬로미터 떨어진 계곡의 외진 지역을 마차로 달리고 있었다. 숲이 길가까지 내려와 있었고, 와인크리크는 자갈돌들 위로 구불구불 숲을 관통하여 저 멀리 있는 강으로 흐르고 있었다. 오후 내내 사색에 잠겨 있던 제시는 그제야 입을 열기 시작했다. 그의 마음은 거인이 와서 자기 재산을 약탈해 갈지도 모른다는 생각에 겁에 질렸던 밤으로 되돌아갔다. 들판을 달리며 아들을 달라고 외쳤던 그날 밤처럼 그는 이번에도 광기에 가까울 정도로 흥분해 있었다. 제시는 말을 멈추고 마차에서 내리더니 데이비드에게도 내리라고 명령했다. 두 사람은 울타리를 넘어가 강둑을 따라 걸어갔다. 소년은 할아버지가 중얼거리는 소리를 전혀 귀담아듣지 않은 채 그 옆에서 뛰어다니며 앞으로 무슨 일이 일어날지 궁금해했다. 그때 토끼 한 마리가 펄쩍 뛰어나와 숲속으로 도망치자 소년은 기뻐서 손뼉을 치며 춤을 추었다. 키 큰 나무들을 바라보며 그는 자기도 아무 두려움 없이 나무 위로 높이 기어 올라갈 수 있는 작은 동물이라면 얼마나 좋을까 하고 아쉬워했다. 소년은 허리를 굽혀 작은 돌멩이를 주위 들고는 할아버지 머리 너머로, 관목 덤불 속으로 던졌다. "일어나, 작은 동물아. 어서 나무 꼭대기로 기어 올라가." 소년은 새된 목소리로 소리를 질렀다.

제시 벤틀리는 머리를 숙인 채 부글부글 끓어오른 마음으로 나무 아래를 따라 계속 걸어갔다. 소년은 그의 진지한 태도에 영향을 받아 곧 말이 없어졌고 조금 겁을 먹기 시작했다. 노인의 마음속에는 지금이라면 하늘에서 하나님의 말이나 증표를 끌어낼 수 있다는 생각, 소년과 남자가 숲속 어느 외딴곳에서 무릎을 꿇고 있으면 그동안 기다려왔던 기적이 일어날 수밖에 없다는 생각이 들었다. "먼 옛날 바로 이런 곳에서 또 다른 데이비드*가 양을 치고 있을 때 그의 아버지가 나타나 사울 왕에게 가라고 말했지."** 그가 중얼거렸다.

제시는 소년의 어깨를 다소 거칠게 잡고 쓰러진 통나무를 타고 넘어갔고, 나무들 사이의 탁 트인 공터에 이르자 무릎을 꿇고 큰 소리로 기도를 드리기 시작했다.

전에 느껴보지 못한 공포감이 데이비드를 사로잡았다. 나무 밑에 쪼그리고 앉은 채로 자기 앞 땅바닥에 무릎을 꿇고 있는 남자를 보자 소년 자신의 무릎도 덜덜 떨리기 시작했다. 마치 할아버지뿐 아니라 다른 누군가, 그를 다치게 할 수도 있는 누군가, 친절하지 않고 위험하고 잔인한 그 누군가와 함께 있는 것 같았다. 소년은 울기 시작했고, 땅바닥에 떨어진 작은 나뭇가지를 집어 들어 손가락으로 꼭 움켜쥐었다. 자기만의 생각 속에 골똘히 빠져버린 제시 벤틀리가 갑자기 벌떡 일어나 소년에게 다가오자 공포심이 점점 커져 온몸이 떨렸다. 숲속의 모든 것 위에 무

---

* 데이비드(David)는 다윗의 영어식 표기이다.

** "사울이 이새에게 심부름꾼들을 보내어, 양 떼를 치고 있는 그의 아들 다윗을 자기에게 보내라고 명령했다. 이새는 곧 나귀 한 마리에 빵과 가죽 부대에 담은 포도주 한 자루와 새끼 염소 한 마리를 실어서 자기 아들 다윗을 시켜 사울에게 보냈다." 사무엘상 16장 19~20절.

거운 정적이 감도는 것 같았고, 그런 정적 속에서 갑자기 노인의 거칠고 완고한 목소리가 쏟아져 나왔다. 제시는 소년의 어깨를 꽉 움켜잡더니 하늘을 향해 소리를 지르기 시작했다. 그의 얼굴 왼쪽 전체가 심한 경련을 일으켰고 소년의 어깨를 붙잡은 그의 손 역시 경련을 일으켰다. "하나님, 제게 신호를 보내주소서!" 그가 외쳤다. "여기 제가 소년 다윗과 함께 서 있습니다. 하늘에서 내려와 당신의 존재를 알려주소서."

데이비드는 공포로 울부짖으며 뒤돌아, 자기를 붙잡고 있는 손을 뿌리치고는 숲속으로 달리기 시작했다. 하늘을 향해 고개를 쳐들고 거친 목소리로 외치던 남자가 자기 할아버지라고는 도저히 믿기지 않았다. 그 남자는 할아버지처럼 생기지 않았었다. 뭔가 이상야릇하고 끔찍한 일이 일어났다는 확신, 어떤 기적이 일어나 낯설고 위험한 누군가가 친절한 노인의 몸속에 들어왔다는 확신이 소년을 사로잡았다. 그는 울면서 언덕을 따라 아래로 내달리고 또 내달렸다. 나무뿌리에 발이 걸려 넘어져 머리를 부딪히고 나서도 일어나 계속 달리려 했다. 소년은 머리가 너무 아파 곧 쓰러졌고 가만히 누워 있었다. 그러나 그 두려움은 제시가 그를 마차로 옮기고, 정신을 차렸을 때 노인의 손가락이 부드럽게 머리를 쓰다듬어주고 있다는 것을 깨달은 뒤에야 비로소 사라졌다. "저를 멀리 데리고 가주세요. 아까 숲속에 무서운 사람이 있었어요." 소년이 단호하게 말하자 제시는 저 멀리 나무 꼭대기를 바라보면서 다시 한번 입술로 하나님께 울분을 토했다. 그는 몇 번이고 "제가 무슨 짓을 했기에 당신께서는 저를 인정하지 않으시나이까?"라고 속삭이듯 내뱉으며, 생채기가 나 피가 흐르는 소년의 머리를 자신의 어깨에 기대어 부드럽게 안은 채 길을 따라 빠르게 마차를 몰았다.

항복 (경건함 3부)

하디 부인이 되어 남편과 함께 와인즈버그 엘름스트리트의 벽돌집에 살던 루이즈 벤틀리에 관한 이야기는 오해로 점철되어 있다.

루이즈 같은 여자들이 사람들에게 이해되고 그들의 삶이 살 만해질 때까지는 아직도 많은 노력이 필요할 것이다. 사려 깊은 책들이 쓰여야 할 것이고, 그들 주변의 사람들도 사려 깊은 삶을 살아가야 한다.

몸이 연약하고 과로로 지친 어머니와 세상에 태어난 딸을 호의적으로 바라보지 않는 충동적이고 준엄하며 상상력이 풍부한 아버지 사이에서 태어난 루이즈는 어린 시절부터 신경증 환자였고, 뒷날 산업화가 세상에 수없이 쏟아낼 지나치게 민감한 여성들의 부류에 속했다.

벤틀리 농장에서 살던 어린 시절의 루이즈는 말이 없고 우울한 아이로, 세상 무엇보다 사랑을 갈구했으면서도 그것을 얻지 못했다. 그녀는 열다섯 살 때 와인즈버그로 가서 앨버트 하디의 가족과 함께 살게 되었다. 앨버트 하디는 이륜마차와 승합마차를 판매하는 상점의 주인이자 읍 교육위원회의 위원이었다.

루이즈가 읍내로 간 것은 와인즈버그 고등학교에 다니기 위해서였고, 하디 씨의 집에서 살게 된 것은 앨버트 하디와 그녀의 아버지 제시가 친구였기 때문이었다.

와인즈버그의 마차 상인이었던 하디는 당시 수천 명의 다른 사람들과 마찬가지로 교육 문제에 열성적이었다. 그 자신은 책으로 얻은 지식 없이 출세했지만, 만약 책을 읽었다면 만사가 훨씬 더 잘 풀렸을 거라 믿어 의심치 않았다. 그는 상점을 찾아오는 모든 사람에게 이 이야기를 했고, 자기 집에서도 지치지 않고 계속 이 주제를 되풀이해 식구들의 혼을 빼놓다시피 했다.

하디에게는 딸 둘과 외아들 존 하디가 있었는데, 딸들은 아예 학교를 그만두겠다고 협박하기 일쑤였다. 원칙에 따라 딸들은 학급에서 벌을 받지 않을 만큼만 공부했다. "나는 책이 끔찍이 싫고, 책을 좋아하는 사람도 끔찍이 싫어." 두 딸 중에서 동생인 해리엇이 힘주어 선언했다.

농장에서처럼 와인즈버그에서도 루이즈는 행복하지 못했다. 수년간 그녀는 언젠가 드넓은 세상으로 나아갈 때가 오기를 꿈꾸어왔었고, 하디 집안으로 거처를 옮기는 일을 자유의 방향으로 성큼 내딛는 큰 한 걸음으로 생각했다. 읍내에서는 늘 모든 일이 유쾌할 것 같았고, 그곳에 사는 남녀는 모두 행복하고 자유롭게 살면서 뺨에 스치는 산들바람을 느끼듯 우정과 사랑을 주고받을 것 같았다. 벤틀리 농장의 침묵 속에서 재미없이 살던 그녀는 따뜻하고 생기와 현실감이 박동하는 분위기 속으로 나아가기를 꿈꾸었다. 그리고 만약 읍내에 막 들어왔을 때 실수를 저지르지만 않았더라면 루이즈는 그토록 갈망하던 그 무언가를 하디 집안에서 얻을 수 있었을지도 모른다.

루이즈는 학교 수업을 신청하여 하디 집안의 두 딸 메리와 해리엇의 미움을 샀다. 개학 당일이 되어서야 이사를 온 탓에 두 딸이 그 문제에 대해 어떻게 생각하는지 전혀 알지 못했던 것이다. 루이즈는 소심하여 처음 한 달 동안은 아무와도 사귀지 않았다. 주말은 집에서 지낼 수 있도록 금요일 오후가 되면 농장에서 일꾼 한 사람이 마차를 끌고 와인즈버그로 그녀를 데리러 왔다. 그래서 그녀는 토요일 휴일을 읍내 사람들과 함께 보내지 못했다. 당황스럽고 외로워서 루이즈는 계속 공부만 했다. 메리와 해리엇에게는 루이즈가 자신들을 괴롭히려고 공부를 열심히 하는 것처럼 보였다. 잘 보이고 싶다는 생각에 루이즈는 선생님이 반에 던지는 모든 질문에 대답하고 싶어 했다. 벌떡벌떡 일어났다 앉았다 할 때마다 그녀의 눈이 반짝 빛났다. 그리고 다른 학생들이 대답하지 못하는 문제에 답을 하고 난 뒤에는 행복하게 미소를 지었다. 그 눈빛은 이렇게 말하는 것 같았다. '이것 봐, 내가 너희들 대신 대답을 했잖아. 너희는 이런 문제로 신경 쓸 필요 없어. 모든 문제는 내가 대답할 테니까. 내가 여기 있는 동안 이 반은 모두가 편하게 지내게 될 거야.'

그날 저녁, 하디 집에서 저녁 식사를 마친 뒤 앨버트 하디가 루이즈를 칭찬하기 시작했다. 어떤 교사가 루이즈를 칭찬해서 기분이 좋았던 것이다. "자, 또 그런 이야기를 들었구나." 그는 이렇게 말을 꺼내면서 딸들을 엄하게 노려보더니 루이즈에게 미소를 지었다. "또 다른 선생님도 루이즈가 얼마나 공부를 잘하고 있는지 말씀해주셨지. 와인즈버그의 모두가 루이즈가 얼마나 똑똑한지 모른다고 칭찬하더구나. 우리 집 딸들은 그런 소리를 듣지 못하니 참 부끄럽다." 상인은 자리에서 일어나 방 안을 서성거리며 시가에 불을 붙였다.

두 딸은 서로의 얼굴을 쳐다보며 힘없이 고개를 저었다. 그들의 무관심한 태도를 보고 아버지는 화가 났다. "너희 둘은 이 문제에 대해 곰곰이 생각해볼 필요가 있다고 말하는 거야." 그는 딸들을 노려보며 큰 소리로 말했다. "지금 미국에서는 엄청난 변화가 일어나고 있고, 미래 세대의 유일한 희망은 오로지 지식에 있어. 루이즈는 부잣집 딸이지만 공부하는 걸 부끄러워하지 않아. 루이즈가 하는 걸 보고 너희가 부끄러워해야 해."

상인은 문가 고리에 걸려 있던 모자를 집어 들고 저녁 외출을 할 준비를 했다. 그러다 문간에서 발길을 멈추더니 다시 뒤를 돌아 무섭게 노려보았다. 그 태도가 너무 사나워서 겁에 질린 루이즈는 그만 위층 자기 방으로 도망쳤다. 딸들은 자기네 관심사에 대해 이야기하기 시작했다. 상인이 큰 소리로 말했다. "아버지 말 똑바로 들어라. 너희는 게을러. 공부에 그렇게 관심이 없으니 성격마저 영향을 받잖니. 너희는 별 볼 일 없는 존재가 될 거야. 내 말 명심하거라—루이즈는 너희 두 사람을 한참 앞서가서 너희가 결코 따라잡을 수 없게 될 거니까."

마음이 산란해진 사내는 분노로 온몸을 떨며 집을 나서 길거리로 나갔다. 혼잣말로 중얼거리며 욕설을 퍼부었지만, 메인스트리트에 들어서자 분노가 가라앉았다. 그는 발길을 멈추고 다른 상인이나 읍내를 방문한 농부와 날씨나 곡물 수확 이야기를 나누었다. 딸들 생각은 까맣게 잊어버렸거나, 설령 생각을 했더라도 그저 어깨를 으쓱해 털어버릴 뿐이었다. "아, 그래 계집애들이 다 그렇지, 뭐." 그는 철학적으로 중얼거렸다.

집에서 루이즈는 두 딸이 앉아 있는 방으로 내려갔지만 그들은 상대도 해주지 않았다. 그 집에 산 지 6주가 넘게 지난 어느 날 저녁, 계속 그렇게 냉대를 받자 루이즈는 그만 울음을 터뜨리고 말았다. "그만 울고 네 방으로 돌아가 좋아하는 책이나 읽지 그래." 메리 하디가 날카롭게 쏘아붙였다.

* * *

루이즈가 거처하는 방은 하디 저택의 2층에 있었고 그녀의 창문 밖으로는 과수원이 보였다. 방 안에는 난로가 하나 있었고, 저녁마다 젊은 존 하디가 땔감을 한 아름 안고 와 벽 옆에 놓인 상자에 넣었다. 그 집에 온 지 두 달째 되었을 때 루이즈는 하디의 딸들과 친한 사이가 될 거라는 기대는 완전히 포기하고 저녁 식사를 마치고 나면 곧바로 자기 방으로 올라갔다.

루이즈는 마음속으로 존 하디와 사귀는 생각을 하기 시작했다. 존 하디가 두 팔 가득 땔감을 안고 방으로 들어오면 루이즈는 공부하느라 바쁜 척하면서도 그를 열심히 관찰했다. 그가 땔감을 상자에 넣고 방에서 나가려고 돌아서면 그녀는 고개를 숙이고 얼굴을 붉혔다. 말을 걸어보려 했지만 아무 말도 할 수 없었고, 그가 나간 뒤에는 어리석게 처신한 자신에게 화가 났다.

시골 소녀의 마음은 그 젊은 사내와 가까워지고 싶다는 생각으로 가득 차 있었다. 그녀가 평생 사람들에게서 찾던 품성이 그의 마음속에 있을지도 모른다는 생각이 들었다. 그녀 자신과 모든 세상 사람들 사이에 벽이 하나 세워져 있는 듯했고, 그녀는 자신이 다른 사람들에게는 열려 있고 이해하기 쉬운 어떤 따뜻한 삶의 중심부의 변두리에 살고 있다고 생각했다. 사람들과의 모든 관계를 전혀 다른 무언가로 만들기 위해서는 그녀 쪽에서 단 한 번의 영웅적인 행동만 하면 된다는 생각, 마치 문을 열고 다른 방으로 들어가는 것처럼 그런 행동을 통해 새로운 삶으로 들어갈 수 있다는 생각에 그녀는 사로잡혔다. 루이즈는 밤낮으로 그 문제에 대해 생각했고, 그녀가 그토록 열렬히 바라는 그 무언가는 아주 따뜻하고 친밀한 것이기는 했지만 아직 의식적으로 섹스와 관련된 것은 아니었다. 그 생각이 그렇게 구체적인 형태를 띠지는 못했다. 그녀가 마음속으로 존 하디라는 사람에게 관심을 품은 것은 그가 가까이 있고, 그의 누이들과 달리 자신에게 매정하게 굴지 않기 때문이었다.

하디 자매들, 즉 메리와 해리엇은 둘 다 루이즈보다 나이가 많았다. 세상에 대한 어떤 특정한 지식 면에서는 훨씬 더 노련했다. 그들은 중서부 소도시의 모든 젊은 여성이 살아가듯 그렇게 살아갔다. 그 시절 젊은 여성들은 우리 소읍을 떠나 동부의 대학으로 가지 않았고, 사회 계급에 대한 개념도 아직 거의 존재하지 않았다. 노동자의 딸은 농부의 딸이나 상인의 딸과 같은 사회적 위치에 있었으며 유한계급은 아예 존재하지도 않았다. 젊은 여성은 '교양'이 있거나 '교양'이 없는 것이었다. 교양이 있는 여성이라면, 일요일과 수요일 저녁마다 집으로 그녀를 찾아오는 젊은 남자가 있기 마련이었다. 가끔 그녀는 젊은 남자를 따라 무도회나 교회의 사교 모임에 참석했다. 다른 때에는 집 안에서 젊은 이의 방문을 받았고, 그 목적으로 거실을 사용할 수 있었다. 아무도 그녀를 방해하지 않았다. 몇 시간 동안 두 사람은 문을 닫고 앉아 있었다. 젊은 남녀는 가끔 램프 불을 조금 줄이고는 포옹을 했다. 뺨이 뜨겁게 달아오르고 머리카락이 흐트러졌다. 한두 해가 지나 두 사람 사이의 충동이 충분히 강해지고 지속적으로 이어지면 둘은 결혼을 했다.

와인즈버그에서 처음으로 맞는 겨울의 어느 저녁, 루이즈는 자신과 존 하디 사이에 가로놓여 있다고 생각한 벽을 깨뜨리고 싶은 자신의 욕구에 새로운 충동을 불어넣어주는 모험을 경험했다. 그날은 수요일로, 앨버트 하디는 저녁 식사를 마치자마자 모자를 쓰고 외출을 했다. 존은 땔감을 가지고 와 루이즈 방의 상자에 넣었다. "정말 열심히 공부하네?" 그는 어색하게 이렇게 말하고는 루이즈가 미처 뭐라 대답하기도 전에 방에서 나가버렸다.

루이즈는 존이 집 밖으로 나가는 소리를 들었고 그 뒤를 쫓아 뛰어나가고 싶은 무모한 욕망에 사로잡혔다. 그녀는 창문을 열고 몸을 내민 뒤 나지막하게 소리쳤다. "존, 존, 돌아와요. 가지 말아요." 그날 밤은 구름이 끼어 있어 어둠 속 멀리까지 내다볼 수 없었지만, 기다리는 동안 누군가가 과수원 나무들 사이를 까치발로 걷고 있는 듯한 부드러운 발소리가 들리는 것 같았다. 겁에 질린 그녀는 재빨리 창문을 닫았다. 그녀는 한 시간 동안 흥분에 몸을 떨며 방 안을 서성거리다가 더는 기다릴 수 없게 되자 살금살금 복도로 나가 계단을 내려가서는 거실로 이어지는 옷장 같은 방으로 들어갔다.

루이즈는 지난 몇 주일 동안 그녀의 뇌리를 떠나지 않던 그 용감한 행동을 실행에 옮기겠다고 마음먹은 채였다. 존 하디가 그녀의 방 창문 아래 과수원에 숨어 있다는 확신이 들었고, 그녀는 그를 찾아내어 그에게 말하고 싶었다. 가까이 다가와 두 팔로 꼭 안아주었으면 좋겠다고, 그의 생각과 꿈을 말해주었으면 좋겠다고, 또 그에게 자신의 생각과 꿈을 말해주는 동안 귀담아들어줬으면 좋겠다고 말이다. "어둠 속에서 말하기가 더 쉬울 거야." 그녀는 작은 방에 서서 문손잡이를 더듬어 찾으며 혼잣말로 중얼거렸다.

그때 갑자기 루이즈는 집 안에 혼자 있는 것이 아니라는 사실을 깨달았다. 문 반대쪽 거실에서 어떤 남자의 부드러운 말소리가 들리더니 문이 열렸다. 루이즈가 가까스로 계단 아래 좁은 공간에 숨자마자 메리 하디가 젊은 남자와 함께 어둡고 좁은 방으로 들어왔다.

한 시간 동안 루이즈는 어둠 속에서 바닥에 앉아 귀를 기울였다. 메리 하디는 함께 저녁 시간을 보내러 온 청년의 도움을 받아, 남녀에 관한 지식을 시골 처녀에게 한마디 말도 없이 가르쳐 주었다. 루이즈는 몸이 작은 공처럼 웅크려질 때까지 고개를 푹 숙이고는 꼼짝도 하지 않고 있었다. 그녀가 보기에는 신들이 기묘한 충동으로 메리 하디에게 엄청난 선물을 내려준 것 같았는데, 메리의 계속되는 단호한 거부를 그녀는 이해할 수 없었다.

청년은 메리 하디를 품에 꼭 안고 키스했다. 메리가 몸부림치며 웃음을 터뜨리자 그는 그녀를 더욱더 힘차게 안았다. 한 시간 동안 두 사람 사이의 실랑이가 이어지고 나서 마침내 둘이 거실로 돌아갔을 때에야 루이즈는 겨우 계단을 타고 위층으로 도망칠 수 있었다. "거기선 좀 조용히 하지 그랬어. 공부하는 작은 생쥐를 방해하면 안 되잖아." 해리엇이 위층 복도의 자기 방 문가에 서서 언니에게 말하는 소리가 루이즈의 귀에 들렸다.

루이즈는 그날 밤늦게 존 하디에게 쪽지를 썼고, 집안사람들이 모두 잠들었을 때 살금살금 아래층으로 내려가 존의 방문 아래로 쪽지를 밀어 넣었다. 즉시 그렇게 하지 않으면 용기가 꺾일까 두려웠다. 그녀는 쪽지에 자기가 원하는 바를 아주 명확하게 적으려고 했다. 그녀는 이렇게 썼다. "나는 누군가가 나를 사랑해주기를 바라고, 나 또한 누군가를 사랑하고 싶어요. 만약 당신이 내가 바라는 그런 사람이라면 밤에 과수원으로 나와 내 창 아래에서 인기척을 내줘요. 그러면 내가 헛간을 타고 몰래 내려가 당신을 만날게요. 나는 늘 그런 생각만 하고 있으니, 올 거라면 곧바로 와야 해요."

루이즈는 연인을 얻으려는 이런 대담한 노력이 어떤 결과를 낳을지 오랫동안 알지 못했다. 보기에 따라서는 그가 정말로 오기를 바라는지 그렇지 않은지조차 여전히 알지 못했다. 이따금 누군가의 품에 꼭 안겨 키스를 받는 게 삶의 비밀 그 자체인 것처럼 보이기도 했지만 그러다가도 새로운 충동이 일어났고, 그러면 끔찍하게 무서웠다. 누군가에게 소유되고 싶다는 예로부터의 여성의 욕망이 그녀를 사로잡았지만, 삶에 대한 생각이 너무 막연하여 존 하디의 손길이 그녀의 손에 닿기만 해도 만족스러울 것 같았다. 그가 그런 마음을 이해할지 궁금했다. 이튿날 식탁에서 앨버트 하디가 말을 하고 두 딸이 속삭이며 웃어대는 동안 루이즈는 존을 쳐다보지도 않고 가능한 한 빨리 빠져나왔다. 그녀는 저녁때 집 밖으로 외출했다가, 존 하디가 방에 땔감을 가져다 놓고 갔을 거라는 확신이 들 때까지 들어오지 않았다. 며칠 저녁 열심히 귀를 기울여봐도 과수원의 어둠 속에서 자신을 부르는 소리가 들려오지 않자, 그녀는 상심하여 반쯤 제정신이 아닌 상태에서 삶의 기쁨을 가로막는 벽을 무너뜨릴 방법이 자기한테는 없다고 믿게 되었다.

그런데 쪽지를 보낸 지 2, 3주가 지난 어느 월요일 밤 존 하디가 그녀를 찾아왔다. 루이즈는 그가 올 거라는 생각을 완전히 포기하고 있었으므로 한참 동안 과수원 쪽에서 올라오는 소리를 듣지 못했다. 그 전주 금요일 저녁, 그녀가 주말을 집에서 보낼 수 있도록 데리러 온 농장 일꾼과 마차를 타고 가던 길에 그녀는 깜짝 놀랄 일을 충동적으로 저지르고 말았다. 존 하디가 방 아래 어둠 속에 서서 나지막하고 끈질기게 그녀의 이름을 부르는 동안, 그녀는 방 안을 서성거리며 도대체 무슨 새로운 충동이 그렇게 우스꽝스러운 행동을 하게 했는지 의아해하고 있었다.

검은 곱슬머리의 청년 일꾼은 그 금요일 밤에 조금 늦게 그녀를 데리러 왔고, 두 사람은 어둠 속에서 집을 향해 마차를 타고 갔다. 마음이 온통 존 하디 생각으로 가득 차 있던 루이즈는 시골 청년에게 말을 걸려 해보았지만 그는 부끄러워 아무 말도 하지 않았다. 그녀는 어린 시절의 외로움을 되돌아보기 시작했고,

날카로운 통증과 함께 막 찾아온 새롭고 극심한 외로움을 기억해냈다. "나는 모든 사람이 끔찍이 싫어." 그녀는 불쑥 큰 소리로 말하고는, 자신을 데리러 온 일꾼이 겁먹을 정도로 긴 장광설을 내뱉었다. "아버지도 하디 영감도 다 싫어." 그녀가 열띤 목소리로 선언했다. "읍내 학교에서 공부하고 있지만, 그것도 끔찍이 싫어."

루이즈가 몸을 돌려 일꾼의 어깨에 뺨을 얹자 농장 일꾼은 더욱 겁을 먹었다. 메리와 함께 어둠 속에 서 있던 청년처럼 그가 자기 어깨에 두 팔을 감고 키스해주기를 막연하게나마 바랐지만, 시골 청년은 그저 불안해할 뿐이었다. 그는 채찍으로 말을 때리며 휘파람을 불기 시작했다. "도로가 험하죠, 네?" 그가 큰 소리로 말했다. 루이즈는 너무 화가 나서 손을 뻗어 그의 머리에서 모자를 낚아채 길바닥에 던져버렸다. 일꾼이 마차에서 뛰어내려 모자를 집으러 간 사이 그녀는 마차를 몰고 떠나버렸고, 일꾼은 농장까지 남은 길을 걸어서 갈 수밖에 없었다.

루이즈 벤틀리는 존 하디를 자신의 연인으로 받아들였다. 그게 그녀가 원하는 바는 아니었지만 존 하디는 그녀의 접근을 그런 뜻으로 해석했고, 그녀는 다른 무언가를 너무 손에 넣고 싶은 나머지 아무런 저항도 하지 않았다. 몇 달 뒤 두 사람은 그녀가 곧 어머니가 될까 봐 두려워하게 되었고, 어느 날 저녁 읍청 소재지에 가서 결혼했다. 두 사람은 몇 달 동안 하디 저택에 살다가 그들만의 집을 마련했다. 결혼 첫해 내내 루이즈는 그 쪽지를 쓰게 한, 여전히 충족되지 않은 막연하고 손에 잡히지 않는 자신의 갈증을 남편에게 이해시키려 애썼다. 여러 번 그녀는 그의 품을 슬며시 파고들어 그 이야기를 하려 했지만 번번이 실패했다. 남녀의 애정에 대한 자신만의 관념에 사로잡혀 있던 존 하디는 그녀의 말을 귀담아듣지 않았고, 그저 그녀의 입술에 키스를 퍼붓기 시작할 뿐이었다. 남편의 그런 행동은 그녀를 당황하게 했고, 마침내 그녀는 키스를 받고 싶은 마음마저 사라져버렸다. 그녀는 자신이 무얼 원하는지 알지 못했다.

두 사람을 속여 결혼으로 몰고 간 공포가 근거 없다는 사실이 밝혀지자 루이즈는 화가 나서 가혹하고 상처가 되는 말들을 내뱉었다. 뒷날 아들 데이비드가 태어났을 때 그녀는 아이에게 젖을 물릴 수 없었고 자신이 아이를 정말로 원하는지 아닌지조차 알지 못했다. 어떤 때는 아이를 데리고 하루 종일 자기 방에 처박혀 있으면서 방 안을 서성거렸고, 가끔은 아이에게 살금살금 다가가 손을 뻗어서는 부드럽게 어루만지기도 했다. 그러다가 또 어떤 날에는 집 안에 새로 생겨난 그 조그마한 인간을 쳐다보려 하지도, 아예 그 근처에 가려 하지도 않았다. 존 하디가 잔인하다고 그녀를 나무라면 그녀는 웃음을 터뜨렸다. "그 애는 사

내아이니까 어차피 원하는 걸 다 얻게 될 거예요." 그녀가 날카
롭게 쏘아붙였다. "만약 그 애가 여자아이였더라면 난 그 애를
위해 무슨 짓이라도 서슴지 않고 다 해줬을 거예요."

공포 (경건함 4부)

데이비드 하디가 열다섯 살의 훤칠한 소년이 되었을 때, 그 역시 그의 어머니처럼 일생의 흐름을 바꿔놓고 그만의 조용한 구석에서 세상 속으로 나아가게 만든 모험을 하게 되었다. 그의 삶 주변을 둘러싼 껍데기가 깨어지자 그는 앞으로 나아갈 수밖에 없었다. 그는 와인즈버그를 떠났고, 아무도 그를 두 번 다시 보지 못했다. 그가 종적을 감춘 뒤 그의 어머니와 할아버지는 둘 다 세상을 떠났고 그의 아버지는 아주 큰 부자가 되었다. 그는 아들의 행방을 찾으려고 거액의 돈을 썼지만 그 일은 이 이야기와는 아무 관련이 없다.

벤틀리 농장에 보기 드물게 풍년이 든 늦가을의 일이었다. 눈을 돌리는 곳마다 풍작이었다. 그해 봄 제시는 와인크리크 계곡에 자리한 길쭉한 검은 늪지의 일부를 사들였다. 땅은 값싸게 구입했지만 개간하는 데 많은 돈을 들였다. 커다란 도랑을 여러 개 파야 했고, 수천 개의 토관을 깔아야 했다. 이웃 농부들은 그 비용에 고개를 절레절레 내저었다. 그중 어떤 농부들은 제시를 비웃으면서 그가 이런 모험을 하다가 거액의 돈을 잃기를 바랐지만, 노인은 아무 말 없이 묵묵히 작업을 계속해나갔다.

토지의 배수 작업이 완료되고 제시가 그 땅에 양배추와 양파를 심었을 때도 이웃 농부들은 웃어댔다. 그러나 수확량은 어마어마했고, 비싼 가격에 팔렸다. 그 한 해 동안 제시는 토지를 개간하는 데 쓴 비용을 다 치르고도 남을 만큼 많은 돈을 벌었고, 남은 돈으로 농장 두 개를 더 사들일 수 있었다. 그는 기뻐서 어쩔 줄을 몰랐고 그런 마음을 숨기지도 못했다. 농장을 소유한 이래 처음으로 그는 웃는 얼굴을 하고 일꾼들 사이를 돌아다녔다.

제시는 노동비용을 줄이기 위해 엄청나게 많은 새 농기구들을 사들였고, 검고 비옥한 늪지의 나머지 땅도 모두 사들였다. 어느 날 그는 와인즈버그로 가서는 데이비드에게 자전거 한 대와 양복 한 벌을 사주었고 자신의 두 누이에게는 오하이오주 클리블랜드에서 열리는 종교 집회에 갈 수 있도록 여비를 대주었다.

서리가 내린 그해 가을, 와인크리크를 따라 숲에 늘어선 나무들이 황금빛 갈색으로 물들 무렵 데이비드는 학교에 가지 않는 날이면 늘 야외에 나가 시간을 보냈다. 그는 오후마다 혼자서 또는 다른 소년들과 함께 숲속에 들어가 견과를 주웠다. 시골의 다른 소년들은 대부분 벤틀리 농장에서 일하는 일꾼들의 아들들로, 토끼와 다람쥐를 사냥하러 갈 때 사용하는 총을 가지고 있었지만 데이비드는 그들과 함께 가지 않았다. 대신 그는 고무줄과 끝이 갈라진 나뭇가지로 고무줄총을 만들어 혼자 견과를 주우러 갔다. 이리저리 돌아다니다 보면 여러 생각이 떠올랐다. 그는 이제 자신이 성년이 되다시피 했다는 사실을 깨닫고 앞으로 살면서 무슨 일을 하게 될지 궁금해했지만 어떤 결론에 이르기도 전에 그 생각들은 그냥 사라져버렸고, 그는 다시 소년이 되었다. 어느 날 그는 나지막한 나뭇가지에 앉아서 그에게 종알거리던 다람쥐 한 마리를 쏴 죽였다. 그는 손에 다람쥐를 들고 집으로 달려갔다. 벤틀리 자매 중 한 사람이 작은 동물을 요리했고, 그는 그것을 아주 맛있게 먹었다. 가죽은 널빤지에 붙이고 끈을 매달아 침실 창가에 걸어놓았다.

그 일로 데이비드의 마음은 새로운 전환점을 맞았다. 그 뒤로 숲속에 들어갈 때면 그는 늘 고무줄총을 호주머니에 넣어 갔고, 나무의 갈색 잎사귀들 속에 숨어 있는 가공의 동물들을 몇 시간씩 쏘아대며 시간을 보냈다. 점점 다가오는 성년에 대한 생각들은 사라졌고, 그는 소년의 충동을 지닌 소년으로 남는 것에 만족했다.

　어느 토요일 아침, 데이비드가 호주머니에는 고무줄총을 넣고 어깨에는 견과를 넣어 올 가방을 걸머멘 채로 숲으로 막 출발하려는데 할아버지가 그를 불러 세웠다. 노인의 눈에는 진지하고 긴장한 표정이 감돌았고, 그럴 때면 데이비드는 으레 조금 겁이 났다. 그럴 때 제시 벤틀리의 눈은 앞쪽을 똑바로 보지 않았고 불안하게 흔들렸으며 아무것도 바라보지 않는 것 같았다. 보이지 않는 커튼 같은 것이 노인과 나머지 세상 사이에 드리워진 듯했다. "할아버지랑 같이 가주면 좋겠구나." 제시는 이렇게 짧게 말하고는 소년의 머리 너머로 하늘을 바라보았다. "오늘 뭔가 중요한 일을 해야 하거든. 원한다면 견과 가방을 갖고 가도 좋아. 그래도 상관없어. 어쨌든 우린 숲속에 갈 거니까 말이다."

　제시와 데이비드는 흰 말이 끄는 낡은 사륜마차를 타고 벤틀리 농장을 출발했다. 침묵 속에 한참을 달린 그들은 양 떼가 풀을 뜯고 있는 들판 가장자리에 이르렀다. 양 떼 중에는 제철이 아닌데 태어난 새끼 양이 한 마리 있었고, 데이비드와 할아버지가 이 새끼 양을 잡아 꽁꽁 묶어놓으니 마치 작은 흰 공처럼 보였다. 다시 마차를 타고 달려가는 동안 제시는 데이비드에게 새끼 양을 두 팔로 꼭 안고 있으라고 했다. "어제 그놈을 보고 내가 오랫동안 하고 싶었던 걸 하기로 마음먹었단다." 이렇게 말한 제시는 또다시 두 눈에 불안하게 흔들리는 표정을 띠고서 소년의 머리 너머 하늘을 쳐다보았다.

풍년을 맞이한 농부에게 찾아오는 크나큰 희열감이 지나가고 나자 또 다른 기분이 제시를 사로잡았다. 오랫동안 그는 매우 겸손하고 경건한 기분으로 살았다. 이제 그는 또다시 밤중에 하나님을 생각하며 혼자 걸었으며, 이렇게 걸으면서 다시 한번 자신을 먼 옛날의 인물들과 연관 지었다. 밤하늘 별 아래에서 축축한 풀밭에 무릎을 꿇고 목소리 높여 기도했다. 이제 그는 여러 이야기로 성경을 가득 채운 사람들처럼, 그 역시 하나님께 희생 제물을 바치겠다고 결심했다. "나는 이 풍요로운 수확을 선물받았고, 하나님께서는 내게 다윗(David)이란 이름의 아들도 보내주셨다." 그는 혼잣말로 중얼거렸다. "어쩌면 이 일을 오래전에 했어야 했는지도 몰라." 그는 딸 루이즈가 태어나기 전에 이런 생각이 떠오르지 않은 것이 아쉬웠고, 이제는 숲속 어딘가 외딴곳에 불타는 나뭇가지로 단을 쌓고 어린양의 사체를 번제로 바치면 하나님께서 분명 그의 앞에 나타나 메시지를 내려주실 거라 믿었다.

점점 더 그런 생각에 빠져들면서 제시는 데이비드를 생각하게 되었고, 격정적인 자기애는 조금 잊었다. '이 애도 이제 세상에 나갈 생각을 할 때가 됐으니 메시지는 아마 이 녀석과 관련된 것이겠지.' 그는 마음속으로 결론을 내렸다. '하나님께서 이 애의 앞길을 터주실 거야. 데이비드가 삶에서 어떤 자리를 차지하게 될지, 언제 자기 여정을 떠나게 될지 내게 말씀해주시겠지. 그러니 이 애가 현장에 있는 게 옳아. 만약 운이 좋아서 대천사가 나타난다면 데이비드도 인간 앞에 모습을 드러낸 하나님의 아름다움과 영광을 보게 될 거야. 그러면 이 애 역시 참된 하나님의 사람이 될 테고.'

제시와 데이비드는 침묵 속에서 도로를 따라 마차를 몰아, 제시가 한때 하나님에게 호소했다가 그의 손자를 겁에 질리게 했던 그 장소에 마침내 이르렀다. 그날 아침에는 날씨가 맑고 상쾌했지만, 차가운 바람이 불기 시작하면서 구름이 해를 가렸다. 데이비드는 그들이 어디 이르렀는지 알고는 공포에 질려 몸을 부들부들 떨기 시작했다. 나무들 사이로 흐르는 냇물이 있는 다리 근처에 마차가 멈추자 그는 마차에서 펄쩍 뛰어내려 도망치고 싶었다.

데이비드의 머릿속에 여남은 가지 탈출 계획이 스쳤지만 제시가 말을 세우고 울타리를 넘어 숲속으로 향하자 소년은 그의 뒤를 따라갔다. '겁내는 건 바보 같은 짓이야. 아무 일도 일어나지 않을 거야.' 그는 어린양을 품에 안은 채로 따라가면서 스스로를 타일렀다. 두 팔에 꼭 안긴 작은 동물의 무기력함이 어딘지 모르게 그에게 용기를 불어넣어주었다. 동물의 심장이 빠르게 박동하는 게 느껴지자 오히려 소년의 심장은 조금 느리게 박동했다. 할아버지 뒤를 재빨리 따라 걸어가면서 소년은 어린양의 네 다리를 묶고 있는 끈을 풀었다. '무슨 일이 생기면 함께 도망치는 거야.' 그는 이렇게 생각했다.

도로에서 벗어나 한참을 걸은 제시는 숲속 나무들 사이의 공터에 멈춰 섰다. 작은 덤불이 무성한 공터가 시냇가부터 이어져 있었다. 그는 여전히 말이 없었지만 즉시 마른 나뭇가지로 단을 쌓더니 곧바로 불을 붙였다. 소년은 두 팔로 어린양을 안은 채 땅바닥에 앉았다. 그의 상상력이 노인의 일거수일투족에 의미를 부여했고, 그러자 순간순간 공포는 점점 더 커져갔다. "어린양의 피를 이 아이의 머리에 부어야 해." 제시는 땔감이 게걸스럽게 타오르기 시작하자 이렇게 중얼거리더니 호주머니에서 긴 칼을 꺼내며 뒤돌아 공터 맞은편에 있는 데이비드를 향해 성큼성큼 걸어갔다.*

공포가 소년의 영혼을 사로잡았다. 그러자 속이 메스꺼워졌다. 한순간 소년은 꼼짝도 하지 않고 가만히 앉아 있었는데, 온

---

* 이 장면은 창세기 22장에 기록된 아브라함이 이삭을 번제로 바치는 장면과 비슷하다. 다만 아브라함의 역할을 이새(제시)가 맡고 이삭의 역할을 다윗(데이비드)이 맡은 점이 다를 뿐이다.

몸이 뻣뻣하게 굳었고, 그래서 벌떡 일어섰다. 그의 얼굴은 어린 양의 털처럼 하얗게 변했다. 갑자기 자유의 몸이 된 어린양은 언덕 아래쪽으로 내달렸다. 데이비드도 뛰었다. 공포에 그의 두 다리는 날듯이 빠르게 움직였다. 그는 나지막한 덤불과 통나무들을 미친 듯이 뛰어넘었다. 이렇게 달리면서 소년은 호주머니에 손을 집어넣어 다람쥐들을 쏠 때 쓰는 고무줄총을 꺼냈다. 수심이 얕은 냇가에 이르자 소년은 자갈 위로 흐르는 물속으로 첨벙 뛰어 들어가며 고개를 돌려 뒤를 바라보았다. 그리고 할아버지가 아직도 긴 칼을 꼭 쥐고 자기 쪽으로 달려오고 있는 모습이 보이자 주저 없이 바닥의 돌멩이를 하나 골라 고무줄총에 걸었다. 온 힘을 다해 무거운 고무줄을 당기자 돌멩이가 휘파람 소리를 내며 공기를 갈랐다. 돌멩이는 소년은 완전히 잊은 채로 어린 양을 쫓아 달리고 있던 제시의 머리를 정면으로 맞혔다. 그는 신음 소리를 내며 앞으로 고꾸라지더니 거의 소년의 발밑에 쓰러지다시피 했다. 데이비드는 할아버지가 전혀 움직이지 않고 죽은 것처럼 보이자 이루 말할 수 없는 엄청난 공포에 사로잡혔다. 광적인 공황 상태가 되었던 것이다.

소년은 외마디 비명을 지르며 뒤돌아, 경련을 일으키듯 몸을 떨고 울면서 숲속을 달렸다. "난 상관없어. 내가 할아버지를 죽였지만, 그래도 상관없어." 그는 흐느껴 울었다. 달리고 또 달리면서 소년은 두 번 다시 벤틀리 농장이나 와인즈버그 읍내로 돌아가지 않겠다고 갑자기 결정했다. "나는 하나님의 사람을 죽였고, 이제는 나 자신이 성인(成人)이 되어 세상 밖으로 나갈 거야." 그는 달리던 걸음을 멈추고는 들판과 숲을 가로지르며 서쪽으로 구불구불 흘러가는 와인크리크 옆의 도로를 따라 빠른 걸음으로 걸어가며 단호하게 말했다.

제시 벤틀리는 시냇가의 땅바닥에서 불편하게 몸을 뒤척였다. 그러다 신음 소리를 내며 눈을 떴다. 그는 한참 동안 꼼짝도 않고 누운 채로 하늘을 바라보았다. 마침내 일어섰을 때는 마음이 혼란스러웠고, 소년이 사라졌다는 사실이 놀랍지 않았다. 길가의 통나무에 앉아 그는 하나님에 대해 말하기 시작했다. 사람들이 영영 그에게서 알아낸 사실은 그것이 전부였다. 누가 데이비드의 이름을 입에 올리면 노인은 으레 하늘을 애매한 표정으로 바라보며 하나님의 전령이 소년을 데려갔다고 말했다. "내가 영광에 너무 과욕을 부려서 일어난 일이지." 그는 이렇게 선언하듯 말했고, 그 문제에 대해 더는 말하지 않으려 했다.

기발한 생각이 많은 사내

그는 자신의 어머니와 함께 살았다. 어머니는 안색이 특이하게 잿빛을 띠고 머리카락이 희끗희끗하며 과묵한 여자였다. 두 사람이 살던 집은 작은 숲속에 있었는데, 그 너머로 와인즈버그의 메인스트리트가 와인크리크를 가로지르고 있었다. 그의 이름은 조 웰링으로, 변호사이자 콜럼버스*에 있는 주 의회 의원이었던 그의 아버지는 지역사회에서 꽤 명망 있는 인사였다. 조 자신은 체구도 작은 데다 성격 또한 읍내 주민 그 누구와도 달랐다. 그는 마치 며칠 동안 잠잠하다가 갑자기 불을 내뿜는 작은

---

* 오하이오주 중부에 위치한 도시로, 주도(州都)이며 정치와 행정, 상공업의 중심지다. 오하이오주를 대표하는 오하이오 주립 대학교가 이곳에 있다.

화산 같았다. 아니, 그는 그런 게 아니었다. 그는 마치 발작에 시
달리는 사람, 동료 인간들 사이를 걸어 다닐 때 언제 갑자기 발
작을 일으켜 눈을 허옇게 뒤집고 팔다리가 경련을 일으키는 이
상하고 괴기한 신체적 상태로 돌변할지 몰라 사람들의 공포심
을 자아내는 그런 사람 같았다. 그는 정말 그런 사람 같았는데,
다만 차이가 있다면 조 웰링에게 찾아오는 병은 신체적인 것이
아니라 정신적인 것이라는 점이었다. 그는 기발한 생각들에 시
달렸고, 어느 한 가지 생각에 사로잡히면 통제할 수가 없었다.
그래서 그의 입에서는 말들이 마구 구르면서 쏟아져 나왔다. 그
의 입가에는 독특한 미소가 떠올랐다. 가장자리를 금으로 도금
한 치아가 빛을 받아 황금빛으로 번득였다. 그는 옆에 서 있는
사람에게 갑자기 덤벼들어 말을 늘어놓기 시작했다. 옆에 있던
사람은 피할 길이 없었다. 흥분한 사내는 옆 사람의 얼굴에 숨을
훅훅 불고, 눈을 뚫어져라 쳐다보았으며, 떨리는 집게손가락으
로 가슴을 쿡쿡 치면서 주의를 요구하고 강요했다.

당시 스탠다드 석유 회사*는 요즈음처럼 대형 마차나 트럭으
로 소비자에게 직접 기름을 배달하는 대신에 소매 식료품점과

---

* 석유의 생산, 운송, 정제, 마케팅 분야에서 월등한 영향력을 가진 미국 회사. 1870년
존 D. 록펠러가 동업자들과 함께 오하이오주의 클리블랜드에 설립했다. 1890년 기
준으로 미국에서 88퍼센트의 시장점유율을 기록했다.

철물점 등에 배달했다. 조는 와인즈버그와 와인즈버그를 관통하는 철도를 따라 위치한 몇몇 소도시에서 스탠다드 석유 회사의 대리점을 운영했다. 그는 청구서를 회수하고 예약 주문을 받았으며 그 밖의 업무도 했다. 주 의회 의원이었던 아버지가 구해준 일자리였다.

조 웰링은 와인즈버그의 상점들을 들락거리며 바삐 돌아다녔다—말없이 조용하게, 지나치다 할 만큼 예의 바르게, 자기 일에 열중하면서. 남자들은 흥미로워하면서도 경각심을 늦추지 않는 눈길로 그를 예의 주시 했다. 여차하면 도망칠 준비를 한 채로 그가 발작을 일으키기를 기다렸다. 그에게 찾아오는 발작은 별로 해가 되지는 않았지만, 그렇다고 그냥 웃어넘길 수도 없었다. 오히려 위압적이었다. 어떤 기발한 생각에 꽂히면 조는 통제 불능의 상태가 되었다. 그의 개성은 거인처럼 호방해졌다. 대화 상대를 제압하고 완전히 압도해버렸고, 그의 목소리가 들리는 범위 안에 서 있는 모든 사람을 압도해버렸다.

실베스터 웨스트의 약국에는 네 남자가 서서 경마 이야기를 하고 있었다. 웨슬리 모이어의 종마 토니 팁이 오하이오주 티핀[**]에

[**] 오하이오주 북부에 위치한 소도시. 세니커군의 군청 소재지로, 한때 도자기와
경마로 유명했다.

서 열리는 6월 경기에 참가하기로 돼 있었는데, 거기서 가장 강력한 경쟁자를 만나게 될 거라는 소문이 돌았다. 대단한 경마 기수인 팝 기어스*가 직접 참가할 거라는 이야기도 있었다. 토니 팁이 과연 우승할 수 있을까 하는 불안감이 와인즈버그의 공기를 무겁게 짓누르고 있었다.

조 웰링이 방충망 문을 옆으로 밀쳐 열고는 약국으로 들어왔다. 그는 어떤 일에 몰두한 사람 특유의 이상한 눈빛으로 에드 토머스에게 갑자기 덤벼들었다. 에드는 팝 기어스를 잘 알았고, 토니 팁의 우승 확률에 관한 그의 의견은 고려해볼 만한 가치가 있었다.

"와인크리크의 수위가 높아졌어요." 조 웰링은 마치 마라톤 전투**에서 그리스군의 승전 소식을 전하는 페이디피데스처럼 외쳤다. 그는 집게손가락으로 에드 토머스의 널찍한 가슴에 새겨진 문신을 두드렸다. "트러니언 다리 근처에서는 바닥에서부터 30센티미터 안팎이었어요." 그는 계속 말을 이었고, 말들은 이 사이로 작은 휘파람 소리를 내며 빠르게 쏟아져 나왔다. 그러

---

*   에드워드 프랭클린 '팝' 기어스(1851~1924). 테네시주 출신의 경마 기수.

** 기원전 490년, 페르시아 제국 다리우스 1세의 1차 그리스 원정군과 아테네-플라타이아이 연합군이 마라톤 평원에서 맞붙은 전투. 페이디피데스는 마라톤에서 아테네까지 달려가 그리스 군대가 승리했다는 소식을 시민들에게 외쳐 전한 뒤 숨을 거둔 것으로 알려져 있다.

자 네 남자의 얼굴에 몹시 짜증스러운 표정이 슬며시 떠올랐다.

"나는 정확한 사실만 말합니다. 그러니 믿어도 좋아요. 난 시닝의 철물점에 들러 자를 구입했어요. 그러고 나서 다시 돌아가 측정해봤죠. 도저히 내 눈을 믿을 수가 없더군요. 알다시피 열흘 동안 비 한 방울 내리지 않았잖아요. 처음에는 어떻게 생각해야 할지 모르겠더라고요. 갑자기 온갖 생각이 머릿속으로 밀려왔어요. 지하 통로나 샘물을 고려해봤죠. 머릿속으로 땅 밑 여기저기를 파헤치고 다녔어요. 머리를 비벼대며 다리 바닥에 앉아 있었어요. 하늘에는 구름 한 점이, 정말 단 한 점도 없더군요. 길거리로 나가보면 알 겁니다. 구름이 단 한 점도 없었다고요. 지금도 한 점도 없고요. 아니, 구름이 한 점은 있었습니다. 난 어떤 사실도 숨기고 싶지 않아요. 서쪽 지평선 근처에 구름 한 점이 있었어요. 기껏해야 남자 손바닥만 한 크기의 구름이었죠.

그게 이 문제와 무슨 관련이 있다는 이야기는 아닙니다. 아시겠지만 어쨌든 그렇습니다. 내가 얼마나 당황했는지 이해하시죠.

그때 한 가지 아이디어가 떠올랐어요. 나는 웃음을 터뜨리지 않을 수 없었죠. 여러분이라도 아마 웃었을 겁니다. 머디나군[***]에는 비가 내렸잖아요. 흥미롭지 않나요? 우리 읍에 기차도 없

*** 오하이오주 북동부에 위치한 군.

고 우편도 없고 전보도 없었다 하더라도 머디나군에 비가 내렸
다는 사실은 알았을 테지요. 그곳이 바로 와인크리크의 발원지
잖아요. 그 사실을 모르는 사람은 아무도 없죠. 작고 오래된 와
인크리크가 우리에게 그 소식을 가져다줬어요. 얼마나 재미있
어요. 난 그래서 웃음을 터뜨렸던 거예요. 여러분에게도 말해줘
야겠다고 생각했고요―흥미롭죠, 네?"

조 웰링은 돌아서서 문가로 나아갔다. 그는 호주머니에서 장
부를 꺼내더니 잠깐 발길을 멈추고 손가락으로 짚어가며 한 장
을 훑었다. 다시 스탠다드 석유 회사 대리점 직원 일에 몰두한
것이다. "헌의 식료품점에 등유가 떨어져가고 있겠군. 그리 가봐
야겠습니다." 그는 이렇게 중얼거리며 길거리를 따라 바쁘게 걸
어갔고 좌우로 지나치는 사람들에게 예의 바르게 고개를 끄덕
여 인사를 했다.

조지 윌러드는 〈와인즈버그이글〉에 출근하는 길에 조 웰링에
게 붙잡혔다. 조는 그 청년이 부러웠다. 자신이 천성적으로 신
문기자에 안성맞춤이라고 생각했기 때문이다. "내가 자네가 하
는 일을 해야 하는데 말이야, 거기엔 추호도 의심할 여지가 없
거든." 그는 도허티의 사료 상점 앞 인도에서 조지 윌러드를 불
러 세우더니 선언하듯 이렇게 말했다. 조의 눈빛이 번득이고 집
게손가락이 파르르 떨렸다. "물론 스탠다드 석유 회사에서 돈을

더 많이 벌긴 하지만. 그래도 자네한테 이런 말을 하는 덴 이유가 있단 말이야." 그가 덧붙였다. "개인적으로 자네한테 나쁜 감정이 있는 건 아니지만, 내가 자네 자리를 차지해야 해. 난 틈틈이 일할 수 있거든. 여기저기를 돌아다니며 자네가 절대 찾아내지 못할 사건들을 찾아낼 수 있단 말일세."

조 웰링은 점점 더 흥분하여, 젊은 신문기자를 사료 상점 문 앞까지 떠밀었다. 자기만의 생각에 완전히 빠진 듯한 그는 눈을 이리저리 굴리면서 가늘고 불안한 손으로 자신의 머리카락을 쓸어내렸다. 그의 얼굴에 미소가 번지자 금니가 번쩍였다. "어디 수첩 좀 꺼내봐." 그가 명령하듯 말했다. "호주머니에 작은 수첩 갖고 다니잖아? 내 그럴 줄 알았지. 자, 이걸 받아 적게나. 며칠 전에 생각해낸 것일세. 부식을 예로 들어보지. 자, 부식이란 뭘까? 그건 불이야. 나무와 다른 것들을 태워버리지. 그런 생각 한 번도 못 해봤나? 당연히 못 해봤을 테지. 여기에 있는 이 인도와 이 사료 상점, 저기 길 아래쪽에 있는 가로수들—지금 모두 불에 타고 있어. 활활 타고 있다고. 보다시피 부식은 늘 일어나고 있으니까. 멈추는 법이 없거든. 물과 페인트로는 그 불을 끌 수가 없다네. 어떤 물건이 쇠라면 어떻게 될까? 녹이 슬지. 그것도 불이야. 지금 온 세상이 불타고 있다고. 그런 식으로 신문 기사를 시작해보게. 그냥 주먹만 한 큼직한 활자로 '세상이 불타고 있다'라고 쓰란 말이지. 그러면 사람들이 기사를 찾아볼 거야. 참 똑똑한 기자라고 칭찬도 할 거고. 난 상관없어. 자네가 부럽지 않아. 난 그 기발한 생각을 그저 허공에서 낚아챘을 뿐이지. 나라면 신문에 활기를 불어넣을 수 있을 걸세. 자네도 그건 인정해야 할걸."

조 웰링은 재빨리 뒤돌아 빠른 걸음으로 걸어갔다. 그러나 몇 걸음 못 떼고 멈춰 서더니 뒤를 돌아보았다. 그가 말했다. "자네한테 한 약속 지킬 거야. 자네를 진짜 신문기자로 만들어주겠네. 내가 직접 신문사를 차려야겠는걸. 그래, 그렇게 해야겠어. 난 놀라운 인물이 될 거야. 그걸 모르는 사람은 없지."

조지 윌러드가 〈와인즈버그이글〉에서 일한 지난 1년 동안 조 웰링에게는 네 가지 일이 일어났다. 그의 어머니가 세상을 떠났고, 그는 뉴윌러드 하우스에 거주하게 되었으며, 연애 사건에 휘말리게 되었고, 와인즈버그 야구 팀을 조직했다.

조가 야구 팀을 조직한 것은 코치가 되고 싶었기 때문이고 그는 그 직책으로 읍내 주민들의 존경을 받기 시작했다. "그 사람 정말 대단해." 조의 팀이 머디나군의 야구 팀에 대승을 거두자 사람들은 그렇게 말했다. "모든 사람을 합심하게 만든단 말이야. 그 사람 어디 한번 두고 보라고."

야구장에서 조 웰링은 1루 옆에 서서 흥분으로 온몸을 떨었다. 모든 선수는 자기도 모르게 그를 면밀히 주시했다. 상대 팀 투수는 혼란스러워했다.

"자! 자! 자! 자!" 흥분한 조 웰링이 외쳤다. "나를 봐! 나를 보라고! 내 손가락들을 봐! 내 손을 봐! 내 발을 봐! 내 눈을 봐! 힘을 모으자고! 나를 봐! 나를 보면 경기의 모든 움직임을 볼 수 있어! 나와 함께 해내자! 나와 함께 해내자고! 자, 날 봐! 나를 보라고!"

와인즈버그 팀 주자들이 베이스에 나가면 조 웰링은 영감을 받은 사람처럼 돌변했다. 주자들은 무슨 일이 일어났는지 미처 깨닫기도 전에 그를 지켜보며, 마치 보이지 않는 밧줄에 묶인 것처럼 베이스에서 벗어나 전진하거나 후퇴했다. 상대 팀 선수들도 조를 주시했다. 그에게 넋을 빼앗겼다. 그들은 조를 잠깐 쳐다보고 나서는 마치 자신들에게 걸린 주술을 깨뜨리려는 것처럼 공을 미친 듯이 이리저리 던지기 시작했다. 맹수처럼 계속 부르짖는 코치의 외침이 울리는 가운데 와인즈버그 팀의 주자들은 재빨리 홈으로 달려 들어갔다.

조 웰링의 연애 사건은 와인즈버그 읍 전체를 안절부절못하게 만들었다. 처음 그 일이 시작됐을 때 주민들은 귓속말을 주고받으며 고개를 저었다. 웃어넘기려 해도 부자연스러운 억지웃음만 나왔다. 조는 와인즈버그 공동묘지 정문 맞은편 벽돌집에서 아버지와 오빠와 함께 사는, 여윈 몸과 슬픈 표정의 여성 세라 킹과 사랑에 빠졌다.

킹 씨 집안의 두 남자, 즉 아버지 에드워드와 그의 아들 톰은 와인즈버그에서 별로 인기가 없었다. 둘은 오만하고 위험하다는 평판이 자자했다. 그들은 남부 어딘가에서 와인즈버그로 이주해 왔고, 트러니언파이크에서 사과 주스 공장을 운영했다. 톰 킹은 와인즈버그로 오기 전에 사람을 살해했다는 소문이 나돌았다. 그는 스물일곱 살이었고, 잿빛 조랑말을 타고 읍내를 돌아다녔다. 입 위로 늘어진 길고 노란 콧수염을 가지고 있었으며 한 손에는 늘 묵직하고 위험해 보이는 지팡이를 들고 다녔다. 한 번은 그 지팡이로 개를 때려 죽인 적도 있었다. 구두 상인 윈 포지 소유였던 그 개는 인도에 서서 꼬리를 흔들어대고 있었다. 톰 킹은 단 한 번의 일격으로 그 개를 죽였다. 그는 체포되어 벌금 10달러를 물었다.

늙은 에드워드 킹은 체구가 작았고, 그가 길거리를 지나가면 사람들은 즐겁지 않은 이상야릇한 웃음을 터뜨렸다. 킹은 웃을 때 오른손으로 왼쪽 팔꿈치를 긁었다. 그런 버릇 때문에 윗옷 소매가 해지다시피 했다. 그가 불안하게 주위를 돌아보고 웃으면서 거리를 따라 걸어갈 때면, 좀처럼 말이 없고 험상궂게 생긴 아들보다 더 위험해 보였다.

세라 킹이 저녁마다 조 웰링과 함께 산책하기 시작하자 주민들은 놀라서 고개를 내저었다. 그녀는 키가 크고 얼굴이 창백했으며 눈 밑에는 다크서클이 있었다. 두 사람은 함께 있으면 우스꽝스러울 만큼 어울리지 않았다. 둘은 가로수 아래를 함께 걸었고 그럴 때면 조 웰링이 말을 했다. 어둠 속 공동묘지 담 옆에서, 또는 워터웍스 연못에서 페어그라운드*로 올라가는 언덕 위 어두운 나무 그늘 속에서 들려오던 조의 열정적인 사랑 고백은 읍내 상점들에서 되풀이되었다. 사내들은 뉴윌러드 하우스의 바에 서서 킬킬 웃어대며 조의 구애 이야기를 했다. 한바탕 웃음소리가 지나고 나면 침묵이 찾아왔다. 와인즈버그 야구 팀은 조의 감독 아래 승승장구하고 있었고, 읍내 주민들은 이제 막 그를 존경하기 시작한 참이었다. 비극을 감지한 주민들은 불안하게 웃으면서 기다렸다.

어느 토요일 늦은 오후, 조 웰링과 킹 집안의 두 남자가 뉴윌러드 하우스에 있는 조 웰링의 방에서 만났다. 주민들은 이 사건을 앞두고 불안감에 어쩔 줄을 몰라 했다. 조지 윌러드는 그 만남의 증인이었다. 그 사건은 이런 식으로 진행되었다.

젊은 기자는 저녁 식사를 마치고 자기 방으로 가던 길에 어두

---

*   정기적으로 열리는 장터나 박람회, 공진회 등을 개최하는 장소.

컴컴한 조의 방 안에 톰 킹과 그의 아버지가 앉아 있는 모습을 보았다. 아들은 한 손에 묵직한 지팡이를 들고 문 쪽에 앉아 있었다. 늙은 에드워드 킹은 불안하게 방 안을 서성거리며 오른손으로 왼쪽 팔꿈치를 긁어대고 있었다. 복도는 텅 비어 있어 조용했다.

조지 윌러드는 자기 방으로 가서 책상에 앉았다. 글을 쓰려 했지만 손이 떨려 펜을 잡을 수가 없었다. 그 또한 초조하게 방 안을 서성거렸다. 다른 와인즈버그 주민들처럼, 그도 당혹스러움에 무엇을 해야 할지 몰랐다.

7시 반이 되어 어둠이 빠르게 깔리고 있을 때, 조 웰링은 기차역 플랫폼을 따라 뉴월러드 하우스 쪽으로 걸어가는 중이었다. 그는 두 팔 가득 잡초와 풀 더미를 안고 있었다. 온몸이 떨릴 만큼 공포를 느끼고 있었음에도 조지 윌러드는 풀 다발을 들고 작은 체구로 플랫폼을 날쌔게 달리는 조 웰링의 모습을 보고는 적잖이 재미있어했다.

두려움과 불안으로 몸을 떨던 젊은 신문기자는 조 웰링이 킹 집안의 두 사내와 이야기를 나누는 방 문밖 복도에 숨어 있었다. 욕설이 들리고 늙은 에드워드가 불안하게 킬킬거리는 웃음소리가 들리더니, 아무 소리도 들리지 않았다. 바로 그때 조 웰링의 목소리가 날카롭고 낭랑하게 터져 나왔다. 조지 윌러드는 소리 내어 웃기 시작했다. 이제 이해가 되었던 것이다. 자기 앞의 모든 사람을 제압했듯이 조 웰링은 지금 말의 해일로 방 안의 두 사람을 휩쓸고 있었다. 복도에서 엿듣던 조지는 경이로움에 넋을 잃고 서성거렸다.

방 안에서 조 웰링은 톰 킹의 불만에 찬 협박에 관심조차 두지 않았다. 한 가지 생각에 몰두한 조는 문을 닫고 램프 불을 밝히더니 마룻바닥에 잡초와 풀을 펼쳐놓았다. "여기 제가 무언가를 갖고 왔습니다." 그가 진지하게 말했다. "조지 윌러드한테 이 이야기를 해주려 했습니다. 신문에 기사로 쓰라고 하려 했었죠. 여기에 두 분이 계셔서 다행입니다. 세라도 같이 왔으면 참 좋았을 텐데요. 안 그래도 댁으로 직접 찾아뵙고 제 기발한 생각을 몇 가지 말씀드리려 했거든요. 아주 흥미로운 생각들이죠. 그런데 세라가 안 된다고 하더라고요. 우리가 말다툼을 할 거라는 거예요. 바보 같은 생각이지요."

조 웰링은 어리둥절한 두 남자 앞에서 이리저리 뛰어다니며 설명하기 시작했다. "지금 실수하시면 안 됩니다." 그가 큰 소리로 외쳤다. "이건 엄청난 일이거든요." 그의 목소리는 흥분으로 날카로웠다. "제 말을 잘 들어보시면 흥미를 갖게 되실 겁니다. 그러리라 믿어 의심치 않습니다. 한번 상상해보세요—가령 밀, 옥수수, 귀리, 콩, 감자가 어떤 기적에 의해 모두 쓸려 갔다고 상상해보십시오. 자, 그리고 보시다시피 우린 지금 이 군에 살고 있지요. 우리 주위엔 온통 높은 울타리가 세워져 있고요. 그렇다고 상상해보는 거죠. 아무도 그 울타리를 넘어갈 수 없고, 지상의 과일은 모두 망가졌고, 여기 이 잡초와 풀때기들 말고는 아무것도 남아 있는 게 없다고요. 그렇다고 우리가 완전히 망한 걸까요? 질문을 드리는 거예요. 그러면 우린 철저하게 망해버린 걸까요?" 톰 킹은 또다시 으르렁거렸고, 한순간 방 안에 침묵이 감돌았다. 그러고 나서 조는 다시 자기 생각을 설명하기 시작했다. "한동안은 사정이 힘들겠죠. 그건 저도 인정합니다. 인정할 수밖에 없어요. 그건 피할 길이 없습니다. 그렇게 되면 우린 아주 곤란한 지경에 빠질 겁니다. 뚱뚱했던 배가 푹 꺼지는 사람이 한둘이 아닐 테죠. 하지만 그렇다고 우릴 굴복시킬 수는 없을 겁니다. 절대로 그럴 수는 없어요."

톰 킹은 선량하게 웃었고, 에드워드 킹의 소름 끼치는 불안한 웃음소리는 호텔 전체에 울려 퍼졌다. 조 웰링은 황급히 말을 이었다. "그러니까 말이죠, 우린 새로운 채소와 과일 품종을 개발하기 시작할 겁니다. 우리가 잃은 모든 걸 곧 되찾게 될 거예요. 물론 새로운 농작물이 옛날 농작물과 똑같을 거라는 말은 아닙니다. 다를 거예요. 어쩌면 더 나을 수도, 더 나쁠 수도 있겠죠. 흥미롭지 않나요, 네? 생각을 좀 해보십시오. 두 분의 머리가 돌아가기 시작하지 않았나요?"

방 안에 침묵이 감돌았고, 늙은 에드워드 킹이 또다시 불안하게 웃었다. "정말로, 세라가 여기 있었더라면 좋았겠어요." 조 웰링이 큰 소리로 외쳤다. "두 분 댁으로 함께 가시죠. 세라한테 이 이야기를 꼭 해주고 싶습니다."

방 안에서 마룻바닥에 의자 긁히는 소리가 났다. 이때 조지 윌러드는 자기 방으로 물러갔다. 창밖으로 몸을 내밀자 조 웰링이 킹 집안의 두 사내와 함께 거리를 걸어가는 모습이 보였다. 키 작은 사내에게 뒤처지기 않기 위해 톰 킹은 엄청나게 큰 보폭으로 걸어야 했다. 그는 큰 걸음으로 성큼성큼 걸어가면서 몸을 앞쪽으로 숙이고 귀를 기울였다—매료되어, 몰입한 채로. 조 웰링은 또다시 흥분하여 말했다. "자, 박주가리를 예로 들어보지요." 그가 외쳤다. "박주가리로 정말 많은 일을 할 수 있을 겁니다, 그렇죠? 거의 믿기지 않을 정도로요. 두 분이 그 문제를 한번 생각해보셨으면 좋겠습니다. 새로운 채소 왕국이 건설될 거예요. 흥미롭지 않나요, 네? 기발한 생각이죠. 기다려보세요, 세라도 그런 기발한 생각을 하게 될 테니까요. 관심을 갖게 될 거예요. 세라는 늘 기발한 생각에 관심이 많거든요. 아무리 해도 세라의 머리를 따를 수는 없잖아요, 안 그런가요? 두말하면 잔소리죠. 두 분도 잘 아시잖아요."

모험

조지 윌러드가 한낱 소년에 지나지 않던 시절, 스물일곱 살의 앨리스 힌드먼은 평생을 와인즈버그에서 산 여성이었다. 그녀는 위니의 직물 상점에서 점원으로 일했고, 두 번째 남편과 재혼한 어머니와 함께 살았다.

앨리스의 의붓아버지는 마차 도장공이었고 과음하는 버릇이 있었다. 그의 이야기는 상식 밖이다. 언젠가 따로 이야기할 만한 가치가 있을 것이다.

스물일곱 살의 앨리스는 키가 크고 몸매가 조금 가냘팠다. 머리가 너무 커서 몸이 무색해 보였다. 어깨는 조금 구부정했고 머리카락과 눈은 갈색을 띠었다. 그녀는 아주 조용했지만 평온한 겉모습 뒤에서는 무언가가 끊임없이 끓어오르고 있었다.

상점 일을 시작하기 전 열여섯 소녀 시절의 앨리스는 한 청년과 연애를 했다. 네드 커리라는 그 청년은 앨리스보다 나이가 많았다. 그 역시 조지 윌러드처럼 〈와인즈버그이글〉에서 근무했고, 오랫동안 거의 매일 저녁 앨리스를 만나러 갔다. 두 사람은 함께 읍내 가로수 아래에서 산책하면서 앞으로 살아가며 무엇을 할까 이야기를 나누었다. 그 무렵 앨리스는 아주 예쁜 처녀였고, 네드 커리는 그녀를 품에 꼭 안고 키스를 하곤 했다. 네드는 흥분한 나머지 마음에 없던 말들을 내뱉었는데, 앨리스 또한 자신의 다소 제한된 삶에 무언가 아름다운 것이 들어와주었으면 하는 욕망에 사로잡힌 나머지 마찬가지로 흥분해버렸다. 그녀도 말을 했다. 그녀의 삶을 감싸고 있던 겉껍질, 천성적인 수줍음과 신중함은 갈가리 찢겼고, 그녀는 사랑의 감정에 자기 자신을 온전히 내맡겼다. 그녀가 열여섯 살이던 해 늦가을, 네드 커리는 대도시 신문사에 취직해 출세하고 싶은 마음에 클리블랜드로 떠났고, 앨리스는 그를 따라가고 싶었다. 떨리는 목소리로 그녀는 그에게 마음속 생각을 말했다. "나도 일할 거고, 자기도 일할 수 있잖아." 그녀가 말했다. "자기 출세에 방해가 될 불필요한 비용에 자기를 묶어두고 싶지는 않아. 지금 나랑 결혼하지 마. 결혼 없이도 우린 잘 지낼 거고 함께할 수 있어. 같은 집에 동거해도 뭐라 할 사람 없을 거야. 대도시에서라면 우리를 아는 사람도 없을 테고, 사람들은 우리한테 전혀 신경 쓰지 않을 거야."

네드 커리는 연인의 결심과 헌신이 당혹스러웠지만 한편으로는 큰 감동을 받았다. 그래서 소녀를 정부 삼고 싶었던 마음을 고쳐먹었다. 그녀를 보호하고 아껴주고 싶었다. "지금 자기는 자기가 무슨 말을 하는지 잘 모르고 있어." 네드가 날카로운 목소리로 말했다. "자기한테 그런 일은 절대 시키지 않을 거야, 믿어도 좋아. 좋은 일자리를 구하자마자 다시 돌아올게. 조금만 이곳에 머물러줘. 현재로서는 그렇게 하는 길밖엔 없어."

도시에서의 새로운 삶을 위해 와인즈버그를 떠나기 전날 밤 네드 커리는 앨리스를 찾아갔다. 두 사람은 한 시간 동안 거리를 걸었고, 그러고 나서는 웨슬리 모이어의 마차 대여점에서 마차를 한 대 빌려 시골길을 드라이브했다. 하늘에 달이 떠올랐고 두 사람은 아무 말도 할 수 없었다. 청년은 슬픔에 젖은 나머지, 소녀를 대하는 마음가짐에 대해 스스로 했던 결심을 그만 잊고 말았다.

두 사람은 긴 초원이 와인크리크 강둑까지 펼쳐지는 곳에서 내려 흐릿한 달빛 아래 사랑을 나누었다. 자정에 읍내로 돌아온 두 사람은 마음이 흡족했다. 앞으로 일어날 어떤 일도 방금 일어난 일의 경이로움과 아름다움을 지워버릴 수는 없을 것 같았다. "이제 우리 서로 꼭 붙어서 헤어지지 말자. 무슨 일이 있어도 반드시 그렇게 해야 해." 네드 커리는 소녀를 그녀의 아버지 집 문 앞에 두고 떠나면서 이렇게 말했다.

젊은 신문기자는 클리블랜드의 신문사에 취직하지 못하고 서쪽에 있는 시카고로 갔다. 한동안 그는 외로움에 거의 날마다 앨리스에게 편지를 썼다. 그러다가 바쁜 도시 생활에 휩쓸렸다. 친구들을 사귀기 시작했고 삶에서 새로운 관심사를 찾았다. 시카고에서 네드는 여자들이 여럿 있는 집에서 하숙을 했다. 그중 한 여자에게 흥미를 갖게 되자 그는 와인즈버그의 앨리스는 잊고 말았다. 그해 말쯤에는 더 이상 편지를 쓰지 않았고, 아주 가끔, 외로움을 느낄 때나 도시 공원에 갔다가 와인크리크 옆 초원에서의 그날 밤처럼 달이 휘영청 떠올라 잔디밭을 비추는 모습을 볼 때만 앨리스 생각을 했다.

와인즈버그에서 한때 사랑을 받았던 소녀는 여인으로 성장했다. 그녀가 스물두 살이 되던 해 마구 수리점을 하던 아버지가 갑자기 세상을 떠났다. 마구 제작자는 늙은 참전 용사였으므로 몇 달 뒤 그의 아내는 미망인 연금을 받았다. 어머니는 처음 받은 돈으로 직기를 구입하여 카펫을 짜기 시작했고, 앨리스는 위니의 상점에 취직했다. 수년간 앨리스는 네드 커리가 자신에게 돌아오리라는 믿음을 결코 버릴 수가 없었다.

상점에서 날마다 고되게 일하다 보면 네드를 기다리는 시간이 덜 길고 지루하게 느껴졌기에 앨리스는 일자리를 찾은 것을 기쁘게 생각했다. 그녀는 200~300달러를 저축하면 연인을 따라 대도시로 가서 그의 사랑을 되돌릴 시도를 해봐야겠다고 생각하며 돈을 모으기 시작했다.

앨리스는 달빛 아래 들판에서 일어난 일로 네드 커리를 원망하기는커녕, 다른 남자와는 절대로 결혼할 수 없을 것 같다고 생각했다. 아직도 오직 네드만의 것이라고 느껴지는 그것을 다른 사내에게 준다는 것은 생각만 해도 끔찍했다. 다른 젊은이들이 관심을 끌려고 아무리 애써도 그녀는 눈길 한번 주지 않았다. "나는 그이의 아내고, 그이가 돌아오든 돌아오지 않든 영원히 그이의 아내로 남을 테야." 그녀는 스스로에게 혼잣말로 속삭였다. 그녀는 기꺼이 스스로의 생계를 책임지겠다고 생각하면서도, 여성이 스스로의 주인이 되어 자기 삶의 목적을 위해 주고 또 받는다는, 점차 퍼져나가고 있는 이 현대적 관념을 이해할 수는 없었을 것이다.

앨리스는 아침 8시부터 저녁 6시까지 직물 상점에서 일했고, 일주일에 사흘 밤은 다시 상점에 가서 7시에서 9시까지 가게를 지켰다. 시간이 흐르면서 점점 더 외로워지자 그녀는 외로운 사람들이 흔히 하는 행동들을 하기 시작했다. 밤이 되면 2층 자기 방에 올라가 방바닥에 무릎을 꿇고 기도를 드렸고 기도하면서 연인에게 해주고 싶은 말들을 속삭였다. 앨리스는 생명 없는 사물들에 애착을 갖게 되었는데, 누군가가 자기 방 안의 가구에 손을 대기만 해도 그게 자기 물건이라는 이유로 견딜 수가 없었다. 네드 커리를 찾으러 대도시로 가겠다는 목적으로 시작한 저축은 그런 계획을 포기한 뒤에도 계속되었다. 저축은 습관으로 굳었고, 앨리스는 새 옷이 필요할 때도 사지 않았다. 가끔 비가 내리는 오후면 그녀는 상점에서 은행 통장을 꺼내 눈앞에 펼쳐놓은 뒤, 자신과 미래의 남편이 이자만으로 생계를 유지할 수 있을 만큼 저축을 하는 터무니없는 꿈을 꾸며 몇 시간이고 시간을 보냈다.

앨리스는 생각했다. '네드는 늘 여기저기 여행하기를 좋아했지. 그이한테 그런 기회를 줄 거야. 언젠가 우리가 결혼하게 되면 그이 돈과 내 돈을 함께 저축할 수 있을 테고, 우린 부자가 되겠지. 그러면 함께 세계 일주를 할 수 있을 거야.'

앨리스가 직물 상점에서 연인이 돌아오기를 간절히 기다리고 꿈꾸는 동안 몇 주가 몇 달이 되고 다시 몇 달이 몇 년이 되었다. 상점 주인은 틀니를 끼고 회색의 성긴 콧수염이 입 위로 늘어지는 반백의 노인이었는데, 대화를 많이 하는 편이 아니었다. 가끔 비 내리는 날이나 메인스트리트에 폭풍이 휘몰아치는 겨울날이면 몇 시간이 지나도록 손님이 한 명도 찾아오지 않을 때도 있었다. 앨리스는 물건을 정리하고 또 정리했다. 인적 없는 거리가 내려다보이는 앞쪽 창가에 서서 네드 커리와 함께 걷던 저녁들, 그때 네드가 했던 말들을 생각했다. "이제 우리 서로 꼭 붙어서 헤어지지 말자." 그 말이 점점 성숙해가는 여성의 마음속에서 메아리치고 또 메아리쳤다. 그럴 때면 눈에 눈물이 고였다. 가끔 주인이 외출하고 상점에 혼자 있을 때면 머리를 카운터에 묻고 울기도 했다. "아, 네드, 나는 지금도 기다리고 있어." 그녀는 계속해서 속삭였고, 그가 영원히 돌아오지 않을 거라는 두려움이 그녀의 마음속에서 점점 더 커져만 갔다.

비가 그치고 아직 길고 무더운 여름이 오기 전 봄날의 와인즈버그 근교의 전원은 아름답기 그지없었다. 읍내는 탁 트인 들판 한가운데 자리하고 있었지만, 들판 너머에는 쾌적한 삼림지가 군데군데 있었다. 숲이 우거진 지대에는 조그맣고 후미진 구석들, 조용한 장소들이 많았고, 그런 곳들에는 일요일 오후마다 연인들이 찾아가 앉아 있곤 했다. 나무들 사이로는 들판 너머 곡물 헛간 주위에서 일하는 농부들이나 마차를 타고 도로를 지나다니는 사람들이 보였다. 읍내에서는 가끔 경적을 울리며 기차가 지나갔는데, 멀리서 보면 장난감처럼 보였다.

네드 커리가 떠나고 나서 몇 해 동안 앨리스는 일요일에 다른 청년들과 숲속에 가지 않았다. 그러나 그가 떠난 후 2, 3년쯤 되던 해 어느 날 그녀는 도저히 외로움을 견딜 수 없어 제일 좋은 옷을 차려입고 외출했다. 읍내와 길게 펼쳐진 들판이 보이는 작고 한적한 곳을 발견해 그녀는 자리를 잡고 앉았다. 점점 많아지는 나이와 삶의 무력감에 대한 공포가 갑자기 그녀를 엄습했다. 그녀는 가만히 앉아 있을 수가 없어서 벌떡 일어났다. 일어나서 들판 너머를 건너다보는데, 무언가가, 어쩌면 계절의 흐름 속에서 드러나는 결코 멈추지 않는 삶에 대한 생각이 그녀로 하여금 세월의 변화를 떠올리게 만들었다. 두려움에 몸을 떨며 앨리스는 이제 자신에게서 젊음의 아름다움과 청순함이 사라져버렸다는 사실을 깨달았다. 처음으로 그동안 속았다는 생각이 들었다. 네드 커리를 원망하지는 않았지만 무엇을 탓해야 할지 알 수 없었다. 그러자 슬픔이 용솟음쳤다. 털썩 무릎을 꿇은 그녀는 기도를 하려 했지만 기도 대신 반항의 말들이 입 밖으로 쏟아져 나왔다. "저한테는 오지 않을 거예요. 저는 영원히 행복을 찾지 못할 거예요. 도대체 왜 저는 스스로에게 거짓말을 하는 걸까요?" 그녀가 외쳤다. 그러자 그녀의 일상의 일부가 되어버린 두려움을 대담하게 직시하려는 그녀의 이 첫 번째 시도와 함께 이상야릇한 안도감이 찾아왔다.

앨리스 힌드먼이 스물다섯 살이 되던 해, 그녀의 지루하고 평범하던 일상을 뒤흔든 두 가지 사건이 일어났다. 한 가지는 어

머니가 와인즈버그의 마차 도장공 부시 밀턴과 결혼한 것이었
고, 다른 한 가지는 앨리스 자신이 와인즈버그 감리교회의 신자
가 된 것이었다. 앨리스가 교회에 다니기 시작한 것은 삶이 너
무 외로워 겁이 났기 때문이다. 어머니의 재혼은 그녀의 고독감
을 더욱더 부각했다. "나는 점점 나이를 먹어가고 있고 이상한
사람이 되어가고 있어. 네드가 찾아온대도 나를 원하지 않을 거
야. 그이가 살고 있는 대도시에선 사람들이 늘 젊음을 유지하니
까. 하도 많은 일들이 벌어지니 늙을 시간이 어디 있겠어." 그녀
는 쓸쓸한 미소를 살짝 띠며 혼잣말로 중얼거렸다. 그러고는 적
극적으로 사람들과 친해지려 애썼다. 매주 목요일 저녁 상점 문
을 닫은 뒤 교회 지하에서 열리는 기도 모임에 참석했고, 일요일
저녁에는 엡워스 연합*이라는 단체의 회합에 참석했다.

약국 점원이자 같은 교회 신자인 중년 남자 윌 헐리가 걸어서
집까지 데려다주겠다고 했을 때 그녀는 싫다고 거절하지 않았
다. "물론 이 사람이 나랑 자주 있게 두진 않을 거야. 하지만 어
쩌다 가끔 나를 만나러 온다고 하면 그리 나쁠 건 없지." 그녀는
여전히 네드 커리에 대한 의리를 단호하게 다짐하며 혼잣말로

---

* 1889년 감리교 감독교회(MEC)가 클리블랜드에 설립한 단체로, 젊은이들의 영
  적 생활을 훈련하는 역할을 맡았다.

중얼거렸다.

무슨 일이 일어나고 있는지 미처 깨닫지 못한 채로 앨리스는 처음에는 희미하게, 하지만 점점 더 결연한 태도로 삶을 새롭게 이해하려고 노력했다. 그녀는 약국 점원 옆에서 말없이 걸었지만, 가끔 어둠 속에서 함께 무신경하게 길을 걷고 있을 때면 손을 뻗어 그의 코트 자락을 부드럽게 만지작거릴 때도 있었다. 그가 어머니 집 문 앞까지 데려다주고 갔을 때 앨리스는 집 안으로 들어가지 않고 잠시 문가에 서 있었다. 약국 점원을 불러 세워 집 앞 현관의 어둠 속에 잠깐 같이 앉아 있자고 말하고 싶었지만, 그가 이해하지 못할까 봐 겁이 났다. 그녀는 혼잣말로 중얼거렸다. "내가 원하는 건 저 사람이 아니야. 그저 이렇게 외로운 걸 피하고 싶을 뿐이야. 조심하지 않으면 사람들과 함께 있는 일에 익숙지 못하게 될 거야."

*　*　*

스물일곱 살이 되던 해 초가을, 앨리스는 격렬한 불안감에 사로잡혔다. 약국 점원과 함께 있는 걸 견딜 수 없어져, 어느 날 저녁 같이 산책을 하자고 찾아온 그를 그냥 돌려보냈다. 그녀의 정신은 극히 활발해졌고, 상점 카운터 뒤에 오랜 시간 서 있어 피곤한 몸으로 집에 돌아가 침대에 기어 들어간 뒤에도 잠을 이룰 수 없었다. 그녀는 멍한 시선으로 어둠 속을 응시했다. 그녀의 상상력은 긴 잠을 자고 깨어난 어린아이처럼 방 안을 돌아다니며 장난쳤다. 그녀의 내면 깊은 곳에는 환상에 속아 넘어가지 않고 삶에 어떤 분명한 해답을 요구하는 무언가가 있었다.

앨리스는 베개를 두 팔로 감싸 가슴에 대고 꼭 끌어안았다. 침대에서 나온 그녀는 어둠 속에서 보면 이불 아래 사람이 누워 있는 것처럼 보이도록 담요를 말아놓고는 침대 곁에 무릎을 꿇고 앉아 그 모습을 어루만지며 노래 후렴구처럼 거듭 되풀이했다. "왜 무슨 일이 일어나지 않는 걸까? 어째서 나는 여기 혼자 남겨져 있는 걸까?" 그녀가 중얼거렸다. 그녀는 가끔 네드 커리를 생각하기는 했지만, 이제 더는 그에게 의존하지 않았다. 그녀의 욕망은 이제 모호해졌다. 네드 커리도 다른 남자도 원하지 않았다. 그녀는 사랑받기를 원했고, 자기 내면에서 점점 더 시끄럽게 커져가는 부름에 응답해줄 무언가를 가지고 싶었다.

그러다가 어느 비 내리는 밤에 앨리스는 모험을 겪었다. 그 모험은 그녀를 무섭고 혼란스럽게 했다. 9시에 상점에서 돌아와보니 집은 텅 비어 있었다. 부시 밀턴은 읍내에, 어머니는 이웃집에 가고 없었다. 앨리스는 2층 자기 방으로 올라가 어둠 속에서 옷을 벗었다. 얼마 동안 창가에 서서 유리창을 때리는 빗소리를 듣고 있는데 이상한 욕망이 그녀를 사로잡았다. 자신이 무슨 행동을 하려는 건지 미처 생각할 겨를도 없이 그녀는 어두운 집 안을 지나 아래층으로 달려 내려가서는 빗속으로 뛰어들었다. 집 앞의 작은 잔디밭에 서서 온몸으로 차가운 비를 맞고 있자 벌거벗은 채로 길거리를 달리고 싶은 무모한 욕망이 엄습해왔다.

앨리스는 비를 맞으면 몸에 무언가 창조적이고 기적 같은 효과가 생길 거라고 생각했다. 그렇게 젊음과 용기가 샘솟는 기분은 몇 해 만에 처음이었다. 펄쩍펄쩍 뛰고 마구 달리고 큰 소리로 외치고 다른 외로운 사람을 찾아내 포옹해주고 싶었다. 집 앞의 벽돌로 된 인도에서 한 사내가 비틀거리며 집으로 가고 있었다. 앨리스는 달려가기 시작했다. 미친 듯 절박한 마음이 온통 그녀를 사로잡았다. '저게 누구든 상관없어. 저 사람은 혼자니까 나는 저 사람한테 갈 거야.' 그녀는 생각했다. 그러고는 자신의 광기의 결과가 어떨지 생각도 하지 않고 남자를 부드럽게 불렀다. "기다려요!" 그녀가 소리쳤다. "가지 말아요. 당신이 누구든, 기다려줘야 해요."

인도에 있던 사내는 발걸음을 멈추고 서서 귀를 기울였다. 그는 노인이었고 귀가 좀 먹었다. 한 손을 입에 댄 그가 외쳤다. "뭐라고? 뭐라고 했어?"

앨리스는 땅바닥에 털썩 쓰러졌고 몸을 덜덜 떨며 누워 있었다. 자신이 저지른 짓을 생각하니 너무 무서워서, 사내가 갈 길을 가버리고 난 뒤에도 감히 일어설 용기가 나지 않아 엎드린 채로 네발로 잔디밭을 기어서 가까스로 집까지 갔다. 자기 방에 들어간 그녀는 문을 꼭 걸어 잠그고는 화장대를 끌어다가 문 앞을 막았다. 오한이 든 것처럼 온몸이 덜덜 떨렸고, 손이 하도 심하게 떨리는 바람에 잠옷을 입기도 힘들었다. 침대에 들어간 그녀는 얼굴을 베개에 파묻고 비탄에 잠겨 흐느껴 울었다. '나는 도대체 왜 이러는 걸까? 조심하지 않으면 뭔가 끔찍한 짓을 저지르겠는걸.' 그녀는 생각했고, 벽을 향해 얼굴을 돌리고는, 심지어 와인즈버그 같은 곳에서도 많은 사람들이 혼자 살고 또 혼자 죽어야 한다는 사실을 용기 있게 직면하려 애쓰기 시작했다.

체면

만약 당신이 대도시에 살아본 적이 있고 여름 오후에 공원을 산책해본 경험이 있다면, 아마 괴기하게 생긴 커다란 원숭이가 철창 한구석에서 눈을 껌뻑거리는 모습을 본 적이 있으리라. 두 눈 아래 피부는 추하고 축 늘어졌으며 털 한 올 없고, 하체는 밝은 보랏빛을 띤 짐승 말이다. 이 원숭이는 진짜 괴물이다. 더할 나위 없이 완벽하게 추하여, 일종의 도착적인 아름다움을 지녔다. 철창 앞에 발길을 멈춘 아이들은 매혹되었고, 성인 남자들은 혐오스럽다는 태도로 돌아섰으며, 성인 여자들은 그 앞에 잠깐 머무르며, 아마 그 존재가 그들이 아는 사내들 중 누구와 조금이라도 닮았는지 기억해내려고 애썼을 것이다.

당신이 오하이오주 와인즈버그읍 주민으로 어린 시절을 보냈다면 철창 안의 원숭이가 누구를 닮았는지는 그다지 수수께끼가 아니었을 것이다. "워시 윌리엄스처럼 생겼어." 당신은 아마 그렇게 말했을 것이다. "저 구석에 앉아 있는 원숭이는 여름밤이면 사무실 문을 닫고 나와 기차역 앞마당 잔디밭에 앉아 있는 늙은 워시 윌리엄스와 똑같이 생겼잖아."

와인즈버그의 전신 기사 워시 윌리엄스는 읍내에서 가장 못생긴 남자였다. 몸통 둘레는 엄청났고 목은 가늘었으며 두 다리에는 힘이 없었다. 그는 지저분했다. 그와 관련된 모든 게 불결했다. 심지어 눈의 흰자위에마저 때가 낀 것 같았다.

그에 관한 이야기를 내가 너무 서둘러 하고 있다. 워시의 모든 면이 불결한 것은 아니었다. 그는 두 손은 정성껏 관리했다. 손가락은 뚱뚱했지만, 전신국 사무실의 탁자 위 기계 옆에 놓인 손은 어딘지 예민하고 균형이 잡혀 있었다. 젊은 시절 워시 윌리엄스는 오하이오주 최고의 전신 기사였고, 와인즈버그의 이름 없는 전신국으로 좌천된 뒤에도 그는 여전히 자기 능력에 자부심을 느꼈다.

워시 윌리엄스는 자신이 살고 있는 동네의 남자들과 어울리지 않았다. "저 사람들하고는 엮이지 않을 거야." 그는 전신국 사무실 앞을 지나 역의 플랫폼을 따라 걸어가는 사람들을 흐리멍덩한 눈으로 바라보며 말했다. 저녁이면 그는 메인스트리트 위쪽으로 걸어가 에드 그리피스의 술집에 가서는 믿기지 않을 만큼 많은 양의 맥주를 들이켠 뒤, 비틀거리며 뉴윌러드 하우스의 자기 방 침대로 돌아가 밤을 보냈다.

워시 윌리엄스는 용기 있는 사람이었다. 예전에 그에게 일어난 어떤 사건 때문에 그는 인생을 증오하게 되었는데, 그는 시인의 무모함으로 온몸과 마음을 바쳐 철저하게 인생을 증오했다. 무엇보다 그는 여자를 증오했다. "화냥년들!" 그는 여자들을 그렇게 불렀다. 남자들에 대한 감정은 이와는 조금 달랐다. 그는 남자들을 불쌍하게 여겼다. "남자란 하나같이 이런저런 화냥년들한테 평생 휘둘리며 살지 않느냔 말이야?" 그는 물었다.

와인즈버그에서는 어느 누구도 워시 윌리엄스나 그가 동료 인간을 증오하는 것을 신경 쓰지 않았다. 한번은 은행가의 아내 화이트 부인이 와인즈버그 전신국 사무실이 더럽고 지독한 냄새가 난다며 전신 회사에 불평했지만, 그에 관해 아무런 조치도 취해지지 않았다. 이곳저곳의 어떤 남자들은 전신 기사를 존중했다. 자신들은 용기가 없어 분개하지 못하는 어떤 것에 워시가 크게 분개하고 있다는 것을 본능적으로 느꼈던 것이다. 워시가 길을 걸을 때면 그런 남자들은 본능적으로 모자를 벗거나 고개를 숙여 인사함으로써 그에게 경의를 표했다. 와인즈버그를 통과하는 철도를 따라 배치된 전신 기사들을 관리하는 감독 또한 그렇게 느꼈다. 감독은 워시를 해고하지 않으려고 그를 와인즈버그의 후미진 사무실로 보냈고, 그를 그곳에 계속 머물게 할 작정이었다. 은행가 부인의 민원을 받았을 때 감독은 편지를 찢어버리고는 불쾌하게 웃었다. 어떤 이유에서인지 편지를 찢는 순간 자기 아내 생각이 났다.

워시 윌리엄스에게도 한때 아내가 있었다. 젊은 시절 그는 오하이오주 데이턴에서 한 여성과 결혼했다. 그 여자는 키가 크고 늘씬했으며, 푸른 눈에 금발을 가졌었다. 워시 본인도 잘생긴 청년이었다. 그는 뒷날 모든 여자를 열렬히 증오하게 된 것만큼이나 그녀를 열렬히 사랑했다.

와인즈버그 전역에서 워시 윌리엄스의 외모와 성격을 추하게 만든 사건의 진상을 알고 있는 사람은 단 한 사람밖에 없었다. 언젠가 한번 그는 조지 윌러드에게 그 이야기를 해주었는데, 그 이야기를 들려주게 된 사연은 이러했다.

어느 저녁 조지 윌러드는 케이트 맥휴 부인이 운영하는 모자 가게에서 모자 장식하는 일을 하는 벨 카펜터와 함께 산책을 나갔다. 젊은이는 그 여자를 사랑하지 않았고, 그녀 역시 에드 그리피스의 술집에서 바텐더로 일하는 구혼자가 있었다. 두 사람은 가로수 아래를 함께 산책하면서 가끔 포옹을 했다. 밤과 각자의 생각들이 그들 마음속의 무언가를 자극했던 것이다. 메인스트리트로 돌아오던 그들은 기차역 옆 작은 잔디밭을 지나치다가 나무 아래 풀밭에서 잠든 것처럼 보이는 워시 윌리엄스를 발견했다. 이튿날 저녁, 전신 기사와 조지 윌러드는 함께 산책을 했다. 그들은 선로를 따라 걸어 내려가 선로 옆에 쌓인 썩어가는 침목 더미 위에 앉았다. 바로 그때 전신 기사는 젊은 신문기자에게 자신의 증오의 이야기를 들려주었다.

조지 윌러드는 그의 아버지의 호텔에 살고 있는 이 이상하고 볼품없는 사내와 이야기를 나눌 뻔한 적이 여남은 번쯤은 되었을 것이다. 곁눈질로 호텔 식당 안을 둘러보는 그 흉측한 얼굴을 본 젊은이는 호기심에 몸이 달았다. 물끄러미 바라보는 눈빛 속에 도사리고 있는 무언가를 보며, 젊은이는 다른 사람들에게는 할 말이 없는 남자가 자기에게만은 할 말이 있다는 사실을 깨달았다. 여름밤, 철로 침목 위에 앉은 조지 윌러드는 기대에 차 그의 말을 기다렸다. 전신 기사가 침묵을 지키며 이야기를 해주려던 생각을 바꾼 것처럼 보이자 윌러드는 먼저 대화를 시작해보려 했다. "결혼하신 적이 있나요, 윌리엄스 씨?" 그가 입을 열었다. "결혼은 하셨는데 부인께서 돌아가신 거죠?"

워시 윌리엄스는 지독한 욕설을 줄줄이 내뱉기 시작했다. "암, 죽었고말고." 그가 맞장구쳤다. "모든 여자가 죽었듯이 그 여자도 죽었어. 남자들의 눈앞에서 걸어 다니면서 그 존재만으로 이 대지를 더럽히는, 살아 있으면서도 죽은 존재지." 청년의 눈을 빤히 들여다보던 남자는 분노가 치밀어 얼굴이 보랏빛이 되었다. "자네 머릿속에 있는 바보 같은 생각들은 집어치워." 그가 명령하듯 말했다. "내 아내, 그 여자는 죽었어. 암, 확실히 죽었고말고. 내 말하지만, 모든 여자는 죽었어. 우리 어머니도, 자네 어머니도, 모자 가게에서 일하는 그 키 크고 머리 검은 여자, 어젯밤 너랑 같이 걷던 그 여자도—모든 여자는 죽었단 말이다. 내 장담하는데, 그 여자들은 어딘지 썩은 데가 있어. 그래, 나도 결혼했었지. 내 아내는 나하고 결혼하기도 전에 이미 죽어 있었어. 그 여자는 더욱 더러운 여자한테서 나온 더러운 존재였지. 누군가 내 인생을 견딜 수 없게 만들려고 보낸 존재였다고. 알겠나, 나는 바보였다네. 지금 자네처럼 말이야. 그래서 그 여자하고 결혼했지. 남자들이 여자들을 조금이라도 이해하기 시작하는 걸 보고 싶군. 여자들은 남자들이 세상을 살 만한 곳으로 만들지 못하도록 누군가가 보낸 거야. 조물주의 속임수지. 의! 여자들이란 부드러운 손과 푸른 눈을 가진, 살금살금 걷고 기고 꿈틀거리는 것들이야. 여자들은 보기만 해도 메스꺼워. 어째서 내가 내 눈에 띄는 여자들을 닥치는 대로 죽이지 않는지 모르겠는걸."

조지 윌러드는 그 흉측한 노인의 눈에서 불타는 열정에 반쯤 겁에 질렸으면서도 매혹되어, 타오르는 호기심으로 귀를 기울였다. 어둠이 깔렸고, 조지는 말을 하는 사내의 얼굴을 보려고 몸을 앞쪽으로 기울였다. 어둠이 점점 짙어지면서 보랏빛의 부은 얼굴을 더는 볼 수 없게 되자 조지의 머릿속에 이상야릇한 환상이 떠올랐다. 워시 윌리엄스는 나지막하고 단조로운 목소리로 말을 했는데, 그의 말은 그래서 더욱 끔찍하게 느껴졌다. 어둠 속에서 젊은 신문기자는 검은 머리카락에 반짝이는 검은 눈을 가진 잘생긴 청년과 나란히 철로 침목 위에 앉아 있다고 상상했다. 자신의 증오의 이야기를 들려주는 추한 워시 윌리엄스의 목소리에는 거의 아름답다고 할 만한 무언가가 담겨 있었다.

어둠 속에서 철로 침목에 앉아 있던 와인즈버그의 전신 기사는 시인이 되었다. 증오가 그를 시인의 위치로 격상했다. 그가 말했다. "자네에게 내 이야기를 해주는 건 자네가 벨 카펜터의 입술에 키스하는 걸 봤기 때문이야. 나한테 일어난 일이 다음엔 자네한테 일어날지도 모르니까. 그러니 단단히 경계하라고. 자네는 벌써 머릿속에 이런저런 꿈을 품고 있을지도 모르지. 난 그 꿈들을 박살 내주고 싶거든."

워시 윌리엄스는 자신이 오하이오주 데이턴의 젊은 전신 기사였을 때 푸른 눈의 키 큰 금발 아가씨와 만나 결혼했던 이야기를 들려주기 시작했다. 그의 이야기는 일련의 끔찍한 욕설과 함게 군데군데 아름다운 순간들로 점철되어 있었다. 전신 기사는 치과 의사의 세 딸 중 막내딸과 결혼했다. 능력을 인정받은 그는 결혼식 날 봉급 인상과 함께 발송 담당자로 승진하여 오하이오 주 콜럼버스에 있는 사무실로 발령을 받았다. 그곳에서 그는 젊 은 아내와 신접살림을 차리고 할부로 집을 구입했다.

젊은 전신 기사는 미친 듯이 사랑에 빠져 있었다. 일종의 종교 적 열정 비슷한 것으로 그는 젊음의 여러 유혹을 넘기고 결혼 전 까지 동정을 지킬 수 있었다. 그는 오하이오주 콜럼버스의 집에 서 젊은 아내와 함께 살았던 삶을 조지 윌러드에게 한 폭의 그 림처럼 묘사해주었다. "우리는 집 뒷마당에 채소를 심었어." 그 가 말했다. "콩이며 옥수수며 그런 것들 말이야. 우린 3월 초에 콜럼버스로 이사했고, 날씨가 따뜻해지자마자 텃밭에서 일하기 시작했어. 내가 삽으로 검은 땅을 갈아엎으면 아내는 깔깔 웃어 대면서 내가 파낸 벌레들을 무서워하는 척하며 뛰어다녔지. 4월 말에는 씨앗을 심었어. 아내는 손에 종이봉투를 들고서 텃밭의 작은 이랑들 사이에 서 있었지. 봉투에는 씨앗들이 들어 있었어. 아내가 내게 씨앗을 몇 알 건네주면 나는 그걸 따뜻하고 부드러 운 땅에 쑤셔 넣었다네."

어둠 속에서 말하던 사내의 목이 잠시 메었다. "난 그녀를 사 랑했어." 그가 말했다. "내가 바보가 아니라고 우기진 않겠네. 아직도 그 여자를 사랑하니까. 그 봄날 저녁 나는 어스름 속에서 검은 땅 위로 엎드려 그녀 발밑으로 기어가선 비굴하게 굴었어. 그녀의 신발과 그 위 발목에 키스를 했지. 그녀의 옷자락이 내 얼굴에 닿자 나는 온몸을 떨었다네. 그렇게 산 지 2년이 지난 어느 날, 내가 일하러 간 틈을 타 우리 집에 정기적으로 들락거리는 다른 애인을 아내가 셋이나 만든 걸 알았을 때, 난 그놈들한테도 아내한테도 손가락 하나 대고 싶지 않았어. 그저 아내를 친정어머니한테 보내버리고는 아무 말도 하지 않았지. 어디 할 말이 있어야지. 은행에 400달러가 있었는데, 난 그 돈을 모두 아내한테 줬어. 왜 그랬냐고 아내한테 따져 묻지도 않았지. 아무 말도 안 했어. 그녀가 떠나간 뒤 나는 바보 같은 어린애처럼 엉엉울었다네. 얼마 지나지 않아 집을 팔 기회가 생겼고, 집을 판 돈도 모두 그 여자한테 보내줬지."

워시 윌리엄스와 조지 윌러드는 철로 침목 더미에서 일어나 철길을 따라 읍내 쪽으로 걷기 시작했다. 전신 기사는 하던 이야기를 재빨리, 숨 가쁘게 마무리 지었다.

그가 말했다. "그 여자 어머니가 나를 부르더군. 편지를 써서 데이턴의 자기 집으로 와달라고 부탁했어. 그곳에 도착했을 때는 저녁 이맘때쯤이었지."

워시 윌리엄스의 목소리는 반쯤 절규로 바뀌었다. "난 그 집

거실에 두 시간을 앉아 있었어. 그 여자 어머니가 나를 그리로 데려가 앉히더니 나가버리더군. 집 안은 세련되게 꾸며져 있었어. 이른바 점잖은 사람들이었거든. 방 안에는 플러시 천으로 된 의자들이며 소파가 있었다네. 나는 온몸을 덜덜 떨고 있었지. 내 아내를 욕보였다고 생각한 그 남자들이 증오스러웠어. 난 혼자 사는 게 지긋지긋해서 그녀가 돌아오기를 바라고 있었네. 기다리면 기다릴수록 점점 더 마음이 아프고 여려지더군. 아내가 들어와 내 손을 어루만져주기만 해도 그만 기절해버릴 것만 같았어. 용서하고 잊어버리고 싶은 마음이 무척 컸지."

워시 윌리엄스는 말을 멈추고 가만히 서서 조지 윌러드를 물끄러미 바라보았다. 청년은 마치 추워서 그런 것처럼 몸을 부르르 떨었다. 남자의 목소리는 다시 부드럽고 나지막해졌다. "아내는 벌거벗은 몸으로 그 방에 들어왔어." 그가 말을 계속했다. "어머니가 시킨 거였지. 내가 그 방에 앉아 있는 동안 어머니는 딸의 옷을 벗기고, 아마도 그걸 하라고 꼬드긴 것 같아. 작은 복도로 이어지는 문 앞에서 목소리가 먼저 들리더니 문이 부드럽게 열렸어. 아내는 부끄러워하면서 꼼짝도 하지 않고 마룻바닥만 쳐다보고 있더군. 어머니는 방 안에 들어오진 않았어. 딸을 문안으로 밀어 넣고는 복도에 서서 기다린 거야. 우리가 그 짓─글쎄, 자네도 알잖나─을 하길 기다린 거지."

조지 윌러드와 전신 기사는 와인즈버그의 메인스트리트에 이르렀다. 상점 진열창에서 새어 나오는 빛이 인도를 밝게 비추며 반짝거렸다. 사람들이 웃고 떠들며 주변으로 지나갔다. 젊은 신문기자는 몸이 아프고 맥이 빠지는 기분이었다. 상상 속에서는 그 자신 또한 늙고 볼품없이 변해 있었다. "나는 그 어머니를 죽일 수 없었어." 워시 윌리엄스는 길거리를 위아래로 훑어보며 말했다. "의자로 한 번 내리치고 나자 이웃들이 들어와 의자를 빼앗아 가버렸거든. 그 여자가 어찌나 시끄럽게 비명을 질러댔는지. 이제는 두 번 다시 그 여자를 죽일 기회가 없을 거야. 그 일이 있은 지 한 달 뒤에 열병으로 사망했으니까 말이야."

사색가

와인즈버그의 세스 리치먼드가 어머니와 함께 살던 집은 한때 읍내 명소였지만, 어린 세스가 그곳에 살 때는 영광이 조금 퇴색된 뒤였다. 은행가 화이트가 버크아이스트리트에 지은 커다란 벽돌집에 가려 빛을 잃었던 것이다. 리치먼드 저택은 메인스트리트 끝자락에 있는 작은 계곡에 위치해 있었다. 흙먼지 이는 길을 따라 남쪽에서 읍내로 들어오는 농부들은 호두나무 숲을 지나고 온갖 광고물로 뒤덮인 높은 판자 울타리가 쳐진 페어그라운드 언저리를 돌아서 리치먼드 저택이 있는 계곡 사이로 말들을 몰아 읍내로 들어왔다. 와인즈버그 남쪽과 북쪽 들판에서는 대부분 과일과 딸기를 재배했기 때문에 세스는 딸기 따는 일꾼들—사내아이들, 여자아이들, 성인 여자들—로 가득 찬 마차들이 아침이면 밭으로 나갔다가 저녁이면 흙먼지를 뒤집어쓴 채로 돌아오는 모습을 보았다. 떠들썩하게 수다를 떠는 한 무리의 일꾼들이 또 다른 마차를 향해 소리치는 무례한 농담들 때문에 가끔 세스는 몹시 짜증이 났다. 시끌벅적하게 웃어대고 무의미한 농담을 내뱉으며, 끝없이 움직이고 낄낄거리면서 길을 따라 오가는 사람들 중 하나가 될 수 없다는 것이 그는 못내 아쉬웠다.

석회암으로 지은 리치먼드 저택은, 읍내 주민들은 퇴락했다고들 했지만 실제로는 해를 거듭할수록 점점 더 아름다워지고 있었다. 벌써 세월에 돌이 조금씩 변색되기 시작하여 표면에 풍요로운 황금빛이 감돌았고, 저녁때나 날씨가 흐린 날이면 처마 밑의 그늘진 부분들이 옅은 갈색과 검은색의 반점들로 물들었다.

그 집은 채석장 소유주였던 세스의 할아버지가 손수 지은 것으로, 북쪽으로 30킬로미터쯤 떨어진 곳에 있는 이리호의 채석장들과 함께 아들 클래런스 리치먼드, 즉 세스의 아버지가 유산으로 물려받았다. 이웃들에게 대단히 존경받는 조용하면서도 열정적인 사내였던 클래런스 리치먼드는 오하이오주 털리도*의

---

*　오하이오주 서북부에 위치한 항구도시. 미시간주와 접하는 루카스군의 군청 소재지이며, 이리호의 서쪽 끝에 있다.

한 신문사 편집장과 길거리 싸움을 하던 도중에 사망했다. 클래런스 리치먼드의 이름을 어느 여교사의 이름과 엮어 쓴 기사를 낸 것이 싸움의 발단이었다. 죽은 사람이 먼저 편집장을 향해 총을 발사하며 소동을 시작했기 때문에 살인자를 처벌하려는 노력은 실패로 끝나고 말았다. 채석장 소유주가 사망한 뒤, 그가 물려받았던 거액의 재산은 상당 부분 투기를 하거나 친구들의 말을 듣고 잘못 투자하여 날아갔다는 사실이 밝혀졌다.

수중에 조금의 수입밖에 남지 않은 버지니아 리치먼드는 마을에서 조용히 살면서 아들을 양육했다. 그녀는 남편과 아버지의 죽음에 크게 상심했지만, 남편의 사망 이후 그에 관해 떠도는 소문들은 전혀 믿지 않았다. 모두가 본능적으로 사랑한, 예민하고 소년 같았던 남자는 다만 일상생활을 하기에는 너무 섬세하여 불행한 사람이었다고 그녀는 생각했다. "너는 별별 소문을 다 듣게 될 거야. 하지만 그 소문을 믿어선 안 돼." 그녀가 아들에게 말했다. "아버지는 모든 사람을 아주 친절하게 대한 좋은 분이셨고, 사업가가 되려고 노력하지 마셨어야 했어. 엄마가 아무리 네 장래에 대해 많은 계획을 세우고 꿈을 꾼다 해도 네가 네 아버지만큼 좋은 사람만 된다면 그 이상 더 바랄 건 없을 거야."

남편이 죽은 지 몇 해가 흐른 뒤, 돈을 지출할 데가 갈수록 많아지자 버지니아 리치먼드는 놀라서 수입을 늘리기로 했다. 그녀는 속기를 배웠고 남편 친구들의 영향력을 이용해 군청 소재지 법정의 속기사 자리를 얻었다. 재판이 열리는 동안에는 아침마다 기차를 타고 출근했고, 재판이 열리지 않는 날에는 자기 정원의 장미 덤불을 가꾸며 시간을 보냈다. 평범한 얼굴에 엄청나게 숱이 많은 갈색 머리를 가진 버지니아 리치먼드는 키가 크고 몸매가 반듯했다.

세스 리치먼드와 그의 어머니의 관계에는, 그가 겨우 열여덟 살밖에 안 되었는데도 벌써 그가 남자와 교류하는 모든 방식에 영향을 끼치기 시작한 어떤 특성이 있었다. 불건전함에 가까울 만큼 아들을 존중하는 탓에 어머니는 그가 있는 곳에서는 대체로 말이 없었다. 어머니가 그에게 날카로운 목소리로 말을 할 때면 소년은 그저 차분하게 어머니의 눈을 들여다보기만 하면 되었다. 그러면 그의 시선을 받은 다른 사람들의 눈에 떠올랐던 그 어리둥절한 표정이 어머니의 눈에서도 떠오르는 걸 볼 수 있었다.

진실을 말하자면, 아들은 남달리 명석하게 사고를 한 반면 어머니는 그렇지 못했다. 그녀는 모든 사람에게서 삶에 대한 어떤 관습적 반응을 기대했다. 한 아이가 당신의 아들이고 당신이 그를 야단치면 아이는 벌벌 떨며 마룻바닥으로 눈을 떨구었다. 충분히 야단을 치면 아이는 울었고, 그러고 나면 모든 일이 용서되었다. 아이가 울음을 그치고 잠자리에 들면 당신은 살그머니 그 방에 들어가 아이에게 키스를 해주었다.

버지니아 리치먼드는 어째서 자기 아들이 이런 일들을 하지 않는지 도무지 이해할 수 없었다. 혹독하게 야단을 친 뒤에도 소년은 떨면서 마룻바닥에 눈을 떨구는 대신 그녀를 똑바로 바라봄으로써 그녀 마음속에 불안한 의혹을 불러일으키곤 했다. 아들 방에 살그머니 들어가는 것으로 말하자면, 세스가 열다섯 살이 넘은 뒤로는 겁이 나 그런 일은 전혀 할 수 없었다.

열여섯 살 때 세스는 다른 사내아이 두 명과 함께 가출한 적이 있었다. 세 소년은 텅 빈 화물차의 열린 문으로 기어 들어가서는 65킬로미터쯤 떨어진, 축제가 열리고 있던 소도시에 갔다. 그중 한 소년이 위스키와 블랙베리 와인을 섞어 만든 술을 한 병 갖고 있었고, 세 소년은 화물차 문밖으로 다리를 덜렁거리고 앉아 병째로 술을 마셨다. 세스의 두 친구는 열차가 지나치는 소도시들의 역 근처에서 빈둥거리는 사람들에게 노래를 부르며 손을 흔들어 인사했다. 소년들은 가족과 함께 축제에 온 농부들의 식사 바구니를 급습할 계획을 세웠다. "우리는 왕처럼 살 테고, 돈 한 푼 쓰지 않고 축제와 경마를 구경할 수 있을 거야." 그들은 한껏 뽐내며 선언하듯 말했다.

세스가 사라지고 난 뒤 버지니아 리치먼드는 막연한 불안감으로 집 안을 이리저리 서성거렸다. 바로 이튿날 읍내 경찰서장의 조사를 통해 아이들이 어떤 무모한 짓을 했는지 알게 되었지만 그녀는 도저히 마음을 가라앉힐 수가 없었다. 그녀는 밤새도록 뜬눈으로 침대에 누워 똑딱거리는 시계 소리를 들으며, 이러다가는 세스도 그 애 아버지처럼 갑자기 폭력적인 죽음을 맞게 될 거라고 혼잣말을 했다. 어머니는 이번만큼은 자신이 얼마나 화가 났는지 아이에게 느끼게 해줘야겠다고 결심했다. 그래서 그녀는 경찰서장이 아들의 무모한 짓에 간섭하지 못하게 하면서도, 종이와 연필을 꺼내 아들에게 쏟을 일련의 통렬한 질책을 적었다. 그러고는 정원을 거닐며 마치 자기가 맡은 역할의 대사를 외우는 배우처럼 큰 소리로 그 질책을 외웠다.

그런데 막상 그 주가 끝날 무렵 세스가 귀와 눈가에 석탄가루를 뒤집어쓴 채 조금 지친 몸으로 집에 돌아오자 어머니는 이번에도 그를 야단칠 수가 없었다. 아들은 집 안으로 들어와 부엌문 옆의 고리에 모자를 걸더니 어머니를 물끄러미 쳐다보며 서 있었다. 그가 설명했다. "집을 나간 지 한 시간도 안 되어 돌아오고 싶었어요. 뭘 어떻게 해야 할지 몰랐어요. 어머니가 걱정하실 줄 알았지만, 계속 가지 않으면 저 자신에게 부끄러울 것 같았지요. 다 저 자신을 위해 감행한 거였어요. 축축한 밀짚 위에서 잠을 자니 불편했고, 술 취한 흑인 두 명이 와서 우리와 함께 잤어요.

농부의 마차에서 점심 바구니를 훔쳤을 때는 그 집 아이들이 하루 종일 굶어야 할 거라는 생각을 뇌리에서 떨칠 수가 없었어요. 이 모든 일이 지긋지긋했지만, 다른 애들이 돌아갈 준비가 될 때까진 끝까지 밀고 나가겠다고 결심했죠.”

“그래, 끝까지 밀고 나간 건 참 잘했구나.” 어머니는 반쯤 화가 난 목소리로 대꾸하며 그의 이마에 키스를 하고는 집안일로 분주한 척했다.

어느 여름날 저녁 세스 리치먼드는 친구 조지 윌러드를 만나러 뉴윌러드 하우스로 갔다. 오후 내내 비가 내렸지만 세스가 메인스트리트를 따라 걷는 사이 하늘의 구름이 조금 걷히면서 황금빛이 서쪽을 비추었다. 모퉁이를 돈 세스는 호텔 문으로 들어가 친구 방으로 이어지는 계단을 오르기 시작했다. 호텔 사무실에서는 주인과 투숙객 두 명이 정치 토론을 벌이고 있었다.

세스는 층계에서 발걸음을 멈추고 아래층 남자들의 말소리에 귀를 기울였다. 그들은 흥분해서 말이 빨랐다. 톰 윌러드가 투숙객들을 나무라고 있었다. “나는 민주당원이지만 당신네들 말을 들으니 속이 다 메스껍군요.” 그가 말했다. “매킨리*를 전혀 이해

***

*   윌리엄 매킨리(1843~1901). 미국의 제25대 대통령으로, 1901년에 암살당했다. 이후 대통령직을 승계한 부통령 시어도어 루스벨트는 민주당의 올턴 파커 후보를 큰 표 차로 따돌리고 승리했다.

하지 못하고 있어요. 매킨리와 마크 해나**는 친구란 말입니다. 어쩌면 당신네들 생각으론 이해가 잘 안 될 겁니다. 누군가가 우정이 돈보다 깊고 크며 가치 있다고, 주 의회 정치보다 훨씬 중요하다고 말하면 아마 당신들은 킬킬거리며 비웃겠지요.”

도매 식료품점에서 일하는 키 크고 잿빛 수염을 기른 투숙객이 호텔 주인의 말을 중간에서 끊었다. “내가 클리블랜드에서 몇 해를 살았는데 마크 해나도 모를 것 같소?” 그가 물었다. “당신이 하는 말은 다 허튼소리요. 해나는 돈을 좇고 있고, 다른 건 안중에도 없소. 이 매킨리라는 인간은 그 친구가 사용하는 도구란 말이오. 그자가 매킨리를 속인 거란 걸 명심하시오.”

층계 위의 젊은이는 계속 서서 나머지 대화를 듣는 대신 그대로 계단을 올라가 작고 어두운 복도로 들어섰다. 호텔 사무실에서 이야기하던 남자들의 목소리에서 무언가가 그의 마음속에 일련의 생각을 불러일으켰다. 그는 외로웠고, 그런 외로움이 자기 성격의 일부이며 늘 자신과 함께 남아 있을 어떤 것이라는 생각이 들기 시작했다. 좁은 복도로 들어간 세스는 뒷골목이 내려다보이는 창가에 섰다. 읍내 제과점 주인인 애브너 그로프가 자

** 마크 해나(1837~1904). 미국의 백만장자이자 사업가로, 미국 상원의원을 지냈다. 1896년과 1900년에 윌리엄 매킨리 대통령 캠페인에서 활약했다.

기 가게 뒤에 서 있었다. 애브너는 핏발이 선 조그마한 눈으로 골목 위아래를 훑고 있었다. 제과점 안에서 누군가가 주인을 불렀지만 그는 못 들은 척했다. 제과점 주인은 손에 텅 빈 우유병을 들고 있었고, 두 눈에는 부루퉁한 표정이 감돌았다.

와인즈버그에서 세스 리치먼드는 '알 수 없는 녀석'으로 통했다. "꼭 제 아버지 닮았지 뭐야." 그가 길을 걸을 때면 사람들은 말했다. "조만간 일을 벌일 거야. 어디 두고 보라고."

읍내 주민들의 이야기는 물론이고, 모든 사람이 말 없는 사람을 대하듯 성인이든 소년이든 그에게 본능적으로 보인 존중은 세스 리치먼드가 인생과 자기 자신을 바라보는 관점에 영향을 끼쳤다. 대부분의 사내아이들이 그러하듯이 세스 역시 일반적으로 사내아이들에게 기대하는 것보다는 생각이 깊었지만, 그렇다고 읍내 남성들, 심지어 그의 어머니가 생각하는 것 같은 그런 인물은 아니었다. 버릇이 되다시피 한 그의 과묵 뒤에는 어떤 거창한 목적이 숨어 있지 않았고, 그는 자기 삶에 대해 어떤 구체적인 계획을 가지고 있지도 않았다. 함께 어울리는 사내아이들이 시끄럽게 굴며 말썽을 일으키면 그는 조용히 한쪽에 비켜서 있었다. 그는 차분한 눈으로 친구들이 활기에 넘치는 몸짓을 하는 모습을 그저 바라볼 뿐이었다. 세스는 일상적으로 일어나는 일에는 특별히 관심이 없었고, 앞으로 특별히 관심을 가지게 될 무언가가 생기기는 할까 생각할 때도 가끔 있었다. 지금, 어두컴컴한 가운데 창가에 서서 제과점 주인을 바라보고 있자니 저렇게 어떤 일에 철저하게 마음이 흔들릴 수 있다면 얼마나 좋을까 하는 생각이 들었다. 그게 제과점 주인 그로프처럼 벌컥 분노를 발산하는 일이더라도 말이다. '수다스러운 톰 윌러드 아저씨처럼 나도 정치를 두고 흥분해서 입씨름을 할 수 있다면 오히려 좋을 텐데.' 세스는 창가를 떠나 다시 복도를 따라 친구 조지 윌러드의 방으로 가면서 생각했다.

조지 윌러드는 세스 리치먼드보다 나이가 많았지만 두 사람 사이의 조금 이상한 우정에서 언제나 비위를 맞추는 쪽은 조지였고 대접받는 쪽은 연하의 세스였다. 조지가 일하는 신문사에는 한 가지 정책이 있었다. 각 발행 호에 읍 주민들의 이름을 최대한 많이 언급하도록 노력하는 것이다. 조지 윌러드는 흥분한 개처럼 여기저기 뛰어다니며 어느 누가 군청 소재지에 출장을 갔는지, 옆 마을을 방문했다가 돌아왔는지 조사해 취재 수첩에 이름을 적었다. 그는 하루 종일 수첩에 이런저런 사소한 사실을 기록했다. "A. P. 링렛은 밀짚모자를 납품받았다. 에드 바이어바움과 톰 마셜은 금요일에 클리블랜드에 가 있었다. 톰 시닝스 삼촌은 밸리로드에 위치한 집에 헛간을 짓고 있다."

조지 윌러드는 언젠가 작가가 될 거라는 인식 때문에 와인즈버그에서 독특한 위치를 차지할 수 있었고, 그는 세스 리치먼드에게 이에 대해 계속 이야기했다. "그렇게 편하게 사는 삶도 없다니까." 그는 점점 흥분해 허풍을 떨며 선언하듯 말했다. "이곳저곳 돌아다닐 수 있는 데다 이래라저래라 잔소리하는 사람도 없지. 인도나 남태평양에서 배를 타고 있어도 글만 쓰면 된다니까. 어디 두고 봐, 내가 이름을 날릴 테니. 또 얼마나 신바람 나게 살지 두고 보라고."

골목길이 내려다보이는 창문과 철로 너머로 역 맞은편에 있는 비프 카터의 간이식당이 보이는 창문이 난 조지 윌러드의 방에서 세스 리치먼드는 의자에 앉아 마룻바닥을 내려다보았다. 한 시간째 할 일 없이 납 연필만 만지작거리며 앉아 있던 조지 윌러드는 그를 반갑게 맞아주었다.

"사랑 이야기를 쓰려고 하고 있지." 조지가 불안하게 웃으며 설명했다. 그러고 나서 그는 파이프에 불을 붙이고는 방 안을 서성거리기 시작했다. "내가 뭘 해야 할지 알았어. 사랑에 빠질 거야. 여기 앉아서 곰곰이 생각해봤는데, 아무래도 그렇게 할 것 같아."

그 선언이 민망한 듯 조지는 창가로 가서 친구에게 등을 돌리고 바깥쪽으로 몸을 내밀었다. "누구랑 사랑에 빠질지도 알고 있어." 그가 날카로운 목소리로 말했다. "헬렌 화이트야. 우리 읍내에서 '옷을 멋지게 차려입는' 건 그 애뿐이잖아."

갑자기 새로운 생각이 떠오른 젊은 윌러드는 뒤돌아서 방문객 쪽으로 걸어갔다. "이봐. 헬렌 화이트는 나보다 네가 더 잘 알잖아. 그 애한테 내가 방금 한 말을 전해줬으면 해. 그 애랑 이야기하다가 내가 그 애를 사랑한다고 말해줘. 그 말을 듣고 그 애가 뭐라고 하는지 봐줘. 그 말을 어떻게 받아들이는지 잘 보고 와서 말해달라고."

세스 리치먼드는 일어나 문 쪽으로 걸어갔다. 친구의 말이 견딜 수 없이 짜증스러웠다. "그럼 잘 있어." 그가 짤막하게 말했다.

조지는 놀랐다. 앞쪽으로 달려간 그는 어둠 속에 서서 세스의 얼굴을 들여다보려고 했다. "왜 그러는 거야? 뭘 하려고 그러는데? 여기서 이야기 좀 하자." 그가 졸랐다.

그의 친구, 아무 의미도 없는 이야기를 끊임없이 떠들어대는 읍내 사내들, 무엇보다도 침묵의 습관에 빠진 자기 자신을 향한 분노가 파도처럼 밀려와 세스를 반쯤 필사적으로 만들었다. "아, 형이 그 애한테 직접 말해." 그는 버럭 소리를 지르고는 재빨리 문밖으로 나가 친구의 면전에 대고 문을 쾅 닫아버렸다. "헬렌 화이트를 찾아서 이야기를 해야겠는걸. 하지만 그 자식 이야기는 하지 않을 거야." 그가 혼잣말로 중얼거렸다.

세스는 몹시 화가 나서 중얼거리며 계단을 내려가 호텔 현관

문을 나섰다. 흙먼지 이는 작은 길을 건너 나지막한 철제 울타리를 넘어간 그는 역 앞마당 잔디밭에 가서 주저앉았다. 세스는 조지 윌러드가 엄청난 바보라고 생각했고, 좀 더 심하게 말해줄 걸 그랬다고 후회했다. 세스와 은행가의 딸 헬렌 화이트의 친분은 겉으로 보기에는 그저 평범한 관계였지만 그녀는 그가 마음속에서 가끔 생각하는 존재였고, 그는 그녀를 자신만의 은밀하고 개인적인 무언가라고 느꼈다. "사랑 이야기로 정신 나간 바보 같으니." 세스는 중얼거리며 고개를 돌려 어깨 너머로 조지 윌러드의 방을 쳐다보았다. "저렇게 계속 떠들어대면서 지치지도 않는군."

지금 와인즈버그는 딸기 수확 철이었고, 기차역 플랫폼에서는 어른 남자들과 소년들이 측선에 정차해 있는 특송 화물차 두 대에 붉고 향기로운 딸기로 가득한 상자들을 싣고 있었다. 서쪽은 금방이라도 폭풍우가 휘몰아칠 것 같았고 가로등에는 아직 불이 켜지지 않았지만 6월의 달은 하늘에 휘영청 떠 있었다. 어둑어둑한 빛 속에서 특송 화물차 옆에 선 채 열차 문을 향해 상자들을 던지는 사내들의 모습은 희미하게 겨우 보일 정도였다. 기차역 잔디밭을 보호하는 철제 울타리 위에는 다른 사내들이 앉아 있었다. 그들은 파이프에 불을 붙였다. 마을의 농담들을 주고받았다. 저 멀리서 기차 한 대가 경적을 울리자 화물차에 상자를 신던 일꾼들은 새삼 활기를 띠고 일했다.

세스는 잔디밭에 앉아 있던 자리에서 일어나서는 울타리에 걸터앉아 있는 남자들 곁을 말없이 지나쳐 메인스트리트로 갔다. 방금 한 가지 결심을 한 터였다. '이곳에서 탈출하겠어.' 그는 속으로 생각했다. '여기 있어 좋을 일이 뭐가 있겠어? 대도시에 가서 일할 테야. 어머니한테는 내일 말씀드려야지.'

세스 리치먼드는 메인스트리트를 따라 천천히 걸었고, 왜커의 담배 가게와 읍사무소를 지나 버크아이스트리트로 들어섰다. 자신이 태어나 자란 읍내의 삶에 속해 있지 않다는 생각에 우울했지만, 그것이 자기 잘못은 아니라고 생각했으므로 그렇게까지 마음이 아프지는 않았다. 그는 웰링 의사네 집 앞 커다란 나무의 짙은 그늘 속에 발걸음을 멈추고는 손수레를 밀고 가는 반편이 터크 스몰렛을 지켜보았다. 터무니없이 소년 같은 마음의 소유자인 노인은 손수레에 긴 널빤지 여남은 개를 실은 채였고, 짐의 균형을 무척 정교하게 유지하면서 길을 따라 어디론가 서둘러 가고 있었다. "진정해, 터크! 여보게, 조심하라고!" 노인이 스스로에게 소리를 지르며 웃는 바람에 널빤지 짐이 위험천만하게 흔들거렸다.

세스는 이 조금 위험한 벌목꾼, 늙은 터크 스몰렛을 알았다. 이 노인은 기묘한 행동으로 마을의 삶에 적잖은 활기를 불어넣었다. 세스는 터크가 메인스트리트에 도착하면 고함 소리와 논평의 소용돌이 한가운데 서게 되리라는 사실과, 메인스트리트를 지나며 널빤지들을 손수레에 실어 나르는 기교를 과시하기 위해 벌목꾼 노인이 일부러 먼 길로 돌아가고 있다는 사실을 잘 알았다. '조지 윌러드가 여기 있었다면 뭔가 한마디 했을 텐데.' 세스가 생각했다. '조지 형은 이 읍내에 소속돼 있으니까. 형이 터크에게 소리를 지르면 터크도 형을 향해 버럭 소리를 지르겠지. 두 사람은 자기네가 한 말에 속으로 흡족해할 거야. 하지만 나는 달라. 나는 소속감이 없으니까. 이런 일로 쓸데없이 소란 떨고 싶지 않고, 그저 이 마을을 떠날 거야.'

세스는 스스로가 이 마을에서 추방된 사람이라고 느끼면서 어두컴컴한 읍내를 헤치며 앞쪽으로 비틀비틀 나아갔다. 그는 자기 연민을 느끼기 시작했지만, 그런 생각이 터무니없다는 느낌이 들자 미소를 짓고 말았다. 결국 세스는 자신은 조숙할 뿐이고 자기 연민의 대상은 전혀 아니라는 결론을 내렸다. '나는 일하러 가야만 해. 꾸준히 일하면 출세를 할 수 있을지도 몰라. 그렇게 하는 편이 좋겠어.' 그는 그렇게 결정했다.

세스는 은행가 화이트의 집을 찾아가 현관 앞 어둠 속에 우두커니 서 있었다. 문에는 황동빛 노커가 달려 있었다. 그 노커는 시를 공부하는 여성 클럽을 창설한 헬렌 화이트의 어머니가 읍내에 처음 도입한 혁신적인 물건이었다. 세스는 노커를 들었다가 내려놓았다. 그러자 털거덕거리는 묵직한 소리가 마치 멀리서 들리는 총성처럼 울렸다. '나는 참으로 서툴고 바보 같구나.' 그가 생각했다. '화이트 부인이 나오면 뭐라고 해야 할지도 모르잖아.'

문을 열어준 사람은 헬렌 화이트였고, 세스는 현관 끄트머리에 서 있었다. 헬렌은 기쁨으로 얼굴을 붉히며 부드럽게 문을 닫고는 걸어 나왔다. "나는 이 읍을 떠날 거야. 뭘 할지는 모르겠지만 이곳을 떠나 일을 할 거야. 콜럼버스로 가게 될 것 같아." 세스가 말했다. "어쩌면 그곳 주립 대학에 진학할지도 모르겠어. 어쨌든 나는 이제 떠날 거야. 오늘 밤 어머니께 말씀드리고 말이야." 세스는 망설이면서 주위를 둘러보았다. "혹시 나랑 산책 좀 해줄 수 있어?"

세스와 헬렌은 가로수 아래 거리를 걸었다. 짙은 구름이 달 표면을 가로질러 표표히 흘러갔고, 땅거미가 짙게 깔리는 가운데 어깨에 짧은 사다리를 멘 사내가 두 사람 앞으로 걸어가고 있었다. 서둘러 걸어가던 남자는 횡단보도에서 걸음을 멈추고 목제 가로등에 사다리를 대더니 읍내의 불을 밝혔다. 그래서 두 사람이 걸어가는 길은 가로등 불빛으로 절반은 밝았고, 낮게 가지를 드리운 나무 그늘이 점점 깊어지면서 절반은 어두웠다. 나무 꼭

대기에서 바람이 장난치기 시작하자 잠자던 새들은 화들짝 놀라 애처로운 울음소리를 내며 사방으로 흩어져 날아갔다. 가로등 불빛이 환히 비치는 곳에서 박쥐 두 마리가 빙글빙글 돌며 구름처럼 몰려드는 밤나방 떼를 쫓고 있었다.

세스가 반바지를 입고 다니던 소년이었을 적부터, 지금 처음으로 그의 곁에서 함께 걷고 있는 헬렌과 그 사이에는 제대로 표현되지 못한 친밀감이 있었다. 한동안 그녀는 세스에게 미친 듯이 쪽지를 써 보내곤 했다. 세스는 학교 교과서 속에 쪽지가 숨겨져 있는 것을 발견하기도 했고, 길거리에서 마주친 아이가 쪽지를 건네준 적도 있었으며, 몇 통은 읍내 우체국을 통해 배달되기도 했다.

쪽지들은 사내아이 같은 둥근 필체로 쓰여 있었고, 소설을 읽고 불타오른 마음을 반영하고 있었다. 세스는 은행가 사모님이 쓰는 편지지에 연필로 끼적거린 몇몇 문장에 감동하고 으쓱했지만 답장을 보내지는 않았다. 그 쪽지들을 웃옷 호주머니에 넣고 길거리를 걷거나 학교 운동장 울타리 옆에 서 있노라면 옆구리에서 무언가가 불타고 있는 듯한 느낌이 들었다. 읍내에서 가장 잘살고 매력적인 소녀에게 그렇게 선택받았다는 게 기분이 좋았다.

헬렌과 세스는 길거리에 면해 있는 나지막하고 어두운 건물 근처 울타리에서 발걸음을 멈췄다. 건물은 한때 나무통 널을 만드는 공장이었지만 이제는 텅 비어 있었다. 길 건너편 집 베란다에서는 한 사내와 여자가 어린 시절에 대한 이야기를 나누고 있었는데, 두 사람의 목소리는 조금 민망해하고 있는 청년과 처녀에게까지 낭랑하게 들려왔다. 바닥에 의자를 끄는 소리가 났고, 사내와 여자는 자갈길을 따라 내려와 목조 대문까지 나왔다. 대문 밖에 서서 사내는 허리를 굽혀 여자에게 키스를 했다. "옛날을 추억하며." 그는 이렇게 말하고는 뒤돌아서 빠른 걸음으로 인도를 따라 걸어갔다.

"벨 터너야." 헬렌이 속삭이더니 대담하게 세스의 손을 잡았다. "남자 친구가 있는지 몰랐네. 그러기엔 나이가 너무 들었다고 생각했는데." 세스가 불안하게 웃었다. 소녀의 손은 따뜻했고, 어질어질한 느낌이 그를 엄습했다. 그녀에게 결코 말하지 않겠다고 다짐했던 것을 그녀에게 말하고 싶다는 욕망이 마음속에서 일어났다. "조지 형이 너를 사랑해." 그가 말했다. 마음은 요동쳤지만 그의 목소리는 차분하고 나지막했다. "단편소설 한편을 쓰는 중인데, 사랑에 빠지고 싶대. 어떤 기분인지 알고 싶다는 거지. 이 말을 너한테 전해주고 뭐라고 하는지 알려달라고 하더라."

헬렌과 세스는 다시 말없이 걸었다. 그들은 오래된 리치먼드 저택을 둘러싼 정원까지 왔고, 울타리에 난 틈으로 들어가 관목 아래 나무 벤치에 앉았다.

소녀와 길거리를 나란히 걷던 세스 리치먼드의 마음에 새롭고 대담한 생각이 비집고 들어왔다. 그는 읍을 떠나겠다는 결심을 후회하기 시작했다. '여기 남아서 헬렌 화이트와 함께 가끔 거리를 산책하면 새롭고 매우 즐거운 삶이 될 거야.' 그는 생각했다. 상상 속에서 한 팔로 그녀의 허리를 안는 자기 자신과 자신의 목을 두 팔로 꼭 껴안은 그녀의 모습을 그려보았다. 일련의 사건과 장소가 기묘하게 결합되자, 이 소녀와 사랑을 나눈다는 발상과 며칠 전에 방문했던 어떤 장소를 연관 지을 수 있었다. 그는 페어그라운드 너머 언덕에 사는 농부의 집에 심부름을 갔다가 들판 사이에 난 길로 돌아왔었다. 세스는 농부의 집 아래 언덕 기슭에 있는 어느 우거진 플라타너스 밑에서 발걸음을 멈추고 주위를 둘러보았다. 붕붕거리는 소리가 세스의 귀를 부드럽게 반겨주었다. 잠시 동안 그는 그 나무에 벌떼가 살고 있는 게 틀림없다고 생각했다.

그러고 나서 아래를 내려다보자, 키 큰 풀밭에 선 자기 주위 사방으로 벌들이 날아다니고 있는 게 보였다. 그는 언덕 중턱에서 이어지는 들판에 허리 높이로 무성하게 자란 잡초 한가운데서 있었다. 잡초들에 작은 보랏빛 꽃들이 활짝 피어 숨 막히게 강렬한 향기를 내뿜고 있었다. 잡초들 위로는 무수한 벌들이 모여들어 노래하며 일하고 있었다.

세스는 한여름 밤 나무 아래 잡초들 사이에 푹 파묻혀 누워 있는 자신의 모습을 머릿속에 그려보았다. 그가 상상 속에서 그린 장면에서는 헬렌 화이트가 손을 그의 손 위에 올려놓은 채 그의 곁에 누워 있었다. 이상하게도 그녀의 입술에 키스하는 건 꺼려졌지만 원하기만 하면 얼마든지 그렇게 할 수 있을 것 같다는 느낌이 들었다. 그 대신 그는 꼼짝도 않고 가만히 누워서 그녀를 바라보며, 머리 위에서 벌떼가 꾸준히 장인의 솜씨로 노래하는 소리에 귀를 기울였다.

세스는 정원 벤치에 앉아 불안하게 몸을 움직였다. 소녀의 손을 놓은 그는 두 손을 바지 호주머니에 푹 찔러 넣었다. 방금 자신이 한 결심이 얼마나 중요한 것인지 옆에 있는 사람에게 각인시켜주고 싶은 욕구가 그를 사로잡자 그는 자기 집 쪽을 향해 고개를 끄덕였다. 그가 속삭여 말했다. "어머니는 난리를 치시겠지. 내가 살면서 무슨 일을 할지 전혀 생각해본 적 없으시니까. 내가 영원히 이곳에 소년으로 머물러 있을 거라고 생각하시거든."

세스의 목소리는 소년의 열정으로 가득 차 있었다. "너도 알잖아, 나는 새로운 길을 개척해야 해. 일을 시작해야 한다고. 나는 충분히 잘할 수 있어."

헬렌 화이트는 감동했다. 그녀는 고개를 끄덕이며 감탄했다. '그래야지.' 그녀는 생각했다. '이 아이는 이제 아이가 아니라 강인하고 목적에 투철한 성인이 된 거야.' 그녀의 몸을 사로잡았던 막연한 욕망이 쓸려 나갔고 헬렌은 벤치에서 아주 반듯하게 자세를 고쳐 앉았다. 계속해서 우르릉거리는 천둥소리가 들려왔고, 동쪽 하늘에서는 번개 섬광이 번쩍거렸다. 그토록 신비스럽고 광활했던 정원이, 세스가 곁에 앉아 있으면 이상하고도 환상적인 모험의 배경이 될 것 같았던 그 장소가 이제는 그저 윤곽이 매우 뚜렷하고 경계가 분명한, 평범한 와인즈버그의 뒷마당에 지나지 않았다.

"거기 가서 뭘 할 거야?" 그녀가 속삭여 물었다.

세스는 벤치에서 몸을 반쯤 돌려 어둠 속에서 그녀의 얼굴을 보려고 애썼다. 그는 그녀가 조지 윌러드보다 훨씬 더 사려 깊고 솔직하다고 생각했고, 친구한테서 뛰쳐나온 게 다행이라고 생각했다. 읍내에 대해 느껴왔던 마음속 조바심이 새삼 돌아왔고, 세스는 헬렌에게 그 이야기를 하려 했다. "사람들이 계속 떠들어대." 그가 입을 열었다. "난 그게 지긋지긋해. 뭔가 일을 할 테야. 말이 중요하지 않은 어떤 일을 말이야. 어쩌면 정비소의 기계공으로 일할지도 모르지. 나도 잘 모르겠어. 무슨 일이든 크게

188

상관없어. 그저 묵묵히 일하고 싶을 뿐이야. 지금 내가 생각하고 있는 건 그것뿐이야."

세스는 벤치에서 일어나 손을 내밀었다. 그는 이 만남을 끝내고 싶지 않았지만 이제 더 할 말이 생각나지 않았다. "우리가 만나는 건 이게 마지막이야." 그가 속삭였다.

감정의 파도가 헬렌에게 덮쳐왔다. 그녀는 세스의 어깨에 한 손을 얹으며 자신의 쳐든 얼굴을 향해 그의 얼굴을 끌어당기기 시작했다. 그 행동은 순수한 애정과, 그날 밤의 기분 속에 들어 있던 어떤 막연한 모험이 이제는 결코 실현되지 않을 것이라는 뼈저린 아쉬움의 표현이었다. "나 그만 가봐야겠어." 그녀가 한 손을 무겁게 옆구리로 떨어뜨리면서 말했다. 어떤 생각이 문득 떠올랐던 것이다. "따라오지 말아줘. 혼자 있고 싶으니까. 너는 어서 가서 어머니께 말씀드려. 지금 당장 그렇게 하는 게 좋을 거야." 그녀가 말했다.

세스는 망설였고, 그가 그렇게 서 있는 사이 소녀는 돌아서서 산울타리를 헤치고 달려갔다. 그녀 뒤를 쫓아 달려가고 싶었지만 그녀가 태어나 살아온 읍내의 모든 삶이 그에게 어리둥절하고 당혹스러웠던 것처럼, 그녀의 행동이 어리둥절하고 당혹스러워 그는 그저 물끄러미 바라보고만 서 있었다. 집을 향해 천천히 걸어가던 세스는 커다란 나무 그늘 아래 발걸음을 멈추고는 불을 밝힌 창가에 앉아 분주하게 바느질하고 있는 어머니를 바라보았다. 아까 저녁때 그를 찾아왔던 고독감이 다시 돌아와 방금 겪은 모험에 대한 그의 생각에 영향을 끼쳤다. "허!" 그는 감탄사를 내뱉고는 고개를 돌려 헬렌 화이트가 달려간 방향을 바라보았다. 그는 땅바닥을 내려다보며 이런 생각에 잠겼다. '만사가 이런 식으로 돌아가게 될 거야. 그녀도 다른 사람들과 같아지겠지. 아마 이제 나를 이상한 눈으로 쳐다보기 시작할 거라고.' 그가 혼잣말로 중얼거렸다. "내가 주위에 있으면 그녀는 당황스러워하면서 이상한 기분에 사로잡히겠지. 그렇게 될 거야. 만사가 그런 식으로 돌아갈 거거든. 그녀가 누군가를 사랑한다 해도 결코 나는 아닐 거야. 다른 누군가―바보 같은 어떤 사람―말이 많은 어떤 사내―저 조지 윌러드 같은 어떤 사람일 테지."

탠디

일곱 살이 될 때까지 그녀는 트러니언파이크로 이어지지만 사용되지는 않는 도로에 위치한, 페이트칠도 하지 않은 낡은 집에 살았다. 아버지는 그녀에게 별로 관심이 없었고 어머니는 이미 이 세상을 떠났다. 아버지는 종교에 대해 말하고 생각하면서 시간을 보냈다. 그는 불가지론자를 자처하며 이웃들의 마음속에 슬며시 들어온 하나님에 대한 생각들을 파괴하는 일에 너무 몰두한 나머지, 거의 잊히다시피 한 채로 외가 친척들의 도움에 의지해 여기저기서 살고 있던 어린아이의 마음속에 하나님이 모습을 드러낸 것을 전혀 알지 못했다.

어느 낯선 사람이 와인즈버그에 와서는 그 아이에게서 그의 아버지가 보지 못한 것을 보았다. 그 이방인은 훤칠한 키에 붉은 머리카락을 한 젊은이로, 늘 술에 취해 있다시피 했다. 그는 어쩌다 가끔 아이의 아버지 톰 하드와 함께 뉴윌러드 하우스 앞 의자에 앉아 있었다. 톰이 이 세상에 하나님이 있을 리 없다고 떠들어대면 그 이방인은 미소를 지으며 구경꾼들에게 윙크를 했다. 그와 톰은 친구가 되었고, 함께 있을 때가 꽤 많았다.

이방인은 클리블랜드의 부유한 상인의 아들로, 임무가 있어서 와인즈버그에 온 것이었다. 음주 버릇을 고치고 싶었던 그는 대도시의 지인들에게서 벗어나 시골 마을에 사는 것이 자기를 파괴하는 알코올의존증과의 싸움에서 승산이 더 클 것이라고 판단했던 것이다.

이방인은 와인즈버그에 체류했지만 성공을 거두지 못했다. 시간이 워낙 지루하게 지나가다 보니 그는 오히려 전보다 술을 더 많이 마셨다. 그러나 뭔가 의미 있는 일을 해내는 데는 성공을 거두었다. 톰 하드의 딸에게 의미심장한 이름을 지어주었던 것이다.

어느 날 저녁 오랜 폭음에서 회복하고 있던 이방인은 읍내 메인스트리트를 따라 휘청거리며 걸어왔다. 톰 하드는 당시 다섯 살이던 딸을 무릎에 앉히고 뉴윌러드 하우스 앞 의자에 앉아 있었다. 그 옆에 나무판자를 깐 인도에는 젊은 조지 윌러드가 앉아 있었다. 이방인은 그들 옆 의자에 털썩 주저앉았다. 그의 온몸이 떨리고 있었고, 말을 시작하려 하자 목소리도 떨렸다.

늦저녁이라 읍내에는 어둠이 깔렸고 호텔 앞 작은 경사면 아래를 따라 이어지는 철도 역시 어둠에 덮여 있었다. 서쪽 멀리 어딘가에서 여객열차의 경적 소리가 길게 울렸다. 그러자 차도에서 잠을 자고 있던 개 한 마리가 벌떡 일어나 멍멍 짖어댔다. 이방인은 횡설수설하기 시작했고 불가지론자의 품에 누워 있던 아이에 대해 한 가지 예언을 했다.

"저는 술을 끊으려고 이곳에 왔습니다." 이 말을 하는 그의 두 뺨에 눈물이 흐르기 시작했다. 그는 톰 하드를 쳐다보는 대신 몸을 앞으로 내민 채 마치 환상을 보듯 어둠 속을 빤히 바라보았다. "치료를 위해 시골로 도망쳐 왔지만 치료하지 못했어요. 다 이유가 있죠." 그는 고개를 돌려서는 아버지 무릎 위에 똑바로 앉아 그의 시선을 마주 보는 아이를 보았다.

이방인은 톰 하드의 팔을 만졌다. 그가 말했다. "제가 중독된 건 술만이 아닙니다. 또 다른 것이 있죠. 저는 사랑꾼인데 아직 사랑할 대상을 찾지 못했어요. 제 말뜻을 알아들으시는지 모르겠습니다만, 이건 아주 중요한 이야기입니다. 그래서 제 파멸은 불을 보듯 뻔한 일입니다. 그걸 이해하는 사람은 거의 없지요."

이방인은 말이 없어졌고 슬픔에 압도된 듯 보였지만 지나가는 여객열차가 또 한 번 경적을 울리자 정신을 차렸다. "저는 신앙을 잃지 않았어요. 그건 자신 있게 말할 수 있습니다. 그저 제 신앙이 실현될 수 없는 곳에 이르게 됐을 뿐이죠." 그는 쉰 목소리로 선언하듯 말했다. 그러고 나서는 아이를 빤히 쳐다보며 아이 아버지는 더 이상 안중에도 두지 않은 채 아이에게 말을 걸기 시작했다. "지금 한 여자가 등장하고 있습니다." 그가 말했고, 그의 목소리는 이제 날카롭고 진지했다. "있잖습니까, 전 지금껏 그 여자가 그리웠어요. 그녀는 저의 시간에 오지 않았던 거죠. 어쩌면 네가 그 여자일지도 모르겠다. 술로 신세를 망치고 있는 오늘 같은 날 저녁, 한 번이라도 그 여자 앞에 저를 이렇게 서게 해준 건 운명 같은 것이겠죠. 물론 그녀는 아직 아이에 불과하지만요."

이방인의 어깨가 격하게 들썩거렸고, 담배를 말려던 손이 덜덜 떨려 그만 종이가 손가락에서 툭 떨어졌다. 그는 화가 나서 버럭 소리를 질렀다. "사람들은 여자로 사는 게, 사랑받는 게 쉬운 일이라고 생각들 하죠. 하지만 전 그렇게 무식하지 않습니다." 그가 선언하듯 말했다. 그러고 나서 또다시 고개를 돌려 아이를 바라보았다. "전 이해합니다." 그가 큰 소리로 울부짖었다. "어쩌면 이 세상 모든 사람 중에서 그걸 이해하는 건 오로지 저밖에 없을지도 모릅니다."

이방인은 또다시 어두운 길거리를 두리번거렸다. "그 여자와 길에서 마주친 적은 단 한 번도 없지만 전 그녀에 대해 잘 알죠."
그가 나지막하게 말했다. "그 여자의 분투와 패배를 안다고요.
그 여자가 제게 사랑스러운 사람이 된 건 바로 그 패배 덕분이에
요. 그녀의 패배에서 여성의 새로운 자질이 태어났지요. 그 자질
에 걸맞은 이름이 있습니다. 전 그걸 '탠디'라고 불러요. 제가 진
정한 몽상가였을 때, 제 몸이 더러워지기 전에 그 이름을 지었
죠. 사랑받는다는 것은 강인한 자의 자질이거든요. 남자들이 여
자들에게서 원하지만 얻지 못하는 어떤 것이죠."

이방인은 자리에서 일어나 톰 하드 앞에 섰다. 몸이 앞뒤로 흔
들려 금방이라도 쓰러질 것만 같았다. 그러나 그는 오히려 인도
에 풀썩 무릎을 꿇고 앉더니 어린 소녀의 두 손을 술에 취한 자
기 입술에 갖다 댔다. 그러고는 황홀한 듯 키스를 했다. "탠디가
되어라, 꼬마야." 그가 탄원하듯 말했다. "강인해지고 용기를 가
져라. 그게 네가 갈 길이란다. 무엇이든 모험을 감행해라. 감히
사랑받을 수 있을 만큼 용감해져라. 남자나 여자 이상의 그 무엇
이 되어라. 탠디가 되어라."

이방인은 일어나 비틀거리며 길거리를 따라 걸어갔다. 하루
이틀이 지난 뒤 그는 기차를 타고 클리블랜드의 자기 집으로 돌
아갔다. 호텔 앞에서 그런 대화를 나눈 여름 저녁, 톰 하드는 그
날 밤을 지내도록 딸아이를 초대한 친척 집으로 아이를 데리고

갔다. 가로수 아래 어둠 속을 걸으며 톰 하드는 이방인의 횡설수설하는 목소리를 까맣게 잊었고, 사람들이 하나님에게 품고 있는 신앙을 깨부술 논증을 다시 세우기 시작했다. 그가 딸의 이름을 부르자 딸은 울음을 터뜨렸다.

"그 이름으로 부르는 거 싫어요." 아이가 선언하듯 말했다. "탠디라고 불러줘요─탠디 하드라고요." 아이가 어찌나 서럽게 우는지, 톰 하드는 마음이 아파 딸을 달래주려 했다. 그는 나무 밑에서 발걸음을 멈추고 두 팔로 아이를 안아 쓰다듬어주기 시작했다. "자, 얌전하게 굴어야지." 그가 매섭게 야단쳤지만 아이는 도무지 울음을 그치려 하지 않았다. 어린애답게 온전히 자신을 슬픔에 내맡긴 채 우는 소녀의 울음소리가 저녁 길거리의 고요를 깨뜨렸다. "나는 탠디가 되고 싶어요. 탠디가 되고 싶어요, 탠디 하드가 되고 싶다고요." 아이는 큰 소리로 울부짖으면서 고개를 저었다. 어린아이의 힘으로는 술주정뱅이의 말들이 심어준 환상을 충분히 견뎌낼 수 없다는 듯 아이는 그렇게 흐느껴 울었다.

하나님의 힘

커티스 하트먼은 와인즈버그 장로교회의 목사로, 지난 10년 동안 그 직책을 맡았다. 마흔 살인 그는 천성적으로 아주 조용하고 과묵한 사람이었다. 설교를 위해 교인들 앞의 강단에 서는 일은 늘 그에게 힘든 일이었고, 그는 수요일 아침에서 토요일 저녁까지는 일요일에 하는 두 번의 설교 말고는 아무것도 생각하지 않았다. 일요일 이른 아침이면 그는 교회 종탑 안의 서재로 일컫는 작은 방에 들어가 기도를 드렸다. 기도에는 언제나 중심이 되는 주제가 한 가지 있었다. "오 주님, 저에게 당신의 일을 할 힘과 용기를 주옵소서!" 그는 맨마룻바닥에 무릎을 꿇고서 그가 해야 할 임무 앞에 고개를 숙이고 간구하곤 했다.

하트먼 목사는 키가 컸고 갈색 턱수염을 기르고 있었다. 그의 아내는 몸집이 있고 신경질적인 여자로, 오하이오주 클리블랜드의 속옷 제조업자의 딸이었다. 목사는 읍내에서 꽤 존경을 받았다. 교회 장로들은 목사가 조용하고 잘난 체하지 않는다고 좋아했고, 은행가의 아내인 화이트 부인은 그가 학자답고 세련되다고 생각했다.

장로교회는 와인즈버그의 다른 교회들과는 조금 거리를 두었다. 규모가 훨씬 크고 위세가 당당했으며 목사의 봉급도 많았다. 목사는 심지어 전용 마차도 있었는데, 여름 저녁이면 가끔 아내와 함께 마차를 타고 읍내를 돌아다녔다. 메인스트리트를 지나 버크아이스트리트를 오가면서 목사가 주민들에게 진지하게 고개를 숙여 인사를 하면 그동안 아내는 은밀한 자긍심에 취해 곁눈질로 남편을 바라보았고, 말이 놀라 달아나지나 않을까 걱정했다.

와인즈버그에 부임해 온 후 몇 해 동안 커티스 하트먼의 일은 아주 순조롭게 풀렸다. 그는 교회 신도들에게 열렬한 신앙심을 불러일으키는 목사는 아니었지만 그렇다고 적을 만들지도 않았다. 사실 대단히 열성적인 그는 읍내의 큰 거리와 뒷골목을 돌아다니며 하나님의 말씀을 부르짖을 수 없다는 것에 때로는 한동안 자책에 빠져 있기도 했다. 성령의 불길이 정말 자기 안에 타오르고 있는지 의심했으며, 강렬하고 달콤한 권능의 새 물결이 자기 목소리와 영혼에 폭풍처럼 찾아와 교인들이 자신을 통해 드러난 하나님의 성령 앞에 전율할 날을 꿈꾸었다. '나는 한낱 가련한 막대기에 지나지 않아. 그러니 그런 일은 내게 절대 일어나지 않을 거야.' 그는 풀이 죽어 이렇게 생각했지만, 그러고 나면 느긋한 미소가 그의 얼굴에 환하게 번졌다. '아, 뭐, 이만하면 충분히 잘하고 있는 거야.' 그는 철학적으로 덧붙여 생각했다.

일요일마다 목사가 자기 안의 하나님의 권능을 더 크게 해달라고 기도드리는 교회 종탑 방에는 창문이 하나밖에 없었다. 길쭉하고 폭이 좁은 창문은 문처럼 경첩이 달려 있어서 바깥쪽으로 열렸다. 창문의 스테인드글라스에는 한 아이의 머리에 손을 얹고 있는 예수 그리스도의 모습이 디자인되어 있었다. 어느 여름 일요일 아침, 큼직한 성경책을 앞에 펼쳐놓고 사방에 설교문이 적힌 종이들을 흩뜨려놓은 채 책상 앞에 앉아 있던 목사는 옆집 2층 방에서 한 여성이 침대에 누워 담배를 피우며 책을 읽고 있는 모습을 보고 충격을 받았다. 커티스 하트먼은 까치발로 살금살금 창가로 다가가 살며시 창문을 닫았다. 그는 여자가 담배를 피운다는 생각에 겁에 질렸고 방금 성경을 읽다가 들어 올린 눈이 여자의 맨살이 훤히 드러난 어깨와 흰 목덜미에 머물렀다는 생각에 공포에 사로잡혔다. 여전히 두뇌가 어지럽게 소용돌이치는 가운데 그는 강단으로 내려가, 자기 몸짓이나 목소리에 대해 한 번도 생각하지 않고 길고 긴 설교를 했다. 그 설교는 힘차고 낭랑해 여느 때와 달리 큰 주목을 끌었다. '어쩌면 그 여자가 내 설교를 듣고 있을지도, 내 목소리가 그 여자의 영혼에 하나님의 말씀을 전하고 있을지도 모르겠는걸.' 이렇게 생각하면서 그는 앞으로 다가올 일요일 아침마다 자신이 은밀한 죄에 깊이 빠져 있는 것처럼 보이는 여자의 영혼에 닿아 그녀를 일깨울 수 있는 말들을 할 수 있기를 바라기 시작했다.

목사가 창문을 통해 그토록 심란한 광경을 보게 된 장로교회 옆집에는 두 여자가 살고 있었다. 와인즈버그 국법은행*에 돈을 예금해둔 유능해 보이는 잿빛 머리의 미망인 엘리자베스 스위프트 부인과 학교 교사인 딸 케이트 스위프트였다. 교사는 서른 살로, 깔끔하고 단정한 외모를 가졌다. 그녀는 친구가 별로 없는 데다 남을 신랄하게 비판하는 것으로 악명이 높았다. 그녀에 대해 생각하기 시작하자, 커티스 하트먼은 그녀가 유럽에 다녀온 적이 있으며 2년 동안 뉴욕시에서도 살았다는 걸 기억해냈다. '그녀가 담배를 피우는 건 어쩌면 아무런 의미가 없을지도 몰라.' 그가 생각했다. 그가 가끔 소설을 읽던 대학 시절, 세속적이지만 착한 여학생들이 담배를 피우며 책장을 넘긴 책들이 가끔 손에 들어왔던

---

*   미국 국립은행법에 따라 재무부 산하기관인 통화감독청(OCC)의 인가 및 감독
    을 받는 상업은행.

게 기억났다. 새삼 결연한 마음이 솟구쳐 그는 일주일 내내 설교 문을 작성했고, 새로운 청자(聽者)의 귀와 영혼에 닿으려고 열중한 나머지 강단에서 느끼던 당혹스러움과 함께 일요일 아침마다 서 재에서 기도를 드릴 필요성을 모두 까맣게 잊고 말았다.

하트먼 목사의 여성 경험은 다소 제한되어 있었다. 그는 인디 애나주 먼시** 출신의 마차 제작자의 아들이었고 대학을 고학으 로 다녔다. 속옷 제조업자의 딸은 그가 학생 시절 살던 집에서 하숙했다. 그는 형식적이고 질질 끄는 오랜 연애 끝에 그녀와 결 혼했는데, 그나마도 구애는 여자 쪽에서 먼저 하다시피 했다. 결 혼식 당일에 속옷 제조업자는 딸에게 5000달러를 주었고, 그 금 액의 두 배에 달하는 돈을 유산으로 물려주겠다고 약속했다. 목 사는 결혼을 잘했다고 생각했고 단 한 번도 다른 여자를 생각조 차 해본 적 없었다. 그는 다른 여자들에 대해서는 생각하고 싶지 않았다. 그가 바라는 것은 오직 조용하게 열심히 하나님의 사업 을 하는 것이었다.

목사의 영혼에 갈등이 일어났다. 케이트 스위프트의 귀에 닿 고 설교를 통해 그녀의 영혼을 파고들고 싶은 나머지 그는 침대 에 조용히 누워 있는 그 하얀 몸을 다시 한번 보고 싶어지기 시

** 　인디애나주 중동부에 위치한 소도시로, 델라웨어군의 군청 소재지.

작했다. 이런저런 생각에 잠을 이룰 수 없던 어느 일요일 아침, 그는 일어나서 거리로 산책하러 나갔다. 메인스트리트를 따라 오래된 리치먼드 저택까지 걸어간 그는 걸음을 멈추고는 돌멩이 하나를 주워 들고 종탑 방으로 황급히 달려갔다. 그 돌멩이로 창문 한구석을 깨뜨린 다음 그는 문을 걸어 잠그고 성경책을 책상 위에 펼쳐놓은 채 앉아서 기다렸다. 케이트 스위프트의 창문 블라인드가 올라가자 그는 구멍을 통해 곧바로 그녀의 침대를 볼 수 있었지만, 그녀는 그 방에 없었다. 그녀 역시 일찍 일어나 산책을 나갔고, 블라인드를 걷어 올린 사람은 엘리자베스 스위프트 부인이었다.

목사는 '엿보고' 싶은 육체적 욕망으로부터 이렇게 벗어나게 된 것이 너무 기뻐 그만 흐느껴 울 뻔했고, 하나님을 찬양하며 자신의 집으로 돌아갔다. 그러나 운 나쁘게도 그는 창문에 난 구멍을 막는 걸 깜박 잊고 말았다. 창문 귀퉁이에서 떨어져 나간 유리 조각은 가만히 서서 황홀한 눈으로 그리스도의 얼굴을 바라보고 있는 소년의 맨발뒤꿈치 살점을 잘라냈다.

커티스 하트먼은 그 주 일요일 아침 설교를 잊어버렸다. 그는 신도들에게 이야기를 했고, 그 이야기에서 신도들이 목사를 천성적으로 흠 하나 없이 살아가는 특별한 사람으로 생각하는 것은 잘못이라고 말했다. "제 경험으로는 하나님의 말씀을 전하는 목사들인 저희 역시 신도 여러분과 똑같이 유혹에 시달립니다." 그가 선언하듯 말했다. "저는 유혹을 받았고 그 유혹에 굴복했습니다. 저를 일으켜주신 건 제 머리 밑을 받쳐주신 하나님의 손길뿐이었습니다. 주님께서는 저를 일으켜주셨듯이 여러분 역시 일으켜주실 겁니다. 절망하지 마십시오. 죄를 짓는 순간에도 하늘을 향해 두 눈을 드십시오. 그러면 여러분은 거듭거듭 구원을 받을 것입니다."

목사는 침대의 여인 생각을 단호하게 마음에서 지우고 아내 앞에서 연인 비슷하게 행동하기 시작했다. 어느 날 저녁 두 사람이 함께 마차를 타고 외출했을 때 목사는 버크아이스트리트에서 말 머리를 돌렸고, 워터웍스 연못 위쪽에 위치한 가스펠 언덕의 어둠 속에서 세라 하트먼의 허리를 한 팔로 안았다. 이튿날 아침, 식사를 마치고 집 뒤편의 서재로 물러날 준비를 한 그는 식탁을 돌아가 아내의 뺨에 키스를 했다. 케이트 스위프트 생각이 머리에 떠오르자 그는 미소를 지으며 눈을 들어 하늘을 바라보았다. "주님, 저를 위해 중재해주시옵소서." 그가 중얼거렸다. "당신의 일에만 열성을 다하며 좁은 길을 걷게 하소서."*

---

* "좁은 문으로 들어가거라. 멸망으로 이끄는 문은 넓고 그 길이 널찍하여, 그리로 들어가는 사람이 많다." 마태복음 7장 13절.

그러나 갈색 수염을 기른 목사의 영혼 속에서 이제 진짜 분투가 시작되었다. 그는 케이트 스위프트가 저녁마다 침대에 누워 책을 읽는 버릇이 있다는 사실을 우연히 알게 되었다. 침대 옆 탁자에 램프가 하나 놓여 있어 그 불빛에 그녀의 흰 어깨와 맨살의 목덜미가 환히 드러났다. 그런 발견을 하게 된 날 저녁 목사는 9시부터 11시가 넘는 시간까지 먼지투성이 서재 안의 책상에 앉아 있었고, 그녀 방의 불빛이 꺼지자 비틀거리며 교회에서 나와 길거리를 두 시간 더 걸어 다니며 기도를 했다. 케이트 스위프트의 어깨와 목덜미에 키스하고 싶지 않았고, 자기 마음이 그런 생각에 머물러 있게 두지도 않았다. 그는 자기가 무엇을 원하는지 도무지 알 수 없었다. "나는 하나님의 자녀이니 그분께서 반드시 나를 구원해주실 거야." 그는 길거리를 방황하는 동안 가로수 아래 어둠 속에서 큰 소리로 외쳤다. 그는 한 나무 옆에 서서 빠르게 흘러가는 구름으로 뒤덮인 하늘을 올려다보았다. 그러고는 친근하게 그리고 열심히 하나님께 말을 걸기 시작했다. "아버지, 저를 잊지 마시옵소서. 내일 가서 창문의 구멍을 틀어막을 힘을 제게 주시옵소서. 다시 한번 제 눈을 들어 올려 하늘을 향하게 해주시옵소서. 이 곤경의 시간에 당신의 종인 저와 함께 머물러주시옵소서."

목사는 정적에 싸인 길거리를 서성거렸고, 며칠, 몇 주일 동안 그의 영혼은 괴로움을 겪었다. 그는 자신에게 찾아온 시험을 이해할 수 없었고 또 그것이 찾아온 이유도 헤아릴 수 없었다. 참된 길을 걸으려 애써왔고 죄를 찾아 돌아다니지도 않았노라고 혼잣말을 하며 그는 어떤 면에서는 하나님을 원망하기 시작했다. "청년 시절에도, 이곳에 살면서도 저는 묵묵히 제 일을 해왔습니다." 그가 단언했다. "어찌하여 지금 제가 시험을 받아야 합니까? 무슨 죄를 범했기에 제가 이런 짐을 짊어져야 한단 말입니까?"

그해 초가을과 겨울에 커티스 하트먼은 세 번이나 집에서 몰래 빠져나와 종탑 방으로 들어가서는 어둠 속에 앉아 침대에 누워 있는 케이트 스위프트의 모습을 쳐다본 뒤 길거리를 걸어 다니며 기도를 했다. 그는 자기 자신을 이해할 수 없었다. 몇 주일 동안 그는 교사 생각은 거의 하지도 않은 채로 지냈고 그녀의 육체를 보고 싶은 육신의 욕망을 극복했다고 스스로에게 말하곤 했다. 그러던 중 어떤 사건이 일어나고 말았다. 그는 자기 집 서재에 앉아 열심히 설교문을 작성하다가, 불안해지면 방 안을 서성거리곤 했다. "길거리로 산보를 좀 나가야겠는걸." 그는 혼잣말했고, 심지어 교회 문을 들어서면서도 자기가 그곳에 온 이유를 스스로 끈질기게 부정했다. "창문의 구멍을 수리하지 않을 테야. 한밤중에 여기 와서 그 여자를 눈앞에 두고 앉아 있으면서도 절대 눈길을 주지 않도록 나 자신을 단련할 거야. 이 일에 실패하지 않겠어. 주님께서 내 영혼을 시험하려고 이런 유혹을 기획하셨으니, 나는 어둠에서 빠져나와 정의의 빛 속으로 나아갈 거야.”

와인즈버그의 거리에 눈이 깊숙이 쌓이고 살을 에듯 몹시 춥던 1월의 어느 날 밤, 커티스 하트먼은 교회 종탑 방을 마지막으로 찾아갔다. 집에서 나왔을 때 이미 9시가 넘어 있었고 서둘러 나오는 바람에 그는 덧신도 신고 있지 않았다. 메인스트리트에는 야경꾼 흡 히긴스 말고는 아무도 없었고, 읍내 전체에서 깨어 있는 사람 또한 야경꾼과 〈와인즈버그이글〉 사무실에 앉아서 끙끙거리며 단편소설을 쓰고 있는 젊은 조지 윌러드뿐이었다. 목사는 흩날리는 눈발을 뚫고 교회로 이어지는 거리를 걸어가면서 이번에는 철저히 죄에 굴복하고 말 거라는 생각이 들었다. “그 여자를 보고 싶고, 그녀의 어깨에 키스하는 생각을 하고 싶어. 내 마음이 가는 대로 생각하도록 그냥 내버려둘래.” 이렇게 씁쓸하게 선언하자 그의 두 눈에 눈물이 고였다. 그는 목사직을 그만두고 다른 일을 하며 살아가는 법을 찾아봐야겠다고 생각하기 시작했다. “어디 다른 대도시로 가서 사업을 해야겠어.” 그가 선언했다. “내 본성이 죄를 뿌리칠 수 없는 것이라면 아예 나 자신을 죄에 내맡기는 거야. 적어도 내 여자가 아닌 다른 여자의 어깨와 목덜미에 마음을 두면서 하나님의 말씀을 설교하는 위선자가 되지는 않을 테야."

그 1월 밤 교회 종탑 방은 추웠고, 방 안에 들어서자마자 커티스 하트먼은 그곳에 머물러 있으면 병에 걸릴 거라는 걸 알았다. 눈 속을 걸어오느라 발이 젖었는데 방에는 따뜻한 불이 없었다. 옆집 방 안에는 아직 케이트 스위프트가 보이지 않았다. 남자는 준엄한 결단력으로 앉아서 기다렸다. 의자에 앉아 성경책이 놓인 책상 가장자리를 꼭 붙잡은 채로, 그는 살면서 해본 것 중 가장 음험한 생각을 품은 채 어둠 속을 노려보고 있었다. 아내에게 생각이 미치자 잠시 그녀가 미워졌다. '아내는 언제나 정열을 부끄러워했고 나를 속여왔지.' 그가 생각했다. '남자는 여자에게서 강렬한 정열과 아름다움을 기대할 권리가 있어. 남자는 자신이 짐승이라는 사실을 잊을 자격이 없고, 내게는 뭔가 그리스인다운 피가 흘러. 나는 아내를 버리고 다른 여자들을 찾을 거야. 이 교사를 공략하겠어. 모든 남자에게 맞설 테야. 내가 육신의 욕망에 불타는 인간이라면, 그 욕정을 위해 살겠어.'

정신이 산란해진 목사는 한편으로는 추위 때문에, 다른 한편으로는 그가 겪고 있는 치열한 내적 갈등 때문에 머리부터 발끝까지 덜덜 떨었다. 그렇게 몇 시간이 지나자 온몸에 열이 났다. 목이 아프기 시작하고 치아가 딱딱 부딪혔다. 서재 바닥을 딛고 있는 두 발은 얼음장처럼 차가웠다. 그래도 그는 포기하지 않았다. "이 여자를 보고, 감히 생각하지 못했던 것들을 생각하겠어." 그는 책상 가장자리를 움켜잡은 채로 기다리며 혼잣말로 중얼거렸다.

커티스 하트먼은 그날 밤 교회에서 기다린 일의 후유증으로 사경을 헤매다시피 했고, 또한 그날 일어난 일에서 살아갈 길을 찾아냈다. 그동안 서재에서 기다렸던 다른 밤들에는, 창문의 작은 구멍을 통해 방 안에서 침대가 차지하는 부분을 볼 수 있었을 뿐 그 외에는 아무것도 볼 수 없었다. 여자가 갑자기 흰 잠옷을 입고 나타나 침대에 앉을 때까지 그는 어둠 속에서 기다렸다. 불이 켜지면 그녀는 베개에 몸을 기대고 앉아 책을 읽었다. 가끔 담배를 피울 때도 있었다. 눈에 보이는 것은 맨살이 드러난 어깨와 목덜미뿐이었다.

그 1월 밤, 추위로 거의 죽을 지경이 되고 두세 번 의식을 잃고 이상한 환상의 나라로 빠져들었다가 오직 의지력만으로 다시 의식을 찾아야만 했던 그날 밤, 케이트 스위프트가 나타났다. 옆집 방에 램프가 켜졌고, 기다리던 남자는 텅 빈 침대를 응시했다. 그런데 그의 눈앞에서 벌거벗은 여자가 침대에 몸을 내던지는 게 아닌가. 여자는 얼굴을 파묻고 울면서 두 주먹으로 베개를 쾅쾅 내리쳤다. 마지막으로 한 번 더 서럽게 흐느껴 울고 나서 몸을 반쯤 일으킨 죄의 여인은, 이 모습을 보고 온갖 생각에 빠지려고 기다리던 남자 앞에서 기도를 하기 시작했다. 램프 불빛을 받은 가냘프면서도 단단한 그녀의 몸은 스테인드글라스에 그려진 그리스도를 바라보는 소년의 모습과 같았다.

커티스 하트먼은 어떻게 교회에서 나왔는지 전혀 기억하지 못했다. 그가 외마디 비명을 지르며 벌떡 일어나자 묵직한 책상이 밀려 바닥을 긁었다. 성경책이 정적 속에서 큰 소리를 내며 툭 떨어졌다. 옆집의 불이 꺼지자 그는 허둥지둥 비틀거리며 계단을 내려와 길거리로 나갔다. 그러고는 거리를 따라 걸어가다가 〈와인즈버그이글〉 사무실 문으로 뛰어 들어갔다. 자기 나름의 분투를 하며 사무실 안을 터벅터벅 서성거리고 있던 조지 윌러드에게 목사는 두서없이 이야기를 쏟아놓기 시작했다. "하나님의 길은 인간이 이해할 수 없소." 그는 사무실 안으로 달려 들어가 문을 쾅 닫으며 외쳤다. 그리고 번득이는 눈과 열정에 찬 낭랑한 목소리로 젊은이에게 다가갔다. "나는 빛을 발견했지." 그가 외쳤다. "이 읍내에서 10년을 산 뒤에 하나님께서는 여인의 육체로 내 앞에 나타나셨단 말이오." 목사는 갑자기 목소리를 낮추더니 속삭이기 시작했다. "난 이해하지 못했소." 그가 말했다. "내가 영혼의 시험이라고 생각했던 건, 새롭고 더욱 아름답게 타오르는 영혼의 불길을 위한 준비였을 뿐이지. 그런데 하나님께서는 오늘 벌거벗고 침대 위에 무릎을 꿇고 앉아 있는 교사 케이트 스위프트의 모습으로 내 앞에 나타나셨소. 케이트 스위프트를 아시오? 그녀는 미처 깨닫지 못했을지도 모르지만, 그 여자는 진리의 메시지를 전하는 하나님의 도구요."

커티스 하트먼 목사는 뒤돌아서 사무실 밖으로 뛰쳐나갔다. 문간에서 발걸음을 멈춘 그는 인적 없는 길거리를 위아래로 훑어보더니 다시 조지 윌러드 쪽으로 고개를 돌렸다. "나는 이제 구원을 받았소. 두려워하지 마시오." 그는 피가 흐르는 주먹을 번쩍 들어 젊은이에게 보여주었다. "내가 창문 유리를 박살 냈소." 그가 외쳤다. "이제 유리 전체를 갈아 끼워야 할 거요. 하나님의 힘이 내 안에 있어서 내가 이 주먹으로 유리창을 깼단 말이오."

교사

와인즈버그 거리에는 눈이 깊숙이 쌓여 있었다. 눈은 아침 10시쯤부터 내리기 시작했고 바람이 불어와 눈을 메인스트리트를 따라 구름처럼 휘날리게 했다. 읍내로 들어오는 진흙 길은 얼어붙어서 꽤 미끄러웠고, 군데군데 얼음이 진흙을 덮고 있었다. "썰매 타기에 안성맞춤이겠는걸." 윌 헨더슨이 에드 그리피스의 술집 바에 서서 말했다. 술집에서 나온 그는 '아크틱'으로 불리는 묵직한 방한·방수용 덧신을 신고 뒤뚱거리며 다가오는 약국 주인 실베스터 웨스트와 마주쳤다. "눈 때문에 토요일에 사람들이 읍내로 몰려들 겁니다." 약국 주인이 말했다. 두 남자는 길가에 서서 이런저런 이야기를 나눴다. 얇은 코트 차림에 덧신도 신지 않은 윌 헨더슨은 오른발 끝으로 왼발 뒤축을 찼다. "눈이 내리면 밀 농사에 좋지요." 약국 주인이 점잔을 빼며 말했다.

젊은 조지 윌러드는 할 일이 아무것도 없었는데, 그날 일할 기분이 들지 않았기에 오히려 기뻤다. 주간신문은 이미 인쇄되어 수요일 저녁 우체국에 배달되었고, 눈은 목요일에 내리기 시작했던 것이다. 아침 기차가 지나간 뒤 8시에 그는 호주머니에 스케이트 한 켤레를 넣고 워터웍스 연못으로 올라갔지만 스케이트를 타지는 않았다. 대신 연못을 지나쳐 와인크리크를 따라 난 오솔길을 지나 너도밤나무 숲까지 걸어갔다. 그곳에서 그는 쓰러진 통나무 옆에 모닥불을 피우고 통나무 끄트머리에 앉아 생각에 잠겼다. 그러다 눈이 내리고 바람이 불기 시작하자 모닥불에 넣을 땔감을 찾으러 서둘러 움직였다.

젊은 신문기자는 한때 자신의 학교 선생님이었던 케이트 스위프트에 대해 생각하고 있었다. 전날 저녁 그는 그녀가 읽어보라고 한 책 한 권을 가지러 그녀의 집에 갔고, 한 시간 동안 그녀와 단둘이 있었다. 그녀는 자못 열성적으로 그에게 네다섯 번 말을 걸었는데, 그녀의 말뜻을 제대로 이해할 수가 없었다. 그래서 그는 그녀가 자신을 사랑하는 것일지도 모른다고 생각하기 시작했고, 그렇게 생각하니 한편으로는 기분이 좋으면서도 다른 한편으로는 신경이 거슬렸다.

통나무에서 벌떡 일어선 조지 윌러드는 모닥불에 잔가지를 쌓기 시작했다. 혼자 있는 게 맞는지 주위를 살펴 확인한 뒤, 그는 마치 자신이 지금 그녀 앞에 있는 것처럼 시늉하면서 큰 소리로 말하기 시작했다. "아, 선생님은 그냥 인정하시는 거죠. 그런 게 틀림없어요." 그가 단언하듯 말했다. "선생님에 대해 알아낼 겁니다. 어디 두고 보세요."

젊은이는 일어나서 모닥불이 숲속에서 계속 타오르게 내버려 둔 채로 다시 오솔길을 따라 읍내로 돌아갔다. 길거리를 걷는 동안 그의 호주머니에서 스케이트가 짤랑거리는 소리를 냈다. 뉴 윌러드 하우스의 자기 방에서 그는 난로에 불을 피우고 침대 위에 누웠다. 음탕한 생각이 밀려오기 시작하자 창문 블라인드를 내리고는 눈을 감고 얼굴을 벽 쪽으로 돌렸다. 그는 두 팔로 베개를 껴안은 채, 처음에는 말로 그의 내면의 무언가를 흔들어놓은 학교 교사를 생각하다가, 나중에는 그가 오랫동안 반쯤 사랑에 빠져 있었던 은행가의 날씬한 딸 헬렌 화이트를 생각했다.

그날 저녁 9시쯤이 되자 길거리에 눈이 깊숙이 쌓였고 날씨는 살을 에듯 추워졌다. 밖을 돌아다니기 어려운 날씨였다. 상점들은 불을 밝히지 않았고 사람들은 엉금엉금 자기 집으로 들어갔다. 클리블랜드에서 오는 저녁 기차가 아주 많이 연착됐지만 아무도 열차의 도착에 관심이 없었다. 10시쯤이 되자 읍 주민

1800명 중 네 사람만 빼고 모두 잠자리에 들었다.

야경꾼 홉 히긴스는 반쯤 깨어 있었다. 절름발이인 그는 묵직한 지팡이를 짚고 다녔다. 어두운 밤이면 랜턴도 들고 다녔다. 그는 9시에서 10시 사이에 순찰을 돌았다. 바람에 날려 쌓인 눈을 헤치고 메인스트리트를 비틀비틀 오가면서 상점 문들이 잘 닫혔는지 확인했다. 그러고 나서는 골목길로 들어가 뒷문들도 확인했다. 모든 문이 꼭 잠겨 있는 것을 확인한 뒤 그는 서둘러 모퉁이를 돌아서 뉴월러드 하우스로 가 현관문을 두드렸다. 이제 남은 밤 시간 동안은 난롯가에 앉아 있을 작정이었다. "가서 자거라. 난롯불은 내가 지키마." 그는 호텔 사무실 침대에서 잠을 자던 소년에게 말했다.

홉 히긴스는 난롯가에 앉아 신발을 벗었다. 소년이 자러 가고 나자 자기 일들에 대해 생각하기 시작했다. 봄이 되면 집에 새로 칠을 할 계획이었기에 그는 난롯가에 앉아서 페인트값과 노임을 계산했다. 그러다 보니 다른 계산도 하게 되었다. 야경꾼은 지금 예순 살이었고, 은퇴하고 싶었다. 남북전쟁 때 군인이었던 그는 적으나마 연금을 받고 있었다. 그는 새로운 생계 수단을 찾고 싶었고, 전문적으로 족제비를 사육하는 게 꿈이었다. 사냥꾼들이 토끼를 쫓을 때 사용하는 그 괴상하게 생긴 야생동물을 그는 이미 집의 지하실에 네 마리나 키우고 있었다. 그가 생각에 잠겼다. '지금 수컷 한 마리에 암컷이 세 마리렷다. 운이 좋으면 봄까지 열두 마리나 열다섯 마리가 되겠지. 1년만 더 있으면 스포츠 신문에 족제비 판매 광고를 낼 수 있을지도 몰라.'

야경꾼은 의자에 편안히 기대어 앉아 있었고, 마음은 백지장처럼 텅 비어 있었다. 그는 잠을 자지 않았다. 몇 해 동안 그렇게 하다 보니 이제는 잠든 것도, 그렇다고 깨어 있는 것도 아닌 어중간한 상태로 기나긴 밤을 몇 시간이고 앉아서 보낼 수 있도록 단련되었다. 아침이 되면 마치 잠을 푹 잔 것처럼 기분이 상쾌했다.

홉 히긴스가 난롯가에 편안하게 자리를 잡고 나면 와인즈버그에 자지 않고 깨어 있는 사람은 이제 세 명밖에 없었다. 조지 윌러드는 사무실에서 단편소설을 집필하는 척하고 있었지만 실은 아침에 숲속 모닥불 옆에서 느꼈던 기분을 계속 느끼고 있었다. 장로교회 종탑에서는 커티스 하트먼 목사가 어둠 속에 앉아 하나님의 계시를 받을 준비를 하고 있었으며, 교사인 케이트 스위프트는 눈보라 속에서 산책하러 집 밖으로 나서고 있었다.

케이트 스위프트가 집을 나선 것은 10시가 넘은 시각이었고, 그 산책은 즉흥적으로 이루어진 것이었다. 사내와 청년, 두 사람이 케이트를 생각함으로써 그녀를 한겨울 길거리로 내몬 것만 같았다. 엘리자베스 스위프트 부인은 돈을 투자한 담보대출 관런 일로 콜럼버스에 가서 이튿날 낮까지는 돌아오지 않을 예정이었다. 그녀의 딸은 1층에 있는 베이스 버너*로 일컬어지는 큼직한 난로 옆에 앉아 책을 읽고 있었다. 그녀는 그러다가 불쑥 일어나 현관문 옆 옷걸이에서 망토를 낚아채어 집 밖으로 뛰쳐나갔던 것이다.

서른 살의 케이트 스위프트는 와인즈버그에서 예쁜 여자로 통하지 않았다. 안색도 좋지 않았을뿐더러 건강 상태가 좋지 않은 것을 보여주는 부스럼들이 온 얼굴을 덮고 있었다. 그러나 한밤중에 겨울 길거리를 홀로 걷는 그녀는 사랑스러웠다. 등은 꼿꼿이 편 채였고, 어깨는 딱 벌어져 있었으며, 생김새는 여름 저녁 석양빛을 받으며 정원의 받침대에 서 있는 조그마한 여신상과 같았다.

오후에 교사는 건강 문제로 웰링 의사에게 진찰을 받으러 갔었다. 의사는 그녀를 꾸짖으며, 그녀가 청각을 잃을 위험에 놓여 있다고 말했다. 그렇기에 케이트 스위프트가 폭풍이 몰아치는 밤에 외출하는 것은 바보짓일 뿐 아니라 자칫 위험할 수도 있는 짓이었다.

거리를 걷던 여성은 의사의 충고를 기억하지 못했고, 기억했

---

* 연료가 아래에서 소진되면 위에서 기계적으로 공급되는 자동 난로.

다 해도 아마 돌아서지 않았을 것이다. 너무 추웠지만, 5분 정도 걷고 나니 추위는 더 이상 신경 쓰이지 않았다. 먼저 그녀는 자기 집이 있는 거리의 끄트머리까지 갔다가 사료 헛간 앞에 놓인 건초 계량기 한 쌍을 지나 트러니언파이크로 들어섰다. 그런 다음 트러니언파이크를 따라 네드 윈터스네 곡물 헛간까지 간 뒤 동쪽으로 돌아 가스펠 언덕 너머로 이어지는 나지막한 목조 가옥 거리를 따라 걷다가 서커로드로 접어들었는데, 이 길은 아이크 스미드의 양계장을 지나 얕은 계곡을 따라 이어지다가 워터웍스 연못에 이르는 길이었다. 이렇게 걸어가는 동안, 처음 그녀를 거리로 내몰았던 대담하고 흥분된 기분은 사라졌다가 다시 돌아왔다.

케이트 스위프트의 성격에는 어딘지 쌀쌀맞고 쉽게 다가갈 수 없는 구석이 있었다. 누구나 그걸 느꼈다. 학교 교실에서 그녀는 좀처럼 말이 없고 차갑고 엄격했지만, 이상한 방식으로 학생들과 아주 가까웠다. 아주 가끔은 무언가에 사로잡힌 듯 행복해 보일 때도 있었다. 교실에 있는 학생 모두가 그녀의 행복감이 끼치는 영향을 느꼈다. 한동안 학생들은 공부하지 않고 의자에 기대앉아 교사를 바라보았다.

등 뒤로 두 손을 모아 뒷짐을 진 채 교사는 교실 안을 왔다 갔다 하면서 아주 빠르게 말했다. 그녀 마음속에 떠오르는 주제가 무엇이든 상관없는 듯했다. 한번은 아이들에게 찰스 램*에 대해 이야기하면서, 그 사망한 작가의 삶에 관한 이상하고 내밀한 일화를 꾸며내어 들려주었다. 교사는 마치 찰스 램과 한집에 살면서 그의 사생활의 모든 비밀을 알게 된 사람처럼 그 이야기들을 들려주었다. 아이들은 조금 혼란스러워하면서, 찰스 램이 한때 와인즈버그에 살았던 누군가임에 틀림없다고 생각했다.

또 한번은 학생들에게 벤베누토 첼리니**에 관한 이야기를 들려주었다. 그때 아이들은 웃었다. 교사는 그 먼 옛날의 예술가를 얼마나 허풍스럽고 뽐내기를 좋아하며 용감하고 사랑스러운 인간으로 묘사했던가! 그녀는 그에 대해서도 일화들을 꾸며내었다. 첼리니의 밀라노 숙소 위층 방에 살던 독일인 음악 선생의 이야기에 학생들은 크게 웃어댔다. 뺨이 붉고 뚱뚱한 슈거스 맥너츠는 배를 움켜쥐고 웃다가 어지러운 나머지 그만 의자에서 떨어졌고, 케이트 스위프트도 그와 함께 웃었다. 그러다가 갑자기 교사는 다시 차갑고 근엄한 모습으로 돌아갔다.

---

* 찰스 램(1775~1834). 영국의 수필가이자 시인으로, 신경쇠약 발작으로 어머니를 죽인 누나 메리 램의 보호자로서 일생을 독신으로 보냈다. 어린이를 위한 《셰익스피어 이야기》(1807)와 《엘리아 수필집》(1823)으로 유명하다.

** 벤베누토 첼리니(1500~1571). 르네상스 시대 이탈리아의 조각가, 화가, 음악가이자 군인. 《자서전》에서 그가 밝힌 것처럼 첼리니는 모험가, 무뢰한, 호색가이기도 했다.

눈으로 뒤덮인 인적 없는 거리를 걷던 겨울밤, 교사의 삶에 결정적인 위기가 찾아왔다. 와인즈버그 주민들은 추호도 상상하지 못했지만, 그녀는 자못 모험적인 삶을 살았었다. 지금도 여전히 모험적으로 살았다. 학교 교실에서 수업하거나 거리를 걸을 때 그녀의 내면에서는 날마다 슬픔, 희망, 욕망이 전쟁을 벌였다. 차가운 겉모습 이면의 그녀 마음속에서는 엄청난 일들이 벌어지고 있었다. 읍내 주민들은 그녀를 완고한 노처녀로 생각했고, 말씨가 쌀쌀맞은 데다 제멋대로 행동했기 때문에 자신들의 삶을 크게 좌지우지하는 인간적인 감정이 모두 결여된 여자로 간주했다. 그러나 그녀는 실제로는 모든 주민 가운데서 가장 열성적이고 정열적인 영혼의 소유자였고, 여행에서 돌아와서 와인즈버그에 정착해 교사가 되고 5년 동안 불쑥 집 밖으로 나가 거의 밤새도록 걸으면서 내면에서 들끓는 갈등과 싸워야 했던 적이 한두 번이 아니었다. 언젠가 비 내리던 밤에 그녀는 밖에 여섯 시간이나 있다가 돌아와 엘리자베스 스위프트 부인과 말다툼을 벌였다. "네가 사내가 아니라서 정말 다행이구나." 그녀의 어머니가 매섭게 쏘아붙였다. "네 아버지가 집에 들어오기만을 기다린 적이 한두 번이 아니었어. 도대체 어디 가서 무슨 말썽에 휘말렸는지도 모르는 채로 말이다. 불안한 마음이라면 겪을 만큼 겪었어. 그러니 내가 너한테서 네 아버지의 최악의 모습을 또다시 보고 싶지 않다고 해도 이 어미를 탓할 순 없을 거야."

*　*　*

　　케이트 스위프트의 마음은 조지 윌러드 생각으로 활활 불타오르고 있었다. 그녀는 그가 학생 때 썼던 어떤 글에서 천재성의 불씨를 발견했고, 그 불씨에 바람을 불어 불꽃으로 피우고 싶었다. 그래서 어느 여름날 그녀는 〈와인즈버그이글〉 신문사에 찾아갔고, 이렇다 할 일 없이 빈둥거리고 있던 청년을 메인스트리트로 데리고 나와 페어그라운드로 가서 풀이 우거진 강둑에 앉아 이야기를 나누었다. 교사는 앞으로 작가로서 겪어야 할 어려움들에 대한 관념을 청년의 마음속에 심어주려고 애썼다. "너는 삶에 대해 잘 알아야 할 거야." 그녀는 진지함으로 떨리는 목소리로 말했다. 그녀는 조지 윌러드의 어깨를 붙잡고 돌려세우더니 그의 눈을 똑바로 들여다보았다. 만약 지나가던 행인이 보았다면 두 사람이 포옹이라도 하려는 것으로 생각했을 것이다. "작가가 되려면 언어를 가지고 장난치는 버릇은 그만둬야 해." 그녀가 설명했다. "좀 더 충분히 준비가 될 때까지는 글을 쓰겠다는 생각을 아예 포기하는 게 좋을 거야. 지금은 살아봐야 할 때거든. 너한테 겁을 주고 싶지는 않지만, 네가 시도하려는 일이 얼마나 중요한지 이해시켜주고 싶어. 그저 언어를 파는 보따리 장수가 돼선 안 돼. 네가 배워야 할 건 사람들이 하는 말이 아니라, 사람들이 하고 있는 생각들이야."

커티스 하트먼 목사가 교회 종탑 방에 앉아 케이트 스위프트의 몸을 보려고 기다리던, 폭풍이 몰아치던 그 목요일 밤 전날 저녁, 젊은 윌러드는 책을 한 권 빌리러 교사의 집으로 갔다. 바로 그때 청년을 혼란스럽고 어리둥절하게 만든 사건이 일어났다. 청년은 팔 밑에 책을 끼고 일어설 준비를 하던 참이었다. 이번에도 케이트 스위프트는 자못 진지한 목소리로 말하고 있었다. 밤이 다가오고 있었고, 방 안이 점점 어두워졌다. 조지가 가려고 막 돌아서는데 그녀가 나지막하게 그의 이름을 부르더니 충동적으로 그의 손을 잡았다. 신문기자는 빠르게 성년 남자가 되어가고 있었고, 소년의 사랑스러움과 결합된 어떤 남성적 매력이 고독한 여자의 마음을 뒤흔들었던 것이다. 그가 삶의 중요성을 깨달을 수 있도록, 또 그 의미를 참되고 정직하게 해석할 수 있도록 가르쳐주고 싶다는 열렬한 욕구가 이 여성을 사로잡았다. 앞쪽으로 몸을 기울이던 여성의 입술이 청년의 뺨을 스쳤다. 바로 그 순간 청년은 처음으로 그녀의 이목구비가 두드러지게 예쁘다는 것을 깨달았다. 두 사람 모두 당황했고, 그녀는 자신의 감정을 누그러뜨리려고 엄격하고 거만해졌다. "이게 다 무슨 소용이겠어? 10년은 지나야 비로소 지금 내가 한 말이 무슨 뜻인지 이해하게 될 텐데." 그녀는 열정적으로 외쳤다.

*　*　*

　폭풍이 몰아치던 날 밤, 목사가 교회에 앉아 그녀가 나타나기를 기다리는 동안 케이트 스위프트는 청년과 다시 한번 이야기를 나누려고 〈와인즈버그이글〉 신문사 사무실로 찾아갔다. 눈 속을 오래 걸은 뒤라 그녀는 춥고 외롭고 지쳐 있었다. 메인스트리트를 지날 때 인쇄실에서 새어 나오는 불빛이 눈밭에 비치는 걸 보고 그녀는 충동적으로 문을 열고 들어갔다. 그리고는 한 시간 동안 사무실 난롯가에 앉아 인생에 대해 이야기했다. 그녀는 진심을 담아 정열적으로 말했다. 눈 속으로 그녀를 내몰았던 그 충동이 이번에는 말로 쏟아져 나왔다. 가끔 학교에서 학생들 앞에 있을 때 그러했듯이 그녀는 지금 영감에 사로잡혀 있었다. 그녀의 제자였고 인생을 이해하는 재능을 지녔을지도 모른다고 생각한 청년에게 인생의 문을 열어주고 싶다는 열망이 그녀를 사로잡았다. 어찌나 강렬했는지 그 열망은 육체적인 무언가로 바뀌어 있었다. 또다시 그녀는 두 손으로 그의 어깨를 붙잡고 자기 쪽으로 돌려세웠다. 흐릿한 불빛 속에서 그녀의 눈이 활활 불타올랐다. 그녀는 자리에서 일어나 소리 내어 웃었다. 여느 때처럼 날카로운 웃음이 아니라 주저하는 듯한 이상야릇한 웃음이었다. 그녀가 말했다. "이제 그만 가봐야겠어. 여기 더 머물렀다가는 너한테 키스하고 싶어질지도 몰라."

신문사 사무실에 혼란이 일었다. 케이트 스위프트는 돌아서서 문으로 걸어갔다. 그녀는 교사였지만 또한 여자였다. 조지 윌러드를 쳐다보자 과거에 수천 번 폭풍처럼 그녀의 몸을 휩쓸고 지나갔던, 남자의 사랑을 받고 싶다는 크나큰 욕망이 그녀를 사로잡았다. 램프 불빛 속의 조지 윌러드는 이제 더 이상 소년이 아니라 남자의 역할을 할 준비가 된 성인처럼 보였다.

교사는 조지 윌러드가 자신을 두 팔로 안도록 내버려두었다. 따뜻하고 작은 사무실의 공기가 갑자기 무거워졌고, 그녀의 몸에서 힘이 빠져나갔다. 문가의 나지막한 카운터에 몸을 기댄 채 그녀는 기다렸다. 그가 다가와 그녀의 어깨에 한 손을 얹자 그녀는 돌아서서 그의 품으로 묵직하게 쓰러졌다. 조지 윌러드의 혼란은 곧바로 커졌다. 그는 얼마 동안 여자의 몸을 자기 품에 꼭 부여안고 있었는데, 곧 그녀의 몸이 뻣뻣하게 굳었다. 작고 매서운 두 주먹이 그의 얼굴을 때리기 시작했다. 그를 홀로 남겨둔 채 교사가 뛰쳐나가고 나자 조지는 화가 나서 욕설을 퍼부으며 사무실을 서성거렸다.

커티스 하트먼 목사가 불쑥 나타난 것은 조지가 이렇게 혼란에 빠져 있을 때였다. 그가 들어왔을 때 조지 윌러드는 읍내 전체가 미쳐버린 게 아닌가 하고 생각했다. 피가 줄줄 흐르는 주먹을 허공에 대고 흔들면서, 목사는 조지가 방금 전까지 두 팔로 안고 있던 여자가 진리의 메시지를 전하는 하나님의 도구라고 선언했던 것이다.

*　*　*

조지는 창가의 램프 불을 불어서 끄고 인쇄실 문을 잠근 뒤 집으로 돌아갔다. 그는 족제비를 키우는 꿈에 취한 홉 히긴스를 지나 호텔 사무실을 통과하여 자기 방으로 올라갔다. 난롯불이 꺼져 있어 추위 속에서 옷을 벗었다. 침대에 들어갈 때 시트는 마치 겹겹이 쌓인 메마른 눈 같았다.

조지 윌러드는 그날 오후 베개를 껴안은 채로 케이트 스위프트를 생각하면서, 누워 있던 침대에서 뒤척였다. 갑자기 미쳐버린 것 같았던 목사의 말이 귓가에 낭랑하게 울렸다. 그는 방 안 이곳저곳을 노려보았다. 암컷에게 좌절당한 수컷이라면 마땅히 느낄 분노가 지나가고 나자 그는 무슨 일이 일어났는지 이해하려 애썼다. 그러나 도저히 이해가 되지 않았다. 그는 계속해서 그 일을 마음속에서 이리저리 곱씹어보았다. 몇 시간이 흐르고 청년은 이제 곧 또 다른 하루가 밝아올 때가 되었다고 생각하기 시작했다. 새벽 4시에 그는 목까지 시트를 끌어당겨 덮고는 잠을 청했다. 졸음이 밀려와 눈을 감은 그는 한 손을 치켜들어 어둠 속을 더듬었다. "내가 뭔가를 놓쳐버렸어. 케이트 스위프트가 내게 말해주려 하던 그 무언가를 놓친 거야." 그는 졸린 목소리로 중얼거렸다. 그러고 나서 그는 잠이 들었고, 그날 밤 와인즈버그 주민 전체를 통틀어 맨 마지막으로 잠든 영혼이었다.

외로움

그는 와인즈버그 동쪽, 읍내 경계에서 3킬로미터 조금 넘게 떨어진 곳에 있는, 트러니언파이크에서 시작되는 옆길 위에 위치한 농장을 한때 소유했던 앨 로빈슨 부인의 아들이었다. 농가는 갈색 페인트로 칠해져 있었고, 길 쪽을 향하는 창문의 블라인드는 모두 내려져 있었다. 집 앞 도로에는 암컷 뿔닭 두 마리가 병아리 떼를 데리고 뽀얗게 쌓인 먼지 속에 앉아 있었다. 당시 이넉은 어머니와 함께 살았고, 소년 시절에는 와인즈버그 고등학교에 다녔다. 오랫동안 읍에 산 주민들은 그를 말 없고 조용하고 미소 짓는 아이로 기억했다. 그는 읍내에 오면 길 한가운데로 걸어 다녔고 가끔 그러면서 책을 읽을 때도 있었다. 마차 끄는 사람들이 고함을 지르고 욕설을 퍼부어야 그는 비로소 자신이 어디에 있는지 깨닫고 마차가 지나가도록 길을 비켜주었다.

스물한 살 때 이닉은 뉴욕시로 가서 15년 동안 도시 사람으로 살았다. 그는 프랑스어를 공부했고, 드로잉 재능을 계발하기 위해 미술학교에 다녔다. 마음속에서는 파리에 가서 거장들 사이에서 미술 공부를 마무리 짓는 계획을 세웠지만, 그 계획은 실현되지 못했다.

이닉 로빈슨의 삶은 무엇 하나 제대로 풀리는 게 없었다. 드로잉을 충분히 훌륭하게 해낼 수 있었고, 화가의 붓으로 표현할 수 있을 만한 기발하고 멋진 아이디어들을 머릿속에 간직하고 있었지만, 그는 언제나 어린아이 같았고 이는 출세에 장애가 되었다. 끝내 성장하지 못한 그는 당연히 사람들을 이해하지 못했으며 사람들에게 자신을 이해시키지도 못했다. 이닉의 내면에 있는 아이는 끊임없이 좌충우돌하며, 돈이며 섹스며 사람들의 의견 같은 현실적인 문제들과 충돌했다. 한번은 전차에 부딪혀 철제 전신주에 내동댕이쳐진 적도 있었다. 그 일로 그는 절름발이가 되었다. 그 사건은 이닉 로빈슨의 삶이 잘 풀리지 않는 많은 이유 중 하나에 지나지 않았다.

뉴욕시에 처음 살러 갔을 때, 현실적인 삶에 혼란을 겪고 당혹스러움을 느끼기 전에 이닉은 젊은이들과 꽤 자주 어울려 다녔다. 남녀가 섞여 있는 젊은 예술가 무리들과 어울렸고, 그들은 가끔 저녁때 그의 방에 찾아오기도 했다. 한번은 술에 취해 경찰서에 끌려가서 경찰서장한테 끔찍하게 혼났고, 하숙집 앞 인도에서 만난 도시 여자와 연애를 하려 한 적도 있었다. 그 여자와 함께 세 블록을 걷고 나서 이녁은 그만 겁에 질려 도망쳐버렸다. 여자는 술을 마시고 있었고 그 일은 그녀에겐 너무 재미있었다. 건물 벽에 기대선 그녀가 어찌나 호탕하게 웃어댔는지 지나가던 한 남자가 발걸음을 멈추고 그녀와 함께 웃었다. 두 사람은 계속 웃으면서 함께 가버렸고, 이녁은 화가 난 채로 몸을 덜덜 떨면서 자기 방으로 슬금슬금 들어갔다.

젊은 로빈슨이 뉴욕에서 살던 방은 워싱턴 광장* 쪽을 바라보고 있었고 복도처럼 길쭉하고 좁았다. 독자 여러분의 마음속에 그 사실을 새겨두는 건 중요하다. 이녁의 이야기는 사실 한 인간의 이야기라기보다는 한 방(房)에 관한 이야기이기 때문이다.

그리하여 저녁때가 되면 이녁의 젊은 친구들이 그 방으로 찾아왔다. 말이 많은 부류의 예술가들이라는 점을 제외하고는 특별히 눈에 띄는 게 없는 무리였다. 말 많은 예술가들에 대해서는 누구나 잘 안다. 지금까지 알려진 세계 역사를 보면 그들은 내내

---

*　미국 뉴욕시 로어맨해튼에 위치한 광장. 근처에 문화 활동이 활발한 워싱턴 광장 공원이 있다.

방에 모여 수다를 떨어왔다. 그들은 예술에 대해 이야기하고, 그 문제에 열정적으로, 거의 열광적으로 진지한 태도를 보인다. 그들은 예술에 실제보다 훨씬 더 큰 의미를 부여한다.

이런 사람들이 모여서 담배를 피우며 이야기를 나눴고, 와인즈버그 근교 농장 출신인 이넉 로빈슨도 그곳에 함께 있었다. 그는 구석 자리를 지켰고 대체로 아무 말도 하지 않았다. 그의 큼직하고 어린아이 같은 푸른 눈이 주위를 얼마나 둘러봤던가! 벽에는 그가 그린 그림들, 반쯤 완성한 조잡한 작품들이 걸려 있었다. 친구들은 이 그림들을 두고 이야기했다. 그들은 의자에 기대앉아 머리를 좌우로 흔들며 말을 하고 또 했다. 늘 그렇듯이 선과 명도와 구도에 대해 많은 말들이 오갔다.

이넉도 말을 하고 싶었지만 어떻게 말을 해야 할지 몰랐다. 그는 너무 흥분해서 말을 조리 있게 할 수가 없었다. 말하려 할 때마다 침을 튀기고 더듬거렸고, 목소리는 이상하고 끽끽거리는 것처럼 들렸다. 그래서 그는 말하기를 아예 포기하고 말았다. 무슨 말을 하고 싶은지는 알고 있었지만, 그 말을 절대로 할 수 없다는 사실도 알고 있었다. 그가 그린 그림이 토론의 대상이 되면 그는 이런 식으로 말을 내뱉고 싶었다. '너희들은 요점을 놓치고 있어.' 그는 이렇게 설명하고 싶었다. '너희들이 보고 있는 그 그림은 너희들이 눈으로 보고 말로 표현하는 것들로 이루어진 게 아니야. 다른 어떤 것, 너희들 눈에 전혀 보이지 않는 어떤 것, 너희들이 볼 수 없도록 의도된 그 어떤 것이 있단 말이지. 여기 문가에 있는 이 그림을 좀 봐. 창문에서 들어오는 빛이 떨어지는 이 그림 말이야. 너희가 아예 못 봤을지도 모르는, 길가에 있는 저 어두운 점이 모든 것의 시작이란 말이야. 내 고향 오하이오주 와인즈버그의 우리 집 앞 길가에 자라던 딱총나무들처럼 저기도 딱총나무 숲이 있는데, 그 숲속에 뭔가 숨겨져 있는 거야. 그건 바로 여자야, 여자라고. 그 여자는 말에서 떨어졌고, 말은 이미 달아나버려서 지금은 눈에 보이지 않아. 수레를 끄는 노인이 불안하게 주위를 두리번거리는 모습이 눈에 들어오지 않아? 그 사람은 길 위쪽에 농장을 갖고 있는 새드 그레이백 영감이야. 콤스톡네 방앗간에서 빻으려고 옥수수를 와인즈버그에 가져가는 중이지. 그 노인은 딱총나무 숲에 뭔가가 있다는 걸, 뭔가가 숨겨져 있다는 건 알고 있는데, 그게 정확히 뭔지는 몰라.

그건 바로 여자라고, 여자란 말이야! 여자인데, 아, 정말로 사랑스러워! 다쳐서 아파하고 있으면서 아무 소리도 내지 않고 있지. 어떻게 된 건지 모르겠어? 그 여자는 꼼짝도 않고 백지장처럼 창백한 얼굴로 가만히 누워 있는데, 그녀에게서 아름다움이 흘러나와 모든 것 위로 퍼져나가고 있어. 저기 하늘에도 있고, 도처에 사방으로 있지. 물론 난 그 여자를 그리려 하진 않았어.

그림으로 그리기엔 너무 아름다우니까. 구도니 그런 것들에 대해 말하는 게 얼마나 멍청한 짓인지! 어째서 너희들은 하늘을 쳐다보고 나서 달아나지 않는 거지? 내가 내 고향 오하이오주 와인즈버그에서 어린 시절에 그러던 것처럼 말이야.'

뉴욕시에 사는 청년이던 시절 이넉 로빈슨은 자기 방을 찾아온 손님들에게 바로 그런 종류의 말을 하고 싶어 전전긍긍했지만, 결국엔 늘 아무 말도 하지 못했다. 그러다가 그는 자기 자신의 마음을 의심하게 되었다. 자신이 느낀 것들이 자신이 그리는 그림에 표현되지 않고 있는 게 아닌가 하는 생각이 들었다. 다소 분노에 찬 그는 사람들을 더는 자기 방으로 초대하지 않았고, 얼마 안 가 문을 잠가버리는 버릇까지 생겼다. 그는 이만하면 충분히 많은 사람들이 자신을 방문했으며 이제는 더 이상 사람들이 필요 없다고 생각하기 시작했다. 그는 민첩한 상상력을 발휘하여 자신이 정말로 말을 걸 수 있고, 실제로 살아 있는 사람들에게는 설명해줄 수 없었던 것들을 설명해줄 수 있는 자기만의 사람들을 만들어내기 시작했다. 그의 방에는 남자와 여자들의 정령들이 살기 시작했고, 그는 정령들 사이를 누비고 다니며 자기 차례가 오면 말을 했다. 마치 이넉 로빈슨이 지금껏 만난 모든 사람이 각자의 어떤 실체를 남겨두고 떠난 것 같았다. 그가 자기 환상에 걸맞게 변형하고 바꿀 수 있는 어떤 것, 그림 속 딱총나무 뒤에 숨어 있던 부상당한 여자 같은 그런 것들을 모두 이해한 어떤 것 말이다.

푸른색 눈을 가진 온화한 성격의 오하이오주 청년은 모든 아이가 그렇듯 철저한 이기주의자였다. 어떤 아이도 친구를 원치 않는다는 아주 단순한 이유에서 그는 친구들을 원하지 않았다. 그가 무엇보다 원한 건 자기 마음속의 사람들, 그가 정말로 말을 걸 수 있는 사람들, 그가 시시각각으로 괴롭히고 꾸짖을 수 있는 사람들, 즉 그가 마음에 들어 하는 노예들이었다. 이런 사람들 사이에서 그는 언제나 자신감 넘치고 대담했다. 물론 상상력이 빚어낸 사람들도 말을 했고 심지어 그들 나름의 의견도 제시했지만, 늘 최선의 말과 최후의 말을 하는 건 그였다. 그는 마치 자기 두뇌가 창조해낸 인물들 사이에서 분주하게 움직이는 작가 같았고, 말하자면 뉴욕시의 워싱턴 광장을 향해 있는 6달러짜리 방 안에서 푸른 눈의 왜소한 왕 노릇을 했다.

그러다 이녁 로빈슨은 결혼했다. 그는 외로워지기 시작했고, 피와 살을 지닌 진짜 사람들을 두 손으로 만지고 싶어졌다. 방 안이 텅 빈 것처럼 보이는 나날이 지나갔다. 욕정이 그의 몸을 사로잡았고 욕망이 그의 마음속에서 자라났다. 밤이면 내면에서 불타오르는 이상한 열병 때문에 잠을 이룰 수가 없었다. 그는 미술학교에서 옆자리에 앉던 아가씨와 결혼하여 브루클린의 아파트로 이사했다. 결혼한 여성과의 사이에서 두 아이가 태어났고, 이넉은 광고용 삽화를 그리는 곳에 취직했다.

그즈음 이넉의 삶에 또 다른 전기가 찾아왔다. 그는 새로운 게임을 하기 시작했다. 한동안 그는 세계시민을 양성해내는 역할을 맡은 것에 몹시 자부심을 느꼈다. 사물의 본질을 무시해버리고 현실을 가지고 놀았다. 가을이면 선거에 투표를 했고 아침마다 현관에서 신문 배달을 받았다. 저녁에 직장에서 집으로 돌아갈 때면 전차에서 내려 어떤 사업가의 뒤에서 차분하게 걸으며 굉장히 중요하고 대단한 인물처럼 보이려 애썼다. 세금 납부자로서 나라를 경영하는 방식에 자기 의견을 제시해야 한다고 여겼다. "나는 중요한 인물, 이런저런 것들의 진정한 일부, 그러니까 국가와 도시와 그런 온갖 것들의 일부가 돼가고 있는 거야." 그는 우습게도 품위 있는 척하며 혼잣말을 중얼거렸다. 한번은 필라델피아에 갔다가 돌아오면서 기차에서 만난 어떤 사람과 토론을 한 적이 있다. 이넉은 정부가 철도를 소유하고 운영하는 게 바람직하다고 말했고, 상대방은 그에게 시가 하나를 주었다. 정부 쪽에서 그렇게 조치하는 게 좋다는 게 이넉의 생각이었고, 그는 그렇게 말하면서 꽤 흥분했다. "내가 그 친구한테 생각거리를 준 거야." 그는 브루클린 아파트로 이어지는 계단을 오르면서 혼잣말로 중얼거렸다.

그런데 이녁의 결혼 생활은 잘 풀리지 않았다. 그 자신이 결혼 생활에 종지부를 찍었다. 아파트에서의 삶에 그는 숨이 막히고 벽에 갇힌 듯한 느낌이 들기 시작했고, 아내와 심지어 아이들에게조차 한때 자기 방을 찾던 사람들에게 느꼈던 그런 감정을 느끼게 되었다. 그는 사업 약속에 대해 사소한 거짓말을 하고 밤에 혼자 자유롭게 길거리를 걸어 다니기 시작했고, 기회가 생기자 워싱턴 광장 쪽을 향하는 그 방을 몰래 다시 임차했다. 그 무렵 앨 로빈슨 부인이 와인즈버그 근교 농장에서 세상을 떠났고, 그는 그녀의 재산을 수탁 관리하던 은행으로부터 8000달러를 받았다. 그 돈은 이녁을 인간 세상에서 영원히 벗어나게 해주었다. 그는 그 돈을 아내에게 주고는 더는 아파트에서 살 수 없다고 말했다. 아내는 울고불고 화를 내고 협박했지만, 그는 그저 그녀를 물끄러미 바라보다가 자기 갈 길을 갔다. 사실 아내는 그다지 개의치 않았다. 그녀는 이녁이 살짝 정신 나간 사람이라고 생각했고 그를 조금 두려워하고 있었던 것이다. 그가 다시는 돌아오지 않으리라는 사실이 확실해지자 그녀는 두 아이를 데리고 어린 시절 살았던 코네티컷주의 마을로 이사했다. 결국 그녀는 부동산 중개업을 하는 남자와 재혼했고, 충분히 만족스럽게 살았다.

그리하여 이녁 로빈슨은 뉴욕시의 방에 머물며 자신의 상상이 빚어낸 사람들 속에서 살았고, 그들과 함께 놀고 그들에게 말을 걸면서 어린아이가 행복해하듯 그렇게 행복하게 지냈다. 이녁이 만들어낸 사람들은 하나같이 괴짜들이었다. 그들은 아마도 이녁이 본 적 있고 또 어떤 알 수 없는 이유로 매력을 느꼈던 진짜 사람들로 만들어진 것 같았다. 손에 칼을 든 여자가 있었고, 어디를 가나 개 한 마리가 뒤를 졸졸 쫓아다니는, 흰 수염을 길게 기른 노인이 있었으며, 스타킹이 늘 흘러내려 구두 위에 걸려 있는 어린 소녀도 있었다. 이녁 로빈슨의 동심이 만들어내어 그와 함께 한방에서 살았던 유령 같은 사람들은 스무 명이 훌쩍 넘었다.

그리고 이녁은 행복했다. 그는 방에 들어가 문을 걸어 잠갔다. 우스꽝스럽게 잘난 척하며 큰 소리로 말하고 이런저런 지시를 내리고 인생에 대해 논평했다. 어떤 사건이 일어나기 전까지 그는 광고계에서 일하며 행복하고 만족스럽게 살아갔다. 물론, 어떤 사건이 일어났다. 그래서 그는 와인즈버그로 돌아가 살게 되었고, 그래서 우리가 그를 알게 된 것이다. 일어난 사건은 여자와 관련된 것이었다. 그렇게 될 수밖에 없었을 것이다. 그는 너무 행복했다. 그의 세계에 무언가 들어와야만 했다. 무언가가 그를 뉴욕의 방에서 몰아내어, 웨슬리 모이어의 마차 대여점 지붕 뒤편으로 해가 뉘엿뉘엿 넘어가는 저녁때면 오하이오주의 한 읍내 길거리에서 재빠르게 걸어 다니는 하잘것없고 변덕스럽고 왜소한 인물로 여생을 살아가게 만들었다.

그때 일어난 사건에 대해 말하자면 다음과 같다. 어느 날 밤 이넉은 조지 윌러드에게 그 이야기를 털어놓았다. 그는 누군가와 이야기하고 싶었고, 그가 젊은 신문기자를 택한 것은 그 젊은이가 남의 말을 이해할 기분이었을 때 우연히 그와 같은 자리에 있었기 때문이다.

젊음에 어울리는 슬픔, 젊은이의 슬픔, 연말에 시골에서 성장하고 있는 소년의 슬픔이 노인의 말문을 열었다. 그 슬픔은 조지 윌러드의 마음속에 있었고 이렇다 할 의미는 없었지만, 이넉 로빈슨에게 호소력이 있었다.

두 사람이 만나 이야기를 하던 날 밤에는 10월의 가랑비가 부슬부슬 내렸다. 그해 농작물 수확은 이미 끝난 뒤였고, 하늘에는 달이 휘영청 떠 있고 공기에는 서리가 내릴 것처럼 삽상하고 살을 에는 듯한 기운이 감도는 멋진 밤이어야 했지만 실제로는 그렇지 않았다. 비가 내렸고 작은 웅덩이들이 메인스트리트의 가로등 불빛을 받아 반들거렸다. 페어그라운드 너머 어둠에 잠긴 숲속에서는 검은 나무들에서 물이 뚝뚝 떨어졌다. 나무들 아래로는 젖은 낙엽들이 땅 위로 드러난 나무뿌리들에 달라붙어 있었다. 와인즈버그 집들 뒤에 있는 텃밭에는 말라비틀어진 감자 넝쿨들이 땅 위에 뻗어 있었다. 저녁 식사를 마치고 어디 읍내 상점 뒤편에 앉아 다른 남자들과 잡담을 나누며 저녁 시간을 보내려던 남자들은 생각을 바꿨다. 조지 윌러드는 빗속을 터벅터벅 걷고 있었고 비가 내리는 게 반가웠다. 그는 그런 기분이었다. 마치 방에서 나와 거리를 혼자 헤매던 밤들의 이닉 로빈슨과 비슷했다. 그러나 조지 윌러드는 키가 훤칠한 청년으로 성장했고 계속 울고불고하는 건 사내답지 못하다고 생각한 점이 달랐다. 그의 어머니는 한 달 동안 몸이 몹시 아팠고 그건 그의 슬픔과 관련이 있었지만 그렇게 큰 관련은 없었다. 그는 자기 자신에 대해 생각했고, 젊은이들에게 그런 생각은 언제나 슬픔을 가져다주게 마련이다.

이닉 로빈슨과 조지 윌러드는 와인즈버그의 메인스트리트를 살짝 벗어난 모미스트리트에 자리한 보이트의 승합마차 상점 앞 인도 위쪽을 덮은 목재 차일 밑에서 만났다. 두 사람은 그곳에서부터 비에 씻긴 길거리를 지나 헤프너블록 3층에 있는 노인의 방으로 함께 걸어갔다. 젊은 기자는 기꺼이 노인을 따라갔다. 10분 동안 이야기를 나눈 뒤 이닉 로빈슨이 청년에게 같이 가자고 부탁했던 것이다. 청년은 조금 겁이 났지만, 평생 그렇게 호기심을 느낀 적도 없었다. 노인의 머리가 살짝 돌았다는 이야기를 100번은 들은 터라 그를 따라가는 자신이 꽤 용기 있고 사내답다는 생각이 들었다. 아주 처음부터, 비가 내리던 길거리에

서부터 노인은 괴상한 방식으로 말을 하면서 워싱턴 광장의 방과 그 방 안에서의 자신의 삶에 대해 이야기하려 애썼다. "열심히 노력하면 이해할 수 있을 거야." 그가 결론을 내리듯 말했다. "길거리에서 내 곁을 지나쳐 가는 자네를 눈여겨봤었는데 자네라면 이해할 수 있을 것 같았지. 어렵지 않아. 내가 하는 말을 믿기만 하면 돼. 귀담아듣고 믿으라고, 그러면 되는 거야."

헤프너블록의 방에서 조지 윌러드에게 이야기를 하던 늙은 이넉이 결정적인 대목, 즉 그 여자에 대한 이야기와 무엇이 그를 도시에서 몰아내어 와인즈버그에서 혼자 패배자로 살게 만들었는지에 대한 이야기에 이른 것은 그날 밤 11시가 넘어서였다. 그는 한 손으로 머리를 괴고 창가의 간이침대에 앉아 있었고, 조지 윌러드는 탁자 앞 의자에 앉아 있었다. 석유램프가 탁자 위에 놓여 있었고 가구가 거의 없는 방은 무척 청결했다. 노인이 말하는 동안 조지 윌러드는 의자에서 일어나 침대에 앉고 싶다고 생각하기 시작했다. 또 두 팔로 왜소한 노인을 껴안아주고 싶었다. 어두컴컴한 방 안에서 노인은 말을 했고 청년은 그의 말에 귀를 기울였다. 둘 다 슬픔에 잠긴 채.

"수년간 아무도 들어온 적이 없던 그 방 안에 그 여자가 들어오기 시작했지." 이넉 로빈슨이 말했다. "그녀는 아파트 복도에서 나를 봤고, 우리는 서로 친해졌어. 그녀가 자기 방에서 뭘 했는지는 몰라. 한 번도 그녀 방에 들어가본 적은 없었거든. 그녀는 음악가였고 바이올린을 연주했던 것 같아. 가끔 그녀가 내 방문을 노크하면 나는 문을 열어주었지. 그러면 그녀는 방에 들어와 내 곁에 앉았어. 그냥 앉아서 주위를 둘러보고는 아무 말도 하지 않았지. 어쨌든 중요한 말은 한마디도 하지 않았어."

노인은 침대에서 일어나 방 안을 이리저리 서성거렸다. 그가 걸친 코트는 비에 젖어 있어, 물방울들이 계속해서 나지막한 소리를 내며 마룻바닥에 뚝뚝 떨어졌다. 그가 다시 침대에 앉자 조지 윌러드는 의자에서 일어나 그 곁에 앉았다.

"나는 그 여자에게 마음이 있었어. 그녀는 나와 함께 방 안에 앉아 있었는데, 그녀는 그 방에는 너무 컸어. 다른 모든 걸 다 내쫓아버리고 있다는 느낌이 들었지. 우리는 소소한 일들에 대해 이야기를 나눴을 뿐이지만 나는 조바심이 나서 가만히 앉아 있을 수가 없었어. 손가락으로 그녀를 만지고 키스하고 싶었거든. 그녀의 손은 너무 튼튼했고 얼굴은 너무 선했으며, 늘 나를 바라보고 있었지."

노인의 떨리던 목소리가 고요해졌고, 그는 오한이 든 것처럼 몸을 떨었다. "나는 겁이 났지." 그가 중얼거렸다. "끔찍하게 겁이 났어. 그녀가 문에 노크했을 때 방 안에 들어오게 하고 싶지 않았지만, 가만히 앉아 있을 수가 없었지. '안 돼, 안 된다고.' 나는 스스로에게 이렇게 말하면서도 결국 일어나 문을 열어주었어. 알겠지만 그녀는 완전한 성인이었어. 또 여자였고. 그 방 안에 있으면 그 여자가 나보다 키가 클 것 같았지."

이닉 로빈슨은 램프 불빛을 받아 반짝거리는 어린애 같은 푸른 눈으로 조지 윌러드를 빤히 쳐다보았다. 그는 또다시 몸을 떨었다. "난 그녀를 원했지만 동시에 그녀를 원하지 않았어." 그가 설명했다. "나는 그녀에게 내 사람들에 대해, 내게 조금이라도 의미 있는 모든 것에 대해 이야기하기 시작했지. 입을 다물고 있으려 했지만, 어느 누구와도 말하지 않고 혼자 있으려 했지만 그럴 수가 없었어. 문을 열어주었을 때와 똑같은 기분이 들더군. 가끔은 그 여자가 어디론가 가서 다시는 돌아오지 않기를 간절히 바랐지."

노인은 벌떡 일어섰고, 그의 목소리는 흥분으로 떨렸다. "어느 날 밤 무슨 일이 일어나고 말았어. 난 그녀에게 나를 이해시키고, 그 방에서 내가 얼마나 대단한 사람인지 알게 해주고 싶어서 미칠 지경이었어. 내가 얼마나 중요한 사람인지 알아주기를 원했던 거지. 그래서 그녀에게 거듭거듭 말했어. 그녀가 방에서 나가버리려 하기에 달려가 문을 잠갔어. 그리고 방 안에서 그녀 뒤를 쫓아다녔어. 말을 하고 또 하면서 말이지. 그러다가 갑자기 모든 게 박살 나버렸지. 그녀의 눈에 어떤 표정이 떠오르는 걸

봤고, 그녀가 이해했다는 걸 난 알았어. 어쩌면 그때까지 줄곧 이해하고 있었는지도 모르지. 나는 몹시 화가 났어. 도저히 견딜 수가 없더군. 그녀가 이해해주기를 바랐지만, 막상 이해하도록 내버려둘 수 없었던 거야. 그렇게 되면 그녀는 모든 걸 알게 될 거고, 나는 물에 가라앉아 익사해버릴 것만 같았으니까. 세상만사가 원래 그렇지 뭐. 왜 그런지 이유는 나도 모르겠어."

노인은 램프 옆 의자에 털썩 주저앉았고 소년은 두려워하며 귀를 기울였다. "자, 이제 그만 가거라, 얘야." 노인이 말했다. "더 이상 나랑 여기 있지 마라. 너한테 이야기하면 좋을 줄 알았는데 그렇지도 않구나. 이제 더는 말하고 싶지가 않아. 자, 어서 가."

조지 윌러드는 고개를 흔들었고 그의 목소리는 명령조를 띠었다. "여기서 멈추지 마세요. 나머지 이야기도 들려주세요." 그가 명령하듯 날카로운 목소리로 말했다. "무슨 일이 일어났나요? 나머지 이야기도 마저 해주세요."

이닉 로빈슨은 벌떡 일어서더니 와인즈버그의 인적 없는 메인스트리트가 내려다보이는 창가로 달려갔다. 조지 윌러드는 그의 뒤를 따랐다. 키 크고 어색한 소년이자 성인인 사람과, 주름투성이의 왜소한 성인이자 소년인 사람 두 명이 창가에 서 있었다. 어린애같이 열띤 목소리가 이야기를 이어갔다. "난 그녀에게 욕설을 내뱉었어." 그가 설명했다. "지독한 욕설을 퍼부었지.

당장 꺼지라고, 다시는 돌아오지 말라고. 아, 얼마나 끔찍한 말들을 내뱉었는지. 처음에 그 여자는 이해하지 못하는 척했지만 나는 계속 욕설을 퍼부었어. 소리를 지르고 발을 쿵쿵 굴렀지. 온 집 안이 울리도록 욕을 해댔어. 난 두 번 다시 그녀를 보고 싶지 않았고, 그런 말들을 한 뒤엔 그녀를 다시는 볼 수 없을 거라는 걸 알았으니까.”

노인의 목소리가 목메어 끊어졌고 그는 고개를 내저었다. “모든 게 박살 나버렸어.” 그는 차분하고 슬픈 표정으로 말했다. “그녀는 문밖으로 나갔고, 그 방에 있던 모든 삶이 그녀를 따라 나가버렸어. 그녀가 내 사람을 전부 끌고 나간 거야. 세상만사가 원래 그렇지 뭐.”

조지 윌러드는 뒤돌아 이녁 로빈슨의 방을 나갔다. 문을 통과하는 순간 창가의 어둠 속에서 가늘고 늙은 목소리가 훌쩍거리며 투덜거리는 소리가 들렸다. “나는 혼자야, 여기 완전히 혼자라고.” 그 목소리가 말했다. “내 방은 따뜻하고 우정으로 가득했는데, 이제 나는 완전히 혼자야.”

깨달음

벨 카펜터는 어두운 피부와 잿빛 눈, 두툼한 입술을 가졌다. 훤칠한 키에 몸도 튼튼했다. 암담한 생각들이 들 때면 화가 치밀어 올랐고, 자기가 남자여서 누군가와 주먹질로 싸울 수 있었으면 좋겠다고 생각했다. 그녀는 케이트 맥휴 부인이 운영하는 모자 가게에서 일했고, 낮에는 상점 뒤쪽 창가에 앉아서 모자를 장식했다. 그녀는 와인즈버그 퍼스트내셔널 은행의 장부 관리자 헨리 카펜터의 딸로, 버크아이스트리트 맨 끄트머리에 있는 낡고 음침한 집에서 아버지와 함께 살고 있었다. 그 집은 소나무들로 에워싸여 있었는데, 나무들 밑에는 풀이 자라지 않았다. 집 뒤쪽에 녹슨 양철로 된 빗물받이 홈통을 고정해놓았던 장치가 풀려 바람이 불 때마다 조그마한 헛간 지붕에 쿵쿵 부딪히며 음울한 북소리 같은 소음을 냈는데, 가끔은 밤새도록 그 소리가 계속되기도 했다.

소녀 시절 벨은 헨리 카펜터 때문에 삶이 견디기 어려울 지경이었지만, 소녀에서 성인으로 성장하면서 아버지의 영향력도 사라졌다. 장부 관리자의 삶은 헤아릴 수 없이 자질구레한 일들로 이루어져 있었다. 아침에 은행에 출근할 때면 그는 오래되어 허름해진 검은 알파카 코트를 옷장에서 찾아 입었다. 밤이 되어 집에 돌아오면 또 다른 검은 알파카 코트를 걸쳤다. 저녁마다 그는 거리에서 입는 옷들을 다리미로 다렸다. 그런 목적으로 그는 손수 다리미판들을 고안해냈다. 거리에서 입는 양복바지들은 다리미판 사이에 끼워 묵직한 나사로 고정했다. 아침이 되면 그는 다리미판들을 젖은 수건으로 잘 닦아 식당 문 뒤에 똑바로 세워두었다. 만약 낮 동안에 누군가가 다리미판들을 옮겨놓으면 그는 너무 화가 나 말을 잃었고, 일주일 동안 평정심을 되찾지 못했다.

은행원은 다른 사람들은 괴롭히는 편이었지만 자기 딸만은 두려워했다. 딸은 그가 그녀의 어머니에게 잔인하게 굴었던 일을 잘 알았고 그 일로 그를 증오했기 때문이다. 어느 날 딸은 부드러운 진흙 한 주먹을 길에서 주워서는 정오에 집으로 가지고 갔다. 그녀는 그가 바지를 다릴 때 쓰는 다리미판 표면에 온통 진흙을 발라놓고 나서야 기분이 풀려 행복한 마음으로 다시 일터로 돌아갔다.

벨 카펜터는 가끔 저녁때 조지 윌러드와 함께 산책을 할 때가 있었다. 그녀는 남몰래 다른 남자를 사랑하고 있었지만, 아무도 모르는 그 연애 때문에 꽤나 불안해했다. 그녀는 에드 그리피스의 술집에서 바텐더로 일하는 에드 핸드비를 사랑했고, 자신의 감정을 덜어내기 위한 방편으로 젊은 신문기자와 돌아다녔다. 그녀는 사회적 신분 때문에 자신이 바텐더와 함께 있는 모습을 사람들에게 보일 수 없다고 생각했다. 조지 윌러드와 가로수 아래를 걸으며 그가 키스해오도록 허용했던 건 그녀 마음속의 끈질긴 갈망을 조금이라도 해소하기 위해서였다. 그녀는 자기보다 나이가 어린 젊은이는 어느 선 이상을 넘지 못하게 통제할 수 있다고 생각했다. 그러나 에드 핸드비에 대해서는 그렇게 할 자신이 없었다.

바텐더 핸드비는 키가 크고 어깨가 딱 벌어진 서른 살의 사내로, 그리피스 술집 위층 방에 살고 있었다. 큼직한 주먹에 보기 드물게 작은 눈을 가졌지만, 목소리만큼은 두 주먹의 힘을 숨기려 애쓰는 듯 부드럽고 조용했다.

바텐더는 스물다섯 살 때 인디애나주에 사는 삼촌에게서 큰 농장을 물려받았다. 농장을 팔아 8000달러가 생기자 에드는 그 돈을 6개월 만에 몽땅 써버렸다. 이리호의 선더스키*에 가서 방탕한 파티를 벌였고, 그 이야기는 뒷날 고향 사람들을 모두 경악케 했다. 길거리에서 마차를 몰고 다니고, 남녀가 뒤섞인 군중에게 와인 파티를 열어주는가 하면, 거액의 돈을 걸고 카드 게임을 했으며, 옷값으로만 수백 달러를 쓰는 애인들을 사귀면서 여기저기 돈을 뿌리고 다녔다. 어느 날 밤 시더포인트**라는 리조트에서 싸움이 붙었고 그는 미친 사람처럼 날뛰었다. 주먹으로 한 호텔 화장실의 커다란 거울을 깨뜨리더니 댄스홀마다 돌아다니며 유리창을 박살 내고 의자들을 망가뜨렸다. 그는 마룻바닥에 유리가 쨍그랑 떨어지는 소리를 듣는 게 즐거워서, 애인과 리조트에서 밤을 보내려고 찾아온 선더스키 출신 사무원들의 눈에 떠오르는 공포를 보는 게 좋아서 그랬던 것이다.

에드 핸드비와 벨 카펜터의 연애는 겉으로 보기에는 아무것도 아닌 것 같았다. 그는 그녀와 함께 겨우 하루 저녁을 보내는 데 성공했을 뿐이었다. 그날 저녁 그는 웨슬리 모이어의 마차 대여점에서 말 한 마리와 2인승 마차를 빌려 그녀와 드라이브를

* 오하이오주 이리군의 군청 소재지. 이리호 남쪽 기슭에 위치한 이 도시는 털리도와 클리블랜드 중간에 있다.
** 오하이오주 선더스키에 위치한 휴양지로, 1870년에 개장하였으며 여러 위락 시설을 갖추고 있다.

했다. 에드는 그가 마음속으로 갈구하는 여성이 바로 그녀이며, 그녀를 반드시 자신과 함께 살도록 만들어야겠다고 확신하고는 그런 갈망을 그녀에게 털어놓았다. 바텐더는 결혼할 준비가 되어 있었고 아내를 부양할 돈을 벌 각오가 되어 있었지만, 워낙 천성이 단순해서 자기 의도를 설명하는 것을 어려워했다. 그의 몸은 육체적인 갈망으로 고통스러웠고, 그래서 그는 육체로 자기 마음을 표현했다. 그는 모자 가게 점원을 품에 안고는 그녀가 반항하는데도 꽉 붙잡은 채로 그녀의 힘이 다 빠질 때까지 키스를 했다. 그러고 나서 그녀를 다시 읍내로 데리고 가 마차에서 내려주었다. "다시 당신을 안게 되면 절대로 풀어주지 않을 겁니다. 나를 갖고 놀 순 없어요." 그는 이렇게 단언하고는 마차를 돌려 떠나려 했다. 그러나 다음 순간 마차에서 훌쩍 뛰어내리더니 단단한 두 손으로 그녀의 어깨를 꽉 붙들었다. 그가 말했다. "다음엔 영원히 놓아주지 않을 테니 마음 단단히 먹는 게 좋을 겁니다. 이건 당신과 내 문제고, 나는 끝장 보기 전엔 당신을 내 여자로 만들 거니까."

초승달이 뜬 1월의 어느 밤, 에드 핸드비가 벨 카펜터를 얻는 데 유일한 장애물로 간주하던 조지 윌러드가 산책을 나갔다. 그날 초저녁에 조지는 세스 리치먼드와 읍내 정육점 주인의 아들 아트 윌슨과 함께 랜섬 서벡의 당구장에 갔다. 세스 리치먼드는 벽에 등을 기대선 채 말없이 있었지만 조지 윌러드는 말을 이어 갔다. 당구장은 와인즈버그 청년들로 북적거렸고 그들은 여자 이야기를 했다. 젊은 신문기자도 그런 분위기에 휩쓸렸다. 그는 여자들은 알아서 몸조심을 해야 한다느니 아가씨와 데이트를 나가는 남자는 무슨 일이 일어나도 그 일에 책임이 없다느니 하 는 말을 했다. 이렇게 말하면서 조지는 관심을 끌고 싶어 주위를 두리번거렸다. 그가 5분쯤 관심을 끌고 나자 이번에는 아트 윌 슨이 말하기 시작했다. 아트는 칼 프라우즈의 이발소에서 이발 일을 배우고 있었고, 벌써부터 야구며 경마며 술이며 애정 행각 같은 문제에서 자신이 권위자라고 여기기 시작했다. 아트는 와 인즈버그 출신 남자 둘과 함께 군청 소재 도시의 사창가에 갔던 날 밤 이야기를 늘어놓았다. 정육점 주인 아들은 입가에 시가를 물고 있었고 말하면서 바닥에 침을 뱉었다. "그곳 여자들은 아 무리 해도 날 당황하게 할 순 없었어." 그가 뽐내며 말했다. "창 녀 하나가 건방지게 굴기 시작하는 걸 내가 바보로 만들어줬지 뭐야. 그 여자가 입을 열자마자 내가 가서 그 여자 무릎에 앉았 거든. 내가 그 여자한테 키스하니까 방 안의 모든 사람이 웃어대 더군. 날 건드리지 말라고 제대로 가르쳐줬지."

조지 윌러드는 당구장을 빠져나와 메인스트리트로 들어섰다. 며칠째 북쪽으로 30킬로미터쯤 떨어진 이리호에서 읍내 쪽으로 강풍이 불고 있어 날씨는 살이 에이도록 추웠다. 그러나 그날 밤은 바람도 잦아들고 하늘에는 초승달이 떠서 읍내가 보기 드물게 아름다웠다. 조지는 어디로 발길을 돌려야 할지, 또 뭘 하고 싶은지 생각도 하지 않고 메인스트리트를 벗어나 목조건물들이 즐비하게 늘어선 어두컴컴한 거리를 걷기 시작했다.

별이 총총한 검은 하늘 아래 나와 있으니 당구장 친구들은 까맣게 잊혔다. 어두웠고 혼자 있었기에 그는 큰 소리로 혼잣말을 하기 시작했다. 장난기가 발동하여 술 취한 주정뱅이 흉내를 내면서 길거리에서 비틀비틀 걷기도 했고, 무릎까지 올라오는 반들거리는 장화를 신고서 걸을 때마다 찰랑거리는 칼을 찬 군인이라고 상상하기도 했다. 그는 차렷 자세로 길게 도열한 부하들 앞으로 걸어가는 사열관이 된 자신의 모습을 그려보았다. 그는 병사들의 장비를 점검하기 시작했다. 한 나무 앞에서 걸음을 멈추고는 야단을 치기 시작했다. "배낭이 정돈되어 있지 않다." 그가 날카롭게 말했다. "이 문제를 몇 번이나 말해야 하겠나? 여기서는 모든 게 철저히 정리정돈되어 있어야 한다. 우리 앞에는 어려운 임무가 놓여 있고, 정리정돈이 되어 있지 않으면 어떠한 임무도 수행할 수 없다."

자기 말에 최면에 걸린 듯 매료된 젊은이는 나무판자를 깔아놓은 인도를 비틀비틀 걸으며 더 많은 말을 쏟아냈다. "군대에는 규칙이 있고 일반인들에게도 규칙이 있다." 그가 생각에 잠겨 혼잣말로 중얼거렸다. "규칙은 사소한 것에서 시작되어 모든 걸 포함할 때까지 확장된다. 사람들이 근무하는 곳에, 그들의 옷차림에, 그들의 생각에, 모든 사소한 것에 규칙이 있게 마련이다. 나 자신도 규칙을 따라야 한다. 나 또한 규칙을 숙지해야 한다. 나는 크고 질서 정연하며 마치 별처럼 흔들리면서 밤하늘을 가로지르는 어떤 것과 접촉해야 한다. 나는 나름의 사소한 방식으로 뭔가를 배우기 시작해야 한다. 베풀고, 흔들리고, 삶과 함께, 또 규칙과 함께 일하기 시작해야 한다."

조지 윌러드는 가로등 근처의 말뚝 울타리 옆에서 발걸음을 멈추더니 온몸을 떨기 시작했다. 방금 뇌리에 떠오른 그런 생각을 그는 지금껏 한 번도 해본 적이 없었고, 도대체 그런 생각이 어디서 왔는지 알 수 없었다. 그 순간에는 걸어가는 동안 자기 밖의 어떤 목소리가 말하고 있었던 것 같았다. 그는 한편으로는 자기 마음에 놀라면서도 또 다른 한편으로는 기분이 좋았고, 계속 걸으면서 다시 한번 그 문제에 대해 열렬히 말했다. "랜섬 서백의 당구장에서 나오면서 그런 생각을 하다니." 그가 혼잣말로 중얼거렸다. "혼자 있는 게 나아. 남자애들은 내가 아트 윌슨처럼 말하면 나를 이해하겠지만 내가 여기서 한 생각들은 이해하지 못할 거야."

20년 전 오하이오주의 모든 소도시가 그랬듯, 와인즈버그에도 일용직 노동자들이 사는 동네가 따로 있었다. 공장의 시대가 아직 오지 않은 때였으므로 노동자들은 농장에서 일하거나 철도 보선공으로 일했다. 그들은 하루 열두 시간씩 일하면서 기나긴 하루의 품삯으로 1달러를 받았다. 그들이 사는 집은 뒷마당이 딸린 작은 싸구려 목조건물들이었다. 그들 중 형편이 나은 사람들은 마당 뒤쪽에 작은 헛간을 지어 소나 돼지를 키웠다.

윙윙 울려 퍼지는 이런저런 생각들을 머릿속에 가득 담은 채 조지 윌러드는 청명한 1월 밤, 그런 거리로 걸어 들어갔다. 거리는 희미하게 밝혀져 있었고, 어떤 곳에는 아예 인도조차 없었다. 그를 둘러싼 풍경에는 이미 자극받은 조지의 상상력을 한껏 부추기는 무언가가 있었다. 지난 1년 동안 그는 틈만 나면 독서에 전념했고, 중세 옛 마을의 생활에 관해 읽었던 내용이 문득 떠오르자 마치 어떤 과거의 삶에 속해 있던 장소를 다시 찾은 듯한 야릇한 기분에 사로잡혀 비틀거리며 앞으로 나아갔다. 충동적으로 대로에서 벗어난 그는 소와 돼지들이 사는 헛간들 뒤편의 어둡고 좁은 골목으로 들어갔다.

조지는 30분 동안 뒷골목에서 서서, 비좁은 가축우리에 사육되는 짐승들이 풍기는 악취를 맡으며 마음속에 떠오르는 새롭고 이상한 생각들과 유희를 즐겼다. 맑고 달콤한 공기 속에 밴

분뇨의 고약한 냄새가 그의 두뇌의 엉뚱한 무언가를 일깨웠다. 석유램프로 불을 밝힌 작고 초라한 오두막집들, 똑바로 뻗은 굴뚝에서 맑은 공기 속으로 피어오르는 연기, 돼지들이 꿀꿀거리는 소리, 싸구려 사라사 옷을 입고 부엌에서 설거지하는 여자들, 집에서 나와 메인스트리트의 상점이나 술집으로 향하는 남자들의 발소리, 개가 짖어대는 소리와 아이들의 울음소리 — 이상하게도 이 모든 것이 어둠 속에 숨어 있는 그를 모든 삶으로부터 분리되고 동떨어져 있는 것처럼 보이게 했다.

흥분한 젊은이는 자기 생각의 무게를 견딜 수 없어, 뒷골목을 따라 조심스럽게 움직이기 시작했다. 개 한 마리가 그에게 달려들어 돌멩이를 던져 쫓아내야 했고, 한 사내가 어느 집 문간에 나타나 개를 향해 욕설을 퍼부었다. 조지는 공터로 들어가 고개를 젖히고 하늘을 올려다보았다. 방금 겪은 단순한 경험 덕분에 그는 형용할 수 없이 거대해지고 다시 태어난 기분이 들었고, 가슴이 벅차올라서 두 손을 치켜들어 머리 위 암흑 속으로 뻗으며 뭐라고 중얼거렸다. 그는 말을 내뱉고 싶은 욕망에 사로잡혔다. 그래서 그는 아무 의미 없는 낱말들을 입 밖으로 뱉었고, 혀 위에서 굴려보고는 말했다. 사실 그것들은 의미로 충만한 멋진 낱말들이었으므로. "죽음, 밤, 바다, 두려움, 사랑스러움." 그가 중얼거렸다.

조지 윌러드는 공터를 나와 집들을 마주하고 있는 인도에 다시 섰다. 그 비좁은 거리에 사는 모든 사람이 그의 형제요 자매처럼 느껴졌고, 그러자 집 안에 있는 모든 사람을 소리쳐 불러내어 악수할 수 있는 용기가 있다면 얼마나 좋을까 하는 생각이 들었다. '만약 이곳에 여자 하나만 있다면 난 그녀의 손을 붙잡고 둘 다 지쳐서 나가떨어질 때까지 달릴 텐데. 그러면 기분이 훨씬 좋아지겠지.' 그가 생각했다. 한 여자를 염두에 둔 채로 그는 그 거리에서 걸어 나와 벨 카펜터가 사는 집 쪽으로 발길을 돌렸다. 그녀라면 아마 그의 기분을 알아줄 테고, 그녀와 함께 있으면 그가 늘 얻고 싶었던 지위를 얻을 수 있을 거라는 생각이 들었다. 전에 그녀와 함께 있으면서 그녀의 입술에 키스를 했을 때는 자기 자신에 대한 분노를 느끼면서 돌아섰었다. 어떤 모호한 목적에 이용당하는 사람 같은 기분이 들었고, 그런 감정이 들자 기분이 좋지 않았다. 이제 그는 이용당하기에는 자신이 갑자기 너무 성인이 된 것 같다는 느낌이 들었다.

조지가 벨 카펜터의 집에 도착했을 때는 이미 다른 방문객이 다녀간 뒤였다. 에드 핸드비가 문 앞에 서서는 벨을 집 밖으로 불러내어 대화를 하려고 했던 것이다. 그는 그녀에게 함께 도망치자고, 아내가 되어달라고 부탁하고 싶었지만 막상 그녀의 집 문 앞에 서자 자신감을 잃고 우울해졌다. "그 꼬마 녀석하고 만나지 말아요." 그는 조지 윌러드를 생각하며 으르렁거렸고, 그다음엔 무슨 말을 해야 할지 몰라 이만 가려고 돌아섰다. "두 사람이 함께 있는 게 내 눈에 띄면 당신과 그 녀석 다리를 모두 부러뜨릴 겁니다." 그가 덧붙였다. 바텐더는 협박이 아니라 구애를 하러 온 것이었는데, 그것이 실패로 돌아가자 스스로에게 화가났다.

연인이 자리를 뜨고 나자 벨은 집 안으로 들어가 서둘러 2층으로 뛰어 올라갔다. 2층 창문으로 내다보니 에드 핸드비가 길을 건너가 이웃집 앞의 승마용 발판에 걸터앉는 모습이 보였다. 사내는 흐릿한 불빛을 받으며 꼼짝도 않고 두 손으로 머리를 감싸 쥔 채 앉아 있었다. 그 모습을 보고 그녀는 행복해졌고, 조지 윌러드가 문 앞에 찾아오자 들뜬 기분으로 그를 반갑게 맞으며 서둘러 모자를 썼다. 젊은 윌러드와 함께 길거리를 걸으면 에드 핸드비가 따라올 거라고 생각했고, 그를 괴롭혀주고 싶었다.

벨 카펜터와 젊은 신문기자는 한 시간 동안 신선한 밤공기 속에서 가로수 아래를 걸었다. 조지 윌러드는 거창한 말들을 한껏 내뱉었다. 뒷골목의 어둠 속에서 보낸 시간 동안 그에게 찾아왔던 힘에 대한 자각이 여전히 남아 있었고, 그는 뻐기듯이 두 팔을 휘젓고 걸으며 대담하게 말했다. 그는 벨 카펜터에게 자신이 과거 스스로의 유약함을 잘 알고 있으며 지금은 달라졌다는 사실을 깨닫게 해주고 싶었다. "내가 전과는 다르다는 걸 알게 될 거예요." 그는 두 손을 호주머니에 찔러 넣으며 그녀의 눈을 도전적으로 들여다보았다. "왜 그런지는 잘 모르겠지만 어쨌든 그렇습니다. 나를 남자로 받아들이거나, 아니면 그냥 내버려둬요. 사실이 그래요."

청년과 여자는 초승달이 걸려 있는 하늘 아래 조용한 거리를 왔다 갔다 걸었다. 조지가 말을 마치자 두 사람은 옆길로 돌아 내려가 다리를 건너 언덕 위로 이어지는 오솔길로 들어섰다. 언덕은 워터웍스 연못에서 시작되어 와인즈버그의 페어그라운드까지 이어지는 오르막길이었다. 언덕 등성이에는 빽빽한 덤불과 키 작은 나무들이 자라고 있었고, 덤불 사이사이로 길게 자란 풀들이 뻣뻣하게 얼어붙어 카펫처럼 깔려 있는 작은 공터들이 있었다.

여자 뒤를 따라 언덕을 올라가는 동안 조지 윌러드의 심장은 빠르게 방망이질 치기 시작했고 두 어깨는 곧추 펴졌다. 갑자기 그는 벨 카펜터가 스스로를 그 자신에게 내맡기려 한다는 확신이 들었다. 그가 느끼기에는 그의 내면에 나타난 새로운 힘이 그녀에게도 작용해, 마침내 그녀를 정복한 것이다. 그런 생각을 하자 그는 남성다운 힘의 감각에 얼마쯤 도취되었다. 함께 걸어 다니는 동안에는 그녀가 자기 말에 귀를 기울이는 것 같지 않아 짜증이 났지만, 그녀가 여기까지 따라왔다는 사실만으로도 모든 의혹이 사라졌다. '이건 달라. 모든 게 달라졌어.' 그는 이렇게 생각하며 그녀의 어깨를 붙잡아 돌려세워서는 자신감으로 반짝이는 눈으로 그녀를 바라보았다.

벨 카펜터는 아무런 저항도 하지 않았다. 입술에 키스하자 그녀는 그에게 몸을 무겁게 기대고는 그의 어깨 너머로 어둠 속을 응시했다. 그녀의 모든 태도에는 무언가를 기다리고 있다는 암시가 담겨 있었다. 뒷골목에서 그랬듯 이번에도 조지 윌러드의 마음은 낱말들을 향해 내달렸고, 그는 여자를 꼭 안은 채 고요한 밤 속으로 그 말들을 뱉어냈다. "욕정." 그가 속삭였다. "욕정과 밤과 여자들."

조지 윌러드는 그날 밤 언덕 등성이에서 자신한테 무슨 일이 일어난 것인지 이해하지 못했다. 나중에 자기 방으로 돌아왔을 때 그는 흐느껴 울고 싶었고, 분노와 증오로 반쯤 정신이 나간 상태였다. 벨 카펜터가 증오스러웠고 평생토록 그녀를 증오하리라 확신했다. 언덕 등성이에서 그는 그 여자를 덤불 사이의 작은 공터로 데려가 그녀 옆에 무릎을 꿇었다. 노동자들의 집 근처 공터에서 그랬듯이 자기 내면의 새로운 힘에 감사하는 마음으로 두 손을 치켜들고 여자가 말하기만을 기다리고 있는데, 에드 핸드비가 나타났다.

바텐더는 자기 여자를 빼앗으려 하는 듯한 이 청년을 때리고 싶지 않았다. 때릴 필요도 없었고, 주먹을 사용하지 않고서도 얼마든지 목적을 달성할 힘이 자신에게 있다는 걸 잘 알고 있었다. 조지의 어깨를 움켜잡아 일으켜 세운 뒤, 한 손으로 청년을 붙잡은 채로 그는 풀밭에 앉아 있는 벨 카펜터를 바라보았다. 그러고 나서 재빨리 팔을 휘둘러 자기보다 어린 청년을 덤불숲으로 내동댕이쳐버리고는 막 일어선 여자를 윽박지르기 시작했다. "당신은 나쁜 여자야." 그가 거칠게 말했다. "이젠 당신한테 신경도 쓰지 말아야 하나 하는 생각이 드는군. 당신을 이렇게 원하지만 않았다면 그냥 마음대로 하게 내버려둘 텐데."

덤불 속에 엎드린 채 조지 윌러드는 눈앞의 광경을 바라보며 생각을 하려고 안간힘을 썼다. 그는 자신에게 모욕을 준 남자에게 달려들 준비를 했다. 이렇게 치욕적으로 내동댕이쳐지는 것보다는 차라리 두들겨 맞는 쪽이 훨씬 더 나을 것 같았다.

젊은 신문기자는 에드 핸드비에게 세 번 달려들었고, 그럴 때마다 바텐더는 청년의 어깨를 움켜쥐고 다시 덤불로 내동댕이쳤다. 연상의 남자는 이 행동을 무한히 되풀이할 태세였지만, 머리를 나무뿌리에 부딪히는 바람에 조지 윌러드는 가만히 누워 있게 되었다. 그러자 에드 핸드비는 벨 카펜터의 팔을 잡고 어디론가 끌고 가버렸다.

조지의 귀에 사내와 여자가 덤불숲을 지나 걸어가는 소리가
들렸다. 언덕 등성이를 엉금엉금 기어 내려오는 동안 울화가 치
밀어 올랐다. 그는 자기 자신이 몹시 싫어졌고 이런 치욕을 불러
온 운명이 몹시 싫어졌다. 뒷골목에 혼자 있던 그 시간에 생각이
미치자 그는 당혹스러워져, 어둠 속에 발걸음을 멈추고는 바로
얼마 전에 마음속에 새로운 용기를 불어넣어주었던 자기 밖의
목소리를 다시 한번 듣고 싶어 귀를 기울였다. 집으로 돌아가는
길에 조지는 또다시 목조건물들이 서 있는 거리로 들어섰지만,
그 광경을 차마 볼 수 없어 달리기 시작했다. 이제는 한없이 누
추하고 평범해 보이는 이 동네를 어서 빨리 벗어나고 싶었던 것
이다.

'괴짜'

와인즈버그의 카울리앤드선 상점 뒤쪽에 나무줄기의 혹처럼 달라붙어 있는 투박한 판자 창고 안의 상자 위 자기 자리에서, 이 상점의 하급 주인인 엘머 카울리는 더러운 유리창을 통해 〈와인즈버그이글〉의 인쇄실 안을 들여다볼 수 있었다. 엘머는 구두에 새 끈을 끼우고 있었다. 쉽게 들어가지 않아서 구두를 벗어야 했다. 그는 손에 구두를 든 채 앉아서 양말 한 짝에 난 커다란 구멍을 바라보았다. 그러고 나서 재빨리 눈을 들자 와인즈버그의 유일한 신문기자인 조지 윌러드가 신문사 인쇄실 뒷문에 서서 멍하니 주위를 둘러보고 있는 모습이 보였다. "자, 자, 이번엔 또 뭐람!" 젊은이는 한 손에 구두를 들고 벌떡 일어나 창가에서 슬며시 멀어지며 외쳤다.

엘머 카울리의 얼굴이 확 붉어지고 두 손이 떨리기 시작했다. 카울리앤드선 상점 안에서는 유대인 방문판매원 한 사람이 카운터에 서서 엘머의 아버지와 이야기를 나누고 있었다. 두 사람이 나누는 대화가 신문기자한테 들릴 것 같다는 생각이 들자 엘머는 화가 치밀었다. 여전히 구두 한 짝을 손에 든 채로 그는 창고 한구석에 서서 양말 신은 발로 마룻바닥을 쾅쾅 굴렀다.

카울리앤드선 상점은 와인즈버그의 메인스트리트 쪽을 향하고 있지 않았다. 입구가 모미스트리트 쪽에 있었고, 그 너머로 보이트의 승합마차 상점과 농부들의 말들이 머무는 마구간이 있었다. 상점 옆의 길은 메인스트리트 상점들 뒤편으로 나 있는 뒷골목이었는데, 하루 종일 짐마차며 배달 화물 마차들이 분주하게 오가며 상품을 실어 날랐다. 상점 자체는 이렇다 할 특징이 없었다. 윌 헨더슨이 언젠가 말했듯이 이 상점은 뭐든지 다 팔고 또 아무것도 팔지 않기도 했다. 모미스트리트를 향한 진열장에는 석탄 주문을 받는다는 표시로 사과 상자만큼 큼직한 석탄 덩이 하나가 진열돼 있었다. 시커먼 석탄 덩어리 옆에는 때를 타서 갈색으로 변한 벌집이 나무 격자째 세 개 놓여 있었다.

꿀은 상점 진열장 안에 벌써 반년째 놓여 있었고, 옷걸이, 특허받은 멜빵 단추, 깡통에 담긴 지붕용 페인트, 병에 담긴 류머티즘 치료 약, 그리고 대중에게 봉사하려는 의욕에서 꿀과 함께하고 있는 커피 대용품과 마찬가지로 판매하는 상품이었다.

방문판매원의 입에서 흘러나오는 말을 귀담아듣고 서 있는 남자, 에버니저 카울리는 키가 크고 깡말랐으며 몸을 씻지 않는 불결한 사내였다. 앙상한 목덜미에는 커다란 혹이 나 있었는데, 잿빛 수염이 부분적으로 가려주었다. 그는 기다란 프린스 앨버트 코트*를 입고 있었다. 그 코트는 결혼식 예복으로 구입한 것이었다. 장사를 하기 전 그는 농부였고, 결혼한 뒤로는 일요일에 교회에 갈 때와 토요일 오후에 거래를 위해 읍내에 갈 때 이 옷을 입었다. 장사하려고 농장을 팔고 나서는 늘 그 코트를 입었다. 세월이 지나면서 낡아 갈색으로 변하고 여기저기 기름때가 묻었지만 에버니저는 그 옷을 입으면 정장한 것 같은 느낌이 들었고 읍내에 외출할 준비가 된 기분이었다.

에버니저는 상인으로서 행복하지 않았는데, 그것은 농부였을 때도 마찬가지였다. 그래도 그는 여전히 살아갔다. 메이블이라는 이름의 딸과 아들로 이루어진 그의 가족은 상점 위층 방들에서 살았고 생활비도 별로 들지 않았다. 그의 골칫거리는 재정적인 문제가 아니었다. 상인으로서 그의 불행은, 방문판매원이 팔

---

* 남자용의 서양식 예복의 하나. 보통 검은색이며 저고리 길이가 무릎까지 내려온다. 영국의 왕 에드워드 7세의 이름에서 유래했으며, 프록코트라고도 부른다.

물건을 가지고 문을 열고 들어오면 그가 겁부터 집어먹는다는 사실이었다. 그는 카운터 뒤에 서서 고개를 흔들곤 했다. 첫째, 그는 완강하게 사지 않겠다고 했다가 물건을 팔 기회를 잃을까 봐 두려웠다. 둘째, 그는 충분히 단호하게 거절하지 못하고 마음이 약해져 되팔지도 못할 것을 살까 봐 두려웠다.

엘머 카울리가 〈와인즈버그이글〉 인쇄실 뒷문에 서서 귀를 기울이고 있는 것처럼 보이는 조지 윌러드의 모습을 본 그날 아침, 늘 아들의 분노를 자아내는 그런 상황이 벌어졌다. 방문판매원이 말을 하고 있었고, 에버니저는 온몸으로 어정쩡함을 드러내며 그의 말을 듣고 있었다. "얼마나 빨리 잠글 수 있는지 아시겠죠." 방문판매원이 말했다. 그는 지금 셔츠 칼라를 고정하는 단추를 대신할 작고 납작한 금속 대체 장치를 판매하려 하고 있었다. 그는 한 손으로 빠르게 셔츠 칼라를 풀었다가 다시 채웠다. 그러고는 달콤하고 비위를 맞추는 말투로 말했다. "실은 말이지요, 남자들이 칼라 단추 가지고 법석을 떠는 일도 이제 다 끝이에요. 사장님은 이제 이 신제품으로 큰돈을 버실 겁니다. 제가 사장님께 이 읍내에 대한 독점 판매권을 드리겠습니다. 이 고정 장치를 20다스만 구입해주시면 다른 상점에는 아예 얼씬도 하지 않겠어요. 이 분야는 사장님께 일임하겠습니다."

방문판매원은 카운터에 기대서서 한 손가락으로 에버니저의 가슴을 톡톡 쳤다. "엄청난 기회니까 꼭 잡으세요." 그가 부추겼다. "제 친구 녀석 하나가 사장님 이야기를 하더군요. '카울리라는 분을 꼭 만나도록 해. 시세에 뒤지지 않는 분이시니까.' 이렇게요."

방문판매원은 말을 잠시 멈추고 기다렸다. 그러고는 호주머니에서 장부를 꺼내더니 주문을 적기 시작했다. 엘머 카울리는 여전히 한 손에 구두를 든 채로 대화에 정신이 팔려 있는 두 남자를 지나 상점을 가로질러 현관문 근처 유리 진열장으로 갔다. 그는 진열장에 있던 싸구려 리볼버 한 자루를 총집에서 꺼내 휘두르기 시작했다. "여기서 당장 나가지 못해요!" 그가 날카로운 소리로 고함을 질렀다. "우리는 칼라 고정 장치 같은 건 필요 없다고요." 문득 그에게 한 가지 생각이 떠올랐다. "잘 들으세요, 난 지금 협박하는 게 아닙니다. 총을 쏘겠다는 게 아니에요. 그저 이 총을 총집에서 꺼내 살펴보고 있을 뿐이죠. 어쨌든 그만 나가시는 게 좋을 겁니다. 네, 그렇게만 말씀드리겠습니다. 어서 물건을 챙겨 나가시는 게 좋겠어요."

젊은 점원의 목소리가 비명처럼 높아졌고, 그는 카운터 뒤쪽으로 들어가 두 사람에게 다가가기 시작했다. "우리는 이제 바보 같은 짓은 그만둘 겁니다!" 그가 외쳤다. "물건이 팔리기 시작할 때까지는 물건을 더 들여놓지 않을 겁니다. 앞으로도 계속 괴짜 노릇을 하면서 사람들의 구경거리가 되거나 구설에 오르지 않을 거라고요. 그러니 여기서 당장 나가세요!"

방문판매원은 자리를 떴다. 카운터 위의 칼라 고정 장치 샘플을 긁어모아 검은 가죽 가방에 쓸어 담더니 뛰쳐나갔다. 왜소하고 안짱다리가 심해서 달리는 동작이 어색했다. 검은 가방이 문에 걸리는 바람에 그는 비틀거리며 넘어졌다. "미쳤어, 저 친구 완전히 돌았어!" 그는 인도에서 일어나 황급히 사라지면서 더듬더듬 이렇게 내뱉었다.

상점 안에서 엘머 카울리와 그의 아버지는 서로를 마주 보았다. 화를 낸 직접적인 대상이 막상 사라지고 나니 젊은이는 당혹스러웠다. "그래요, 진심으로 한 말이에요. 이만하면 괴짜 노릇 할 만큼 했다고 봐요." 엘머는 이렇게 선언하듯 말하고는 진열장으로 가서 리볼버를 다시 제자리에 놓았다. 그는 나무통에 앉아 손에 들고 있던 구두를 신고 끈을 묶었다. 아버지에게서 이해의 말을 기다렸지만 에버니저는 아들의 화를 돋우는 말을 했고 젊은이는 아무런 대꾸도 하지 않고 상점을 뛰쳐나와버렸다. 상인은 길쭉하고 더러운 손가락으로 잿빛 턱수염을 긁으며, 방문판매원을 마주했을 때와 똑같이 우유부단하고 불안한 눈길로 아들을 바라보았다. "나에게 풀을 먹여 빳빳하게 만들려무나." 그가 부드럽게 말했다. "그래, 그래, 이 아비를 빨고 다림질하고 풀도 먹이려무나!"

엘머 카울리는 와인즈버그를 벗어나 철로와 나란히 뻗어 있는 시골길을 따라 걸었다. 그는 자기가 어디로 가고 있는지, 뭘 하려는지도 알지 못했다. 길이 오른쪽으로 급하게 꺾이며 철로 아래로 푹 꺼지는 깊숙한 횡단로로 이어지는 곳에서 발걸음을 멈추자 상점에서 그를 화나게 했던 격한 감정이 다시 솟구치기 시작했다. "나는 괴짜가 되지 않겠어 — 남의 구경거리가 되고 가십거리가 되는 그런 사람은 되지 않을 거라고." 그가 소리 내어 다짐했다. "다른 사람들처럼 될 거야. 조지 윌러드한테 보여주겠어. 그 녀석은 알게 될 거야. 그 녀석한테 보여주고말고!"

마음이 혼란스러워진 젊은이는 길 한복판에서 뒤돌아서서는 읍내 쪽을 노려보았다. 그는 신문기자인 조지 윌러드를 잘 알지 못했고, 읍내 소식을 취재하려고 바삐 돌아다니는 그 키 큰 청년에게 어떤 특별한 감정이 있는 것도 아니었다. 기자는 그저 〈와인즈버그이글〉의 사무실과 인쇄실에 모습을 보였다는 이유만으로 젊은 점원의 마음속에서 무언가를 상징하게 되었던 것이다. 그는 카울리앤드선 상점 앞을 지나가고 또 지나가는 청년, 발걸음을 멈추고 거리의 사람들에게 말을 거는 그 청년이 틀림없이 자신을 생각하고 있다고, 어쩌면 자신을 비웃고 있을지도 모른다고 생각했다. 그가 생각하기에 조지 윌러드는 읍내에 속해 있었고, 전형적인 읍내 주민이었으며, 읍내의 정신을 대표하는 인물이었다. 조지 윌러드 또한 그 나름의 불행한 시절이 있고, 그의 마음에도 막연한 갈망과 뭐라고 말할 수 없는 은밀한 욕망이 찾아오곤 한다는 사실을 엘머 카울리는 아마 믿지 못했을 것이다. 조지는 여론을 대변하지 않았는가? 그리고 와인즈버그의 여론은 카울리 부자를 괴짜로 낙인찍지 않았는가? 그는 휘파람을 불고 큰 소리로 웃어대며 메인스트리트를 활보하지 않았는가? 만약 그를 쓰러뜨린다면, 그보다 더 큰 적―미소를 지으며 아랑곳하지 않고 제 갈 길을 가는 그것―와인즈버그의 판단을 무너뜨리는 것이나 마찬가지 아니겠는가?

엘머 카울리는 보기 드물게 키가 컸고, 그의 두 팔은 길고 힘이 셌다. 그의 머리카락과 눈썹과 턱에 나기 시작한 솜털 같은 수염은 거의 흰색에 가까울 정도로 색이 옅었다. 이는 입술 사이로 튀어나와 있었고, 눈은 와인즈버그 소년들이 호주머니에 넣고 다니며 '유리구슬'이라 부르는 구슬처럼 흐릿한 푸른색이었다. 와인즈버그로 이사 와 산 지 1년이 되었는데도 엘머는 아직 친구 하나 사귀지 못했다. 그는 자신이 평생 친구 없이 살아가야 할 운명이라고 느꼈는데, 그건 생각만 해도 끔찍했다.

키 큰 젊은이는 호주머니에 손을 찔러 넣은 채 도로를 따라 부루퉁하게 터벅터벅 걸었다. 살을 에는 바람이 부는 추운 날이었지만, 마침내 해가 비치기 시작했고 길은 부드러운 진창이 되었다. 도로를 이루는 꽁꽁 언 진흙 더미의 위쪽이 녹기 시작하면서 진흙이 엘머의 신발에 달라붙었다. 그의 발이 차가워졌다. 그는 몇 킬로미터쯤 걷다가 도로를 벗어나 들판을 가로질러서 숲속으로 들어갔다. 숲속에서 나뭇가지를 모아 모닥불을 피우고는 그 옆에 앉아 몸을 녹이려 했지만, 몸도 마음도 비참하기 그지없었다.

엘머 카울리는 두 시간쯤 모닥불을 쬐며 통나무에 앉아 있다가 일어나, 나무 밑에 무성하게 자란 덤불을 헤치고 울타리로 가서 들판 너머 나지막한 헛간들로 둘러싸인 작은 농가를 바라보았다. 그의 입가에 미소가 떠올랐고, 그는 들판에서 옥수수 껍질을 벗기고 있는 남자에게 긴 팔을 흔들어 보였다.

비참한 생각이 들 때면 젊은 상인은 어린 시절 살았던 농장으로 돌아갔다. 그곳에는 자기 마음을 털어놓을 수 있는 또 다른 인간이 있었다. 농장에 있는 남자는 묵(Mook)이라는 반편이 노인이었다. 그는 한때 에버니저 카울리 밑에서 일했고, 농장이 팔린 뒤에도 여전히 그곳에 머물러 있었다. 노인은 농장 집 뒤편에 있는 페인트칠도 하지 않은 헛간에 살면서 하루 종일 밭에서 꾸물거리며 일했다.

반편이 묵은 행복하게 살았다. 그는 아이처럼 천진한 믿음으로 자신과 함께 헛간에 사는 짐승들의 지성을 믿었으며, 외로워지면 암소들, 돼지들, 심지어 헛간 마당에서 뛰노는 닭들과도 긴 대화를 나눴다. '세탁'과 관련한 표현들을 전 주인의 입버릇으로 만들어준 장본인이 바로 그 노인이었다. 그는 흥분하거나 놀라면 뜻 모를 미소를 지으며 이렇게 중얼거렸다. "나를 빨아서 다림질하려무나. 그래, 그래, 나를 빨고 다림질하고 풀도 먹이려무나!"

옥수수 껍질을 벗기다가 엘머 카울리를 만나러 숲으로 다가온 반편이 묵은 갑자기 나타난 젊은이를 보고 놀라지도, 그렇다고 특별히 관심을 보이지도 않았다. 노인도 발이 얼어 있어 모닥불 옆 통나무에 앉았고 그 온기가 반가웠을 뿐이지, 엘머가 하는 말에는 관심이 없어 보였다.

엘머는 두 팔을 휘둘러대고 왔다 갔다 서성거리며 진지하면서도 아주 자유분방하게 이야기를 했다. "아저씨는 제 문제가 뭔지 잘 모르니까 당연히 신경도 쓰지 않겠죠." 그가 선언하듯 말했다. "저는 사정이 달라요. 제 처지가 지금껏 늘 어땠는지 좀 보세요. 아버지도 괴짜고 어머니도 괴짜였죠. 어머니가 옛날에 입으시던 옷조차 다른 사람들 옷이랑 달랐어요. 아버지가 읍내에서 입고 돌아다니는 코트 좀 보세요. 심지어 당신은 옷을 잘 차려입었다고 생각하시거든요. 도대체 왜 새 코트를 사지 않는 걸까요? 돈이 그렇게 많이 들지도 않는데 말이죠. 그 이유가 뭔지 말해줄까요? 아버지는 모르는 거예요, 어머니도 살아 계실 때 몰랐고요. 메이블은 달라요. 그 애는 알고 있지만 아무 말도 하지 않죠. 하지만 저는 말할 거예요. 이제 더는 사람들의 구경거리가 되고 싶지 않단 말이에요. 있잖아요, 묵 아저씨. 아버지는 읍내에 있는 당신 상점이 그냥 괴짜 같은 물건들을 뒤섞어놓은 거라는 걸 모르세요. 들여놓는 물건들을 하나도 팔지 못할 거라는 사실도 모르시고요. 전혀 모르시죠. 가끔 장사가 안된다고 걱정하기는 하시는데, 그러고 나선 또 다른 물건을 사들인단 말이에요. 저녁이면 위층 난롯가에 앉아서 이제 곧 장사가 잘될 거라고 말하세요. 걱정을 안 하시는 거죠. 아버지는 괴짜니까요. 뭘 모르니 걱정을 안 하시는 거예요."

가뜩이나 흥분한 젊은이는 점점 더 흥분했다. "아버지는 모르실지 몰라도 저는 알아요." 그는 버럭 소리를 질렀다가 말을 뚝 끊더니 벙어리처럼 아무 반응도 없는 반편이 노인의 얼굴을 내려다보았다. "저는 너무 잘 알단 말이에요. 그래서 참을 수가 없어요. 우리가 이곳에 살 때는 달랐죠. 저는 일을 했고 밤이 되면 잠자리에 들어 잠을 잤어요. 늘 사람들을 만나는 것도 아니었고, 지금처럼 생각하지도 않았어요. 읍내에서는 밤이 되면 우체국에 가거나 기차가 들어오는 걸 보려고 정거장에 가요. 그런데 저한테 말을 거는 사람은 아무도 없어요. 모두들 주위에 서서 웃어대고 이야기를 하는데, 저한테는 아무 말도 하지 않아요. 그러면 저 자신이 너무 괴짜처럼 느껴져서 그만 말문이 막혀버려요. 그래서 저는 어디 다른 데로 가버리죠. 아무 말도 하지 않고요. 말을 할 수가 없거든요."

젊은이는 점점 더 분노를 억제할 수가 없어졌다. "참지 않을 거예요." 그는 소리를 지르며 앙상한 나뭇가지들을 올려다보았다. "전 그런 걸 참고 살도록 생겨먹지 않았거든요."

모닥불을 쬐면서 통나무에 앉아 있는 남자의 멍한 표정에 화가 미친 듯이 치민 엘머는 도로 위에서 고개를 돌려 와인즈버그 읍내를 무섭게 노려보던 것처럼 노인을 노려보았다. "다시 일하러 가세요." 그가 비명을 지르듯 말했다. "아저씨한테 이야기한들 무슨 소용이 있겠어요?" 어떤 생각이 떠오른 그의 목소리가 갑자기 낮아졌다. "저도 겁쟁이인 거죠, 그렇죠?" 그가 중얼거렸다. "제가 왜 이렇게 먼 데까지 걸어왔는지 아세요? 누군가한테 말을 해야만 했는데, 말 상대가 아저씨밖에 없었어요. 또 다른 괴짜를 찾아낸 거죠. 저는 도망쳤어요. 조지 윌러드 같은 사람한테는 맞설 수가 없었거든요. 그래서 아저씨한테 와야 했어요. 하지만 그 친구한테 말해야 하고, 꼭 할 거예요."

이번에도 엘머의 목소리는 비명처럼 높아졌고 두 팔은 사방으로 허우적거렸다. "그 자식한테 말할 거예요. 저는 괴짜가 되지 않을 거예요. 사람들이 뭐라고 생각하든 상관없어요. 참고만 있지는 않을 거라고요."

엘머 카울리는 통나무에 앉아 불을 쬐고 있는 반편이 노인을 그대로 내버려둔 채 숲에서 뛰쳐나왔다. 잠시 후 노인은 일어나 울타리를 넘더니 옥수수밭에서 하던 일로 돌아갔다. "나를 뺄고 다림질하고 풀도 먹이려무나!" 그가 선언하듯 말했다. "그래, 그래, 나를 뺄고 다림질하려무나!" 묵 노인은 관심이 있었다. 그는 오솔길을 따라 밭으로 갔고, 그곳에서는 암소 두 마리가 서서 쌓아놓은 건초를 오물오물 씹고 있었다. "엘머가 여기 왔었단다." 그가 암소들에게 말했다. "엘머는 미쳤어. 그 애가 보지 못하도록 건초 더미 뒤로 숨는 게 좋을 거야. 그 애는 언젠가 누군가를 해칠 거야, 엘머 말이야."

그날 저녁 8시, 엘머 카울리는 조지 윌러드가 앉아서 글을 쓰고 있는 〈와인즈버그이글〉 사무실 앞문 안으로 머리를 디밀었다. 모자를 눈까지 푹 눌러쓴 그의 얼굴에는 부루퉁하고 결의에 찬 표정이 감돌았다. "나랑 밖으로 나갑시다." 그가 사무실에 들어와 문을 닫으며 말했다. 다른 누구도 들어오지 못하게 막으려는 듯 그는 문손잡이를 꼭 붙잡고 있었다. "밖으로 나와봐요. 좀 볼일이 있으니까."

조지 윌러드와 엘머 카울리는 와인즈버그 메인스트리트를 따라 걸었다. 그날 밤은 날씨가 추웠고, 새 코트를 입은 조지 윌러드는 아주 말쑥하고 단정해 보였다. 그는 두 손을 호주머니에 찔러 넣고 호기심에 찬 눈길로 같이 걷고 있는 청년을 쳐다보았다. 오래전부터 그는 이 젊은 상인과 친구가 되어 그가 무슨 생각을 하는지 알고 싶었다. 이제 드디어 기회가 왔다고 생각하니 기분이 좋았다. '도대체 무슨 일일까? 신문에 실을 만한 소식이 있다고 생각하는 건지도 모르지. 화재경보기 소리를 듣지 못했으니 불이 난 건 아닐 텐데. 어디 뛰어가는 사람도 없고.' 그는 생각했다.

그 추운 11월 밤, 와인즈버그 메인스트리트에는 주민이 거의 없었고, 그나마 있는 몇 사람도 어느 상점 뒤편 난롯불이라도 쬐고 싶은 마음에 서둘러 발걸음을 재촉했다. 상점 진열장에는 서리가 끼어 있었고, 바람이 불자 웰링 의사의 진료실로 이어지는 계단 입구에 매달린 양철 간판이 덜거덕거렸다. 헌네 식료품점 앞 인도에는 사과가 담긴 바구니 하나와 새 빗자루들로 가득찬 선반이 놓여 있었다. 엘머 카울리는 발걸음을 멈추고 조지 윌러드를 마주 보았다. 엘머는 말을 하려 애썼고 두 팔을 펌프질 하듯 위아래로 흔들기 시작했다. 그의 얼굴은 경련으로 씰룩거렸다. "아, 그냥 다시 들어가요." 그가 소리쳤다. "나랑 이렇게 밖에 있지 말고. 당신한테 할 말 없어요. 당신을 보고 싶지도 않다고요."

넋을 잃은 젊은 상인은 괴짜가 되지 않겠다는 결의를 말하지 못해 치민 분노로 눈이 멀어 앞뒤도 분간하지 못하는 채로 와인즈버그 거리를 세 시간 동안 헤맸다. 쓰디쓴 패배감에 압도되어 그는 울고 싶었다. 오후 내내 아무것도 아닌 일에 흥분하여 시간을 모두 낭비한 데다 젊은 신문기자 앞에서 하고 싶은 말도 제대로 내뱉지 못하고 나자 자기한테는 미래의 희망이 없는 것 같았다.

바로 그때 한 가지 새로운 생각이 엘머의 뇌리에 떠올랐다. 그를 에워싼 어둠 속에서 한 줄기 빛이 보이기 시작했다. 이제는 어두워진 상점으로, 지난 1년 동안 손님이 오기를 헛되이 기다린 카울리앤드선 상점 안으로 살금살금 들어간 그는 뒤편의 난로 옆에 있는 나무통 안을 더듬기 시작했다. 그 통 안에 깔린 대팻밥 밑에는 카울리앤드선 상점의 현금이 담긴 양철 상자가 있었다. 저녁마다 에버니저 카울리는 상점 문을 닫고 잠을 자러 2층으로 올라가기 전에 그 상자를 나무통에 넣어두었다. "그자들은 죽었다 깨도 이렇게 무심한 장소는 생각하지 못할 거야." 그는 강도들을 생각하며 혼잣말로 중얼거렸다.

엘머는 농장을 팔고 남은 돈 400달러가량을 둘둘 말아둔 지폐 뭉치에서 10달러짜리 지폐 두 장, 총 20달러를 뺐다. 그는 상자를 다시 대팻밥 아래에 넣어두고는 조용히 앞문으로 나가 또다시 거리를 걸었다.

그의 모든 불행을 끝낼 수도 있는 그 생각은 아주 간단했다. "이곳을 벗어나야겠어. 집에서 도망치는 거야." 그가 혼잣말로 중얼거렸다. 그는 클리블랜드행 완행 화물열차가 자정에 와인 즈버그를 통과해 새벽녘이면 그곳에 도착한다는 걸 알았다. 몰래 완행열차에 몸을 실어, 클리블랜드에 도착하면 그곳의 군중 속에 파묻혀 자취를 감출 것이었다. 상점에 일자리를 구해서 다른 점원들과 친구가 되고 눈에 띄지 않는 사람이 될 작정이었다. 그러면 말을 하고 웃을 수 있으리라. 그는 더 이상 괴짜가 아닐 것이고, 친구들을 사귈 것이다. 삶은 다른 사람들에게 그랬듯 그에게도 온기와 의미를 지니기 시작할 것이다.

키 크고 어색한 젊은이는 성큼성큼 큰 걸음으로 길거리를 걸어가면서, 화를 내고 조지 윌러드를 조금 두려워했던 자기 자신을 한껏 비웃었다. 그는 마을을 떠나기 전 젊은 신문기자와 이야기를 나눠보겠다고 결심했다. 이런저런 일을 모두 말해주고 그에게, 아니 그를 통해 와인즈버그 주민 전체에게 도전장을 내밀어야겠다고 다짐했다.

새로운 자신감에 불타오른 엘머는 뉴윌러드 하우스의 사무실로 가서 문을 쾅쾅 두드렸다. 평소 졸린 눈을 한 소년이 사무실의 침상에서 자고 있었다. 급료를 받지 않고 호텔 식당에서 식사를 하는 그는 '야간 직원'이라는 직함을 자랑스럽게 생각했다.

소년 앞에서 엘머는 당당하고 집요했다. "어서 가서 그 친구를 깨워." 그가 명령하듯 말했다. "그 친구더러 역전으로 나오라고 해. 반드시 그 친구를 만나야 하거든. 난 완행열차로 이곳을 떠날 거니까. 옷 입고 어서 내려오라고 하라고. 시간이 별로 없어."

자정 완행열차는 와인즈버그에서 볼일을 마쳤고, 이제 열차 정비사들이 차량을 연결하고 램프를 달며 동쪽으로 다시 떠날 채비를 하고 있었다. 조지 윌러드는 아까 입었던 새 코트를 입고 눈을 비비며 호기심에 불타서 역 플랫폼으로 달려갔다. "자, 여기 왔어요. 무슨 일인데요? 나한테 할 이야기가 있다고 했죠?" 그가 물었다.

엘머는 설명하려 했다. 그는 혓바닥으로 입술을 적셨고, 그렁거리면서 출발하려는 열차를 바라보았다. "자, 그러니까 말이죠." 그가 입을 열었지만, 곧 혀를 통제할 수 없게 되었다. "나를 빨고 다림질해요. 나를 빨고 다림질하고 풀도 먹이라고요!" 그가 두서없이 중얼거렸다.

엘머 카울리는 어둠 속 역 플랫폼의 신음하는 기차 옆에서 머리끝까지 화가 치밀어 날뛰었다. 그의 눈앞에서 불빛이 허공으로 뛰어올라 위아래로 움직였다. 그는 호주머니에서 10달러 지폐 두 장을 꺼내 조지 윌러드의 손에 쥐여주었다. "이걸 받아요." 그가 큰 소리로 외쳤다. "난 이 돈을 갖고 싶지 않아요. 우리 아버지한테 갖다드려요. 내가 훔친 돈이에요." 분노로 으르렁거리며 돌아선 엘머는 긴 두 팔로 허공을 가르기 시작했다. 자기를 붙잡고 있는 손에서 풀려나려 발버둥 치는 사람처럼, 그는 팔을 뻗어 조지 윌러드의 가슴과 목과 입을 마구 때리기 시작했다. 젊은 신문기자는 엄청난 주먹의 힘에 그만 정신이 아찔해져 반쯤 의식을 잃고 플랫폼에 나뒹굴었다. 지나가는 화물열차에 펄쩍 뛰어올라 차량 꼭대기로 기어 올라간 엘머는 무개 차량으로 뛰어내려서는 납작 엎드린 채로 고개를 돌려 어둠 속에 쓰러져 있는 사내를 보려고 했다. 그의 마음속에서 벅찬 자긍심이 솟아올랐다. "내가 녀석에게 본때를 보여준 거야." 그가 큰 소리로 외쳤다. "본때를 보여줬지 뭐야. 난 그렇게 괴짜가 아니야. 내가 그렇게 괴짜가 아니라는 걸 저 친구한테 보여준 거라고."

말하지 않은 거짓말

레이 피어슨과 핼 윈터스는 와인즈버그에서 북쪽으로 5킬로미터쯤 떨어져 있는 농장에 고용된 일꾼이었다. 토요일 오후가되면 그들은 읍내로 나와 시골에서 온 다른 친구들과 함께 길거리를 여기저기 쏘다녔다.

갈색 수염의 레이는 힘든 일을 너무 많이 해서 어깨가 구부정하게 휜 쉰 살가량의 조용하지만 좀 신경질적인 남자였다. 레이의 성격은 핼 윈터스와 달라도 그렇게 다를 수가 없었다.

레이는 아주 진지한 사내였고, 체구가 작은 그의 아내는 목소리가 날카로운 데다 생김새마저 날카로웠다. 두 사람은 다리가앙상한 아이 여섯 명과 함께 레이가 일하는 윌스 농장 뒤편 개천가의 쓰러져가는 목조 집에서 살았다.

동료 일꾼인 헬 윈터스는 젊은 친구였다. 그는 와인즈버그에서 아주 명망 있는 집안인 네드 윈터스 가문 사람이 아니라, 10킬로미터쯤 떨어진 유니언빌* 근처에서 제재소를 운영하는 노인, 와인즈버그 주민들이 타고난 난봉꾼으로 꼽는 윈드피터 윈터스라는 노인의 세 아들 중 하나였다.

와인즈버그가 위치한 오하이오주 북부 출신 사람들은 그의 기이하고 비극적인 죽음 때문에 윈드피터 영감을 기억할 것이다. 어느 날 저녁 읍내에서 술에 취한 그는 유니언빌의 집을 향해 철로를 따라 마차를 몰고 가기 시작했다. 그 근처에 사는 정육점 주인 헨리 브래튼버그가 읍 경계선에서 그를 멈춰 세워 계속 가면 하행선 열차와 충돌하게 될 거라고 말렸지만, 윈드피터는 헨리에게 채찍을 휘두르고는 계속 마차를 몰고 갔다. 그와 말 두 마리가 기차에 치여 죽었을 때, 근처 도로를 따라 집으로 가던 한 농부와 그의 아내가 그 사고를 목격했다. 농부 부부는 윈드피터 영감이 마차 좌석 위로 올라가 달려오는 기관차를 보며 미친 듯이 날뛰고 욕설을 퍼부었다고 말했다. 또한 쉬지 않고 내리치는 채찍질에 격노한 말들이 죽음을 향해 곧장 달려 나가자

---

* 오하이오주 북부의 소도시. 애슈터뷸라군의 하퍼스필드읍과 레이크군의 매디슨읍 사이에 있다.

너무 기뻐서 환성을 질렀다고 했다. 조지 윌러드와 세스 리치먼드 같은 젊은이들은 아마 그 사건을 아주 생생하게 기억할 것이다. 우리 읍 주민들은 입을 모아 노인이 지옥으로 직행할 것이며 그가 이 세상에 없는 게 동네에 차라리 낫다고 말했지만, 젊은이들은 노인이 스스로가 무슨 짓을 하는 건지 잘 알고 있었다고 은밀하게 믿었고 또한 노인의 만용에 내심 감탄했기 때문이다. 대부분의 젊은이들은 식료품점 점원이나 하면서 따분하게 살아가는 대신 영광스럽게 죽음을 맞고 싶다고 생각하는 시기를 겪는 법이다.

그러나 이 이야기는 윈드피터 윈터스의 이야기가 아니며 그렇다고 레이 피어슨과 함께 윌스 농장에서 일했던 그의 아들 핼의 이야기도 아니다. 이 이야기는 레이에 관한 것이다. 그러나 여러분이 이 이야기의 진의를 파악하기 위해서는 젊은 핼의 이야기를 조금은 알 필요가 있다.

핼은 나쁜 녀석이었다. 모두가 그렇게 말했다. 윈터스 집안에는 자식이 셋 있었다. 존, 핼, 에드워드로, 하나같이 윈드피터 영감처럼 어깨가 떡 벌어지고 몸집이 큰 사내들이었고, 싸움꾼에다 바람둥이였으며, 어느 모로 보나 전반적으로 행실이 좋지 않은 녀석들이었다.

핼은 그중에서도 최악이었고, 언제나 무언가 나쁜 짓을 꾸미고 있었다. 한번은 아버지의 제재소에서 널빤지를 한 무더기 훔쳐다가 와인즈버그에서 팔기도 했다. 그 돈으로 그는 번지르르한 싸구려 옷을 샀다. 그러고 나서는 술에 취했고, 그의 아버지가 길길이 날뛰며 그를 찾아 읍내 왔을 때 두 사람은 메인스트리트에서 만나 주먹다짐을 하고는 함께 체포되어 유치장 신세를 졌다.

핼이 윌스 농장에서 일하게 된 것도 그 근처에 그의 마음을 사로잡은 시골 학교 교사가 있었기 때문이다. 그때 그는 겨우 스물두 살밖에 되지 않았지만, 와인즈버그에서 '여자 문제'로 불리는 사건들에 이미 두세 번 연루된 적이 있었다. 핼이 학교 교사에게 홀딱 반했다는 소문을 들은 사람들은 하나같이 끝이 좋지 못할 거라고 확신했다. "어디 두고 보라고. 그 선생을 곤경에 빠뜨리고 말 테니." 그런 말이 사람들의 입에 오르내렸다.

레이와 핼 이 두 사람은 10월 하순의 어느 날 밭에서 일하고 있었다. 옥수수 껍질을 벗기던 그들은 가끔 뭐라고 말하면서 큰소리로 웃었다. 그러고 나면 침묵이 흘렀다. 둘 중에서 성격이 좀 더 예민하고 늘 이런저런 일에 신경을 쓰는 건 레이였고 그는 손이 터서 쓰라렸다. 그는 두 손을 웃웃 호주머니에 넣고 밭 너머를 바라보았다. 슬프고 심란한 기분이 든 데다, 시골의 아름다움에 감명을 받았기 때문이다. 만약 가을철의 와인즈버그를 안다면, 나지막한 언덕들에 온통 노란색과 붉은색 물감을 뿌린 듯한 그 풍경을 안다면 아마 그의 감정을 이해할 수 있을 것이다. 그는 당시 제과점 주인이었던 아버지와 함께 살던 오래전 소년 시절을 생각하기 시작했고, 이런 날이면 숲속을 헤매며 견과를 줍거나 토끼 사냥을 하거나 그저 빈둥거리며 파이프를 피우던 일을 떠올렸다. 그렇게 배회하던 시절 덕분에 그는 결혼하게 되었다. 아버지의 가게에서 장사를 돕던 한 소녀를 꼬드겨 함께 숲속으로 들어갔는데 뭔가 일이 일어났던 것이다. 그날 오후에 일어난 일, 그리고 그 일로 그의 인생 전체가 어떻게 달라졌는지에 대해 생각하자 그의 마음속에 반항심이 고개를 쳐들었다. 그는 핼의 존재를 까맣게 잊은 채 이렇게 중얼거렸다. "하나님한테 속았지 뭐야. 인생에 속고 바보 병신이 돼버렸어." 그가 나지막한 목소리로 말했다.

레이의 생각을 다 이해한다는 듯 핼 윈터스가 큰 소리로 말했다. "음, 그만한 가치가 있었나요? 어때요, 네? 결혼이랑 그런 것들 말이에요." 그는 묻고 나서 웃었다. 핼은 계속 웃으려고 애썼지만 사실 그 또한 진지한 기분이었다. 그래서 그는 진지하게 말하기 시작했다. "남자는 꼭 그렇게 해야 하는 건가요?" 그가 물었다. "마구에 묶인 말처럼 평생 이리저리 끌려다녀야 하는 거냐고요."

핼은 대답을 기다리지 않고 벌떡 일어나 옥수수 단 사이를 서성거리기 시작했다. 그는 점점 더 감정이 북받쳐 올랐다. 갑자기 허리를 굽혀 노란 옥수수를 하나 주워 들더니 울타리를 향해 집어 던졌다. "저 때문에 넬 건터가 곤란해졌어요." 그가 말했다. "정말이에요, 하지만 아무한테도 얘기하지 마세요."

레이 피어슨은 일어나더니 서서 그를 물끄러미 바라보았다. 레이가 핼보다 30센티미터쯤 작았고, 젊은 친구가 다가와 나이 지긋한 사내의 어깨에 두 손을 얹자 한 폭의 그림 같았다. 두 사람은 텅 빈 들판에 서 있었고 그들 뒤로는 옥수수 단이 평화롭게 줄지어 늘어서 있었으며 저 멀리 언덕들은 붉고 노랗게 물들어 있었다. 무심한 일꾼 두 사람에 지나지 않던 그들은 갑자기 서로에게 생생하게 살아났다. 핼은 그것을 감지했고, 그게 자신의 방식이었기에 웃음을 터뜨렸다. "음, 아저씨." 그가 어색하게 말했다. "자, 어서 제게 충고를 해주세요. 제가 넬을 곤란하게 만들었단 말이에요. 아마 아저씨도 똑같은 곤경에 빠져본 적이 있을 텐데요. 세상 사람들이 옳은 일이라고 할 게 뭔지는 저도 잘 알아요. 하지만 아저씨는 어떻게 생각해요? 결혼해서 정착해야 할까요? 굴레를 둘러쓰고 늙은 말처럼 몸이 닳도록 일을 해야 하는 걸까요? 저를 아시잖아요, 레이 아저씨. 누구도 저를 길들일 수 없지만 저 자신은 스스로를 길들일 수 있지요. 마음먹고 그렇게 할까요, 아니면 넬더러 지옥에나 가라고 말할까요? 자, 어서요, 말해줘요. 아저씨가 뭐라고 하든 그렇게 할게요."

레이는 아무 대답도 할 수 없었다. 그는 핼의 손을 뿌리치고 돌아서서 곧장 곡물 헛간으로 걸어가버렸다. 그는 감정이 예민한 남자였고, 그래서 그의 눈에는 눈물이 맺혀 있었다. 윈드피터 윈터스 영감의 아들 핼 윈터스에게 해줄 말은 단 하나뿐이라는 걸 그는 잘 알고 있었다. 그가 받아온 모든 교육에 걸맞고 그가 아는 모든 사람의 신념이 인정할 만한 말은 딱 하나밖에 없다는 걸 잘 알고 있었지만, 그는 죽어도 그가 해야 하는 그 말만큼은 할 수가 없었다.

그날 오후 4시 반, 레이가 헛간 앞마당 근처에서 빈둥거리고 있을 때 그의 아내가 개천 옆의 길을 따라 올라와 그를 불렀다. 핼과 이야기를 나눈 뒤 그는 옥수수밭으로 돌아가지 않고 헛간 주위에서 일을 했다. 레이는 이미 그날 저녁 일을 모두 끝낸 뒤였고, 읍내에서 요란한 밤을 보내려 옷을 차려입은 핼이 농가에서 나와 길로 접어드는 모습도 본 뒤였다. 아내 뒤를 따라 자기 집으로 가는 길을 터벅터벅 걸으면서 레이는 땅바닥을 내려다보며 생각에 잠겼다. 뭐가 문제인지 알아낼 수가 없었다. 눈을 들어 스러지는 석양빛에 비친 시골이 얼마나 아름다운지 볼 때마다 그는 지금껏 한 번도 해보지 못한 일을 하고 싶어졌다. 고함을 친다든지, 비명을 지른다든지, 주먹으로 아내를 때린다든지, 그것도 아니라면 그와 같은 예상 밖의 끔찍한 어떤 짓을 저지르고 싶었다. 머리를 긁적거리며 길을 따라 걸어가면서 그는 그게 뭔지 알아내려 애썼다. 아내의 등을 무섭게 노려보았지만, 아내는 아무렇지도 않은 것처럼 보였다.

아내는 그저 그가 읍내에 가서 식료품을 사다 주기를 바랄 뿐이었고, 그 말을 하자마자 곧바로 잔소리를 퍼붓기 시작했다. "당신은 늘 그렇게 꾸무럭거리고만 있어요." 그녀가 말했다. "이젠 좀 서둘러요. 집에 저녁거리가 하나도 없으니 읍내에 얼른 갔다 와요."

레이는 집에 들어가 문 뒤의 고리에서 코트를 집어 들었다. 코트는 호주머니 근처가 찢어져 있었고 옷깃은 반들거렸다. 아내는 침실로 들어가더니 잠시 뒤 한 손에는 때가 꼬질꼬질 낀 천을, 다른 손에는 은화 세 닢을 들고 나타났다. 집 안 어딘가에서 아이가 서럽게 울고 있었고, 난롯가에서 자고 있던 개 한 마리는 일어나 하품을 했다. 아내는 또 바가지를 긁었다. "애들이 계속 울어댈 거예요. 도대체 당신은 왜 그렇게 꾸물거리고 있는 거예요?"

레이는 집을 나가 울타리를 넘어 들판으로 걸어갔다. 막 어스름이 깔리고 있었고, 그의 눈앞에 펼쳐진 광경은 아름다웠다. 나지막한 언덕들은 온통 단풍으로 물들어 있고 울타리 모퉁이에 옹기종기 모여 있는 조그마한 덤불들도 아름다움으로 생생하게 살아 있었다. 옥수수밭에서 서로의 눈을 들여다보며 서 있던 순간 그와 헬이 갑자기 생생하게 살아났던 것처럼, 레이 피어슨에게 온 세상이 그 무언가로 생생하게 살아났다.

그 가을 저녁 와인즈버그 주변의 시골은 레이가 감당할 수 없을 만큼 너무나 아름다웠다. 그게 전부였다. 참을 수가 없었다. 갑자기 자신이 조용한 농장 일꾼이라는 사실을 까맣게 잊은 그는 해진 코트를 벗어 던지고는 들판을 가로질러 내달리기 시작했다. 달리면서 자신의 삶에 대해, 모든 삶에 대해, 삶을 누추하게 만드는 모든 것에 대해 항의하는 고함을 내질렀다. "나는 어떤 약속도 하지 않았어." 그는 주위를 에워싸고 있는 허공을 향해 큰 소리로 외쳤다. "난 미니에게 아무것도 약속하지 않았고, 헬도 넬에게 아무것도 약속하지 않았어. 난 그 녀석이 약속하지 않았다는 걸 알아. 넬이 그 애와 함께 숲속으로 들어간 건 그녀 자신이 가고 싶었기 때문이야. 헬이 원하는 걸 넬도 원했단 말이지. 어째서 내가 대가를 치러야 하지? 어째서 헬이 대가를 치러야 하는 거야? 어째서 누군가가 대가를 치러야 하는 거냐고. 나는 헬이 늙고 지쳐버리는 걸 원치 않아. 그 애한테 말해줄 거야. 그런 일이 계속되도록 내버려두지 않겠어. 헬이 읍내에 도착하기 전에 붙잡아서 말해줄 거라고.”

레이는 서투르게 달려가다가 한 번 비틀거리며 넘어졌다. ‘핼을 붙잡아서 말해줘야 해.’ 그는 계속 생각했다. 숨을 헐떡헐떡하면서도 더욱더 힘을 내어 달렸다. 달리면서 지난 몇 해 동안 마음속에 떠오르지 않았던 것들―결혼할 무렵엔 서부에, 오리건주 포틀랜드*에 사는 삼촌에게 갈 생각을 하고 있었다는 것―농장 일꾼이 되기 싫어 서부에 가면 바다로 나가 선원이 되거나, 목장에 취직해 말을 타고 서부 마을들을 내달리며 고함을 지르고 웃어대고 야성적으로 부르짖어서 집 안에서 잠자는 사람들을 깨우고 싶었다는 것을 떠올렸다. 계속 달리면서는 아이들이 떠올랐고, 상상 속에서 아이들의 손이 자신을 꼭 붙들고 있는 것 같은 느낌이 들었다. 자기 자신에 대한 모든 생각은 핼에 대한 생각과 연관되어 있었다. 아이들이 그 젊은이도 꼭 붙들고 있다는 느낌이 들었다. “저 아이들은 삶에서 우발적으로 생겨난 사고일 뿐이야, 핼.” 그가 큰 소리로 외쳤다. “내 것도 아니고 네 것도 아니야. 나는 저 애들과는 아무런 상관이 없단 말이야.”

레이 피어슨이 달리고 또 달리는 동안 들판에 어둠이 깔리기

---

*	오리건주 북서부에 위치한 주 내 최대의 도시. 장미 정원이 많아 ‘장미의 도시’라는 별명이 붙었다.

시작했다. 그의 숨은 이제 작은 흐느낌으로 흘러나왔다. 도로 끄트머리의 울타리에 이르러 말쑥하게 차려입고 경쾌한 발걸음으로 걸어가면서 파이프를 피우는 핼 윈터스와 마주치자 레이는 머릿속으로 생각했던 것이나 그가 원하는 것을 도저히 말할 수 없었다.

레이 피어슨은 용기를 잃었고, 이것이 그에게 일어난 일의 결말이다. 그가 울타리에 이르렀을 때는 어둠이 거의 완전히 깔린 뒤였고 그는 울타리 위에 두 손을 얹고 서서 물끄러미 바라보기만 했다. 핼 윈터스는 도랑을 훌쩍 뛰어넘어 레이에게 가까이 다가오더니 두 손을 호주머니에 넣고 웃었다. 그도 옥수수밭에서 일어난 일의 의미를 잃은 것 같았고, 억센 한쪽 손을 내밀어 레이의 외투 깃을 잡더니 마치 말을 잘 안 듣는 개를 잡고 흔들듯 나이 많은 동료를 흔들어댔다.

"지금 저한테 충고하러 온 거예요, 네?" 핼이 말했다. "뭐, 굳이 말할 필요 없어요. 저는 겁쟁이가 아니고 이미 마음을 굳혔으니까요." 그는 다시 웃더니 도랑을 도로 훌쩍 뛰어 넘어갔다. "넬은 바보가 아니거든요. 저한테 결혼해달라고 하지 않았어요. 제가 그 여자와 결혼하고 싶은 거죠. 전 정착해서 아이들을 갖고 싶어요."

레이 피어슨도 웃었다. 그는 자기 자신과 온 세상을 한바탕 비웃고 싶어졌다.

핼 윈터스의 모습이 와인즈버그로 가는 길 위에 드리운 어스름 속으로 사라지자 레이는 돌아서서 천천히 들판을 가로질러 해진 코트를 벗어놓은 곳으로 돌아갔다. 걸어가는 동안, 개천가 옆의 쓰러져가는 목조 집에서 앙상한 다리를 한 아이들과 함께 보낸 즐거운 저녁들의 추억이 떠오른 게 틀림없었다. 그는 이렇게 중얼거렸다. "그래도 괜찮아. 내가 무슨 말을 해줬더라도 거짓말이었을 테니까." 그는 부드럽게 말했고, 곧 그의 모습도 들판의 어둠 속으로 사라지고 말았다.

음주

톰 포스터는 아직 젊어서 새로운 인상을 받아들일 수 있을 때 신시내티*에서 와인즈버그로 이사 왔다. 그의 할머니는 읍내 근처 농장에서 자랐고, 와인즈버그가 트러니언파이크의 잡화점 근처에 열두 채에서 열다섯 채의 집들이 옹기종기 모여 있는 작은 마을이던 시절에 학교에 다녔다.

서부 개척 정착지에서 떠나온 이후 할머니는 얼마나 힘들게 살아왔으며, 또 얼마나 강인하고 능력 있는 노인인가! 그녀는 캔자스주에서, 캐나다에서, 뉴욕시에서, 기계공이던 남편이 세상을 떠나기 전까지는 이곳저곳을 누비며 살았다. 뒷날 그녀는

* 오하이오주 서남쪽 오하이오강 연안에 위치한 도시.

딸과 함께 살러 갔는데, 딸 역시 기계공과 결혼해 신시내티에서 강 건너편에 있는 켄터키주 커빙틴*에 살고 있었다.

그 후 톰 포스터의 할머니에게 어려운 시절이 시작되었다. 먼저 사위가 파업 중에 경찰에게 살해당했고, 톰의 어머니가 병이 들어 세상을 떠났다. 할머니는 모아둔 돈이 조금 있었지만 딸의 병간호와 두 번의 장례식 비용으로 모두 써버렸다. 그녀는 지쳐버린 품팔이 할머니가 되어 신시내티 뒷골목의 고물상 위층에서 손자와 함께 살았다. 그녀는 5년 동안은 사무실 건물 바닥을 닦는 일을 했고 그 뒤에는 식당에서 설거지 일을 했다. 그녀의 손은 다 뒤틀려 일그러졌다. 대걸레나 빗자루를 잡은 손은 나무에 들러붙은 시든 넝쿨식물의 마른 줄기처럼 보였다.

노파는 기회가 생기자마자 곧바로 와인즈버그로 돌아갔다. 어느 날 저녁 일을 마치고 집에 가는 길에 그녀는 37달러가 든 돈지갑을 주웠고, 그것이 그녀에게 길을 터주었다. 와인즈버그로의 여행은 어린 톰에게는 큰 모험이었다. 할머니가 돈지갑을 손에 꼭 쥔 채로 집에 돌아온 건 저녁 7시가 지난 시각이었고, 그녀는 너무 흥분해서 말도 제대로 못 했다. 할머니는 아침까지 거기 그대로 머물러 있으면 돈지갑 주인이 틀림없이 그들을 찾

* 신시내티에서 오하이오강 맞은편에 위치한 켄터키주 북부 켄턴군의 도시.

아내어 말썽을 피울 것이라고 하면서, 그날 밤 당장 신시내티를 떠나야 한다고 고집했다. 당시 열여섯 살이던 톰은 낡아빠진 담요에 소지품을 모조리 싸서 어깨에 들쳐 메고는 기차역까지 할머니를 터벅터벅 따라가는 수밖에 없었다. 할머니는 그와 나란히 걸으면서 그에게 빨리 걸으라고 재촉했다. 이가 모조리 빠진 늙은 입이 불안하게 씰룩거렸다. 톰이 지쳐서 횡단보도에 짐을 내려놓으려 하자 할머니가 홱 낚아채 들었고, 톰이 말리지 않았더라면 당신 등에 걸머졌을 것이다. 두 사람이 올라탄 기차가 시외로 빠져나가자 할머니는 소녀처럼 기뻐하며 소년이 한 번도 본 적 없는 모습으로 말을 했다.

기차가 덜컹거리며 밤새도록 달리는 동안 할머니는 톰에게 와인즈버그 이야기를 들려주었다. 그곳에 가면 톰도 들판에서 일하고 숲속에서 야생동물들을 사냥하며 정말 즐겁게 지낼 수 있을 거라고 했다. 할머니는 50년 전의 조그마한 마을이 그녀가 없는 사이에 소도시로 번성했다는 사실을 믿을 수가 없었고, 아침에 기차가 와인즈버그에 도착했을 때는 내리고 싶지가 않았다. "내가 생각했던 곳이 아니구나. 네가 여기서 살기 힘들 수도 있겠는걸." 할머니는 이렇게 말했다. 기차가 떠나자 두 사람은 어디로 발길을 돌려야 할지 몰라 당황스러워하며 와인즈버그의 짐꾼 앨버트 롱워스 앞에 서 있었다.

그러나 톰 포스터는 아주 잘 적응해나갔다. 어디 가도 잘 적응할 소년이었다. 은행기의 아내 화이트 부인이 할머니를 부엌에서 일하도록 고용해주었고, 톰 역시 은행가가 새로 지은 벽돌 마구간에서 마부 일을 했다.

와인즈버그에서는 하인들 구하기가 어려웠다. 살림을 도와줄 사람을 원한 부인은 가족들과 한 식탁에서 식사를 하겠다고 우기는 '가정부 아가씨'를 고용해야 했다. 화이트 부인은 가정부 아가씨들이 지긋지긋했기에 나이 든 도시 여자를 붙잡을 기회를 놓치지 않았다. 그녀는 마구간 2층에 톰이 묵을 방을 마련해주었다. "말을 돌볼 필요가 없을 때는 잔디를 깎고 심부름을 하게 하면 돼요." 화이트 부인이 남편에게 설명했다.

톰 포스터는 나이에 비해 몸집이 작았고, 머리는 뻣뻣하고 검은 머리카락으로 덮여 있었다. 머리카락 때문에 안 그래도 큰 머리가 더욱더 커 보였다. 목소리는 상상할 수 없을 만큼 부드러웠고 그 자신도 워낙 성격이 온순하고 조용해서 그는 전혀 사람들의 주의를 끌지 않고 읍내 생활에 동화되었다.

톰 포스터의 온순한 성격이 도대체 어디서 온 건지 궁금해하지 않을 수가 없다. 그는 신시내티에서는 불량소년 갱단이 거리를 활보하는 동네에 살았고, 성장기 내내 불량소년들과 어울려 다녔다. 한동안은 전보 회사의 배달원으로 일하면서 창녀촌이

산재한 동네에서 전보를 배달했다 창녀촌의 여자들은 톰 포스터를 잘 알았고 그를 귀여워했으며 갱단의 불량소년들도 그를 좋아했다.

톰은 결코 자기 의견을 내세우지 않았다. 그게 그가 위험에서 빠져나갈 수 있었던 이유 중 하나였다. 톰은 늘 삶의 벽이 드리우는 그늘 속에 이상한 방식으로 서 있었고, 그런 그늘 속에 서 있을 운명이었다. 그는 정욕의 집들에서 남자와 여자들을 보았고, 그들이 아무렇지 않게 저지르는 끔찍한 불륜을 느꼈으며, 소년들의 싸움질을 목격했고, 그들이 도둑질하고 폭음하는 이야기를 들으면서도 좀처럼 동요하지 않았고 이상할 만큼 아무런 영향도 받지 않았다.

톰은 딱 한 번 도둑질을 한 적이 있었다. 아직 대도시에 살 때의 일이었다. 당시 할머니는 몸이 아팠고 그도 일자리를 잃은 상태였다. 집에 먹을 것이라곤 아무것도 없어서 그는 옆 골목에 있는 마구점에 들어가 현금 서랍에서 1달러 75센트를 훔쳤다.

마구점 주인은 콧수염을 길게 기른 노인이었다. 그는 소년이 주변을 어슬렁거리는 걸 보고서도 전혀 신경 쓰지 않았다. 노인이 거리로 나가 마차꾼과 이야기를 나누는 사이 톰은 현금 서랍을 열고 돈을 챙겨 달아났다. 나중에 그는 붙잡혔고, 그의 할머니는 한 달 동안 일주일에 두 번씩 가게 청소를 해주기로 하고 문제를 해결했다. 소년은 부끄러웠지만 다행이다 싶기도 했다. "부끄러운 건 괜찮아요. 새로운 걸 깨닫게 해주니까요." 그가 할머니에게 이렇게 말했지만 할머니는 손자가 무슨 말을 하는지 잘 몰랐고, 그저 손자를 너무 사랑했기에 알아듣든 말든 아무 상관이 없었다.

톰 포스터는 1년 동안 은행가의 마구간에서 살다가 일자리를 잃었다. 그는 말들을 그다지 잘 돌보지 못했고 언제나 은행가 부인을 짜증 나게 했다. 부인이 잔디를 깎으라고 하면 그는 까맣게 잊었다. 상점이나 우체국에 심부름을 보내면 돌아오지를 않았고, 대신 성인 남자와 소년들 무리와 어울려 서성거리며 이야기를 듣고 가끔 말을 걸어오면 몇 마디 대답하며 오후 내내 시간을 보냈다. 대도시에서 창녀촌에 드나들고 난폭한 소년들과 어울려 밤거리를 질주하던 때와 꼭 마찬가지로, 와인즈버그의 주민들 사이에서도 그는 늘 주변 삶의 일부가 되면서도 그 삶과 뚜렷하게 거리를 두는 능력이 있었다.

은행가 화이트의 집에서 쫓겨난 뒤 그는 할머니와 함께 살지 않았지만, 저녁이면 종종 할머니가 그를 찾아왔다. 그는 루퍼스 화이팅 영감 소유의 조그마한 목조건물 뒤쪽의 방 하나를 빌렸다. 그 건물은 메인스트리트에서 곧바로 이어지는 두에인스트리트에 있었고, 지난 몇 해 동안 화이팅 영감이 변호사 사무실로 사용해온 곳이었다. 변호사로 일하기에는 이제 너무 기운도 빠지고 건망증까지 심해졌는데도 영감은 그런 자신의 무능함을 깨닫지 못했다. 영감은 톰을 좋아하여 한 달에 1달러만 받고 방을 쓰게 해주었다. 변호사가 퇴근하고 난 늦은 오후 시간이면 소년은 그곳을 독차지하고 몇 시간이고 난롯가 마룻바닥에 누워 이런저런 생각에 잠겼다. 저녁이 되면 할머니가 찾아와 변호사의 의자에 앉아 파이프를 피웠고, 그러는 동안 톰은 누구 앞에서나 그러듯 말없이 있었다.

할머니는 가끔 굉장히 힘찬 목소리로 말했다. 은행가의 집에서 있었던 어떤 일에 대해 화를 내면서 불평을 늘어놓을 때도 종종 있었다. 할머니는 일해서 받은 돈으로 큰 대걸레를 하나 사서는 정기적으로 변호사 사무실을 청소해주었다. 그리고 사무실이 얼룩 하나 없이 깨끗해지고 청결한 냄새가 나면 사기 파이프에 불을 붙여 톰과 함께 담배를 피웠다. "네가 죽을 준비가 되면 나도 죽을 거야." 할머니는 의자 옆 마룻바닥에 누워 있는 소년에게 말했다.

톰 포스터는 와인즈버그에서의 생활을 즐겼다. 그는 부엌 난로용 장작을 패거나 집 앞 잔디를 깎아주는 것과 같은 잡일을 했다. 5월 말과 6월 초가 되면 들판에 나가 딸기를 땄다. 빈둥거릴 시간이 있었고, 빈둥거리는 걸 좋아했다. 은행가 화이트가 안 입는 상의 한 벌을 그에게 주었는데, 그가 입기에는 너무 컸지만 할머니가 줄어주었다. 톰은 같은 집에시 모피로 안감을 낸 외투도 한 벌 얻었다. 군데군데 털이 닳아 해지기는 했지만 그래도 따뜻해서 그는 겨울이면 그걸 입고 잠을 잤다. 그는 그런 식으로 그럭저럭 살아가는 게 충분히 괜찮다고 생각했고, 와인즈버그에서의 삶이 잘 풀렸다고 생각하면서 행복하고 만족스러워했다.

톰은 터무니없이 사소한 것에 즐거워했다. 내가 보기에는 그래서 사람들이 그를 사랑했던 것 같다. 헌네 식료품점에서는 토요일에 판매가 몰리는 것에 대비해 금요일 오후에 커피를 볶곤 했는데, 그 짙은 커피 향은 메인스트리트 아래쪽으로 퍼져나갔다. 그러면 톰 포스터가 나타나 가게 뒤편 상자에 앉았다. 그는 한 시간 동안 꼼짝도 않고 앉아 코를 찌르는 향기로 온몸을 채우면서 행복감에 반쯤 취했다. "아, 좋다." 그는 부드럽게 말했다. "아득하게 먼 곳에 있는 것들, 그런 장소들이며 물건들을 생각하게 해."

어느 날 밤 톰 포스터는 술에 취했다. 그 일은 희한한 방식으로 이루어졌다. 그는 그 전까지는 한 번도 술에 취해본 적이 없었고, 마시면 취하는 음료라곤 평생 한 모금도 입에 댄 적이 없었다. 그러나 그때만큼은 취할 필요가 있다고 생각해서 그렇게 했던 것이다.

신시내티에 살 때 톰은 추함과 범죄와 욕정에 대해 많은 것을 깨달았다. 사실 그는 와인즈버그 주민 그 누구보다도 이런 것들에 대해 더 잘 알았다. 특히 섹스 문제는 그에게 아주 끔찍한 방식으로 다가왔고, 그의 정신에 깊은 인상을 남겼다. 추운 밤 허름한 집 앞에 서 있던 여자들과, 발걸음을 멈추고 그 여자들에게 말을 걸던 사내들의 눈에 담긴 표정을 보고 난 뒤로 그는 자기 삶에서 섹스를 아예 지워버리리라고 다짐했었다. 한번은 이웃 여자 중 하나가 그를 유혹해 그녀와 함께 방으로 들어간 적이 있었다. 방의 냄새도, 여자의 눈에 떠오르던 탐욕스러운 표정도 결코 잊을 수 없었다. 구역질이 났고, 그 일은 아주 끔찍한 방식으로 그의 영혼에 흉터를 남겼다. 그때까지 그는 여자들이란 그의 할머니처럼 아주 순진한 존재들인 줄로 알고 있었다. 그러나 그 방에서의 경험 이후 그는 마음속에서 여자들을 모두 지워버렸다. 천성이 너무 온유했던 톰은 그 무엇도 미워할 수는 없었고, 이해할 수 없는 것은 잊어버리기로 결심했다.

그리고 와인즈버그에 이사 올 때까지는 정말로 잊고 있었다. 와인즈버그에서 2년을 산 뒤부터 무언가가 그의 내면에서 꿈틀거리기 시작했다. 눈을 돌리는 곳마다 사랑을 나누는 젊은이들이 보였고, 그 역시 젊은이였던 것이다. 무슨 일이 벌어졌는지 깨닫기도 전에 그 또한 사랑에 빠져 있었다. 그는 자신의 고용주였던 남자의 딸인 헬렌 화이트와 사랑에 빠져 밤이면 밤마다 그녀를 생각했다.

그것은 톰의 문제였고, 그는 그의 방식대로 그 문제를 해결했다. 헬렌 화이트의 모습이 떠오를 때마다 그는 그녀를 생각하도록 자신을 내버려두고는 생각의 방식에만 관심을 두기로 했다. 그는 욕망을 적절한 방향으로 제어하기 위해 조용하지만 결연한 자기만의 싸움을 벌였고, 대체로 승리를 거두었다.

그러다 그가 술에 취했던 그 봄밤이 왔다. 톰은 그날 밤 미친 듯이 날뛰었다. 마치 광기를 일으키는 독초를 주워 먹은 숲속의 어리고 천진한 수사슴과도 같았다. 그 광란은 시작되어 궤도를 달리다가 하룻밤이 가기 전에 끝이 났고, 톰의 돌발 행동으로 와인즈버그에서 해를 입은 사람은 아무도 없었다.

우선, 예민한 성격의 소유자를 그토록 취하게 만든 장본인은 밤이었다. 읍내 주택가를 따라 늘어선 가로수들은 모두 부드러운 초록색 잎으로 옷을 새로이 갈아입고 있었고, 집 뒤편 정원의 채소밭에서는 남자들이 어슬렁거리고 있었으며, 공기 중에는 숨을 죽인 듯한 어떤 느낌, 피를 끓게 하고 무언가를 기다리는 듯한 침묵이 깔려 있었다.

초저녁이 막 느껴지기 시작할 무렵 톰은 두에인스트리트의 자기 방에서 나왔다. 그는 처음에는 말로 표현하려 한 생각들을 머릿속으로 떠올리며 거리를 따라 조용히, 천천히 걸었다. 그는 헬렌 화이트는 허공에서 춤추는 불꽃이며 자신은 잎 하나 없이 하늘을 향해 날카롭게 서 있는 작은 나무라고 말했다. 그런 다음 그녀는 바람, 폭풍이 몰아치는 어두운 바다에서 불어오는 무섭게 거센 강풍이고, 자신은 어부가 바닷가에 두고 간 조각배라고 말했다.

그렇게 생각하자 소년은 기분이 좋아져서 그 생각을 곱씹으며 어슬렁어슬렁 걸었다. 그는 메인스트리트로 들어가 왜커네 담배 가게 앞의 연석에 앉았다. 한 시간 동안 그곳에 머무르며 사람들이 하는 말에 귀를 기울였지만, 아무런 흥미도 생기지 않자 슬쩍 빠져나왔다. 그러고 나서 그는 술에 취하기로 마음먹고 윌리네 술집에 들어가 위스키 한 병을 샀다. 혼자 이런저런 생각을 하며 위스키를 마시고 싶었던 그는 술병을 호주머니에 넣고 읍내 밖으로 걸어 나갔다.

톰은 읍내에서 북쪽으로 1킬로미터 반쯤 떨어진, 여린 새 풀이 돋은 길가 언덕에 앉아 술을 마셨다. 눈앞에는 흰 길이 펼쳐져 있었고 등 뒤로는 꽃이 만개한 사과 과수원이 있었다. 그는 병째 술을 한 모금 마시고 풀밭에 드러누웠다. 톰은 와인즈버그의 아침에 대해, 은행가 화이트의 집 옆 마찻길에 깔려 있는 자갈돌들이 이슬에 젖어 아침 햇살에 빛나던 것에 대해 생각했다.

마구간에서 지낸 비 내리는 밤들에 대해, 뜬눈으로 누워 빗방울이 지붕 두드리는 소리를 듣고 훈훈한 말 냄새와 건초 냄새를 맡던 시간들에 대해 생각했다. 그러고 나서 톰은 며칠 전 포효하며 와인즈버그를 통과한 폭풍우에 대해 생각했고, 더 멀리 기억을 더듬어 할머니와 둘이 신시내티에서 올 때 기차에서 보냈던 밤을 기억 속에서 다시 살아냈다. 객차에 조용히 앉아, 밤을 뚫고 가도록 기차를 앞쪽으로 무섭게 밀어내는 엔진의 힘을 느끼던 일이 얼마나 이상했는지 똑똑히 기억했다.

톰은 아주 금방 취기가 올랐다. 온갖 생각이 들 때마다 병째 술을 마셨고, 머리가 핑 돌기 시작하자 일어나 와인즈버그에서 점점 더 멀어지는 쪽으로 도로를 따라 걸어갔다. 와인즈버그에서 북쪽으로 뻗어나가 이리호로 이어지는 도로에는 다리가 하나 놓여 있었다. 술에 취한 소년은 도로를 따라 다리로 가서는 주저앉았다. 다시 술을 마시려 했지만 막상 코르크 마개를 열자 속이 메스꺼워져 재빨리 다시 닫았다. 머리가 앞뒤로 힘없이 흔들리는 바람에 그는 다리로 통하는 돌길에 주저앉아 한숨을 내쉬었다. 그의 머리는 바람개비처럼 사방으로 날아다니다가 우주로 발사될 것만 같았고, 그의 팔다리는 사방으로 무기력하게 퍼덕거렸다.

11시에 톰은 다시 읍내로 돌아갔다. 조지 윌러드가 배회하고 있는 톰을 발견하여 〈와인즈버그이글〉의 인쇄실로 데려갔지만, 술에 취한 소년이 마룻바닥을 엉망으로 만들까 봐 걱정이 되어 그를 부축해서 뒷골목으로 데리고 나갔다.

신문기자는 톰 포스터 때문에 혼란스러웠다. 술에 취한 소년이 헬렌 화이트 이야기를 하면서 바닷가에서 그녀와 함께 있었으며 그녀와 사랑을 나눴다고 하는 게 아닌가. 조지는 저녁때 헬렌 화이트가 그녀의 아버지와 함께 길거리를 걷고 있는 모습을 보았기에 톰이 제정신이 아니라고 생각했다. 그 자신의 가슴속에 숨어 있던 헬렌 화이트에 대한 감정이 불꽃처럼 타오르면서 화가 치밀어 올랐다. "자, 이제 그만둬." 그가 말했다. "헬렌 화이트 이름을 이런 일에 끌고 들어오게 두지 않을 거야. 절대 그렇게 하도록 내버려두지 않을 거라고." 그는 톰의 어깨를 흔들며 알아듣게 하려 애썼다. "그만두지 못해." 그가 다시 한번 말했다.

이렇게 기묘하게 한자리에 있게 된 두 젊은이는 세 시간 동안 인쇄실에 함께 머물러 있었다. 톰의 정신이 조금 돌아오자 조지는 그를 데리고 산책을 나갔다. 그들은 교외로 걸어가서 숲 입구에 놓여 있는 통나무에 걸터앉았다. 고요한 밤의 그 무언가가 두 사람의 마음을 서로에게 끌어당겼고, 술 취한 소년의 머리가 맑아지기 시작하자 둘은 이야기를 나누었다.

톰 포스터가 말했다. "술에 취하니까 기분이 좋았어. 그 일로 뭔가 배우게 됐거든. 두 번 다시 그럴 필요 없을 거야. 이 일이 있은 뒤로는 생각을 좀 더 명료하게 할 수 있겠어. 형도 그게 어떤 건지 잘 알잖아.”

조지 윌러드는 그게 뭔지 잘 알지 못했지만 헬렌 화이트와 관련한 분노는 사라진 뒤였고, 그 누구에게서도 느껴보지 못한 매력을 그는 그 창백하고 혼란스러운 소년에게서 느꼈다. 조지는 마치 어머니처럼 걱정하면서 일어나서 좀 걸어보라고 톰에게 집요하게 권했고, 두 사람은 다시 인쇄실로 돌아가 어둠 속에 말없이 앉아 있었다.

신문기자는 톰 포스터가 왜 그렇게 행동했는지 마음속에서 말끔히 정리할 수가 없었다. 톰이 다시 헬렌 화이트 이야기를 꺼내자 조지는 또다시 화가 치밀어 꾸짖기 시작했다. “그만두라고.” 그가 날카롭게 쏘아붙였다. “헬렌하고 같이 있지 않았잖아. 도대체 왜 그런 소리를 하는 거야? 그런 말을 자꾸 지껄이는 이유가 도대체 뭐냐고. 이제 당장 그만둬, 알겠어?”

톰은 상처받았다. 그는 말싸움을 할 수 없는 성격이었기에 조지 윌러드와 다툴 수 없었고, 그래서 그냥 가려고 일어섰다. 조지 윌러드가 끈질기게 다그치자 톰은 한 손을 뻗어 자기보다 나이가 많은 청년의 어깨에 얹고는 설명하려 애썼다.

“그러니까 말이지. 어떻게 된 건지 나도 몰라.” 톰이 부드럽게 말했다. "난 행복했어. 형도 그게 어떤 건지 알잖아. 헬렌 화이트 때문에 행복했고, 밤 때문에 행복했어. 난 괴로워하고 싶었고, 또 상처받고 싶었거든. 그렇게 해야 한다고 생각했어. 있지, 모두가 괴로워하고 잘못된 일을 하니까 나도 그러고 싶었던 거지. 할 수 있는 일들을 아주 많이 생각해봤는데, 전부 해선 안 될 것 같았어. 하나같이 다른 사람들한테 상처를 주는 일이었거든."

톰 포스터의 목소리가 높아졌고, 그는 태어나 처음으로 거의 흥분하다시피 했다. "그건 사랑을 나누는 것 같았어. 그게 내가 하고 싶었던 말이야." 그가 설명했다. "그게 어떤 건지 모르겠어? 그 짓을 하고 나니 마음이 아팠고, 모든 게 낯설어졌어. 그래서 한 거야. 그리고 다행이라는 생각도 들어. 뭔가 배운 게 있거든. 바로 그거야. 그게 바로 내가 원하던 거야. 이해 못 하겠어? 난 이런저런 것들을 배우고 싶었던 거지. 그래서 그런 짓을 한 거야."

죽음

헤프너블록의 패리스 직물 상점 위층에 있는 리피 의사의 진료실로 올라가는 계단은 조명이 어두웠다. 계단 맨 위에 등피가 더러운 램프 하나가 까치발로 벽에 고정되어 매달려 있었다. 램프에 달린 양철 반사경은 녹이 슬어 갈색으로 변한 데다 먼지를 뒤집어쓰고 있었다. 계단을 올라가는 사람들은 앞서 올라간 많은 사람들의 발자취를 밟고 올라갔다. 층계의 부드러운 널빤지들은 오가는 사람들의 발에 짓눌려 움푹 패어 있었다.

계단 맨 위에서 오른쪽으로 꺾으면 의사의 진료실이 나왔다. 왼쪽에는 쓰레기가 잔뜩 쌓여 있는 어두운 복도가 있었다. 낡은 의자들, 톱질 모탕들, 사다리들, 빈 상자들이 어둠 속에 놓여 있어 지나가는 사람들은 자칫 부딪혀 정강이가 까지기 일쑤였다.

쓰레기 더미는 패리스 직물 상점의 것이었다. 상점의 카운터나 선반들이 쓸모없어지면 직원들이 계단 위로 들고 올라와 쓰레기 더미 위에 던져놓았다.

리피 의사의 진료실은 곡물 헛간만큼이나 넓었다. 배가 둥그런 난로가 방 한가운데에 자리 잡고 있었다. 난로 바닥 주위에는 톱밥이 쌓여 있었는데, 그 톱밥은 마룻바닥에 못을 박아 고정해놓은 두꺼운 판자 안에 놓여 있었다. 문 옆에 놓여 있는 큼직한 탁자는 전에 헤릭의 의상실에서 맞춤옷을 진열하는 데 사용하던 가구였다. 탁자는 책, 병, 수술 도구들로 덮여 있었다. 탁자 끄트머리 근처에는 리피 의사의 친구이자 묘목장 주인인 존 스패니어드가 문으로 들어오면서 호주머니에서 슬쩍 꺼내놓고 간 사과 서너 알이 놓여 있었다.

중년의 리피 의사는 키가 크고 거동이 어색했다. 뒷날 기르게 되는 잿빛 턱수염은 아직 나지 않았고, 윗입술 위로 갈색 콧수염을 기르고 있었다. 나이가 들수록 그는 우아하지 못했고, 자신의 팔다리를 어떻게 처리해야 할지를 두고 무척 고심했다.

엘리자베스 윌러드가 결혼한 지도 꽤 오랜 세월이 흘러 아들 조지가 열두 살인가 열네 살의 어엿한 소년이 되었을 즈음, 당시의 그녀는 여름날 오후면 가끔 닳아빠진 계단을 올라가 리피 의사의 진료실을 찾았다. 본래 훤칠했던 그녀의 몸은 이미 구부정해지기 시작했고, 그 자신을 기운 없이 질질 끌고 다니기 시작했다. 겉으로는 건강 문제로 의사를 방문하는 것 같았지만, 대여섯 번이 넘는 방문의 주된 목적은 그녀의 건강과는 아무 관련이 없었다. 그녀는 의사와 건강 이야기도 나눴지만 주로 자기 인생에 대해, 두 사람 각자의 인생에 대해, 그들이 와인즈버그에서 살면서 하게 된 이런저런 생각들에 대해 이야기를 나눴다.

널찍하고 텅 빈 진료실에서 남자와 여자는 서로를 바라보며 앉아 있었고 두 사람은 닮은 점이 아주 많았다. 눈 색깔과 코의 길이와 각자가 살아가는 상황이 다른 것처럼 두 사람의 신체는 달랐다. 그러나 그들 내면의 무언가는 같은 의미를 공유했고, 같은 해방을 원했으며, 아마 그들을 지켜보는 사람의 기억에 같은 인상을 남겼을 것이다. 뒷날, 나이를 먹고 젊은 아내와 결혼했을 때 의사는 아내에게 그 병든 여자와 함께 보낸 시간들에 대한 이야기를 자주 들려주었고, 엘리자베스에게는 차마 표현할 수 없었던 아주 많은 것들을 털어놓았다. 의사는 노년에 거의 시인이 되다시피 하여, 일어난 일들에 대한 그의 생각은 시적 경향을 띠었다. "나는 삶에서 기도가 필요한 시점에 이르렀었고, 그래서 신들을 만들어내 그들에게 기도했지." 그가 말했다. "나는 말로 기도를 드리지도, 무릎을 꿇지도 않고 그저 의자에 꼼짝 않고 쥐죽은 듯 앉아 있었어. 메인스트리트가 후덥지근하고 조용한 늦

306

은 오후일 때나 날씨가 음침한 겨울날이면 신들이 진료실로 찾
아왔는데, 나는 그 신들에 대해 아는 사람이 아무도 없을 거라고
생각했지. 그러다가 이 여자, 엘리자베스가 알고 있고, 그녀 역
시 같은 신들을 숭배하고 있다는 걸 알게 된 거야. 신들이 여기
있을 거라고 생각해서 찾아오는 것 같았어. 그래도 찾아왔을 때
어쨌든 혼자는 아니라서 행복해했던 것 같아. 뭐라고 표현할 수
없는 경험이었지. 물론 별의별 장소에서 남자와 여자들에게 늘
일어나고 있는 일일 거라는 생각이 들기는 하지만."

* * *

엘리자베스와 리피 의사가 진료실에 앉아 두 사람의 인생에
대해 이야기를 나누던 여름날 오후들에, 그들은 다른 사람들의
인생에 대해서도 이야기했다. 가끔 의사는 철학적 경구를 만들어
낼 때도 있었다. 그러고 나면 그는 재미있어하면서 껄껄 웃었다.
가끔씩은 한동안 침묵이 흐른 뒤 한마디 말이나 힌트가 던져져 화
자의 삶을 이상하게 밝혀주었고, 소망이 욕망이 되었고, 반쯤 죽
었던 꿈이 갑자기 불붙어 되살아났다. 대체로 그 말들은 여자한테
서 나왔고, 그녀는 그 말을 하면서 남자를 쳐다보지 않았다.
　의사를 만나러 갈 때마다 호텔 경영인의 아내는 조금씩 더 자

유롭게 말할 수 있게 되었고, 한두 시간 의사와 함께 시간을 보내고 나면 따분한 일상에서 벗어나 새롭게 기운이 샘솟는 기분으로 계단을 내려가 메인스트리트로 걸어 나갔다. 그녀는 몸에서 소녀 시절의 활기에 가까운 무언가를 느끼면서 길을 따라 걸었지만, 자기 방에 돌아가 창가 의자에 앉으면, 또 어둠이 내리고 호텔 식당에서 일하는 여자애가 쟁반에 음식을 담아 들고 왔을 때면 그 소녀 시절의 무언가는 차갑게 식어버렸다. 그녀의 생각은 모험을 열렬히 갈망하던 처녀 시절로 내달렸고, 그녀는 모험이라는 게 가능했던 시절 자신을 품에 안아주던 사내들의 두 팔을 생각했다. 특히 한동안 그녀의 연인이었고 격정에 휩싸인 순간이면 그녀에게 똑같은 말을 수백 번 넘게 미친 듯 되풀이하던 한 남자를 기억해냈다. "소중한 당신! 소중한 당신! 소중하고 사랑스러운 당신!" 생각해보면 그 말은 그녀가 삶에서 이루고 싶었던 그 무언가를 표현하고 있었다.

호텔 경영인의 병든 아내는 낡고 초라한 호텔 방에서 흐느껴 울기 시작했고, 얼굴을 두 손에 파묻고 몸을 앞뒤로 흔들었다. 그녀의 하나밖에 없는 친구인 리피 의사의 말들이 귓가에 쟁쟁하게 울렸다. "사랑은 칠흑 같은 밤에 나무 아래 풀을 흔들어대는 바람 같은 것이죠." 그가 말했다. "사랑을 명확히 규정지으려 하면 안 됩니다. 사랑은 삶의 신성한 우연이니까요. 사랑을 규정

짓고 확신하려 애쓰고, 부드러운 밤바람이 부는 나무 밑에서 살려고 애쓰면 길고 무더운 실망의 날들이 금방 닥쳐와, 지나가는 승합마차들의 모래 먼지가 키스로 달아오르고 부드러워진 입술에 달라붙을 겁니다."

엘리자베스 윌러드는 그녀가 겨우 다섯 살이었을 때 세상을 떠난 어머니를 기억하지 못했다. 소녀 시절, 그녀는 상상할 수 없을 만큼 아무렇게나 되는대로 살았다. 그녀의 아버지는 그저 다른 사람의 간섭을 받지 않고 살기를 원했을 뿐이지만 호텔 일은 그를 내버려두지 않았다. 그녀의 아버지 또한 병자로 살다가 죽었다. 그는 날마다 명랑한 얼굴로 일어났지만, 오전 10시쯤이 되면 그의 마음에서 모든 기쁨은 사라져버린 뒤였다. 손님이 호텔 식당 음식값이 너무 비싸다고 불평하거나 침대 정리를 하던 여종업원 하나가 결혼해서 떠나가면 그는 발을 쾅쾅 구르며 욕설을 퍼부었다. 밤이 되어 잠자리에 들 때면 호텔을 들락거리는 뭇 사람들 틈에서 자라고 있는 딸을 생각하며 슬픔으로 무기력해졌다. 딸이 나이가 들어 저녁때 사내아이들과 산책을 나가기 시작하자 그는 딸과 이야기를 하고 싶었으나 막상 시도했을 때 실패했다. 그는 언제나 하고 싶었던 말들을 잊어버렸고, 자기 일들에 대해 불평하며 시간을 보냈다.

소녀 시절과 처녀 시절에 엘리자베스는 삶에서 진정한 모험가가 되려고 애썼다. 열여덟 살 때 그녀는 세상에 휩쓸려 이미 처녀가 아니었지만, 톰 윌러드와 결혼하기 전 대여섯 명과 사랑을 나누었음에도 오직 욕정에 이끌려 모험에 뛰어든 적은 없었다. 세상 모든 여자가 그러듯 엘리자베스도 진정한 연인을 원했다. 그녀가 언제나 맹목적으로 열정에 휩싸여 추구하는 무언가가 있었으니, 그건 인생에 숨어 있는 어떤 신비였다. 당당한 걸음걸이로 사내들과 가로수 아래를 걸었던 키 크고 아름다운 소녀는 어둠 속으로 손을 뻗어 다른 누군가의 손을 붙잡으려 끝없이 노력했다. 함께 모험을 떠났던 사내들의 입술에서 횡설수설 흘러나온 모든 말들 속에서 그녀는 자신에게 참된 말이 될 것을 찾아내려 애썼다.

엘리자베스가 아버지 호텔의 직원 톰 윌러드와 결혼한 것은, 그녀가 결혼하기로 마음먹었을 때 그가 바로 곁에 있었고 결혼하기를 원했기 때문이었다. 한동안 그녀는 대부분의 젊은 여자들과 마찬가지로 결혼이 인생의 모습을 바꾸어놓을 거라 생각했다. 그녀의 마음속에 톰과의 결혼이 가져올 결과에 대한 의혹이 있었다면, 그녀는 그걸 무시해버린 셈이었다. 그녀의 아버지는 당시 병들어 사경을 헤매고 있었고, 그녀 또한 막 끝난 연애의 무의미한 결과로 혼란스러운 상태였다. 그녀 또래의 와인즈버그 처녀들은 식료품점 점원이나 젊은 농부들처럼, 그녀가 늘 알고 지내던 사내들과 결혼하고 있었다. 저녁에 그들은 남편들과 함께 메인스트리트를 걸었고 그녀가 지나가면 행복한 미소를 지었다. 그녀는 결혼이라는 것 자체가 어떤 숨겨진 의미로 가득한 것일지도 모른다고 생각하기 시작했다. 그녀가 이야기를 나눠본 젊은 아내들은 나지막한 목소리로 수줍어하며 이렇게 말했다. "나만의 남자를 갖게 되면 모든 게 달라져."

결혼식 전날 밤, 혼란에 빠진 엘리자베스는 아버지와 대화를 나눴다. 뒷날 그녀는 그때 병석에 누워 있던 환자와 단둘이 보낸 몇 시간 때문에 결국 결혼을 결심하게 되었던 것은 아닐까 하고 생각했다. 아버지는 자신의 인생 이야기를 해주면서 딸에게 자기처럼 그런 진창으로 끌려 들어가지 말라고 충고했다. 아버지가 톰 윌러드를 매도하는 바람에 엘리자베스는 오히려 그를 두둔하게 되었다. 병든 아버지는 흥분해서 침대를 박차고 일어나려 했다. 엘리자베스가 돌아다니지 못하게 하자 그는 투덜거리기 시작했다. "도대체가 날 가만히 내버려두는 법이 없구나. 열심히 일했지만 호텔의 수지를 맞추지 못했어. 아직도 은행 빚이 남아 있거든. 내가 죽으면 너도 알게 될 거다." 그가 말했다.

환자의 목소리는 진지해지며 긴장되었다. 일어설 수가 없었던 그는 한 손을 내밀어 자기 곁에 앉아 있는 딸의 머리를 가까이 끌어당겼다. 그가 중얼거렸다. "빠져나갈 길이 있단다. 톰 윌러드나 와인즈버그에 사는 어느 누구하고도 결혼하지 말렴. 내 트렁크 안 양철 상자에 800달러가 있다. 그걸 갖고 멀리 떠나거라."

병든 남자의 목소리는 다시 한번 불평하는 투가 되었다. "꼭 약속해야 한다." 그가 선언하듯 말했다. "결혼하지 않겠다는 약속을 못 하겠으면 톰 앞에서 그 돈 이야기는 입 밖에 내지 않겠다고 약속해다오. 그건 내 돈이니까, 너한테 주면서 그 정도 요구를 할 권리는 있지. 돈을 어디 숨기거라. 아버지로서의 실패를 보상하려고 이러는 거란다. 언젠가 그 돈이 문이 되어줄 거야, 네게 활짝 열린 문 말이야. 자, 어서, 난 이제 곧 죽을 것이니, 약속해다오."

*　*　*

지치고 수척한 마흔한 살의 여자가 된 엘리자베스는 리피 의사 진료실의 난로 근처 의자에 앉아 마룻바닥을 내려다보았다. 의사는 창가의 작은 책상 옆에 앉아 있었다. 그의 두 손은 책상 위에 놓인 납 연필을 만지작거리고 있었다. 엘리자베스는 기혼 녀로서 자기 인생에 대해 말했다. 그녀는 냉담해졌고, 남편은 까맣게 잊은 채 오직 자기 이야기를 유리하게 하는 보조로서만 그를 활용했다. "그러고 나서 결혼을 했는데 전혀 잘 풀리지 않았어요." 그녀가 씁쓸하게 말했다. "결혼하자마자 두려운 생각이 들기 시작했어요. 아마 그 전부터 이미 너무 많이 알고 있었는지도 몰라요. 그와 함께한 첫날밤에 너무 많은 걸 알아버린 것 같기도 하고요. 지금은 잘 기억이 안 나요.

제가 얼마나 바보였는지 몰라요. 아버지가 돈을 주면서 결혼을 말리실 때 전 귀담아듣지 않았어요. 결혼한 여자들이 결혼에 대해 한 말을 생각하니 저도 결혼하고 싶었거든요. 제가 원한 건 톰이 아니라 결혼이었죠. 아버지가 잠들고 나서 저는 창밖으로 몸을 내밀고 그때까지 제가 살아온 삶을 생각했어요. 나쁜 여자가 되고 싶진 않았어요. 읍내에는 저에 대한 소문이 넘쳐났죠. 심지어 톰이 마음을 바꿀까 봐 두렵기까지 했어요."

여자의 목소리는 흥분으로 떨리기 시작했다. 무슨 일이 일어나고 있는지 깨닫지도 못한 채 그녀를 사랑하게 된 리피 의사에게 이상한 환각이 찾아왔다. 그녀가 이야기하는 동안 그녀의 몸이 변해서, 점점 더 젊어지고 꼿꼿해지고 강인해지고 있다는 생각이 들었다. 그 환각을 떨쳐버릴 수가 없자 그의 마음은 그것을 의사로서 해석했다. "이 대화가 그녀의 몸과 마음 모두에 좋은 일인 거야." 그가 혼잣말로 중얼거렸다.

엘리자베스는 결혼한 지 몇 달이 지난 뒤 어느 오후에 일어난 사건에 대해 이야기하기 시작했다. 그녀의 목소리는 점점 더 차분해졌다. "오후 늦게 혼자 드라이브를 나갔어요." 그녀가 말했다. "모이어네 마차 대여점에 맡겨둔 이륜마차와 작은 회색 조랑말이 있었거든요. 톰은 호텔 방들을 페인트칠하고 다시 도배하고 있었어요. 그이가 돈이 필요하다고 해서 저는 아버지가 주신 800달러에 대해 말할지 말지 결정하려 애쓰고 있었지요. 하지만 도저히 결정을 내릴 수가 없더군요. 그이를 그만큼은 좋아하지 않았던 거죠. 그 시절 그이 손과 얼굴엔 늘 페인트가 묻어 있었고 그이 몸에선 페인트 냄새가 진동했어요. 그이는 낡은 호텔을 수리해서 말끔한 새 호텔로 만들려고 하고 있었지요."

홍분한 여자는 의자에 아주 꼿꼿이 앉아 그 봄날 오후 혼자 마차를 타고 드라이브를 나갔던 일을 이야기하며 소녀처럼 재빠른 손짓을 했다. "날씨가 흐렸고 곧 폭풍우가 불어닥칠 것 같았어요. 먹구름 때문에 나무들과 풀밭의 초록빛이 더욱 도드라져 그 색깔에 눈이 시릴 정도였죠. 전 트러니언파이크를 따라 1킬로미터 반쯤 넘게 나갔다가 샛길로 들어섰어요. 작은 말은 언덕을 아주 재빨리 오르내렸죠. 저는 조바심이 났어요. 이런저런 생각이 계속 떠올라서 그런 생각에서 벗어나고 싶었어요. 저는 말을 때리기 시작했지요. 먹구름이 자욱해지더니 비가 내리기 시작했어요. 무시무시한 속도로 계속, 영원히 달리고 싶었어요. 읍내를 벗어나고, 옷을 훌훌 벗어 던지고, 제 결혼 생활을, 제 육체를, 모든 걸 벗어 던지고 싶었어요. 말을 그렇게 달리다가 하마터면 말을 죽일 뻔했어요. 도저히 말이 더 달릴 수 없게 되었을 때 저는 마차에서 내려 어둠 속으로 뛰어갔고 결국 넘어져 옆구리를 다쳤어요. 모든 걸 던져버리고 도망치고 싶었는데 또 한편으론 무언가를 향해 달려가고 싶었던 거예요. 당신은 모르겠나요, 그게 어떤 마음이었는지?"

엘리자베스는 의자에서 벌떡 일어나 진료실 안을 서성거리기 시작했다. 그녀는 이제껏 리피 의사가 본 어느 누구와도 다르게 걸었다. 그녀의 온몸에는 어떤 흔들림, 그를 취하게 만드는 어떤 리듬이 있었다. 그녀가 다가와 그의 의자 옆 마룻바닥에 무릎을 꿇고 앉자 그는 두 팔로 그녀를 껴안고 정열적으로 키스를 퍼붓기 시작했다. "저는 집으로 오는 길에 내내 울었어요." 그녀는 그 광란의 드라이브 이야기를 계속하려 했지만 그는 듣지 않았다. "소중한 당신! 소중하고 사랑스러운 당신! 아, 소중하고 사랑스러운 당신!" 그는 이렇게 중얼거리면서, 자기 품 안에 안겨 있는 사람이 마흔한 살의 지친 여자가 아니라 어떤 기적에 의해 지친 여자의 몸뚱이라는 껍데기를 벗어 던진 아름답고 순수한 소녀라고 생각했다.

리피 의사는 그렇게 품에 안았던 여자를, 그녀가 사망한 뒤에야 비로소 다시 볼 수 있었다. 그가 바야흐로 그녀의 연인이 되려던 순간, 그 여름날 오후 진료실에서 일어난 조금 기괴한 작은 사건이 그의 사랑을 곧바로 끝내버렸던 것이다. 남자와 여자가 서로를 꼭 껴안고 있는데 묵직한 발소리가 쿵쾅거리며 진료실 계단을 올라왔다. 두 사람은 벌떡 일어나 인기척에 귀를 기울이며 몸을 떨었다. 층계의 시끄러운 소리는 패리스 직물 상점의 직원이 내는 소리였다. 그는 시끄럽게 쾅 소리를 내며 텅 빈 상자를 복도 쓰레기 더미에 던지고는 무거운 발걸음으로 층계를 내려갔다. 엘리자베스는 거의 곧바로 그의 뒤를 따랐다. 유일한 친구와 이야기를 하는 동안 그녀 내면에 살아났던 그 무언가가 갑자기 죽어버렸다. 엘리자베스는 과하게 흥분했고, 리피 의사도 비슷한 상태가 되자 그녀는 이야기를 계속하고 싶어 하지 않았다. 거리를 걸어가는 동안 그녀 몸속에서는 피가 여전히 노래하고 있었지만 메인스트리트에서 벗어나 저 멀리 뉴윌러드 하우스의 불빛이 보이자 몸이 떨리기 시작했고, 무릎이 너무 후들거려 그녀는 한순간 길거리에 그대로 쓰러질 것만 같았다.

병든 여자는 인생의 마지막 몇 달을 죽음을 갈망하며 보냈다. 무언가를 찾고 갈망하면서 죽음의 길을 걸어갔다. 그녀는 죽음의 형상을 의인화하여, 한순간에는 언덕 위로 뛰어 올라가는 검은 머리카락의 튼튼한 청년으로 만들었다가, 다음 순간에는 삶으로 인해 상처받고 흉터가 남은 준엄하고 조용한 남자로 만들기도 했다. 그녀는 방 안의 어둠 속에서 이불 밑으로 손을 뻗어 내밀며, 마치 죽음이 살아 있는 생명체인 것처럼 그녀에게 손을 내밀었다고 생각했다. 그녀가 속삭였다. "조금만 참아요, 나의 연인이여. 계속 젊고 아름다운 모습으로 참을성 있게 기다려줘요."

병마가 그녀 몸에 무거운 손을 얹어 아들 조지에게 숨겨진 800달러에 대해 이야기해주려던 계획을 물거품으로 만들던 날 밤, 엘리자베스는 침대에서 나와 방을 반쯤 가로질러 기어가며 죽음에게 딱 한 시간만 더 허락해달라고 애원했다. "기다려요, 당신! 내 아들! 내 아들! 내 아들!" 그녀는 그토록 열렬하게 바라던 연인의 두 팔을 온 힘을 다해 뿌리치며 애원했다.

*　*　*

엘리자베스는 아들 조지가 열여덟 살이 되던 해 3월의 어느 날 사망했고, 청년은 그녀의 죽음이 어떤 의미를 지니는지 아주 조금밖에는 이해하지 못했다. 그런 이해는 시간이 지나야만 얻을 수 있을 것이었다. 그는 창백한 얼굴로 꼼짝도 않고 말없이 침대에 누워 있는 어머니의 모습을 한 달 동안 지켜봤다. 그러던 어느 오후, 의사가 복도에서 그를 불러 세워서는 몇 마디 말을 전했다.

젊은이는 자기 방으로 들어가 문을 닫았다. 복부 부근이 텅 빈 것 같은 이상한 느낌이 들었다. 그는 잠시 앉아서 마룻바닥을 물끄러미 바라보다가 벌떡 일어나 산책을 나갔다. 기차역 플랫폼을 따라 걷다가 고등학교 건물을 지나 주택가를 통과하면서 그는 거의 전적으로 자기 일만 생각하다시피 했다. 죽음이라는 관념은 그를 붙잡을 수 없었고, 그는 사실 어머니가 그날 사망했다는 사실에 조금 짜증이 나 있었다. 은행가의 딸 헬렌 화이트에게 보냈던 쪽지에 대한 답장을 방금 받았던 것이다. '오늘 밤 그녀를 만나러 갈 수도 있었는데 이제 미뤄야 하잖아.' 그는 조금 화가 나서 이렇게 생각했다.

엘리자베스는 금요일 오후 3시에 사망했다. 아침에는 춥고 비가 내렸지만 오후에는 해가 났다. 죽기 전 그녀는 엿새 동안 말도 못 하고 움직이지도 못하는 마비 상태로, 오로지 마음과 눈만 살아 있는 채로 누워 있었다. 그녀는 그 엿새 중 사흘은 아들 생각을 하고 그의 장래와 관련해 몇 마디 말이라도 전하려 애쓰면서 보냈다. 그녀의 눈빛에는 가슴 뭉클한 호소력이 담겨 있어 그걸 본 사람들은 모두 그 죽어가는 여자의 기억을 몇 해 동안 마음속에 품고 살았다. 언제나 아내에게 반쯤 분노를 느끼던 톰 윌러드마저 분노를 잊었고, 흘러내리는 눈물은 콧수염에 맺혔다. 그의 콧수염은 허옇게 세기 시작해 염색약으로 물들이고 있었다. 염색 목적으로 사용하는 약에 기름이 섞여 있어, 콧수염에 맺힌 눈물을 손으로 훔쳐내자 안개 같은 고운 증기가 일었다. 슬픔에 젖은 톰 윌러드의 얼굴은 궂은 날씨에 오랫동안 나돌아 다닌 강아지의 얼굴처럼 보였다.

조지는 어머니가 사망한 날 어두워질 무렵에 메인스트리트를 따라 집으로 돌아왔고, 자기 방에서 머리와 옷을 매만진 뒤 복도를 따라 걸어가 시신이 누워 있는 방으로 들어갔다. 문가의 화장대에 촛불이 하나 놓여 있었고 리피 의사가 침대 곁 의자에 앉아 있었다. 의사는 일어나 방에서 나가려 했다. 그는 젊은이에게 인사를 하려는 듯 한 손을 내밀었다가 어색하게 다시 거두었다. 방 안 공기는 자의식 강한 두 사람의 존재감으로 무거웠고, 의사는 서둘러 방에서 나갔다.

죽은 여자의 아들은 의자에 앉아 마룻바닥을 바라보았다. 그는 또다시 자기 일에 대해 생각하면서, 반드시 삶에서 변화를 꾀해야겠다고, 와인즈버그를 떠나야겠다고 결심했다. '대도시로 갈 거야. 어쩌면 신문사에서 일자리를 찾을 수 있을지도 몰라.' 그는 이렇게 생각했다. 그러고 나서 그의 생각은 그날 밤을 같이 보내기로 돼 있던 아가씨에게로 향했고, 그녀를 만나러 가지 못하게 된 사태의 반전에 다시금 조금 화가 났다.

불을 어둡게 밝힌 방 안에서 죽은 여자와 함께 있던 젊은이는 여러 생각을 하기 시작했다. 어머니가 마음속으로 죽음에 대한 여러 생각을 곱씹었듯이, 그는 마음속으로 삶에 대한 여러 생각을 곱씹었다. 그는 눈을 감고 헬렌 화이트의 붉은 입술이 자신의 입술에 닿았다고 상상했다. 그러자 온몸이 부들거리고 손이 떨렸다. 바로 그때 어떤 일이 일어났다. 청년은 벌떡 일어나 뻣뻣하게 몸이 굳은 채로 서 있었다. 그는 침대 시트 아래 누워 있는 죽은 여자의 모습을 보았고, 자기 생각들에 대한 수치심이 밀려와 흐느껴 울기 시작했다. 어떤 새로운 생각이 마음속에 떠오르자 그는 돌아서서 마치 누군가가 자신을 관찰하고 있기라도 한 듯 죄지은 사람처럼 주위를 두리번거렸다.

조지 윌러드는 어머니의 시신에서 침대 시트를 걷어버리고 그 얼굴을 보고 싶다는 광기에 사로잡혔다. 마음속에 떠오른 생각이 그를 끔찍하게 압도했다. 자기 어머니가 아니라 다른 누군가가 눈앞의 침대에 누워 있다는 확신이 들었다. 그 확신이 너무 강해서 거의 견딜 수 없을 정도였다. 시트 밑의 시신은 키가 컸고, 죽은 상태에서 젊고 우아해 보였다. 이상한 망상에 사로잡힌 청년에게 그 모습은 말로 형용하기 어려울 정도로 사랑스러웠다. 눈앞의 시신이 살아 있다는 느낌, 금방이라도 사랑스러운 여자가 침대에서 벌떡 일어나 그를 마주 볼 것 같은 느낌이 너무 강렬해져서 그 긴장감을 견디기 힘들었다. 조지는 거듭거듭 손을 내밀었다. 한번은 그녀를 덮고 있는 흰 시트에 손을 대 반쯤 걷어 올렸지만, 차마 용기가 나지 않아 그는 리피 의사처럼 뒤돌아 방에서 나갔다. 문밖 복도에서 발길을 멈춘 그는 몸이 너무 떨리는 바람에 한 손으로 벽을 짚어야 했다. "저건 우리 어머니가 아니야. 저기 누워 있는 건 우리 어머니가 아니라고." 그는 혼잣말로 중얼거렸고, 그의 몸은 다시 한번 공포와 불확실성으로 떨렸다. 시신을 지키려고 온 엘리자베스 스위프트 부인이 옆방에서 나오자 그는 그녀의 손을 잡고 머리를 좌우로 흔들어대며 슬픔으로 반쯤 정신이 나가 흐느껴 울기 시작했다. "어머니가 돌아가셨어요." 그렇게 말한 그는 부인을 잊은 채 뒤돌아서더니 방금 나온 문을 응시했다. "소중한 사람, 소중한 당신, 아 소중하고 사랑스러운 당신." 어떤 외적 충동에 사로잡힌 청년이 소리내어 중얼거렸다.

*　*　*

죽은 여자가 그토록 오랫동안 숨겨두었고 조지 윌러드가 대도시에서 새출발을 할 수 있도록 주고 싶어 했던 800달러로 말하자면, 어머니 침대 발치 옆의 회반죽 바른 벽 뒤 양철 상자에 들어 있었다. 결혼한 지 일주일 되었을 때 엘리자베스가 막대기로 회반죽을 떼어내고 그곳에 넣어두었던 것이다. 그러고 나서 그녀는 남편이 당시 호텔 일로 고용했던 일꾼 한 사람에게 벽을 수리해달라고 부탁했다. "침대 모서리에 찍혀서 그렇게 됐지 뭐예요." 그 순간 해방의 꿈을 포기할 수 없었던 그녀는 남편에게 그렇게 설명했다. 그 해방은 그녀가 사는 동안 단 두 번 그녀에게 찾아왔는데, 그녀의 두 연인 '죽음'과 리피 의사가 품에 그녀를 꼭 안아주던 순간들이었다.

순진함의 상실

늦가을의 어느 초저녁, 와인즈버그군 축제가 시골 사람들을 모두 읍내로 불러 모았다. 날씨는 맑았고 밤이 되자 따뜻하고 쾌적해졌다. 읍내를 벗어난 트러니언파이크는 이제 마른 갈색 낙엽으로 뒤덮인 딸기밭들 사이로 이어졌고, 그 도로로 지나가는 승합마차들이 일으키는 흙먼지가 구름처럼 일었다. 아이들은 몸을 작은 공처럼 둥글게 말고서 승합마차 바닥에 깔아놓은 밀짚 위에서 잠을 잤다. 아이들의 머리카락은 먼지투성이였고 손가락은 까맣고 끈적끈적했다. 먼지가 들판 위로 휘몰아치며 날아갔고, 지는 해가 날아가는 먼지를 여러 색깔로 빛나게 했다.

와인즈버그의 메인스트리트에서는 사람들이 무리를 지어 상점들과 인도를 가득 채웠다. 밤이 오자 말들이 힝힝 울었고, 상점 점원들은 미친 듯이 뛰어다녔으며, 아이들은 길을 잃고 목 놓아 울어댔고, 미국의 소도시는 즐기는 일에 광분했다.

메인스트리트의 군중을 헤치고 지나온 젊은 조지 윌러드는 리피 의사의 진료실로 올라가는 층계에 몸을 숨기고 사람들을 바라보았다. 그는 열띤 눈으로 상점 불빛 아래를 떠도는 얼굴들을 지켜보았다. 이런저런 생각들이 계속 머릿속에 떠올랐지만 생각하고 싶지 않았다. 그는 조바심하며 나무 계단을 쿵쿵 밟았고 주변을 날카롭게 두리번거렸다. "음, 그녀는 하루 종일 그 남자와 함께 있으려나? 이렇게까지 기다렸는데 다 헛수고란 말인가?" 그가 중얼거렸다.

오하이오주 소도시의 청년 조지 윌러드는 빠르게 성인으로 성장하고 있었고, 그의 마음속에는 새로운 생각들이 떠오르고 있었다. 그날 하루 종일 그는 축제를 즐기는 붐비는 인파 속에서 고독한 감정에 휩싸여 돌아다녔다. 어딘가 다른 대도시로 가서 대도시의 신문사에 취직하겠다는 희망을 품고 와인즈버그를 떠나려는 참이었으므로 어른이 된 느낌이 들었다. 그를 사로잡은 기분은 성인들은 알지만 청소년들은 잘 모르는 그런 것이었다. 그는 늙고 조금 지친 느낌이 들었다. 온갖 추억이 그의 내면에서 깨어났다. 그가 생각하기에는 스스로의 성숙함에 대한 새로운 자각이 그를 다른 사람들과 갈라놓고, 그를 반쯤 비극적 인물로 만들었다. 그는 어머니의 사망 이후 그를 사로잡은 이러한 감정을 누군가가 이해해주기를 바랐다.

모든 청년의 삶에는 처음으로 삶을 반추해 바라보는 시점이 오게 마련이다. 어쩌면 그것이 청소년이 경계선을 넘어 성인에 진입하는 순간일지도 모른다. 청년은 지금 그가 사는 읍내의 길거리를 걷고 있다. 장래를 생각하고 자신이 세상에서 차지하게 될 위치를 생각하고 있다. 그의 내면에 야심과 회한이 깨어난다. 갑자기 무슨 일이 일어난다. 그는 나무 아래에서 발길을 멈추고 자기 이름을 부르는 목소리를 기다리듯 기다린다. 지나간 옛것들의 유령이 그의 의식 속으로 슬며시 비집고 들어온다. 그의 외면에서 들려오는 목소리들은 삶의 여러 제약에 대한 메시지를 속삭인다. 자기 자신과 장래에 대해 굳은 확신을 품고 있던 청년은 확신을 모조리 잃어버린다. 그가 상상력이 뛰어난 청년이라면, 문은 활짝 열려 있고 그는 처음으로 세상을 내다보게 된다. 그리고 마치 그의 눈앞에서 행진해서 지나가듯이 그보다 앞서 무(無)에서 이 세상에 온 헤아릴 수 없이 많은 사람들이 그들의 삶을 살고 다시 무(無)로 사라지는 모습을 본다. 순진함을 상실한 슬픔이 청년을 찾아온 것이다. 살짝 숨을 몰아쉬며 그는 자신이 바람에 날려 읍내 길거리를 나뒹구는 한낱 낙엽에 지나지 않는다는 사실을 깨닫는다. 친구들의 허세 섞인 호언장담에도 불구하고 그는 자신이 아무것도 확신하지 못한 채로 바람에 흩날리는 존재, 옥수수처럼 땡볕에 시들어가야 하는 운명의 존재로 살다가 죽어야 한다는 것을 안다. 그는 전율하며 열띤 눈길로 주위를 돌아본다. 그가 살아온 18년이 한 찰나처럼, 기나긴 인류의 행렬 속에서 숨 한 번 내쉴 시간에 지나지 않는 것처럼 보인다. 그는 이미 죽음이 부르는 소리를 듣는다. 온 진심으로 그는 다른 인간에게 가까이 다가가고 싶고, 자신의 손으로 누군가를 만지고, 누군가의 손길이 자신을 만지기를 바란다. 만약 그가 그 다른 인간이 여자였으면 하고 바란다면, 그건 여자가 온화하고 이해해줄 것이라고 믿기 때문이다. 그가 무엇보다도 원하는 건 이해다.

조지 윌러드에게 순진함을 상실한 순간이 찾아왔을 때 그의 마음은 와인즈버그 은행가의 딸 헬렌 화이트에게로 향하고 있었다. 그 자신이 남성으로 성숙해가는 동안, 그는 여성으로 성숙해가는 그 소녀를 늘 의식했다. 그가 열여덟 살이던 어느 여름밤, 그녀와 시골길을 걷던 그는 그녀 앞에서 허세를 떨고 싶은 충동, 그녀 눈에 자기 자신을 더 대단하고 중요한 사람으로 보이게 하고 싶은 충동에 사로잡혔다. 이제는 다른 목적을 품고 그녀를 만나고 싶었다. 자신에게 찾아온 새로운 충동에 대해 그녀에게 말해주고 싶었다. 그는 남자가 뭔지 전혀 알지도 못하면서 그녀가 자신을 남자로 생각하게 만들려고 애썼다. 그리고 이제 그는 그녀와 함께 있고 싶었고, 자기 본성에 일어났다고 생각한 변화를 그녀에게 느끼게 해주고 싶었다.

헬렌 화이트로 말하자면, 그녀 또한 변화의 시기에 이르렀다. 그녀도 조지가 느끼는 것을 젊은 여성의 방식으로 느끼고 있었다. 그녀는 이제 더 이상 소녀가 아니었고, 여성의 우아함과 아름다움에 이르기를 갈망했다. 그녀는 클리블랜드에서 대학을 다니다가 고향에 돌아와 축제를 즐기고 있었다. 그녀 또한 여러 추억을 쌓기 시작했다. 낮 동안 그녀는 그녀의 어머니가 손님으로 초대한 한 대학 강사 청년과 함께 야외 관람석에 앉아 있었다. 청년은 현학적 사고방식의 소유자로, 그녀는 그가 자신의 목적에 맞지 않는 사람이라는 걸 즉시 깨달았다. 그러나 청년이 옷을 말쑥하게 차려입은 외지인이었기 때문에 축제에서 그와 함께 있는 모습을 보여주는 건 기분이 좋았다. 그와 함께 있으면 다른 사람들에게 좋은 인상을 주리라는 걸 그녀는 잘 알고 있었다. 낮 동안 헬렌은 행복했지만, 밤이 다가오자 초조해지기 시작했다. 그녀는 강사를 멀리 쫓아내고 그가 없는 곳으로 가버리고 싶었다. 두 사람이 야외 관람석에 함께 앉아 있는 동안, 또 옛날 학교 친구들의 시선이 그들에게 머무는 동안 그녀가 동반자에게 큰 관심을 보이자 그는 흥미가 돋았다. '학자는 돈이 필요하지. 돈이 있는 여자와 결혼해야 해.' 그가 생각했다.

조지 윌러드가 우울하게 헬렌 화이트를 생각하며 군중 속을 헤매고 있을 때 그녀는 조지를 생각하고 있었다. 그녀는 두 사람이 함께 걸었던 여름밤을 기억했고, 다시 그와 같이 걷고 싶었다. 대도시에서 몇 달 보내면서 극장에 가고 환하게 밝은 큰길을 거니는 수많은 군중을 보고 나니 자기 자신이 크게 달라졌다는 생각이 들었다. 그녀는 자기 성격에 일어난 변화를 그가 느끼고 의식하기를 원했다.

젊은 남녀 두 사람의 추억에 흔적을 남긴 그 여름밤은, 아주 분별 있게 돌이켜보면 꽤 멍청하게 보낸 시간이었다. 두 사람은 시골길을 따라 읍내 외곽으로 걸어 나갔었다. 그들은 아직 다 자라지 않은 옥수수밭의 울타리 근처에서 발걸음을 멈추었고 조지는 코트를 벗어 팔에 걸었다. "음, 난 여기 와인즈버그에 계속 머물렀어 ―그래― 아직 떠나진 않았지만 성장하고 있어." 그가 말했다. "책도 읽고 있고, 생각도 많이 했지. 인생에서 뭔가 해내려고 노력할 거야."

그가 이어서 설명했다. "그런데 뭐, 그게 요점은 아니야. 아무래도 말을 그만두는 게 좋겠어."

혼란에 빠진 청년은 한 손으로 소녀의 팔을 잡았다. 그의 목소리가 떨렸다. 두 사람은 다시 길을 따라 읍내 쪽으로 걷기 시작했다. 절박한 마음에 조지는 허세를 부렸다. "나는 큰 인물, 여기 와인즈버그에서 살았던 사람들 중에서 가장 큰 인물이 될 거야." 그가 선언하듯 말했다. "너도 무언가가 되었으면 좋겠어. 그게 뭔지는 잘 모르겠지만. 어쩌면 그건 내가 상관할 바가 아니겠지. 네가 다른 여자들과는 다르게 되려고 노력했으면 좋겠어. 무슨 말인지 알지. 물론 내가 상관할 바는 아니지만. 네가 아름다운 여성이 됐으면 해. 넌 내가 원하는 게 뭔지 알 거야."

청년의 목소리가 약해졌고, 침묵 속에서 두 사람은 다시 읍내로 돌아가 거리를 따라 헬렌 화이트의 집까지 걸어갔다. 집 대문 앞에서 그는 뭔가 인상적인 말을 하려 애썼다. 미리 생각해둔 말이 머릿속에 떠올랐지만, 그 말들은 완전히 무의하게 느껴졌다. "난 생각했어─생각하곤 했지─네가 세스 리치먼드와 결혼할 거라고 말이야. 하지만 이젠 네가 그러지 않을 거라는 걸 알고 있어." 그녀가 대문을 지나 집 현관문을 향할 때 그가 생각해낼 수 있는 말은 그게 전부였다.

그 포근한 가을밤, 조지는 계단에 서서 메인스트리트를 따라 흘러가는 군중을 바라보았다. 조지는 아직 여물지 않은 옥수수밭 옆에서 했던 이야기를 떠올렸고, 자신이 어떤 모습으로 보였을까 생각하니 부끄러워졌다. 길거리의 사람들은 우리에 갇힌 소 떼처럼 파도치듯 넘실거렸다. 이륜마차들과 승합마차들이

비좁은 가도를 가득 메웠다. 악단이 연주를 했고 어린 소년들이 인도를 따라 달리며 성인 남자들의 다리 사이를 비집고 지나갔다. 불그스레하고 번들거리는 얼굴을 한 젊은이들이 아가씨들과 팔짱을 끼고 어색한 동작으로 돌아다녔다. 무도회가 열릴 예정인 상점 위층의 한 방에서는 바이올린 연주자들이 악기를 조율하고 있었다. 뚝뚝 끊어지는 현악기 소리가 열린 창문을 통해 밖으로 흘러나와 웅얼거리는 말소리와 악단의 시끄러운 나팔 소리를 뚫고 들려왔다. 뒤범벅된 온갖 소리가 젊은 윌러드의 신경을 자극했다. 어디를 가나 사방에서 인파가 밀려드는 느낌, 생명체들이 움직이는 느낌이 그를 옥죄어왔다. 그는 혼자 도망쳐서 이런저런 생각을 하고 싶었다. "그녀가 그 친구와 함께 남고 싶다면 그래도 좋아. 내가 왜 신경을 써야 하지? 나랑 무슨 상관이라고?" 그는 으르렁거리며 메인스트리트를 따라 걷다가 헌네 식료품점을 지나 옆길로 접어들었다.

조지는 너무 외롭고 비참한 기분이 들어 울고 싶었지만, 자존심 때문에 두 팔을 휘두르며 빠른 속도로 계속 걸어갔다. 그는 웨슬리 모이어의 마차 대여점에 이르러 그늘 아래 걸음을 멈추고는 남자들이 웨슬리의 종마 토니 팁이 오후에 축제에서 열린 경주에서 우승했다는 이야기를 하는 걸 들었다. 마구간 앞에 사람들이 무리를 지어 모여 있었고, 그 군중 앞에서 웨슬리가 허세를 부리며 의기양양하게 이리저리 걷고 있었다. 그는 한 손에 채찍을 쥐고 계속 땅바닥을 툭툭 쳤다. 램프 불빛 아래 흙먼지가 작게 일었다. "제기랄, 좀 조용히들 해요." 웨슬리가 소리를 질렀다. "나는 겁나지 않았어요. 그 녀석들을 이길 거라는 걸 늘 알고 있었으니까요. 조금도 두렵지 않았다고요."

여느 때라면 조지 윌러드는 기수 웨슬리 모이어의 허풍에 큰 관심을 보였을 것이다. 그런데 지금은 오히려 화가 났다. 그는 돌아서서 가던 길을 재촉했다. "허풍쟁이 노인 같으니!" 그가 흥분해 내뱉었다. "어째서 저렇게 잘난 척하고 싶어 하는 걸까? 어째서 입을 닥치고 있지 못하는 거야?"

조지는 어느 공터로 들어갔고, 걸음을 재촉하다가 그만 쓰레기 더미에 걸려 넘어졌다. 빈 술통의 튀어나온 못에 바지가 찢겼다. 그는 땅바닥에 주저앉아 욕설을 내뱉었다. 찢긴 부분을 핀으로 손본 뒤 일어나 계속 걸어갔다. "헬렌 화이트의 집으로 갈 거야. 그렇게 할 거야. 곧장 안으로 걸어 들어갈 거야. 그녀를 만나고 싶다고 말해야지. 곧장 그 집에 들어가 자리를 잡고 앉을 거야. 난 그렇게 할 테야." 그는 이렇게 선언하듯 말하며 울타리를 넘어 달리기 시작했다.

*　*　*

은행가 화이트의 집 베란다에 있는 헬렌은 불안하고 정신이 혼란스러웠다. 대학 강사가 어머니와 딸 사이에 앉아 있었다. 그의 말에 소녀는 진절머리가 났다. 강사 또한 오하이오주의 한 소도시에서 성장했지만 그는 벌써 대도시의 분위기를 풍기기 시작했다. 그는 세계주의자처럼 보이고 싶어 했다. "우리 여학생 대부분이 성장한 배경을 연구할 수 있는 기회를 주셔서 고맙습니다." 그가 선언하듯 말했다. "오늘 이렇게 저를 불러주셔서 정말 감사했습니다, 화이트 부인." 그는 헬렌을 돌아보며 웃었다. 그러고는 물었다. "학생의 삶은 아직도 이 소도시에 묶여 있는 건가요? 이곳에 학생이 관심을 두고 있는 사람들이 있나요?" 소녀에게 그의 목소리는 답답하고 거드름을 피우는 것처럼 들렸다.

헬렌은 일어나 집 안으로 들어갔다. 그녀는 뒷마당으로 나가는 문 앞에 멈춰 서서 두 사람이 말하는 소리를 들었다. 그녀의 어머니가 말하기 시작했다. "이곳에는 헬렌처럼 가정교육을 잘 받은 처녀와 교제할 만한 사람이 없어요." 그녀가 말했다.

헬렌은 집 뒤편의 계단을 달려 내려가 정원으로 들어갔다. 그녀는 어둠 속에서 발걸음을 멈추고 몸을 떨었다. 온 세상이 이런저런 말들을 내뱉는 무의미한 사람들로 가득 차 있는 것 같았다.

열망에 불타는 가슴으로 그녀는 정원 문을 지나 은행가의 마구간 모퉁이를 돌아서 작은 옆길로 들어섰다. "조지! 지금 어디 있는 거야, 조지?" 그녀가 초조한 흥분으로 외쳤다. 그녀는 달리기를 멈추고 나무에 몸을 기대고는 발작적으로 웃어댔다. 어두운 좁은 길을 따라 조지 윌러드가 여전히 이런저런 말을 중얼거리면서 다가왔다. "나는 곧장 그녀의 집으로 걸어 들어갈 거야. 곧바로 그 집에 들어가 자리를 잡고 앉을 거야." 그녀에게 다가오면서 그가 선언하듯 말했다. 그는 걸음을 멈추고 멍청한 표정으로 그녀를 응시했다. "이리 와봐." 그는 이렇게 말하고는 그녀의 손을 잡았다. 두 사람은 고개를 푹 수그린 채 나무 아래 길을 따라 걸었다. 마른 낙엽들이 발밑에서 바삭거렸다. 이제 그녀를 찾고 나자 조지는 뭘 어떻게 하고 무슨 말을 하는 게 좋을지 알 수 없어졌다.

* * *

와인즈버그의 페어그라운드 위쪽 끝에는 반쯤 썩어가는 낡은 관람석이 있었다. 한 번도 페인트칠을 한 적이 없었고 판자들은 모두 휘어져 제 모습을 잃은 채였다. 페어그라운드는 와인크리크 계곡에서부터 솟아오른 나지막한 언덕 위에 있었고, 밤에 관

람석에 앉아 있으면 옥수수밭 너머로 하늘에 비친 읍내의 불빛
이 보였다.

조지와 헬렌은 워터웍스 연못 옆을 지나는 오솔길을 따라 언
덕을 올라 페어그라운드로 향했다. 군중이 가득한 길거리에서
청년이 느꼈던 외로움과 소외감은 헬렌의 존재로 말미암아 없
어지기도 했고, 더욱 짙어지기도 했다. 그가 느끼는 감정은 그녀
에게도 투영되었다.

젊을 때는 언제나 내면에서 두 가지 힘이 서로 싸우게 마련이
다. 따뜻하고 생각 없는 어린 짐승은, 깊이 생각하고 기억하며
순진함을 잃은 더 나이 많은 것에 맞서 싸운다. 후자의 것이 조
지 윌러드를 사로잡았다. 그의 기분을 감지한 헬렌은 그를 존중
하는 마음으로 그 곁에서 걸었다. 관람석에 도착하자 두 사람은
지붕 밑으로 올라가서 벤치처럼 생긴 긴 좌석에 앉았다.

연례 축제가 열린 날 밤, 중서부의 한 소도시 외곽에 있는 페
어그라운드에 들어가는 경험은 좋은 추억이 된다. 그 느낌은 결
코 잊히지 않는다. 사방에 죽은 사람들이 아니라 살아 있는 사람
들의 유령이 있다. 바로 이곳에, 방금 지나간 낮 시간 동안 읍내
와 주변 시골에서 사람들이 쏟아져 들어왔다. 아내와 아이들을
데리고 온 농부들과 수백 채의 조그마한 목조 집에서 온 사람들
이 모두 이 판자벽 안에 모여 있었다. 어린 소녀들은 깔깔 웃어

댔고 수염을 기른 사내들은 살아가는 이야기들을 늘어놓았다. 그곳은 흘러넘치도록 삶으로 가득 찼었다. 삶으로 근질근질하고 꿈틀거렸었는데, 이제 밤이 되자 그 삶은 모두 사라져버렸다. 정적은 섬뜩할 정도였다. 나무줄기 옆에 몸을 숨기고 말없이 서 있으면 숙고하는 경향이 더 강해진다. 삶의 무의미함에 대해 생각하며 전율하는 동시에, 만약 읍내 주민들이 자신의 식구들이라면, 삶을 너무나 뜨겁게 사랑한 나머지 눈가에 눈물이 맺힌다.

지붕 아래 야외 관람석의 어둠 속에서 조지 윌러드는 헬렌 화이트 옆에 앉아, 존재의 구도 속에서 자기 자신이 얼마나 무의미한지 뼈저리게 느끼고 있었다. 헤아릴 수 없이 많은 일로 바삐 움직이는 사람들의 존재 때문에 그토록 짜증스러웠던 읍내에서 막상 벗어나고 보니 그 짜증도 온데간데없이 사라졌다. 헬렌의 존재가 그를 새롭게 하고 그에게 힘을 불어넣어주었다. 마치 그녀의 여성으로서의 손길이 그의 인생의 기계를 미세하게 조정하는 걸 도와주는 느낌이었다. 그는 늘 경외심 같은 것을 품고 살아왔던 읍내의 주민들에 대해 생각하기 시작했다. 그는 헬렌에게 경외하는 마음을 품고 있었다. 그녀를 사랑했고 그녀에게 사랑받고 싶었지만, 그 순간 그녀의 여성성 때문에 혼란스러워지고 싶지는 않았다. 어둠 속에서 그는 그녀의 손을 잡았고, 그녀가 슬며시 다가오자 그녀의 어깨에 한 손을 얹었다. 한 줄기

바람이 불기 시작했고 그는 몸을 부르르 떨었다. 불쑥 찾아온 그 기분을 그는 온 힘을 다해 유지하고 이해하려고 애썼다. 어둠 속 높은 곳에서 이상하리만큼 예민한 두 인간 원자는 서로를 꼭 껴안고 기다렸다. 각자의 마음속에 떠오른 생각은 같았다. '이 외로운 장소에 왔는데, 여기 이렇게 또 다른 사람이 있구나.' 이것이 바로 그들이 느낀 바의 본질이었다.

와인즈버그에서는 인파로 붐비던 대낮이 사라지고 늦가을의 기나긴 밤이 찾아왔다. 농장의 말들은 각자 맡은 지친 사람들을 끌고 외로운 시골길을 따라 느리게 달렸다. 상점 점원들은 인도에 두었던 상품 견본을 거두어 안으로 들이고 상점 문을 걸어 잠그기 시작했다. 오페라하우스에는 많은 사람이 공연을 보러 모여들었고, 저 아래 메인스트리트에서는 젊은이들이 무도장 안을 날아다닐 수 있도록 바이올린 연주자들이 조율한 악기를 땀을 흘리며 열심히 연주하고 있었다.

야외 관람석의 어둠 속에서 헬렌 화이트와 조지 윌러드는 침묵을 지키고 있었다. 이따금 그들을 사로잡았던 마법의 주문이 풀리면 그들은 고개를 돌려 침침한 빛 속에서 서로의 눈을 바라보려 애썼다. 그들은 키스를 했지만 그런 충동은 오래가지 않았다. 페어그라운드 위쪽 끝에서는 남자 대여섯 명이 오후에 경주했던 말들을 돌보고 있었다. 남자들은 모닥불을 피워 주전자에

물을 데우고 있었다. 불빛 속에서 왔다 갔다 하는 그들의 다리만이 보였다. 바람이 불면 그 모닥불의 작은 불꽃들이 미친 듯이 사방으로 춤을 추었다.

조지와 헬렌은 자리에서 일어나 어둠 속으로 걸어갔다. 두 사람은 아직 옥수수를 자르지 않은 밭을 지나 오솔길을 따라 걸었다. 바람이 마른 옥수숫잎 사이로 속삭였다. 읍내로 돌아오는 길에 그들을 사로잡고 있던 주문이 잠시 풀렸다. 워터웍스 언덕의 꼭대기에 이르자 두 사람은 나무 옆에서 발길을 멈추었고 조지는 또다시 두 손으로 소녀의 어깨를 잡았다. 그녀는 그를 열렬히 포옹했지만, 두 사람은 그 충동을 다시금 재빨리 떨쳐버렸다. 그들은 키스를 멈추고 조금 거리를 두고 떨어져 섰다. 서로를 존중하는 마음이 커졌던 것이다. 민망해진 두 사람은 민망한 마음을 덜기 위해 젊은이 특유의 동물 같은 본능에 빠져들었다. 그들은 깔깔 웃어대고 서로를 밀고 당기기 시작했다. 어떤 면에서 두 사람은 그들이 놓였던 분위기에 의해 순화되고 정화되어, 남자와 여자도 아니고 소년과 소년도 아닌, 그저 흥분한 작은 짐승들이 되었다.

그렇게 두 사람은 언덕을 내려갔다. 어둠 속에서 그들은 젊은 세상의 눈부신 젊은 생명체들처럼 놀이를 즐겼다. 한번은 헬렌이 앞쪽으로 재빨리 달려가 조지의 발을 걸어 넘어뜨리기도 했다. 그는 꿈틀거리며 소리를 질렀다. 조지는 폭소로 온몸을 떨며 언덕 아래로 굴러 내려갔다. 헬렌이 그의 뒤를 쫓아 달려갔다. 아주 짧은 순간 헬렌은 어둠 속에서 멈춰 섰다. 과연 어떤 여성으로서의 생각이 그녀 마음을 스쳐 갔는지는 전혀 알 수 없지만, 언덕 아래에 다다르자 그녀는 청년에게 다가가 그의 팔을 잡고는 위엄 있는 침묵 속에서 그와 나란히 걸었다. 설명할 수 없는 어떤 이유에서인지 그들은 말없이 함께 보낸 그 밤에 그들에게 꼭 필요했던 것을 얻었다. 성년 남자였든 소년이었든, 성년 여자였든 소녀였든, 두 사람은 현대 세계에서 남녀의 성숙한 삶을 가능하게 하는 그 무언가를 잠시나마 붙잡았던 것이다.

출발

젊은 조지 윌러드는 새벽 4시에 침대에서 일어났다. 4월이었고 어린 나뭇잎들이 막 잎눈에서 싹을 틔우던 참이었다. 와인즈버그 주택가를 따라 늘어선 나무들은 단풍나무로, 씨앗에 날개가 달려 있었다. 바람이 불면 그 씨앗들은 미친 듯 소용돌이치며 온 공기를 가득 채우고 발밑에는 카펫을 깔아놓았다.

조지는 갈색 가죽 가방을 들고 아래층의 호텔 사무실로 내려갔다. 그의 트렁크는 출발할 준비가 되어 있었다. 2시부터 깨어 있었던 그는 곧 떠나게 될 여행을 생각하며 여행의 끝에서 무엇을 찾게 될지 궁금해했다. 호텔 사무실에서 잠을 자는 소년은 문 옆 간이침대에 누워 있었다. 그 애는 입을 헤벌리고 힘차게 코를 골고 있었다. 조지는 살며시 간이침대 옆을 지나 인적 없고 고요한 메인스트리트로 걸어 나갔다. 동녘은 새벽빛으로 발갛게 물들어 있었고, 긴 빛줄기들이 아직도 별들이 총총 떠 있는 하늘을 향해 뻗어나가고 있었다.

와인즈버그의 트러니언파이크 끝에 있는 마지막 집 너머에는 탁 트인 들판이 광활하게 펼쳐져 있다. 그 들판은 읍내에 살면서 저녁때면 삐걱거리는 가벼운 마차를 타고 트러니언파이크를 따라 귀가하는 농부들의 것이다. 그 들판에는 딸기와 작은 과일들이 심겨 있다. 뜨거운 여름의 늦은 오후, 도로와 들판이 흙먼지로 뒤덮일 때면 흐릿한 아지랑이가 광활하고 움푹한 분지 위로 피어오른다. 그 너머를 바라보는 것은 마치 바다 너머를 바라보는 것과 같다. 땅이 초록색으로 변하는 봄이 되면 그 모습은 조금 달라진다. 그 땅은 아주 작은 인간 벌레들이 부지런히 오르내리며 일하는 드넓은 초록색 당구대가 된다.

소년 시절부터 청년 시절에 이르기까지 조지 윌러드는 트러니언파이크를 산책하는 습관이 있었다. 온 세상이 흰 눈에 덮이고 오직 달만이 그를 내려다보는 겨울밤에도 그는 탁 트인 넓은 들판 한가운데에 있었다. 쓸쓸한 바람이 부는 가을에도, 풀벌레들의 합창으로 공기가 진동하는 여름밤에도 그는 그곳에 있었다. 그 4월 아침에도 그는 다시 그곳에 가서 고요 속을 거닐고 싶었다. 그는 읍내에서 3킬로미터 조금 넘게 떨어진 작은 시냇

340

가에 도로가 급경사로 푹 꺼지는 지점까지 걸어갔다가 다시 말없이 걸어서 돌아왔다. 메인스트리트에 이르자 상점 점원들이 가게 앞 인도를 쓸고 있었다. "어이, 조지, 떠나는 기분이 어때?" 그들이 물었다.

서부행 기차는 아침 7시 45분에 와인즈버그를 출발했다. 톰 리틀이 차장이었다. 그의 기차는 클리블랜드에서 출발하여, 시카고와 뉴욕에 종착역을 둔 장거리 간선철도와 이어지는 지점까지 운행했다. 톰은 철도 종사자들이 '편한 노선'이라고 일컫는 구간을 맡고 있었다. 저녁마다 그는 집에서 기다리는 가족들에게 돌아왔다. 가을과 봄이 되면 일요일마다 이리호에서 낚시를 하면서 시간을 보냈다. 그는 둥글고 붉은 얼굴과 작고 푸른 눈을 가진 사내였다. 웬만한 대도시 사람이 자기 아파트 이웃을 아는 것보다 자기가 맡은 철도 노선을 타고 다니는 읍내 주민들을 훨씬 더 잘 알았다.

조지는 7시에 뉴윌러드 하우스에서 조그마한 언덕길을 따라 내려왔다. 톰 윌러드가 그의 가방을 들어주었다. 아들은 어느새 아버지보다 훌쩍 키가 컸다.

기차역 플랫폼에서 모든 사람이 청년과 악수를 했다. 여남은 명이 넘는 사람들이 근처에서 기다리고 있었다. 그들은 그러고 나서는 자기네 살아가는 이야기를 했다. 게을러서 9시까지 잠을 자기 일쑤인 윌 헨더슨마저 일찍 일어나 나와 있었다. 조지는 창피했다. 와인즈버그 우체국에서 근무하는 키 크고 마른 쉰 살의 여성 거트루드 윌멋도 기차역 플랫폼을 따라 걸어왔다. 그녀는 지금껏 조지에게 어떤 관심도 보인 적이 없었다. 그런데 지금 그녀가 발걸음을 멈추고 손을 내밀었다. 그녀는 두 단어로 모든 사람의 심정을 전했다. "행운을 비네!" 그녀는 날카롭게 말하고는 돌아서서 자기 갈 길을 갔다.

기차가 역으로 들어오자 조지는 안도감이 들었다. 그는 날쌔게 기차에 올라탔다. 헬렌 화이트가 그에게 작별 인사를 하려고 메인스트리트를 따라 달려왔지만 이미 자리를 잡고 앉은 그는 그녀를 볼 수 없었다. 기차가 출발하자 톰 리틀이 기차표에 구멍을 뚫고는 씩 웃었다. 그는 조지를 잘 알았고 그가 어떤 모험을 떠나는 길인지도 알았지만 아무 말도 하지 않았다. 톰은 소도시를 떠나 대도시로 향하는 조지 윌러드 같은 청년을 수천 명 보아왔다. 그에게는 흔히 있는 일에 지나지 않았다. 흡연 차량에는 방금 톰에게 선더스키만(灣)으로 낚시 여행을 가자고 초대한 남자가 앉아 있었다. 톰은 초대에 응하고 세부 내용을 상의하고 싶었다.

조지는 아무도 쳐다보고 있지 않은지 확인하려 차량을 위아래로 훑어보고 나서 지갑을 꺼내 돈을 세었다. 그의 마음속에는 애송이처럼 보이고 싶지 않다는 생각뿐이었다. 아버지가 그에게 한 거의 마지막 말은 대도시에 도착하면 행동을 조심하라는 것이었다. 톰 윌러드는 말했다. "빈틈없이 굴어야 한다. 돈에 방심하지 마라. 정신 똑바로 차리고. 그게 핵심이야. 아무도 네가 애송이라고 생각하지 못하게 하란 말이다."

조지는 돈을 세고 나서 차창 밖을 바라보았고 아직도 기차가 와인즈버그 안에 있는 것을 보고 놀랐다.

인생의 모험과 직면하러 고향 소도시를 떠나가는 젊은이는 생각에 잠겼지만 대단히 거창하거나 극적인 것에 대해 생각하지는 않았다. 어머니의 죽음, 와인즈버그를 떠나는 일, 대도시에서 맞게 될 미래 삶의 불확실함, 삶의 심각하고 더 광범위한 측면 같은 것들은 그의 마음속에 떠오르지 않았다.

조지는 자질구레한 일들을 생각했다. 아침이면 수레에 널빤지를 싣고 읍내 메인스트리트를 지나가는 터크 스몰렛, 아버지 호텔에 하룻밤 묵었던 멋진 가운 차림의 키 큰 여성, 여름 저녁이면 한 손에 횃불을 들고 분주하게 길거리를 다니며 와인즈버그의 가로등에 불을 붙이는 부치 휠러, 와인즈버그 우체국 창가에 서서 편지봉투에 우표를 붙이는 헬렌 화이트.

젊은이의 마음은 꿈을 향해 점점 커져가는 갈망에 넋을 잃었다. 누군가가 그를 보고 있었다면 그가 특별히 똑똑한 청년이라고는 생각하지 않았을 것이다. 소소한 것들에 대한 회상에 몰두한 그는 지그시 눈을 감고 기차 좌석에 몸을 기댔다. 한참 동안 그렇게 있던 그가 몸을 일으켜 다시 차창 밖을 내다봤을 때 와인즈버그는 이미 사라지고 없었고, 그곳에서의 삶은 성인 남자로서의 그의 꿈들을 그려낼 한낱 배경에 지나지 않게 되었다.

이야기꾼의 이야기*

내가 소년 시절을 보낸 미국 중서부의 모든 소도시와 광활한 농촌 지방에는 가난이라는 것이 없었다. 뒷날 미국의 큰 공업도시들에서 내가 보고 알게 된 바로는 그랬다.

우리 가족은 가난했지만, 과연 우리의 가난이라는 것은 어떠했던가? 남부 출신의 몰락한 멋쟁이였던 우리 아버지는 조그마한 마구 수선 가게를 운영할 만큼 영락해 있었고, 그 가게마저 실패하자 표면상으로는 집과 곡물 헛간을 칠하는 도장공이 되었다. 그러나 아버지는 자신을 도장공이라고 부르지 않았다. 아버지에게 그건 충분히 화려하지 못했다. 그래서 그는 자신을 '간

---

* 셔우드 앤더슨의 회고록 *A Story Teller's Story: A Memoir*에서 발췌.

판업자'라고 불렀다. 아직 광고가 보편화된 시대가 오지 않은 때라 우리 읍에서는 간판 일을 할 일이 거의 없다시피 했지만, 아버지는 여전히 만용을 부려 좀 더 고상한 삶을 살고 싶어 했다. 제빵업자 앨프 그레인저를 위해 시골길 담벼락에 걸 글자 간판을 만들어주기 위해서라면 언제라도 정육점 주인 앨프 만의 집을 칠하는 특권을 포기하려 했다. (그 일은 바쁘게 일해도 아마 한 달 정도는 걸렸을 것이다.)

시골 사방으로 순례의 길이 펼쳐져 있었다. 아버지는 말 한 마리와 사륜마차 한 대를 계약하여 아들들 중 나이가 제일 많은 셋을 데리고 다녔다. 큰형과 내 바로 아래 동생은 처음부터 간판 글씨를 쓰는 데 능숙했던 반면, 아버지와 나는 손에 붓을 쥐면 속수무책이었다. 그래서 나는 말을 몰고 아버지는 작업 전체를 감독했다. 그는 감독하는 일을 천성적으로 소년처럼 좋아했다. 특정한 도로에서 특정한 담벼락을 고르는 일은 아버지에게 도시 위치나 도시를 방어할 성벽을 고르는 일만큼이나 중요했다.

그 뒤에는 담벼락의 주인인 농부를 만나 상의해야 했고, 만약 그가 동의하지 않으면 그런 상황에서 오는 기쁨은 배로 늘어났다. 우리는 도로 위쪽으로 마차를 몰아 숲속으로 돌아 들어갔고 농부는 옥수수를 재배하던 일로 다시 돌아갔다. 숲속에서 기다리면서 그를 지켜보는 동안 우리의 소년 같은 가슴은 미친 듯이 쿵쾅거렸다. 때는 여름이었고, 숨어 있던 조그마한 숲 속에서 우리는 쓰러진 통나무 위에 아무 말 없이 앉아 있었다. 머리 위로 새들이 날아다니고 다람쥐 한 마리가 재잘거렸다. 하잘것없는 우리 작업에 얼마나 멋진 낭만적 분위기를 입혀주었는지!

아버지는 낭만을 위해 태어난 사람이었다. 아버지에게는 객관적 사실이라는 게 없었다. 더 큰 무대 위에서 안달하며 시간을 보낼 영광스러운 기회를 단 한 번도 가져보지 못한 그는, 돈을 절약하고 옥수수를 적송(積送)하고 양배추를 재배하는 번영한 오하이오주 시골 마을에서 그가 할 수 있는 한 최선을 다해 안달하며 시간을 보내는 데 여념이 없었다.*

아버지는 우리 상황의 위험을 한껏 부풀렸다. "그 사람은 엽총을 갖고 있을지도 몰라." 그는 저 멀리 농부가 다시 일하고 있는 곳을 가리키며 말했다. 숲속에서 기다리는 동안 아버지는 가끔 남북전쟁에 관한 이야기를 들려주면서, 동료 한 사람과 함께 목숨을 걸고 밤낮으로 적국 지역을 가로지른 일에 대해 말했다. "우리는 전갈(傳喝)을 소지하고 있었어." 아버지는 눈썹을 치켜올리고 두 손을 앞으로 내밀며 말했다. 몸짓으로 무언가를 암시

* "인생이란 한낱 걸어 다니는 그림자. / 주어진 시간 동안 무대 위에서 뽐내고 안달하다가 / 사라져버리는 가련한 배우. / 삶이란, 고함치고 화를 내지만 / 아무런 의미도 없는, / 백치가 지껄이는 이야기." 윌리엄 셰익스피어, 《맥베스》 5막 5장.

하고 있었다. "아, 그건 생사가 걸린 문제였지. 왜 그 문제에 대해 이야기하냐고? 내 조국이 나를 필요로 했고, 나하고 무서움을 모르는 내 동료가 전령으로 선발된 것은 우리가 부대에서 가장 용감했기 때문이거든." 아버지는 치켜올린 눈썹으로 그렇게 말하고 있었다.

그 뒤 내 두 형제는 손에 페인트 통과 붓을 들고 곧바로 숲속에서 살금살금 빠져나와 옥수수밭을 엉금엉금 기어서 먼지 이는 도로로 나아갔다. 그들은 미친 듯이 서둘러 담벼락에 앨프 그레인저의 이름과 함께 오하이오주에서 가장 맛있는 빵을 굽는다는 문장을 페인트로 썼다. 형과 동생이 돌아오자 우리는 모두 사륜마차에 다시 올라타 광고 앞을 지나쳐 도로를 따라 돌아갔다. 아버지는 나더러 마차를 세우라고 했다. "자, 봐라." 얼굴을 찡그린 아버지가 형과 동생을 잔인하게 쳐다보면서 말했다. "너희들이 쓴 N 자 틀렸잖니. B 자도 되는대로 썼고. 맙소사, 너희 둘한테 붓 다루는 방법을 가르칠 수는 없는 모양이구나."

만약 우리 가족이 가난했다면, 과연 우리의 가난이라는 것은 어떠했던가? 만약 옷이 해졌다면, 해진 곳으로 햇빛과 바람이 들어올 뿐이었다. 한겨울에 외투는 없었지만, 그래서 우리는 길거리에서 어슬렁거리기보다는 내달렸다. 예술가가 되려는 사람들은 흔히 가난이라고 부르는 것에 단련돼야 한다. 안락한 중산

층에서 시작하게 되면 예술가는 대개 불평가로 끝난다. 대중이 그를 서둘러 즉시 인정해주지 않는다고 끊임없이 불평을 늘어놓는 것이다.

따뜻한 외투가 없는 소년은 고개를 젖힌 채 길거리를 달려, 차갑고 청명한 하늘로 연기가 피어오르는 집들을 지나고 공터를 가로질러 들판을 통과한다. 하늘에는 구름이 끼면서 눈이 내리고 맨손은 차갑고 살갗이 텄다. 두 손은 쓰리고 붉은색을 띠지만, 밤에 잠을 자기 전에 그의 어머니가 녹인 비계를 가지고 와 상처 위에 발라줄 것이다.

따뜻한 비계는 상처를 가라앉혀준다. 어머니의 손길도 고통을 가라앉혀준다. 자, 여러분도 보다시피 우리 모두—어머니, 아버지와 아이들 말이다—는 어떤 의미에서 우리 고향 사회에서 추방된 무법자들이었고, 그런 생각은 소년에게 위로가 되었다. 소년 시절의 기억 속에서 그것은 위로가 되는 생각이었다. 최근에야 우리 가족의 친척 중 한 사람이 내게 이런 말을 했다. "이제 작가가 됐으니 이 세상에서 체면을 차려야 한다는 점을 기억해야 한다." 그런 생각을 하자 내 가슴은 잠시 자긍심으로 부풀어 올랐다.

그 뒤 나는 신중한 사람의 곁을 떠나 다른 점잖은 사람들과 많이 교제했고 다른 사람들—가난 때문에 사회의 변방에 내몰린 웨이터들, 말 사육사들, 도둑들, 노름꾼들, 여성들 —의 눈에서 반짝이던 다정함에 대한 생각이 섬광처럼 내 머리를 스쳐 갔다. 내게 가장 친절하고 다정했던 사람들 중에 존경할 만한 사람들은 어디에 있었던가?

이 문제에 관해 무슨 말을 하든, 내 두 발이 견고한 체면 쪽으로 향한 적이 한두 번이 아니었음을 인정하지만, 우리 가족 구성원들은 그다지 존경할 만한 사람들이 아니었다.

무엇보다도 아버지는 한 번도 집세를 낸 적이 없어서 우리는 늘 귀신이 나오는 집에 살고 있었다. 그런 가족이 집에서 귀신을 몰아내는 법은 없다. 백마를 타고 다니는 노파들, 비명을 지르는 죽은 남자들, 신음 소리, 울부짖는 소리 —그런 것들은 우리가 귀신 나오는 집에 살러 가면 조용해졌다. 우리 가족의 이런 타고난 능력 덕분에 우리는 얼마나 자주 꽤 안락한 집에서 몇 달 동안 무사하게 살면서 동시에 집주인에게 이득을 주었던가. 그것은 하나의 체계였다 —식구가 많은 시인들에게 추천하는 바다.

침구가 충분치 않아 우리 세 형제는 한 침대에서 잠을 잤다. 침실에는 창문이 하나 있었는데, 여름철에는 들판이 내려다보였지만 한겨울에는 서리가 하얗게 내려 달빛이 부드럽고 흐릿하게 방 안에 비쳤다. 세 형제가 한 침대에서 잠을 자다 보니 '귀신'에 대한 두려움을 모두 물리칠 수 있었다.

키가 크고 몸이 가냘픈 어머니는 한때 예뻤다. 경솔한 멋쟁이였던 아버지와 결혼했을 때 어머니는 어느 농부의 집에서 계약 하녀 생활을 하고 있었다. 그녀의 핏속에는 이탈리아인의 피가 흐르고 있었고, 그녀의 출신은 신비에 싸여 있었다. 어쩌면 우리는 그 문제를 해결하고 싶지 않았는지도, 그 문제가 수수께끼로 남아 있기를 바랐는지도 모른다. 어머니가 비밀스럽고 아름다우며 다소 신비스러운 여자라고 생각하는 건 이상하게도 위안이 되었다. 뒷날 나는 그녀의 어머니—내 할머니 말이다—를 보았지만, 그것은 또 다른 이야기다.

시골 여자답게 펑퍼짐한 엉덩이에 큼직한 가슴을 가진 데다 한쪽 눈에서는 증오의 빛이 활활 타오르는 음흉한 노파였던 할머니는 그녀 자체로 책 한 권을 쓸 만한 가치가 있었다. 소문에 따르면 할머니는 남편 넷과 헤어졌다고 한다. 내가 할머니를 알았을 때 할머니는 나이가 든 뒤였는데도 또 다른 남편을 기꺼이 붙잡으려 할 것처럼 보였다. 언젠가 때가 되면 이 노파와 그녀가 혼자 있을 때 농가를 털려 한 부랑아에 관한 이야기를 할지도 모르겠다. 어떻게 할머니가 늙은 두 주먹으로 그를 때려눕힌 뒤 헛간에 있던 사과주 한 통을 함께 마시며 취했는지, 또 어떻게 둘이서 노래를 부르며 도로를 따라 걸어갔는지 말이다. 그러나 지금은 그 이야기를 할 때가 아니다.

우리 어머니는 숲의 가장자리 깊은 응달에 있는 웅덩이 같은
눈을 가졌지만, 화가 나서 깊은 침묵에 빠지면 그 웅덩이 속에서
빛이 춤을 추곤 했다. 입을 열면 그녀의 말은 이상야릇한 지혜로
가득 차 있었다. (삶에 대해, 이웃에 대해 그녀가 내뱉은 논평을
나는 지금도 생생하게 기억하고 있다.) 그러나 어머니는 자주 우
리 모두에게 침묵의 힘으로 명령을 내렸다.

셔우드 앤더슨

셔우드 앤더슨*

무슨 이유에서인지 사람들은 앤더슨 씨가 쓴 작품에 관심을 갖기보다는 그가 작품 소재를 빌려오는 원천에 더 관심을 갖는 것 같다. 그의 기원에 대해 숙고하는 대다수의 사람들은 그가 러시아 작가들에게서 유래했다고 말한다. 만약 그렇다면, 《달걀의 승리》가 러시아어로 번역됐으므로 앤더슨은 다시 고국으로 돌아간 셈이다. 그보다는 수가 적지만 어떤 사람들은 앤더슨이 프랑스 이론에서 영향을 받았다고 주장한다. 뉴올리언스의 한 고급 가구 제조업자는 앤더슨에게서 에밀 졸라와의 유사성을 찾아냈다. 졸라도 책을 썼다는 사실 정도를 제외하고는 그가 어떻

---

*　윌리엄 포크너의 작품집 *New Orleans Sketches*에서 발췌.

게 이런 결론에 도달했는지 나로서는 알 수 없지만 말이다.

대부분의 추론과 마찬가지로, 이 이론은 흥미롭지만 별다른 쓸모는 없다. 사람들은 옥수수와 나무처럼 흙에서 자라난다. 나는 앤더슨 씨를 그의 고향 오하이오주의 비옥한 옥수수밭이라고 생각하기를 좋아한다. 그가 자신의 이야기에서 말하듯이, 그의 아버지는 육체적으로 아들의 씨앗을 뿌렸을 뿐 아니라 스스로의 감정이 소중하다는, 작가에게 필요한 신념을 아들에게 심어주었다. 또한 그런 감정을 누군가에게 이야기하려는 욕망을 심어주었다.

바로 여기, 기아에 시달리는 까마귀들의 위협을 받으면서 생명을 유지하려고 흙과 다투고 있는 초록의 새싹들이 있다. 또 바로 여기, 자신의 이야기를 말하려는 충동이 너무 커져서 더는 견딜 수 없어질 때까지 말[馬]을 보관하고 대여하는 상점과 경마장에서 일을 도와주고 공장에서 자전거들을 해체하는 앤더슨 씨가 있다.

《와인즈버그 사람들》—이 얼마나 소박한 제목인가! 이 작품집에 수록된 작품들 또한 마찬가지로 소박하게 쓰였다. 이야기들은 짧은 데다, 그는 이야기를 말하다가 갑자기 멈춘다. 그의 미숙함과, 시간이나 종이를 낭비하지 않으려는 긴급한 필요성이 그에게 천재성의 첫 특징 중 하나를 가르쳐주었다. 일반적으로 첫 작품들은 따분하지 않다면 무엇보다도 허세를 부리기 마련이다. 그러나《와인즈버그 사람들》에는 이런 특징이 하나도 없다. 앤더슨 씨는 조지 윌러드, 워시 윌리엄스, 은행가 화이트의 딸 같은 인물들에 대해 머뭇거리면서 자신을 내세우지 않는다. 앤더슨 씨는 마치 이렇게 생각하는 것 같다. '내가 누구라고 나처럼 이 땅에서 태어나 나와 똑같은 슬픔을 겪고 있는 이 사람들의 영혼을 들여다본단 말인가?'《와인즈버그 사람들》에서 내가 발견할 수 있는 작가의 개성을 보여주는 유일한 지표는 작중인물에 대한 동정심, 만약 이 작품집을 본격적인 장편소설로 썼더라면 아마 몹시 감상적인 것이 되었을 그런 동정심이다. 신들은 또다시 그를 굽어살폈다. 이 인물들은 살아 있고 숨을 쉰다. 그들은 아름답기 그지없다. 야구 클럽을 조직하는 인물이 있는가 하면, 손으로 '말하는' 인물도 있으며, 중년의 엘리자베스 윌러드 부인과 나이 지긋한 의사도 있는데, 이 두 사람 사이에는 벰보 추기경*이 꿈꿨을지도 모르는 그런 사랑이 싹튼다. 앤더슨 씨는 한 번도 들어본 적이 없을 법하지만 그들의 사랑과 같은 사랑을 가리키는 그리스어가 있다.** 그리고 모든 작중인물의 뒤에

---

*　피에트로 벰보(1470~1547). 이탈리아 베네치아의 학자요 시인이자 로마가톨릭교회의 추기경.

**　포크너는 여기에서 아가페(αγάπη)를 말하는 것 같다. 인종과 국가와 민족을 초월한 자기희생적이고 절대적인 사랑을 뜻한다.

는 싱그러운 봄의 비옥한 땅과 옥수수가 있고, 느릿느릿하고 충
만하고 무더운 여름이 있으며, 해를 끼치지 않고 오히려 더욱 힘
을 북돋아주는 남성적인 겨울이 있다.

윌리엄 포크너

그로테스크 인간상

19세기 말엽과 20세기 초엽에 활약한 미국 소설가들은 주로 시골을 지리적 배경으로 삼았다. 예를 들어 세라 온 주잇은《흰 왜가리(A White Heron)》(1886)에서 메인주의 시골 지방을, 햄린 갈랜드는《많은 사람이 다니는 길(Main-Travelled Roads)》(1891)에서 미국 중서부의 시골 지방을 다루었다. 케이트 쇼팽은《각성》(1899)에서 남부 루이지애나주의 경험을 다루었다. 한편 이디스 워튼은《이선 프롬》(1911)과《여름》(1917) 같은 작품에서 뉴잉글랜드의 시골 지방의 삶을 다루었다. 그러나 20세기에 접어들면서 미국 작가들은 대도시를 주요 공간적 배경으로 삼기 시작했다. 예를 들어 스티븐 크레인은 뉴욕을, 프랭크 노리스는 샌프란시스코를 그리고 시어도어 드라이저는 시카고를 각각 작품의 중요한 배경으로 삼았다. 그들은 한결같이 거대한 대도시에서 개인이 느끼는 좌절과 절망을 꾸밈없이 그려내는 데 관심을 기울였다.

그런데 20세기 초엽을 벗어나자 미국 소설가들은 중서부 지방이나 뉴잉글랜드의 시골 마을 또는 뉴욕·시카고·샌프란시스코 같은 대도시보다는 오히려 대도시와 시골의 중간에 해당하는 소도시를 주요 배경으로 삼기 시작했다. 이렇게 소도시의 삶을 본격적으로 처음 다룬 작가가 바로 셔우드 앤더슨(1876~1941)이다. 그는 첫 장편소설《윈디 맥퍼슨의 아들(Windy McPherson's Son)》(1916)을 비롯하여 심지어 시집《중부 아메리카의 노래(Mid-American Chants)》(1918)에서도 중서부의 소도시를 중심 배경으로 삼았다. 소도시 생활을 다룬 앤더슨의 작품 가운데에서도《와인즈버그 사람들》(1919)은 가장 대표작으로 평가받는다. 또한 이 작품은 미국 소설사에서도 형식과 주제 면에서 독특한 위치를 차지한다.

《와인즈버그 사람들》은 그 제목에서도 잘 드러나듯이 미국 중서부 지방인 오하이오주의 소도시 '와인즈버그'를 지리적 배경으로 삼는다. 오하이오주는 미합중국을 구성하는 50개 주 중 하나지만 '와인즈버그'는 작가의 상상력이 빚어낸 가공의 소도시다. 어떤 의미에서는 오하이오주조차 실제 주가 아닌 허구적 공간으로 볼 수 있다. 와인즈버그는 에드윈 알링턴 로빈슨의 '틸 버리타운'이나 토머스 하디의 '웨섹스' 또는 윌리엄 포크너의 '제퍼슨'과 '요크너퍼토퍼'처럼 지도나 GPS로는 찾아갈 수 없는 허구적 공간이다. 한국문학에서 그 예를 찾아본다면 김승옥의 '무진'이나 황석영의 '삼포' 같은 곳이다. 앤더슨은 그가 소년 시절을 보낸 오하이오주 북서부의 소도시 클라이드를 모델로 삼아 이 허구적 공간을 창안했다. 와인즈버그는 인구 1800명밖에 안 되는 미국 중서부 지방의 전형적인 작은 시골 읍이다.

이처럼 오하이오주를 비롯한 미국 중서부 지방은 앤더슨에게 예술적 자양분을 주는 비옥한 토양이다. 이 지방에 대하여 그는 "나는 그 위에 꿈을 쏟아놓는다"라고 말한 적이 있다. 그러면서 그는 계속해서, "나는 다른 곳이 아닌 내가 태어난 이곳에서 아름답게 글을 쓰고 아름답게 창조하고 싶다. 이곳이야말로 누추한 소도시와 포드 자동차들과 영화의 한가운데에서 내가 늘 살아왔고 늘 살아야 하는 장소다"라고 말했다. 앤더슨은 그가 태어나 자란 중서부의 땅과 그곳 주민들에게 남다른 애정과 관심을 보였다. 문학청년 시절에 앤더슨에게서 크고 작은 영향을 받은 윌리엄 포크너는 "사람들은 옥수수와 나무처럼 흙에서 자라난다. 나는 앤더슨 씨를 그의 고향 오하이오주의 비옥한 옥수수밭이라고 생각하기를 좋아한다"라고 말한 적이 있다. 포크너의 말대로 앤더슨은 오하이오주와 떼려야 뗄 수 없을 만큼 깊이 연관되어 있다.

당시 미국의 소도시는 대도시와는 달리, 아직 공동체적인 의식이 강하고 목가적인 순진성과 소박성을 간직하고 있는 곳으로 흔히 생각되었다. 그러나 앤더슨은 여러 작품에서 소도시에 살고 있는 주민들도 대도시 주민들에 못지않게 소외와 좌절을 겪는 것으로 묘사한다. 다시 말해서 소외나 좌절을 대도시에 살고 있는 도회인들만이 치러야 할 대가가 아니라 소도시에 살고 있는 사람까지도, 아니 인류 모두가 걸머져야 할 멍에로 파악한다. 신 같은 절대적 존재의 위상이 약화되고 가족공동체가 붕괴된 20세기 초엽 현대인들에게서 두루 나타나는 고독과 소외 그리고 그에 따른 좌절과 절망은 앤더슨이《와인즈버그 사람들》을 비롯한 여러 작품에서 심도 있게 다루는 중요한 주제 중 하나다. 앤더슨을 흔히 '고독의 시인'이라고 부르는 까닭이 바로 여기에 있다.

《와인즈버그 사람들》은 이러한 지리적·공간적 배경뿐 아니라 형식 면에서도 그 이전의 작품과는 큰 차이를 보여준다. 앤더슨은 이 작품에서 새로운 소설 형식을 꾀한다. 이 작품은 엄격한 의미에서 장편소설로 보기 어렵다. 그때까지의 전통적인 장편소설과는 형식이 적잖이 다르기 때문이다. 그렇다고 개별적인 단편소설 스물다섯 편을 한데 묶어놓은 작품집으로 보기에도 무리가 따른다. 그래서 몇몇 이론가들은 이러한 형식의 작품을 '중간소설'로 부르기도 한다. 앤더슨은 이러한 새 소설 장르의 특징을 '새로운 느슨함'이라고 부른다.

장편소설이라는 문학 형식은 미국 작가에게는 맞지 않으며, 그 형식은 다른 나라에서 빌려 온 것이라고 나는 종종 생각해왔다. 미국 작가에게 필요한 것은 새로운 느슨함인데, 나는 《와인즈버그 사람들》에서 이 느슨함을 나의 형식으로 만들었다. 이 작품은 여러 개별적인 이야기들로 이루어져 있지만, 주인공들의 삶을 다루는 이 이야기들은 어느 면에서는 서로 관련되어 있다. 이러한 방법으로 나는 어느 소도시에서 청년으로 성장하고 있는 한 소년의 삶에 대한 느낌을 피력하는 데 성공했다. 삶은 느슨하고 유동적인 것이다. 삶에 잘 짜인 이야기란 있을 수 없다. (……) 우리 작가들은 이러한 삶을 가지런하고 작은 소포로 포장해버림으로써 삶 자체를 배반한다.

이 인용문에서 앤더슨이 전통적 소설 양식에 얼마나 깊은 회의를 품고 있었는지 쉽게 읽을 수 있다. 그는 전통적인 작가들이 소설을 지나치게 짜임새 있게 구성함으로써 궁극적으로는 삶의 모습을 재현하는 데 실패했다고 밝힌다. 앤더슨은 이런 "잘 짜인 이야기"가 다른 어느 나라보다도 삶이 변화무쌍하고 유동적인 미국에는 더더욱 걸맞지 않다고 주장한다. 그에 따라 그가 미국의 삶에 가장 잘 어울리는 소설 형식이라고 주장하는 것이 '새로운 느슨함'이고, 이 새로운 형식을 처음 도입한 작품이 바로 《와인즈버그 사람들》다.

물론 이러한 '새로운 느슨함'의 형식을 셔우드 앤더슨이 처음 창안한 것은 아니다. 일찍이 프랑스에서는 오노레 드 발자크가, 러시아에서는 이반 투르게네프가 이 형식을 부분적으로 사용한 적 있다. 영미 문학으로 범위를 좁혀보면 앤더슨보다 몇 해 앞서 아일랜드 작가 제임스 조이스가《더블린 사람들》(1914)에서 이미 시도하여 성공을 거두었다. 앤더슨이 조이스로부터 영향을 받은 흔적은 작품 곳곳에서 쉽게 눈에 띈다. 그러나 이러한 소설 형식을 미국 문학의 토양에 이식하고 접목하여 찬란한 꽃을 피우게 한 작가는 다름 아닌 앤더슨이다. 이 형식은 그 뒤로 미국 문학에서 독특한 소설 장르로 굳건하게 뿌리를 내렸다. 예를 들어 앤더슨에게서 큰 영향을 받은 어니스트 헤밍웨이는《우리들의 시대에》(1924)에서, 윌리엄 포크너는《정복되지 않는 사람들(The Unvanquished)》(1938)과《모세여 내려가라(Go Down, Moses)》(1942)와《무덤 속의 침입자(Intruder in the Dust)》(1948)

에서 이 형식을 시도한다. 이밖에도 존 스타인벡은《토르티야 플랫(Tortilla Flat)》(1935)과《붉은 망아지》(1933)에서 이 느슨한 형식을 사용한다. 한국문학에서는 박태원이《천변풍경》(1938)에서 이러한 형식을 시도하여 주목을 끌었다.

앤더슨의 말대로 이 작품은 전통적인 장편소설과는 달리 산만하고 단편적인 에피소드식의 구성 방법을 취한다. 전통적인 장편소설에서 흔히 볼 수 있는 사건 간의 인과관계도 희박할뿐더러 이렇다 할 만한 플롯의 진행이나 갈등도 찾아보기 어렵다. 또한 작중인물의 성격 형성도 전통적인 소설의 그것과는 크게 다르다. 그러나 한편으로는 앤더슨 자신이 밝히고 있듯이《와인즈버그 사람들》에 수록된 이야기들은 서로 같은 범주에 속하기 때문에, 어떤 의미에서는 함께 읽으면 마치 장편소설을 읽는 것 같은 느낌을 받을 수 있다. 모두 스물다섯 편으로 이루어져 있는 이 작품집에서 장편소설로 볼 수 있는 특성을 찾아보기란 그렇게 어렵지 않다.

첫째, 거의 모든 개별적인 이야기가 공통적인 한 장소를 공간적 배경으로 삼는다. 이미 앞에서 지적했듯이 그 장소는 바로 오하이오주의 와인즈버그읍이다. 대부분의 이야기들이 이 읍에 사는 사람들을 다룬다. 이 소도시는 조그만 기차역, 지방신문사, 식료품점, 식당, 철물점, 장터, 연못 등을 모두 갖추고 있어 일종의 소우주와 같은 구실을 한다.

둘째, 여러 작중인물이 한 이야기에 국한되지 않고 여러 이야기에 걸쳐 등장한다. 예를 들어 리피 의사는 〈종이 알약〉과 〈죽음〉에 등장한다. 조지 윌러드의 어머니 엘리자베스는 〈어머니〉와 〈죽음〉에, 헬렌 화이트 또한 〈깨달음〉을 비롯한 몇몇 이야기에 등장한다. 특히 조지 윌러드는 첫 번째 이야기인 〈손〉에서 맨 마지막 작품 〈출발〉에 이르기까지 거의 대부분의 이야기에 나온다. 좀 더 구체적으로 말해서 조지가 주인공이거나 중요한 작중인물로 등장하는 작품이 무려 열여섯 편이고, 이름이 언급되는 작품은 세 편이다. 그러므로 조지는《와인즈버그 사람들》에서 마치 주인공과 같은 역할을 하며, 모든 작중인물 중에서 성격이 발전해나가는 유일한 인물이기도 하다. 조지 윌러드에게 초점을 맞추면 이 작품은 한 소년이 정신적으로 성장해가는 과정을 다룬 '빌둥스로만(성장소설)'으로 읽힌다. 또한 지방신문사의 기자인 조지가 셔우드 앤더슨 같은 작가가 되기를 꿈꾼다는 점에서 이 작품은 '퀸스틀러로만(예술가 소설)'으로도 읽을 수 있다.

셋째,《와인즈버그 사람들》은 주제를 설득력 있게 형상화하기 위하여 각각의 이야기에서 똑같거나 비슷한 상징과 이미지와 어조를 즐겨 사용한다. 예를 들어 폐쇄된 방이나 밀실, 손, 황혼, 밤 등은 작중인물이 느끼고 있는 육체적·정신적 소통의 단절을 보여주는 더할 나위 없이 중요한 상징이요 이미지다. 또한 이 작품의 분위기와 어조는 비교적 일관되게 어둡고 음산하다. 어쩌다 밝은 햇살이 비칠 때도 있지만, 대개는 우중충한 날씨거나 비가 내린다. 이 작품을 한 가지 색깔로 표현한다면 아마 잿빛일 것이다. 작중인물들은 대낮보다는 황혼이 깃드는 저녁녘이나 밤에 주로 생기를 찾는다. 가령 〈손〉에서 화자는 "태양이 자취를 감추고 들판 너머 도로가 잿빛 땅거미 속으로 사라질 때까지 윙 비들바움은 골짜기 근처 자기 집 베란다를 쉴 새 없이 서성거렸다"라고 말한다. 작중인물 중에서는 잿빛 얼굴이나 잿빛 눈동자, 잿빛 머리카락을 한 사람들이 유난히 눈에 많이 띈다.

장르적 관점에서 보면《와인즈버그 사람들》은 넓게는 사실주의, 좁게는 자연주의 전통 위에 서 있다. 이 작품은 일상적 삶의 모습을 '있는 그대로' 재현한다는 점에서는 사실주의 전통 위에 굳건히 서 있는 반면, 작중인물의 자유의지보다는 결정론 쪽에 손을 들어준다는 점에서는 자연주의 전통에 가깝다. 유전의 힘을 믿는 생물학적 결정론과 환경의 힘을 믿는 사회·경제적 결정론 외에도 앤더슨은 이 작품에서 제3의 힘, 즉 심리적 결정론에도 무게를 둔다. 심리적 결정론에 따르면 인간은 어린 시절에 겪은 충격의 영향에서 좀처럼 벗어날 수 없다. 최근 '외상 후 스트레스 장애(PTSD)'라는 용어가 자주 입에 오르내린다. 이는 인

간이 전쟁, 고문, 자연재해, 사고 등의 심각한 사건을 경험한 뒤
그 사건에 공포감을 느끼고, 사건 뒤에도 지속적인 재경험을 통
해 고통을 느끼며 그것에서 벗어나려고 에너지를 소비하게 되
는 질환을 말한다. 이 질환은 정상적인 사회생활에 부정적인 영
향을 끼치기 마련이다.《와인즈버그 사람들》에 등장하는 인물
들은 직간접으로 외상 후 스트레스 장애나 그와 비슷한 장애를
겪는다.

더구나 앤더슨은 이 작품에서 인간 행위의 근본을 이루는 리
비도(성 충동)를 아주 중요하게 다룬다. 비록 간접적이기는 하지
만 그는 이 무렵 미국에서 논의되기 시작한 지크문트 프로이트
의 정신분석 이론에 깊이 심취했고, 이 이론을 처음으로 문학작
품에 도입했다. 이 점에 관하여 앤더슨은 "섹스는 삶과 깊은 관
련이 있으며, 이 문제는 우리 앞 시대의 미국 작품에서는 거의
언급되지 않았다"라고 밝힌 적 있다. 여기에서 '우리'란 바로 칼
샌드버그와 플로이드 델을 비롯해 '시카고 문예부흥' 운동에 참
여한 작가들을 일컫는다. 앤더슨은 이들 작가로부터 프로이트
의 정신분석 이론을 처음으로 접했다.

앤더슨은 인간관계에서 성 충동이 얼마나 중요한 역할을 하
는지 역설한다. 예를 들어 〈손〉에 등장하는 주인공 윙 비들바움
은 학생들의 머리를 쓰다듬어준 것이 동성애와 관련한 행동으

로 오인받아 학교에서 쫓겨난다. 〈모험〉의 주인공 앨리스 힌드
먼은 애인에게 버림받고 성적(性的) 좌절감에 빠져 있는 노처녀
로, 비 오는 날 알몸으로 빗속을 질주한다. 〈하나님의 힘〉의 주
인공 커티스 하트먼 목사는 교회 종탑에 있는 작은 방에서 기도
를 하다가 옆집 처녀 케이트 스위프트의 침실을 엿봄으로써 전
보다 더 웅변적인 설교자가 된다. 이 밖에도 성 충동은 작품 곳
곳에서 작중인물의 행동을 제어하는 중요한 동인으로 작용한
다. 이렇게 유전이나 환경 외에 심리적 측면에 무게를 싣는다는
점에서 앤더슨의 자연주의는 프랭크 노리스나 시어도어 드라이
저의 자연주의와는 조금 결이 다르다.

《와인즈버그 사람들》은 형식이나 장르뿐 아니라 주제 면에서
도 전통적인 소설과는 큰 차이가 있다. 앤더슨은 이 작품에서 이
른바 '괴기한 사람들'을 작중인물들로 삼는다. 그들은 하나같이
정신적 불구자들이다. 그런데 그들이 이렇게 정신적 불구자가
된 것은 그들 자신의 책임도 작지 않다. 그들은 다른 사람들의
생각이나 의견을 모두 무시한 채 오직 자신이 '진실'이라고 믿
는 것만을 받아들이려 한다. 이 작품의 서문에 해당하는 〈괴기
한 사람들의 책〉에서 화자는 앤더슨이 추구하는 이상적 작가라
고 할 수 있는 '노인 작가'의 입을 빌려 이렇게 말한다.

사람들을 괴기하게 만든 것은 바로 그 진실들이었다. 노작가는 그 문제에 대해 굉장히 정교한 이론을 세웠다. 한 사람이 여러 진실 중 하나를 독차지하여 그것을 자신의 진실이라고 부르고 그 진실에 따라 살아가려 한 순간 그는 괴기한 사람이 되고 그가 받아들인 진실은 거짓이 되었다는 것이다.

어떤 사람들은 오직 하나의 진리만을 받아들여 그것을 자신의 진리라고 부르며 그에 따라 살아가려고 한다. 이러한 과정에서 그들은 '괴기한 사람들'로 바뀌며, 그들이 진리라고 부르는 것은 결국 '거짓'이 되고 만다고 작가는 말한다. 본디 앤더슨은 이 작품에 '괴기한 사람들의 책'이라는 제목을 붙이려고 했을 정도다.

이 작품에서 작중인물들이 보여주는 괴기성은 인간과 인간 사이의 정신적 교섭이나 정서적 교감이 얼마나 힘든지 보여주는 더할 나위 없이 좋은 지표다. 대부분의 주인공들이 괴기스럽게 느껴지는 이유는 동료 인간들과 어울리지 못하고 자기만의 벽 속에 굳게 갇혀 있기 때문이다. 이러한 의사소통의 단절은 엘리자베스와 그녀의 남편 톰 윌러드 같은 부부 사이, 조지 윌러드와 그의 부모 사이, 그리고 심지어 헬렌 화이트와 조지 같은 연인 사이에서도 쉽게 찾아볼 수 있다. '괴기한 사람들'은 하나같이 거북처럼 단단한 등딱지 속에 숨어버림으로써 외부 세계와의 모든 교통을 차단한 채 외롭게 살아간다.

앤더슨은 '괴기한 사람들'을 안타깝게 생각하면서도 따뜻한 애정의 눈길로 바라본다. 흥미롭게도 그는 이런 괴짜들을 와인즈버그 과수원에서 자라는 '뒤틀린 작은 사과들'에 빗댄다. 가을에 사과를 수확하면 보기 좋은 것들은 모두 나무 상자에 담아 대도시로 보낸다. 〈종이 알약〉에서 화자는 대도시에 내다 팔 수 없는 뒤틀린 사과에 대해 이렇게 말한다.

나무에는 수확하는 사람들이 따지 않은 옹이 진 사과 몇 개만 매달려 있을 뿐이다. 옹이 진 사과들은 리피 의사의 손마디처럼 생겼다. 그 사과들은 한 입 깨물어 먹으면 맛이 아주 좋다. 옆쪽의 작고 동그란 부분에 단맛이 모두 모여 있기 때문이다. 누군가가 서리로 얼어붙은 땅을 밟고 이 나무에서 저 나무로 뛰어다니며 옹이 지고 뒤틀린 사과들을 따서 주머니를 가득 채운다. 뒤틀린 사과의 달콤한 맛을 아는 사람은 몇 되지 않는다.

뒤틀린 사과에서 달콤한 맛이 나는 것처럼 '괴기한 사람들'에게서도 도회인에게서는 좀처럼 볼 수 없는 인간미를 느낄 수 있다. 뒤틀린 사과의 달콤한 맛을 아는 사람이 몇 사람 되지 않듯이, 복잡한 이해관계에 얽히고설키고 이익 추구를 최대 목표로 삼는 현대사회에서 순박한 인간미를 간직한 사람을 찾아보기란 어렵다. 이와는 조금 맥락이 다르지만, 앤더슨은《회고록》(1942)에서 자신을 '진보의 탐스러운 사과를 파먹는 작은 벌레'에 빗댄 적이 있다. 그는 미국이 남북전쟁 이후 산업화의 길로 치닫던 20세기 초엽 진보의 복음에 적잖이 회의를 느꼈다.

그러나 앤더슨은 '괴기한 사람들'의 생활 방식이 그다지 바람직하지 않다고 지적한다. 의사소통의 벽을 쌓고 살아가는 작중 인물들이 치러야 하는 값비싼 대가는 다름 아닌 고립과 소외다. 이 작품 속 인물들 대부분은 하나같이 무서운 고립과 소외 속에서 살아가고 있다. 그들은 〈음주〉의 주인공 톰 포스터처럼 "삶의 벽이 드리우는 그늘 속에" 서서 벌벌 떨고 있다. 또한 〈모험〉의 주인공 앨리스 힌드먼처럼 벽을 향해 얼굴을 돌리고는 "심지어 와인즈버그 같은 곳에서도 많은 사람들이 혼자 살고 또 혼자 죽어야 한다는 사실을 용기 있게 직면하려 애쓰기 시작했다"라고 혼잣말로 중얼거린다.

그렇다면 고립과 소외의 벽을 무너뜨릴 수 있는 방법은 과연 무엇인가? 이 작품을 통해 앤더슨은 인간 사회에서 사랑과 동정과 공감과 이해만이 그러한 벽을 무너뜨릴 수 있다고 말한다. 만약 이 세상에 그러한 감정이 없다면 인간은 고립과 소외의 벽에 갇혀 인간답게 살아갈 수 없다. 그런데 이 작품에 등장하는 몇몇 인물은 자신이 놓여 있는 고립 상태를 조금씩 깨닫고 점차 동료 인간에게 다가가려 노력한다. 이 작품을 읽으면서 머리에 떠오르는 강력한 이미지 중 하나는 한 인간이 어둠 속에서 손을 뻗쳐 누군가를 붙잡으려 하는 동작이다. 예를 들어 〈순진함의 상실〉에서 조지 윌러드와 헬렌 화이트는 그동안 맺어온 서먹서먹한 관계를 떨치고 좀 더 성숙한 인간으로 변모한다. 화자는 "성년 남자였든 소년이었든, 성년 여자였든 소녀였든, 두 사람은 현대 세계에서 남녀의 성숙한 삶을 가능하게 하는 그 무언가를 잠시나마 붙잡았던 것이다"라고 말한다.

고립과 소외에서 벗어나 사랑과 동정과 이해로 동료 인간에게 다가가려는 의지는 마지막 작품 〈출발〉에 이르러 좀 더 분명하게 엿볼 수 있다. 조지는 마침내 작가로서의 청운의 꿈을 가슴에 안고 와인즈버그를 떠나 대도시로 출발한다. 좌석에 앉아 기차가 출발하기를 기다리는 조지에 대해 화자는 "젊은이의 마음은 꿈을 향해 점점 커져가는 갈망에 넋을 잃었다. (……) 한참 동안 그렇게 있던 그가 몸을 일으켜 다시 차창 밖을 내다봤을 때 와인즈버그는 이미 사라지고 없었고, 그곳에서의 삶은 성인 남자로서의 그의 꿈들을 그려낼 한낱 배경에 지나지 않게 되었다"라고 말한다. 조지는 아버지 톰 윌러드를 비롯한 와인즈버그 주민들의 가치관, 즉 물질주의와 순응주의와 도덕적 엄숙주의를 뒤로한 채 희망에 찬 미래를 향해 전진한다. 이제 와인즈버그는 그가 꿈을 그려낼 한낱 배경에 지나지 않게 될 것이다.

이렇게 소외와 고립을 극복하고 동료 인간과의 소통을 모색하려는 태도는《와인즈버그 사람들》을 여는 첫 작품 〈괴기한 사람들의 책〉 첫머리에서도 엿볼 수 있다. 화자는 "흰 콧수염을 가진 노인인 작가는 잠자리에 드는 데 조금 어려움을 겪었다. 그가 사는 집은 창문이 높았고, 그는 아침에 눈을 뜨면 나무들이 보고 싶었다. 그래서 목수가 와서 침대의 높이가 창문 높이와 같도록 만들어주었다"라고 밝힌다. 여기서 높은 곳의 창문은 작가의 고상한 정신 상태를 상징하고, 창문이 높은 곳에 자리 잡고 있다는 사실은 작가가 드높은 이상을 추구한다는 것을 상징한다. 아침에 일어났을 때 창문을 통해 바라보고 싶다는 나무는 자연과 더불어 노인 작가가 염두에 두는 이상적 작품을 상징한다. 목수를 고용하여 침대 높이가 창문과 같도록 만든다는 것은 이상적 비전을 잃지 않고 작품 활동을 계속하고 싶다는 노인 작가의 간절한 소망을 뜻한다. 앞에서《와인즈버그 사람들》이 사실주의 전통 위에 서 있다고 말했지만, 전통적 사실주의에서는 조금 비껴서 있다. 좀 더 구체적으로 말해서 마크 트웨인의 지방적 사실주의나 윌리엄 딘 하우얼스의 가정적 사실주의 또는 헨리 제임스의 심리적 사실주의과는 조금 성격이 다르다. 한마디로 앤더슨의 작품은 '이상적 사실주의'로 부를 수 있다.

〈출발〉에서 조지 윌러드가 향하는 목적지는 알 수 없지만 서부행 기차를 타고 가는 것만은 분명하다. 미국 문화사에서 서부는 밝은 미래와 무한한 기회라는 상징적 의미가 있다. 또한 기차와 철도는 19세기 미국에서 진보와 발전의 아이콘이었다. 그렇다면 조지는 신생국가 미국을 상징한다. 조지를 잘 아는 기차 차장 톰 리틀은 물어보지 않고도 "그가 어떤 모험을 떠나는 길인지" 잘 알고 있다. 톰은 그동안 와인즈버그 같은 소도시를 떠나 대도시로 향하는 조지 윌러드 같은 청년들을 수천 명 보아왔기 때문이다.

자칫 놓치기 쉽지만 〈출발〉의 시간적 배경도 찬찬히 눈여겨볼 필요가 있다. 바로 앞 작품 〈순진함의 상실〉의 시간적 배경은 늦가을이지만 〈출발〉은 "어린 나뭇잎들이 막 잎눈에서 싹을 틔우던" 4월의 이야기다. 새봄은 죽음의 계절인 겨울을 이겨내고 생명을 잉태하는 싱그러운 계절이다. 물론 아침 기차를 타기 위해서일 터이지만 조지는 새벽 4시에 잠자리에서 일어난다. 지금까지의 작품들의 사건이 거의 대부분 저녁이나 밤에 일어나는 것과는 사뭇 대조적이다. 이렇게 '출발'이 4월 새벽에 시작한다는 것은 매우 상징적이다. 두말할 나위 없이 조지 윌러드의 미래가 희망적임을 암시하는 대목이다. 비록 어렴풋할망정 조지 윌러드가 자유의지를 행사한다는 점에서 한 가닥 희망이 보인다. 조지가 와인즈버그를 떠나 대도시로 갈 생각이라는 말을 하자 어머니 엘리자베스 윌러드가 임종의 자리에서 왜 그토록 기뻐했는지 그 이유를 알 만하다. 대도시로 떠나는 조지는 다른 와인즈버그 주민들처럼 '괴기한 사람'이 되지 않을 것이기 때문이다.

청교도주의가 아직 힘을 떨치고 있던 무렵《와인즈버그 사람들》은 미국 독자들에게 매우 충격적인 작품이 아닐 수 없었다. 따라서 이 작품은 출판되자마자 적잖이 수난을 겪었다. 마크 트웨인의《허클베리 핀의 모험》(1884)처럼 몇몇 공공 도서관에서는 이 책을 음란 도서로 간주하여 불살라버리는 사태가 일어났다. 뉴잉글랜드 지방에 살고 있던 한 여성 작가는 이 책을 읽은 뒤 이 '더러운' 책을 차마 손으로 만질 수 없어 부젓가락으로 집어 지하실 난롯불 속에 던져버렸다. 그 작가는 그 일이 있은 뒤 "내 집에 그 책이 있는 한 나 자신도 불결하게 느껴졌다"라고 술회할 정도였다.

그러나《와인즈버그 사람들》은 출간되었을 당시부터 여러 비평가들로부터 찬사를 받았다. 이 무렵 비평가로 크게 명성을 떨치던 H. L. 멩켄을 비롯하여 플로이드 델, 헤이우드 브라운, 하트 크레인 같은 문인들 또한 이 작품을 칭찬했다. 특히 크레인은

"미국인들은 겸손한 자세로 이 책을 읽어야 한다. 미국 의식(意識)의 성경에서 중요한 한 장을 이루는 작품이다"라고 하며 격찬했다. 이 작품이 미국인들의 의식에서 성경과 같은 위치를 차지한다는 말이다. 한편 영국의 소설가 레베카 웨스트는 이 작품의 시적 분위기에 주목하여, 소설이 아니라 한 편의 서사시라고 평했다. 이렇듯《와인즈버그 사람들》은 소시민들이 겪는 삶의 애환을 설득력 있게 형상화했을 뿐 아니라 소설 장르의 영역을 넓히는 데도 크게 이바지했다.

김욱동

은행나무세계문학 에세 • 28

와인즈버그 사람들

1판 1쇄 발행 2026년 1월 9일

지은이·셔우드 앤더슨
옮긴이·김욱동
펴낸이·주연선

(주)은행나무
04035 서울특별시 마포구 양화로11길 54
전화·02)3143-0651~3 | 팩스·02)3143-0654
신고번호·제 1997 — 000168호(1997. 12. 12)
www.ehbook.co.kr
ehbook@ehbook.co.kr

ISBN 979-11-6737-621-3 (04800)
ISBN 979-11-6737-117-1 (세트)